DIANA

Das Buch

Kiki heißt eigentlich Yukiko und ist Amerikanerin japanischer Herkunft. Sie lebt in Manhattan und arbeitet an ihrem Doktor in Amerikanischer Literatur. An einem heißen Sommertag erhält sie unerwartet einen Heiratsantrag von ihrem Freund Eric, einem erfolgreichen Anwalt. Spontan nimmt Kiki den Antrag an. Eric bietet ihr Sicherheit und eine klare Zukunft. Aber bald beginnt sie, diese Entscheidung in Frage zu stellen, denn über die nächsten Wochen hin verfolgen sie immer öfter Erinnerungen an ihren früheren Freund Phillip, der eineinhalb Jahre zuvor bei einem tragischen Unfall ums Leben kam. Je größer Kikis Zweifel werden, desto stärker fühlt sie sich zu ihrer japanischen Großmutter hingezogen, deren abenteuerliches Leben als Geisha ihr von Kindheit an vertraut ist. Auf der Suche nach ihren wahren Gefühlen dringt Kiki immer tiefer in die Vergangenheit dieser leidenschaftlichen Frau und damit auch in die Lebensgeschichte ihrer Mutter ein, von der Kiki sich seit der Scheidung ihrer Eltern entfremdet hat. Und mit Hilfe dieser beiden eigenwilligen Frauen gelingt es ihr ganz allmählich, ihre eigene große Liebe in einem anderen Licht zu sehen.

Ein einfühlsames Porträt von drei Frauen unterschiedlicher Generationen und Kulturen – betörend, vieldeutig und lyrisch.

Die Autorin

Mako Yoshikawa hat in New York sowie in Oxford studiert und in Englischer Literatur promoviert. *Das Erbe der Geisha* ist ihr erster Roman. Mako Yoshikawa ist die Urenkelin einer Geisha und lebt in New York.

Mako Yoshikawa

Das Erbe der Geisha

Roman

Aus dem Amerikanischen
von Elke vom Scheidt

DIANA VERLAG
München Zürich

Diana Taschenbuch Nr. 62/0168

Die Originalausgabe
»One Hundred and One Ways«
erschien bei Bantam Books.

Taschenbucherstausgabe 1/2001

Der Diana Verlag ist ein Unternehmen der
Heyne Verlagsgruppe München Zürich
Printed in Germany 2001

Umschlagillustration: The Image Bank / Philip Porcelle
Umschlaggestaltung: Hauptmann und Kampa
Werbeagentur, CH-Zug
Satz: Filmsatz Schröter GmbH, München
Druck und Bindung: Elsnerdruck, Berlin
Gedruckt auf chlor- und säurefreiem Papier.

ISBN: 3-453-17729-0

http://www.heyne.de

Für meine Mutter, Hiroko Inoue Sherwin,
und meinen Stiefvater, James T. Sherwin,
die mir immer zugehört haben

1. Kapitel

MANCHMAL KANN ich ihn riechen, wenn ich aus der Dusche trete, Regen und Salz und Zigaretten und noch etwas anderes, das merkwürdig an Gurken erinnert. Vielleicht aus Taktgefühl ist er mir nie im Badezimmer erschienen, aber immer, wenn ich ihn rieche, kleide ich mich langsam an und achte dabei darauf, den Bauch einzuziehen. Ich wringe mein Haar aus und streiche es aus dem Gesicht, ich wische den Dampf vom Spiegel und dehne und strecke mich dabei lässig. Ich reibe meinen Körper mit Lotion ein, zuerst die Beine, indem ich die Füße nacheinander aufs Waschbecken stelle, dann den Bauch, auf dem ich die Creme in kleinen Kreisen verteile, dann die Arme und zum Schluß die Brüste. Ich kleide mich geruhsam an, ziehe den Slip hoch und winde mich mit einem Hüftschwung hinein, schlüpfe mit Bewegungen wie bei einem Striptease in den BH. Ich habe zwar den größten Teil meines Lebens in New Jersey verbracht, aber in meinen Adern kreist noch immer das Blut einer Geisha.

Als ich Phillip das erste Mal sah, war er nur ein Flackern in meinem Augenwinkel und schon wieder verschwunden, bevor ich mich umdrehen konnte. Erst nach und nach wurde er kühner, trat für kurze Momente in voller Gestalt aus den staubigen Ecken. Jetzt bleibt er stundenlang an einer Stelle. Wenn ich lese, blicke ich vielleicht irgendwann auf, und dann ist er da und beobachtet mich. Oft bleibt er bei mir, bis ich das Buch zu Ende gelesen habe.

Er mag kleine Räume. Träge wie eh und je und anscheinend von seiner Wanderlust geheilt, rollt er sich am liebsten wie ein Fötus unter meinem Schreibtisch zusammen, er genießt es, seinen langen Körper zu einem unwahrscheinlich kleinen Paket zusammenzuklappen, so daß er zusammen mit den violetten Motten in den Kamin paßt. Seltener späht er hinter der Tür hervor oder steht malerisch verschleiert hinter der Gardine, und ab und an liegt er auf der Seite, den Kopf auf einen Ellbogen gestützt. Einmal, als ich las, griff ich nach meinem Eistee und sah ihn durch das klare Glas des Couchtischs. Er drückte sein Gesicht von unten gegen die Platte, und seine Augen schauten mich an, als sei ich ein Goldfisch in einem umgedrehten Glas. Er ist immer nackt, bewegt sich kaum, und sein Ausdruck verändert sich nie. Sogar seine Augen hält er still.

Ich kann die Dauer oder Häufigkeit seiner Besuche nicht kontrollieren, aber ich habe ihn auch so noch immer gern, still und anonym wie meine linke Hand. Im Schutz meines Buches reibe ich meinen Daumen an den Spitzen der anderen Finger und spüre die Härte, die an Muscheln erinnert. Ich spreize die Finger und betrachte die erhobene Handfläche. In der Öffentlichkeit verberge ich mein Geheimnis, indem ich die Hand zur Faust balle, und wenn ich nachts in Erics Armen liege, achte ich darauf, die Faust an meine Brüste zu drücken, so daß ich an sie geschmiegt einschlafe. Aber wenn ich an Phillip denke, fühle ich meine Hand gern und freue mich an der Glätte, wo früher die Fingerabdrücke waren.

Vielleicht soll ich daraus die Lehre ziehen, daß man sich seinen Genen nicht widersetzen kann. In meiner Familie ist es überhaupt nichts Neues, daß man von einer verlorenen Liebe verfolgt wird. Ich entstamme einer Sippe, in der die Frauen sich hartnäckig an den Mann in ihrem Leben klammern.

»Kiki, hörst du mir zu? Kiki.«

Ich schaue auf meinen Roman nieder; ich weiß schon lange nicht mehr, an welcher Stelle ich war. Dann sehe ich Eric an. »Tut mir leid«, sage ich. »Ich habe nicht zugehört. Was hast du gesagt?«

Seine Augen weiten sich für eine Sekunde, und ich merke, daß er die Luft anhält, wie er es beim Sex tut: eine ungesunde Angewohnheit, über die ich irgendwann einmal mit ihm reden muß. Dann stößt er mit einem explosiven Lachen den Atem aus. »Ich weiß nicht, ob ich es noch einmal sagen kann«, beginnt er. »Es war eher eine spontane Bemerkung.«

Er kniet neben mir – warum, bei seinem empfindlichen Knie? –, so daß sein Kopf dieses eine Mal unter meinem eigenen ist. Sein Gesicht ist meinem unerwartet nah, und als er den Kopf schüttelt, noch immer leise lachend, streift sein Haar leicht meine Schulter.

Eric hat braune, seidige Haare und schöne dunkle Augen, und sein Gesicht ist wie sein Penis: lang und schlank und intelligent. Seine Knie sind weiß und knochig, eine Enttäuschung, aber er ist hübsch und elegant, und seine Arme und Schultern sind gut entwickelt. Wenn er neben Phillip stünde, würde er sogar bärenstark wirken.

Seine Finger sind kurz und kein besonderer Anblick, wenn sie sich nicht bewegen; in der Bewegung aber haben sie eine ganz eigene Anmut. Wenn ich lese, benutze ich meine Finger nur, um die Seite umzublättern oder mir gelegentlich das Haar aus dem Gesicht zu streichen. Wenn Eric liest, schreibt er ausführliche Anmerkungen an den Rand, sogar in eine Zeitung, und unterstreicht und kritzelt, bis seine Finger sich verkrampfen. Er kann gleichzeitig zwei Eier aufschlagen, eines mit jeder Hand, ohne sich die Finger schmutzig zu machen oder Stückchen der Schalen in die Schüssel fallen zu lassen, und selbst im Schlaf bleibt er aktiv, wickelt mein Haar um seine Finger, bis ich mitten in der Nacht nicht mehr ins Badezimmer gehen kann, weil wir buchstäblich aneinander gefesselt sind.

»Was wäre, wenn …«, fange ich an, aber ein Klopfen am Fenster unterbricht mich. Ich drehe mich halb in der Erwartung um, Phillip zu sehen, aber es ist nur eine Fliege, die gegen die Scheibe prallt. »Eine Sekunde«, sage ich. Ich gehe ans andere Ende des Zimmers und öffne das Fenster, um sie hinauszulassen. Die Fliege verschwindet, die Hitze und der Geruch der City strömen herein, und ich fühle mich klebrig, wo die Luft von draußen mich berührt hat.

»Du solltest dir etwas anziehen, bevor du dich ans Fenster stellst«, sagt Eric, der noch immer neben der Couch kniet, und schnalzt beinahe mißbilligend mit der Zunge.

»Da draußen sind auch alle nackt«, sage ich beruhigend zu ihm, eine Tatsache, die durch einen Blick in die Fenster auf der anderen Seite bestätigt wird, aber nicht unbedingt das Problem neugieriger Augen löst. Trotzdem hat meine Erwiderung die erwünschte Wirkung, denn er nickt, und ich habe eine Gardinenpredigt vorerst abgewendet oder, wenn ich Glück habe, ganz vermieden.

Trotz laufender Klimaanlage ist es so heiß, daß wir beschlossen haben, für den Tag auf Kleidung zu verzichten. Ich trage nur einen Slip, keinen BH, und er trägt Boxershorts und aus irgendeinem Grund (einer Spur Schüchternheit, einem Überrest seiner prüden Kindheit) Socken. Aber die Hitze ist trotzdem noch unangenehm, so daß ich nicht einmal den Druck meiner Armbanduhr mit ihrem zarten Goldgewicht ertragen kann und sie ablege. Darunter kommt ein glatter Streifen ungebräunter Haut zum Vorschein, gesäumt von zwei Reihen Schweißperlen.

Als ich mich vom Fenster abwende, stoße ich mit dem Fuß an den wachsenden Stapel der Zeitungen, die Eric weggelegt hat, und aus den Seiten des *Wall Street Journal* flattern erschrocken ein paar Motten. Im Laufe des vergangenen Jahres habe ich in der Wohnung nur wenige Motten gesehen. In der Kühle des klimatisierten Raumes, erleuchtet von dunstigem Sonnenschein, scheint das Flattern der Motten trotz des Lebens und der Farbe, die sie mit sich bringen, eine etwas unheildrohende Warnung zu sein, ein Omen, das nicht die Zukunft heraufbeschwört, sondern die Vergangenheit.

Ich mag sie. Vor eineinhalb Jahren war meine Wohnung von Ameisen befallen, und obwohl sie harmloses Ungeziefer sind, während die Motten Löcher in die Wolldecke auf dem Sofa fressen, habe ich die Ameisen gehaßt und liebe die Motten. Mit ihrer Zartheit und Verletzlichkeit geben sie mir ein Gefühl, als lebte ich in einem Land von Schmetterlingen und Skorpionen, von Liebe und Cholera, wo Schönheit und Gefahr sich voneinander nähren. Eric warnt mich, die Motten würden am Ende alle meine Pullover auffressen, aber ich bringe es nicht übers Herz, sie zu beseitigen. Schließlich liegt etwas gleichzeitig Edles und Herzergreifendes in der Liebesaffäre der Motten mit dem Licht, und selbst wenn Eric das nicht zugeben will, sind die in meiner Wohnung besonders hübsch, ungewöhnlich groß und mit blaugrünen Flecken, die violett werden, wenn sie fliegen. Es gibt Augenblicke, in denen sie im Halbdunkel des hereinbrechenden Abends förmlich leuchten. Wenn ich die Augen zusammenkneife oder meine Kontaktlinsen nicht trage, sehen sie aus wie verkümmerte, ungelenke Schmetterlinge, und wenn ich sie spätnachts mit meinem Buch vertreibe, nachdem sie sich an der Wand neben der Lampe versammelt haben, flattern sie auf und fliegen zusammen davon wie Staub oder vielleicht Träume.

Eric hat sich von seinem Platz neben dem Sofa nicht erhoben. Sein Knie macht ihm heute anscheinend weniger Beschwerden.

Als ich mich hinsetzen will, läßt mich das Läuten des Telefons wieder aufspringen. »Oh, nicht schon wieder«, sage ich. Das Telefon steht neben Erics Ellbogen, aber er dreht sich nicht einmal um, um es anzusehen, obwohl ich an irgendeiner Veränderung seiner Haltung erkennen kann, daß er sich Mühe geben muß, es nicht zu tun. Noch vor ein paar Monaten nahm er ganz selbstverständlich meine Anrufe entgegen.

Stehend recke ich mich über ihn und greife nach dem Hörer. Ich spreche hinein, und da ist es wieder: ein summender Ton, so hoch, daß mir die Zähne schmerzen. Plötzlich fröstele ich und wünsche mir, ich hätte meine Kleider anbehalten. Ich lege den Hörer auf, setze mich wieder auf die Couch und schaue zu Eric, der bedächtig die Innenseite seines Handgelenks kratzt. Gewöhnlich erteilt er gern Ratschläge, um die ich nicht gebeten habe, aber über diese Anrufe mag er nicht diskutieren. Wenn ich ihn frage, sagt er, er glaube nicht, daß ich die Polizei anrufen sollte, obwohl ich diese Anrufe jetzt seit fast zwei Monaten bekomme.

»Meinst du nicht ...«, beginne ich, aber Eric blickt von seinem Unterarm auf und unterbricht mich.

»Willst du mich heiraten?« Die Worte kommen hastig heraus, so schnell, daß ich zuerst glaube, mich verhört zu haben. Sein Gesicht ist gerötet, sein Haar wirr, und er trägt nur Socken und Shorts: Er hat kaum Ähnlichkeit mit dem selbstsicheren jungen Anwalt, der mich aus meiner Trauer lockte. Sein Blick (so direkt, leuchtend und eifrig wie der eines Kindes) verwirrt mich, und ich schlage die Augen nieder.

Er hat ein Loch an der Ferse der linken Socke. Es war mir zuvor nicht aufgefallen, aber wie er da kniet, die

Fußsohlen nach hinten ausgestreckt, ist es nicht zu übersehen: Durch das Loch erkennt man einen großen Teil seiner Ferse, und seine weiße Haut bildet einen starken Kontrast zum Dunkelblau seiner Socke. Plötzlich wird mir klar, daß Eric, wenn er geht, unbemerkt sein linkes Bein mit dem Problemknie stärker belastet, und ich merke mir eine weitere Frage an meine Großmutter für die Liste, die ich für ihre Ankunft zusammenstelle: Hat mein reicher und mächtiger Großvater, in dessen Gegenwart sich alle Welt duckte und tief verbeugte, durch sein Hinken unmerklich seine Fußbekleidung ruiniert? Und hat auch Großmutter sowohl ein Lachen als auch einen Kloß in der Kehle verschluckt, wenn sie sah, wie lächerlich dieses nackte Stück Ferse wirkte?

»Hast du deswegen die ganze Zeit gekniet – trotz deines schlimmen Knies –, weil du darauf gewartet hast, mir einen Antrag zu machen?« frage ich schließlich.

»Es bringt mich um«, sagt er, kein bißchen verlegen, sondern beinahe stolz.

»Komm, setz dich hin«, sage ich und klopfe neben mir auf die Couch. »Ich kann nicht denken, wenn ich weiß, daß du Schmerzen hast.«

Seine Kniegelenke knacken laut, als er die Beine streckt, und etwas ungelenk rappelt er sich auf. Er setzt sich in züchtigem Abstand von mir hin und sagt: »Ich weiß, wir sind noch nicht lange …«

»Erst etwas mehr als ein Jahr …«

»… aber ich bin sicher«, sagt er. Er hält inne und fügt dann so leise, daß ich mich vorbeugen muß, um ihn zu verstehen, hinzu: »Ich werde dich immer lieben, weißt du. Pfadfinderehrenwort.«

Dieses Flüstern ist so anders als sein üblicher zuversichtlicher Ton, daß mir auffällt, wie seltsam die Szene ist. Das ist nicht der Antrag, den ich von ihm erwartet hätte; wer hätte sich jemals gedacht, daß Eric Lowenson vor einer Frau knien würde, die nur ihren Slip trägt, und ewige Liebe versprechen würde, an einem Fuß eine durchlöcherte Socke und mit zwei wie zu einem kindlichen Schwur erhobenen Fingern? Er, der Mann, der gern sorgfältig geplante Vergnügungen präsentiert: eines Abends ein schönes silbernes Armband, schwungvoll auf dem Dach des Empire State Building überreicht; an einem anderen Nachmittag, meinem Geburtstag, eine Flasche Wein mit zwei Gläsern, hinter einem Busch im Central Park versteckt (und wunderbarerweise noch vorhanden), als wir dort rudern gingen. Das einzige, was er an diesem Nachmittag vergessen hatte, war der Korkenzieher, ein verheerendes Versäumnis, da er sich beim Öffnen der Flasche so übel in die Finger schnitt, daß ich schließlich in der Notaufnahme des Krankenhauses sechsundzwanzig wurde.

»Kein Ring«, sagt er, den Grund für meinen Blick auf seine leeren Hände verkennend. »Tut mir leid – das war wirklich ein spontaner Einfall.«

Ich zucke mit den Schultern. »Du weißt doch, daß ich Phillip nicht vergessen habe«, sage ich.

»Ich weiß. Aber du hast es fast geschafft, oder?« sagt er und beantwortet seine Frage dann selbst. »Also ist es keine große Sache.«

»Und deine Familie? Schließlich weiß ich, daß sie entsetzt sind, weil ich keine Jüdin bin, und dann bin ich auch noch Japanerin. Und bald kommt meine Großmutter, und sie ist … nun ja, du weißt schon.«

»Sei nicht albern«, sagt er etwas erleichtert, weil er sich hier auf sichererem Boden befindet. »Meiner Familie wird es gefallen müssen, und sobald sie dich kennenlernen, wird es ihnen wirklich gefallen, weil sie dich mögen werden. Und was deine Großmutter betrifft …« Mit einer kurzen Handbewegung wischt er die monumentale Präsenz der Vergangenheit weg und fährt fort:

»Sie ist einfach eine alte Dame. Sie ist schon wie lange keine Geisha mehr – ein halbes Jahrhundert?«

Ich nicke abwesend, wie so oft bei Eric durch das Gefühl verwirrt, mich in der falschen Geschichte zu befinden. Als wäre ich ein Spiegel, sieht Eric in mir eine Zukunft, die seine eigene reflektiert. Es ist eine Welt, in der Motten Pullover fressen, Rechnungen pünktlich bezahlt werden und Dinge nicht mehr sind als das, was sie zu sein scheinen; es ist eine Welt, in der meine Großmutter, ihrer Vergangenheit als Geisha ledig, grau, verschrumpelt und harmlos aussieht. Was Eric mir geben wird, ist ein Grund, nicht am Fenster zu warten und Ausschau zu halten; er bietet mir einen goldenen Ring an, der mich mit der Erde verankert, einen Talisman, der alte Lieben, wie teuer auch immer, daran hindert, von den Toten zurückzukehren.

Er sieht mich in einer Zukunft, die ich selbst niemals zu sehen vermochte. Aber andererseits – ich konnte noch nie sehr gut sehen.

»Okay«, sage ich. »Danke. Das wäre schön.«

Zum zweitenmal an diesem Tag weiten sich seine Augen. Verblüfft, sogar aus dem Gleichgewicht gebracht, kämpft er sichtlich darum, sein Lächeln noch für einen Moment zu bewahren, und ich merke erst jetzt, daß ich zu schlicht und zu schnell geantwortet habe, ein Mädchen, das ein Eis, das man ihm hinhält, einen Spaziergang im Park, einen bei Regen aufgespannten Schirm akzeptiert. Rasch kratzt Eric wieder seinen Arm, vielleicht ebenfalls von dem Gefühl verwirrt, daß ich kein Teil seiner Geschichte bin.

Aber der Augenblick vergeht, und bald küssen wir uns auf den raschelnden, zerreißenden Seiten seiner Zeitung, und mein Roman liegt auf dem Boden.

Im Schlafzimmer ist es fast kühl, da die Jalousien seit letzter Nacht nicht hochgezogen wurden. Ich sitze auf ihm und komme wie gewöhnlich lange vor ihm zum Höhepunkt. Er streckt die Arme aus und hält meine Hüften fest; seine eigenen Bewegungen verlangsamen sich, und er hält inne, wie er es manchmal gern tut, wenn wir uns lieben. »Laß dich anschauen«, murmelt er, packt mein langes Haar und zieht es nach hinten, bis mein Hals sich dehnt und mein Rücken fast schmerzhaft nach hinten gebogen ist.

Ich kann nur die Zimmerdecke sehen, aber ich spüre, wie er die Hand auf meinen Hals legt und ihn einen Moment umklammert, als bereite er einen Mord vor. Dann läßt er die Hand langsam über mein Schlüsselbein, meine Brüste, meine Rippen, meinen Bauch gleiten. »Ich kann nicht glauben, daß du ganz mir gehörst«, sagt er, aber in seiner Stimme liegt eine Anmaßung, die die Demut seiner Worte Lügen straft. Dann läßt er mein Haar los, und ich beuge mich wieder vor und sehe, daß er noch immer in die Betrachtung meines Körpers vertieft ist. Es ist ein zufriedener Blick, der Eroberer, der seine Beute, sein stolz erworbenes Land mustert.

Als ich ein übergewichtiger Teenager war und meine Aussichten, jemals einen Freund zu finden, deprimierend gering waren, hätte ich nie gedacht, daß ich eines Tages einen Mann haben würde, der mich aktiv begehrt, ganz zu schweigen davon, daß er sich an meinem Körper ergötzt.

»Ich bin ein glücklicher Mann«, flüstert er. Ich bin still und schaue auf ihn nieder, aber er hat angefangen, sich mit einer Leidenschaft zu bewegen, die ich nicht erwartet hätte, und scheint sich nicht darum zu kümmern.

Danach kehren wir ins Wohnzimmer zurück, und ich hebe meine Jane Austen und seine Zeitungen auf. Aber bevor ich zu lesen beginnen kann, streckt er noch einmal den Arm aus und zieht mich an sich. »He«, sagt er in mein Ohr, »kann ich dich jetzt, wo wir verlobt sind, Yukiko nennen?«

Mein Gesicht ist an seiner Schulter vergraben, und mein Lächeln schwindet. Als ich die High-School verließ, habe ich meinen ursprünglichen Namen endgültig aufgegeben, aber Eric wollte mich immer so nennen, seit er meinen Führerschein sah.

Ich denke daran, ihm zu sagen, daß ich den Namen abgelegt habe, weil es mir nicht gefiel, mit einer dreisilbigen Last zu leben, die von jedermann falsch ausgesprochen wurde, ganz gleich, wie oft ich erklärte, daß die Betonung nicht auf der zweiten Silbe liegt. Ich denke daran zu sagen, daß ich zwar gern den gleichen Namen tragen würde wie meine Großmutter, daß es aber schon schlimm genug ist, einen Knochenbau und Haare zu haben, die mich auf den Straßen von New York als fremd brandmarken, ganz zu schweigen von einem Namen, der das ebenfalls tut. Ich denke daran zu erklären, wie verhaßt es mir ist, daß Yukiko im Japanischen »Schneekind« bedeutet.

Aber ich habe ihm all das zahllose Male dargelegt, und es blieb ohne Wirkung.

»Bist du sicher, daß asiatische Frauen für dich kein Fetisch sind?« sage ich und versuche, einen leichten Ton anzuschlagen, aber vergeblich.

Er schiebt mich von sich, damit er mir ins Gesicht sehen kann. »Geht das wieder los?«

Ich wende den Blick ab und denke über die Frage nach.

Er seufzt. »Tut mir leid, daß ich davon angefangen habe. Mir sind einfach japanische Namen lieber, das ist alles. Wir werden uns doch nicht streiten, nachdem wir uns gerade verlobt haben, oder?«

»Aber du weißt, daß die Männer, die mich in Cafés

einladen und immer versuchen, mit mir Japanisch zu reden, Yukiko viel lieber hören würden als Kiki ...« Ich strecke den Arm aus und ziehe ihn wieder an mich. Meine linke Hand drückt auf seinen Rücken, und während meine Finger über seine glatte Haut gleiten, stelle ich mir vor, daß ich die Leere in der Mitte meiner Fingerspitzen fühlen kann. »Versprich mir«, sage ich, an seine Schulter gepreßt, mit erstickter Stimme, »versprich mir, daß du dich nicht zu mir hingezogen fühlst, weil ich Japanerin bin.«

Wieder löst er sich von mir, um mir ins Gesicht zu sehen. Seine Augen suchen meinen Blick und bewegen sich hin und her, wie es Phillips Augen immer taten. Er holt tief Luft und hält den Atem an. Ich zähle die Sekunden, warte und fürchte eine Gardinenpredigt, aber als er endlich ausatmet (... sieben Mississippi ...) ist seine Stimme ruhig. »Ich verspreche es«, sagt er. »Was ist in dich gefahren?«

»Nichts«, sage ich. »Mir geht es gut. Sollen wir heute abend zur Feier des Tages zum Essen ausgehen?«

Er nickt. »Aber ...«

Ich nehme das Telefon und stelle es vor ihn hin. »Hier, reservier uns einen Tisch«, sage ich, stehe auf und gehe fort, bevor er sich weigern kann. »Ich bin gleich wieder da.«

Großmutter, werde ich sagen, und meine Zunge wird über das Wort stolpern, das ich vor drei Monaten gelernt habe, als meine Mutter mir zum erstenmal von ihrem Besuch erzählte: *Obaasama.* Was hast du getan, wenn du mit den Vermutungen der Männer konfrontiert warst, die dich begehrten, der Männer, die glaubten, du besäßest einen Satz Schlüssel, die ihre Körper mit einem Stöhnen aufschließen würden, hundertundeinmal, auf hundertundeine verschiedene Art?

Im Badezimmer schalte ich automatisch das Licht ein und sehe mich kurz im Spiegel, ehe ich das Licht wieder ausmache; mein Gesicht ist blaß und vage ohne die klaren Konturen frischen Make-ups. Ich schließe die Tür ab, dann klappe ich den Deckel der Toilette herunter und setze mich hin, um mich auszuruhen. In dem schwachen Licht, das durch die Läden des schmalen, hohen Fensters fällt, kann ich die Toilettenartikel auf den Regalen sehen. Erics grüne Zahnbürste hat ihren Platz in einem eigenen Becher. Meine braune Zahnbürste, die in einem kleineren Becher daneben steht, wirkt im Vergleich zwergenhaft und langweilig.

Eines Nachts saß ich auf dem Rand der Badewanne und sah zu, wie Eric seine Zähne mit Zahnseide bearbeitete und bürstete. Vielen Leuten fällt sein strahlendes Lächeln auf, aber ich finde seine Zähne zu groß und zu weiß. Er ist sehr stolz auf die Tatsache, daß er nie Löcher in den Zähnen hatte. Ich stehe auf und stelle meine Zahnbürste auf ein anderes Regalbrett.

Ich hebe den Deckel der Toilette und betätige die Spülung, lasse das gute, saubere Wasser rauschend ablaufen, und dann verlasse ich das Badezimmer. Der Gang zum Wohnzimmer ist lang und ähnelt einem Tunnel, und meine Füße bewegen sich langsam. Als ich an der offenen Tür zu meinem Schlafzimmer vorbeikomme, fällt mir im Augenwinkel eine Bewegung auf, und ich bleibe stehen und starre ins Zimmer, weil Phillip auf der Fensterbank sitzt, die Arme um ein hochgezogenes Bein geschlungen, während das andere dicht über dem Boden baumelt. Abgesehen von der Bedrohung durch Eric im Nebenzimmer ist Phillip von den Fenstern auf der anderen Straßenseite aus deutlich zu sehen, vielleicht sogar von der Straße aus.

Er sieht fester und lebendiger aus als seit langem. In den letzten paar Wochen konnte ich das Licht durch ihn hindurchscheinen sehen, wenn ich ihn aus bestimmten Winkeln betrachtete, aber heute ist er nicht durchsichtig, jeder seiner Züge ist deutlich zu erkennen, obwohl hinter ihm strahlender Sonnenschein ins Zimmer strömt. Wie üblich sieht er mich ohne Ausdruck intensiv an.

Großmutter, werde ich sagen, *Obaasama*. Hast du, als mein Großvater dir seinen weit weniger achtbaren Antrag machte, in dir auch die Stille eines Hauses gespürt, das in Trauer ist? Oder konntest du die Erinnerung an die Augen deines heimlichen Liebhabers und den Gedanken an eine kranke und hysterische Frau ausblenden? Warst du so glücklich, daß du dein Geishahaus verlassen hast, ohne einen Blick zurückzuwerfen?

»Kiki.« Eric ruft mich, aber durch den Blick von Phillips Augen gelähmt, kann ich mich nicht bewegen. »Kiki, was machst du da?« Ich löse mich mit einer Plötzlichkeit von Phillip, die mich zerreißt.

»Ich komme«, sage ich zu Eric. Als ich an den Bücherregalen vorbeigehe, lasse ich die Hand über die Buchrücken gleiten, und sie fühlen sich unter meinen Fingern an wie Knochen. Als ich das Wohnzimmer betrete, wende ich keinen Blick von Eric, der trotz seiner Knie hübsch und elegant ist, aber ich kann Phillips unverwandten, bohrenden Blick in meinem Rücken spüren, bis ich es nicht mehr aushalte; ich sage Eric, ich hätte Kopfschmerzen, damit ich ins Schlafzimmer fliehen und mich rücklings aufs Bett legen kann, das Haar ausgebreitet, wie es das meiner Großmutter niemals war, die Augen zur nackten Decke erhoben in dem Bemühen, nicht zur jetzt leeren Fensterbank zu schauen.

In den letzten Sekunden, bevor ich einschlafe, habe ich noch einmal Zeit, mich über Erics seltsamen Antrag zu wundern. Wie eigenartig, plötzlich am glücklichen Schluß einer Geschichte zu landen, wo ich doch gedacht hatte, meine Geschichte hätte gerade erst begonnen.

2. *Kapitel*

DIE RITZE ZWISCHEN den Beinen einer japanischen Frau ist genauso schlitzäugig wie ihr Blick. Zumindest erzählt man sich das, wie mir ein Mann sagte, der nie den Weg in mein Bett fand.

Es geschah vor sieben Jahren, als ich im ersten Jahr auf dem College und noch immer von Dankbarkeit überwältigt war für das, was ein schwungvolles Zurückwerfen des Kopfes (das Schütteln von schwarzem Haar) bei den männlichen Studenten bewirkte, die um mich herumschwirrten.

»Ich wette, du kennst hundertundeine Art, nicht?« sagte er und stellte seinen Drink ab.

»Hundertundeine Art von was?« fragte ich etwas lauter: Die Musik von der Party war noch zu hören, aber gedämpft genug, um einen nicht taub zu machen.

»Hundertundeine Art, einen Mann zu lieben«, sagte er. »Die sollt ihr japanischen Frauen – oder sind es die chinesischen – doch angeblich kennen.«

Seine Hand senkte sich langsam auf meine Schulter. Ich spürte ein Jucken an der Stelle, wo sie lag; es breitete sich auf meinen Hals, meinen Nacken, meine Kopfhaut aus. Langsam und fast unbewußt entzog ich meine Schulter seiner Berührung.

»Wer sagt das?«

»Ich weiß nicht. Ist ein Buchtitel oder so was. Hat vielleicht mit diesen Geishas zu tun.«

Er war groß und gut gebaut, sportlich und gleichzeitig intelligent und außerdem mit einer der berühmteren Familien des Landes verwandt: Frauen seufzten und schlugen die Beine anders übereinander, wenn er vorbeiging. Seine Aufmerksamkeit hatte mir geschmeichelt, und begeistert hatte ich zugelassen, daß er mich in diesen dunklen Raum führte, leer bis auf einen verschrammten Billardtisch und zwei abgenutzte Sessel, die in bequemer Nähe zueinander in einer dunklen Ecke standen.

Er hatte das »ei« in Geisha wie »Ei« ausgesprochen.

»Geescha«, korrigierte ich ihn automatisch. »Man spricht das i nicht aus.«

»Wie auch immer«, sagte er, und sein Gesicht näherte sich meinem. »Jedenfalls, solltest du nicht über meinen Rücken spazieren oder so?«

Gelächter und das Geräusch von zerbrechendem Glas drang durch die Tür, und kurz darauf kam eine Gruppe von sechs oder sieben Partygästen in das Zimmer. Ohne uns zu bemerken, versammelten sie sich um den Billardtisch, holten darunter ein Queue und ein paar Kugeln hervor und begannen laut zu streiten, wer als erster spielen durfte.

Sein Gesicht war fünf Zentimeter von meinem entfernt. Sein Atem roch stark nach Alkohol.

»Du bist hübsch«, sagte er; anscheinend brauchte er nie die Lider zu senken. Ich erwiderte sein Starren, für den Augenblick wie gebannt, hypnotisiert, wie es nur eine Studentin sein kann von einem charismatischen Professor.

»Die Ritze zwischen den Beinen einer asiatischen Frau«, rezitierte er, als sage er eine Gedichtzeile auf, die er auswendig gelernt hatte, »ist …«

Ruckartig fuhr ich zurück und befreite mich aus seinem Bann. Ich stand auf, nicht allzu sicher auf den Beinen, und entfernte mich von ihm, zuerst langsam, dann immer schneller.

»... genauso schlitzäugig ...«

Am Schluß rannte ich fast, aber er beendete seinen Satz mit ostentativem Bühnenflüstern, das die Musik übertönte, die Leute am Billardtisch zum Schweigen brachte und mir durch den Raum und durch die Tür nach draußen folgte.

Seit Jahren sammle ich jetzt Fragen, die ich meiner Großmutter Yukiko stellen möchte, besonders in letzter Zeit. Diese Fragen beginnen mit ihrem Leben, und dann stellt sich heraus, daß sie mein eigenes Leben betreffen. Andererseits schienen die Unterschiede zwischen uns immer gering zu sein.

Wir haben uns nie kennengelernt, außer ein- oder zweimal am Telefon. Ihr Englisch ist dürftig, mein Japanisch noch schlechter. Doch meine Mutter versichert mir, von Angesicht zu Angesicht würden wir uns verständigen können, und ich glaube ihr. Selbst am Telefon, bei den letzten Gesprächen, die von Rauschen, Stammeln und Banalitäten über unsere Gesundheit erfüllt waren, gab es ein Band zwischen meiner Großmutter und mir. Es ist nicht unsere physische Ähnlichkeit, die uns verbindet, und es spielt auch keine Rolle, daß wir denselben Namen tragen. Ich weiß, daß unsere Ähnlichkeiten tiefer reichen, denn ich habe lange und gründlich über den Schlüssel zu unserer geheimen Verwandtschaft nachgedacht, und dies ist er: Was eine Geisha für Japan ist, ist eine Japanerin für Amerika.

Meine Großmutter übte ihren Beruf vor dem Krieg aus, als Geisha zu sein neben den unschuldigen Vergnügungen wie Musizieren und bei Festen helfen auch Unterhaltung im Schlafzimmer bedeutete. Heutzutage sind für japanische Frauen natürlich Geschäftskostüme die Norm, und eine Geisha in ihrem altmodischen Kimono ist ungefähr so zeitgemäß wie ein Dinosaurier. Aber schon damals, als meine Großmutter arbeitete, machte eine Geisha das Geschäft mit sexueller Nostalgie; ihr Make-up und vor allem ihr Verhalten riefen starke und berauschende Erinnerungen wach, Erinnerungen an ein anderes Zeitalter, als die Trennungslinie zwischen Mann und Frau noch sehr viel schärfer war.

In Japan und sogar in Amerika hat das Wort »Geisha« eine Nebenbedeutung von Verzauberung, beschwört das Erscheinungsbild einer schönen Frau herauf, zurückhaltend, exotisch, aber hoch sexualisiert und vor allem immer verfügbar. Was meine Großmutter für ihre Kunden war, bin auch ich für eine signifikante Anzahl amerikanischer Männer, Eric eingeschlossen: ein Quell weiblicher und erotischer Listen, hundertundeine an der Zahl.

Mein detailliertes Wissen über meine Großmutter stammt notgedrungen von meiner Mutter. Nachdem mein Vater uns verließ, übernahm sie seine frühere Aufgabe des abendlichen Geschichtenerzählens und fing an, mich mit Geschichten aus unserer Vergangenheit in den Schlaf zu lullen. Ich konnte den Unterschied zwischen den Geschichten über meine Großmutter und denen über Prinzessinnen und Drachen und Erbsen nicht erkennen, die mein Vater mir aus Büchern vorgelesen hatte, so daß mir auch heute noch das Leben in Japan mythisch und geheimnisvoll, fern und unglaublich vorkommt, wie der Kürbis, der sich in eine Kutsche verwandelt.

Meine Mutter hat nie versucht, mir Japanisch beizubringen. Wir warfen im Februar keine Bohnen, die Glück bringen und die Trolle verjagen sollten, wir schmückten im Juli keine Bambuszweige mit auf Papier gekritzelten Wünschen und Origami-Kranichen, wir zündeten in der

Sommerwoche, in der unsere Ahnen auf die Erde zurückkehren, keine Laternen an und hinterließen keine Speisen auf dem Friedhof. Statt dessen kennzeichneten wir das Ende des Dezembers getreulich mit einem Tannenbaum, das dritte Wochenende im November mit einem Truthahn und den letzten Oktobertag mit einem von innen erleuchteten Kürbis. Wir aßen mit Messer und Gabel; ich konnte bis zum Alter von vierundzwanzig Jahren, als Phillip es mir beibrachte, nicht mit Stäbchen umgehen.

Doch fast gegen meinen Willen gingen mir diese abendlichen Geschichten über meine Großmutter unter die Haut. Meine Mutter erzählte sie mir in ihrer üblichen gemessenen Art, mit kaum wechselndem Ausdruck und so gemächlich, daß ich sie oft unterbrechen und unwirsch auffordern mußte, sich zu beeilen, sonst würde ich einschlafen, bevor sie fertig wäre. Doch mein Geschrei nutzte nichts, da sich der Rhythmus von Mutters Erzählungen niemals änderte. Jeden Abend schlief ich beim Singsang ihrer murmelnden Stimme ein, und ihre Worte und Bilder vermischten sich mit meinen Träumen.

Vielleicht bin ich japanischer, als ich weiß.

3. Kapitel

ALS MEINE GROSSMUTTER Yukiko als Geisha arbeitete, rollte sie ihr Haar in einer runden Teedose zusammen, wenn sie schlief. Jeden Abend bürstete sie ihr Haar aus. Die Haarspitzen reichten ihr bis zum Gesäß, und sie ließ das Haar wie eine glänzende schwarze Schlange in die Teedose gleiten, bevor sie niederkniete, um in ihren Futon zu kriechen.

Obwohl sie unruhig schlief, gelang es ihr, nach den freien Nächten so aufzuwachen, daß ihr Haar sich noch mehr oder weniger in der Dose befand. Der Geruch des Tees, der früher darin aufbewahrt wurde, war noch immer vorhanden und parfümierte ihr Haar leicht mit dem markanten Duft rauchiger Blätter im Herbst. Nach den Nächten, in denen sie arbeiten mußte, wachte sie gewöhnlich mit völlig wirrem Haar auf, das feucht war und nach dem Schweiß eines fremden Mannes stank.

Die Dose war außen schwarz und innen rot lackiert, und außen war ein spinnenartiges Muster von Pinienbäumen aufgemalt. Jeden Morgen wurde sie von einem vierzehnjährigen Lehrmädchen fortgeräumt, zusammen mit dem Futon, der zusammengefaltet in einem Schrank verstaut wurde, während Yukiko ihr Haar wieder ausbürstete und es dann mit zwei aus Elfenbein geschnitzten Nadeln oben auf dem Kopf feststeckte. Ihr Haar bildete eine schwere Krone, aber sie hielt den Kopf immer aufrecht, den Hals gestreckt und den Rücken mühelos gerade.

Seit ihrer Kindheit hatte sie einen langen Weg zurückgelegt. Sie wurde auf Hokkaido geboren, der nördlichsten Insel Japans, wo das Klima mit seinen dunklen, schneereichen Wintern und den Sommern, in denen es lange hell war, dem des Kontinents näher kam als im übrigen Japan und wo es nur eine sorgfältig gepflegte Reisernte pro Jahr gab, die üppiggrün in dem Wasser wuchs, in dem sich die Kulihüte der Bauern und die am Himmel fliegenden Kraniche spiegelten. Auf Hokkaido war der Westen nicht nur am Wetter zu spüren: Irgendwann in ferner Vergangenheit hatten die Menschen sich dort mit Russen vermischt und waren daher größer und hellhäutiger als die anderen Japaner, wofür man sie bewunderte.

Yukikos Mutter war mit vierzehn Jahren verheiratet

worden. Als kleine, unauffällige Frau, die noch lange nach ihrer Heirat wie ein Kind aussah, war meine Urgroßmutter Akiko mit einem sonnigen Gemüt und geradezu wundersamer Energie gesegnet. Sie konnte so schlecht schlafen wie später ihre Tochter und blieb bis spät in die Nacht auf, machte sauber und kochte, wozu ihr die Arbeit auf den Feldern wenig Zeit ließ. Dabei summte sie die ganze Zeit. Als hätten ihre unablässige Aktivität, ihr Mangel an Schlaf und ihr ständiges Summen ihren Körper der Fähigkeit beraubt, viel Lärm zu machen, sprach sie mit lispelnder Stimme, die kaum jemals mehr als ein Flüstern war. Demonstrativ und mit einer Häufigkeit, wie man es sonst in ihrem kleinen Dorf nicht kannte, nahm sie ihre Kinder in den Arm, und die Kinder beteten sie dafür an.

Yukiko war ein Wildfang, die ihre freien Stunden lieber mit ihren drei Brüdern auf den Bäumen verbrachte, anstatt zu nähen oder mit den Mädchen aus der Nachbarschaft Bohnenbeutel zu werfen. Sie war ein ernstes Kind und seltsamen Launen unterworfen, ihr fehlte der mühelose Charme ihrer Mutter, dafür hatte sie anscheinend mehr als genug von deren Reizlosigkeit geerbt; ihre Haut war dunkel, ihre Gliedmaßen schlaksig, und ihre schrecklich großen Füße konnten schneller laufen, springen und klettern als die ihrer Brüder. Nur ihr Haar war damals schon prachtvoll, und ihre Mutter streichelte es häufig und staunte laut über seine Weichheit und sein Gewicht.

Von früher Kindheit an arbeiteten Yukiko und ihre Brüder mit ihren Eltern auf den Feldern. Im Frühjahr watete sie durch die mit Wasser überfluteten Reisfelder und setzte die Wurzeln der jungen Reispflanzen in den Schlamm. Ihr Hals und ihr Rücken wurden steif vom tagelangen Unkrautjäten, und sie rannte mit ihren Brüdern schreiend umher, um die Vögel fernzuhalten. Es gab auch eine Vogelscheuche, zwei Stöcke, die mit einer Kordel kreuzförmig zusammengebunden und mit einem alten Baumwollkimono bekleidet waren, der effektvoll flatterte, wenn Wind wehte.

Die Bauern bestellten die Felder für einen örtlichen Feudalherrn, den sie mit angestammter, an religiöse Verehrung grenzender Ehrfurcht betrachteten, aber auch mit einem Hauch Verachtung und Herablassung, die sie sich nicht einmal selbst eingestanden. Der Feudalherr war der Sproß einer minderen Dynastie und in Reichtum und Macht hineingeboren, doch nachdem sein Herrschaftsbereich einst sieben Dörfer umfaßt hatte, war mit dem Niedergang des Feudalsystems seine Macht ständig geschrumpft, bis sie nur noch sein hübsches Haus und dessen ordentliche Gärten und die Felder, wo der Reis wuchs – nicht mehr als fünfzig Morgen –, umfaßte. Selbst auf dem Höhepunkt seiner Laufbahn war er ein untüchtiger Herrscher, kleinlich und schwach. Jetzt verbrachte er seine ganze Zeit damit, den Bauern bei der Arbeit zuzusehen. Leicht vorgebeugt, während seine alten Augen in Sonne und Wind tränten, stand er den ganzen Tag am Rand der Felder, die Hände auf dem Rücken verschränkt. Zu seinen Füßen taten die Vögel sich furchtlos an den Körnern der Reisernte gütlich.

Mit zwölf war Yukiko schmalhüftig und sehr groß, und ihre Züge waren klar und rein. Sie hätte als Junge durchgehen können, wenn ihre Brüste nicht gewesen wären, riesig und schwer, eine weit schlimmere Peinlichkeit als ihre Füße.

Die Jungen im Dorf machten laute, grobe Bemerkungen über Mückenbisse und Bienenstiche, wann immer Yukiko zugegen war. Unter den Mädchen war es Mode, glatt und gerade und stromlinienförmig wie ein Junge zu sein, und deshalb bemitleideten sie Yukiko. Ihre Brüste machten den Sitz ihrer sommerlichen Baumwollkimonos zunichte und drohten, die Falten zu sprengen und sich den Weg ins Freie zu erkämpfen. Wenn Yukiko durch eine Tür schritt, traten ihre Brüste zuerst in den Raum. Schlimmer noch, sie beschwerten sie so, daß sie nicht mehr leichtfüßig laufen konnte; in großen Schwüngen hüpften sie auf und ab und von einer Seite zur anderen und wogten auch dann noch, wenn sie stehenblieb, sich an einen Baum lehnte und keuchte.

Wie Pilze schienen sie über Nacht hervorgeschossen zu sein, aber es war wesentlich schwerer, sich an sie zu gewöhnen. Die junge Yukiko kam schlecht damit zurecht. Sie unterschätzte ihre eigenen Maße und prallte gegen den Tisch, wenn sie sich mit dem Essenstablett vorbeugte, stieß gegen Wände und Menschen, wenn sie sich plötzlich umdrehte, so daß sie abends, wenn sie beim Licht einer Wachspapierlaterne badete, nicht verwundert war, über beide Brüste verteilt Flecken von den Farben eines Sonnenuntergangs zu finden, blau und rot und golden.

All ihre Bewegungen waren neuerdings unbeholfen und fast rührend linkisch, was ihre Mutter veranlaßte, sich auf die Lippen zu beißen und mit verengten Augen zu lächeln. Obwohl die Mädchen in der Schule kicherten, zuckten sie doch voll Mitgefühl zusammen, wenn Yukiko sich wieder einmal verrechnet hatte und mit der Brust gegen die scharfe Kante ihres Pultes stieß.

Doch die Männer des Dorfes waren von ihren Brüsten fasziniert. Sogar der örtliche Feudalherr, der mit milchigen Augen gebückt am Feldrand stand, schaute verstohlen nach ihnen, wenn sie vorbeihüpften.

Daß Yukiko im Alter von vierzehn Jahren Anzeichen dafür aufwies, daß sie eine berühmte Schönheit werden würde, knapp zwei Jahre, nachdem sie als bemerkenswert unansehnlich gegolten hatte, war angesichts der besonderen Natur ihrer Anziehungskraft eigentlich nicht sonderlich überraschend. Selbst in ihrer Blütezeit entsprach sie nicht den gewöhnlichen Idealvorstellungen japanischer Schönheit. Sie war zu groß; ihre Haut war nicht weiß, sondern oliv; ihr Gesicht war zu lang und ihr Haar zwar auffallend schön, aber fast zu üppig. Dennoch war sie mit vierzehn atemberaubend, vielleicht gerade wegen ihres leicht fremdländischen Aussehens, in jenem Jahr, in dem der Frühling es versäumte, in den Sommer überzugehen, und es so heftig regnete, daß die Straßen sich in Schlamm verwandelten, die Wände des Hauses von Yukikos Eltern verfaulten und die Ernte ausfiel.

In diesem schweren Jahr beschlossen die Bauern, dem Feudalherrn eine Petition zu senden und um zusätzliches Geld zu bitten, doch diese Anfragen wurden abgelehnt. Yukikos jüngerer Bruder, schon immer etwas kränklich, bekam eine Lungenentzündung, von der er sich fast nicht mehr erholte. Er schlich im Haus umher wie ein Gespenst, sein Kimono hing lose an ihm herunter, und er hatte dunkle Schatten unter den Augen. Es war der Gedanke an sein Wohlergehen, der Yukiko davon abhielt, ihren Vater wegen seiner Entscheidung über ihr Schicksal für immer zu verfluchen. Denn er ließ ihr nie eine andere Wahl, als Geisha zu werden. Am zwanzigsten windigen, verregneten Tag im August bürstete Akiko auf seinen Befehl hin und unter unablässigem Weinen Yukikos Haar, zog ihr einen roten Kimono an, der von einer Kusine geliehen war, und brachte sie zu einer alten Frau im Nachbardorf, einer früheren Geisha, die junge Mädchen kaufte und in Tokio weiterverkaufte. Yukiko brachte einen hohen Preis, genug, um ihre ganze Familie für zwei Jahre mit Reis und eingelegten Pflaumen zu versorgen.

An dem Tag, an dem Yukiko fortging, nahm ihr Vater sie fest in die Arme. »Du bist ein gutes Mädchen«, sagte er barsch und fügte leiser hinzu: »Andernfalls würde dein Bruder sterben.« Das war keine Entschuldigung, nicht einmal eine volle Anerkennung all dessen, was sie für die Familie aufgeben mußte, aber in späteren Jahren sollte Yukiko sich an diesen letzten Ausspruch erinnern und das Maß an Einsicht schätzen, das er ihr gewährte: einen kurzen Blick auf die Wahlmöglichkeiten, alle gleichermaßen verheerend, denen ihr Vater sich hatte stellen müssen. Damals haßte sie ihn und konnte sich nicht überwinden, die Arme zu heben und seine Umarmung zu erwidern, aber diese letzten Worte vergaß sie nie.

Mit scharrenden Füßen und roten Gesichtern wünschten ihre älteren Brüder ihr alles Gute und verabschiedeten sich, ohne ihr in die Augen zu sehen. Sie hatte mit ihnen gebadet und neben ihnen zusammengerollt ihren Mittagsschlaf gehalten; sie war mit ihnen gelaufen und auf Bäume geklettert und hatte an ihrer Seite auf den Feldern gearbeitet. Sie hatten sie immer treu gegen die Raufbolde des Dorfes verteidigt. Während sie ihre Verbeugungen erwiderte, hörte sie ihren jüngeren Bruder im Haus leise wimmern.

Akiko mußte die Arme hoch emporheben, um den Kopf ihrer großen Tochter an sich zu ziehen. Sie versprach ihr mit lispelndem Flüstern, in zwei Jahren, bevor Yukikos Lehrzeit endete, nach Tokio zu reisen, sie zurückzukaufen und nach Hokkaido zu holen. Dann weinte sie wie das Kind, das sie fast noch war, während Yukiko, bleich, aber mit trockenen Augen, sie zum letztenmal umarmte.

Es war eine lange, mühselige Reise nach Tokio. Zusammen mit der früheren Geisha und einer weiteren Bauerntochter nahm Yukiko einen Zug von ihrem Dorf an die Südküste der Insel. Die Überfahrt zum Festland war rauh, eine zehnstündige Fahrt in einem knarrenden Boot über bewegte See, und nachdem sie angekommen waren, fuhren sie zwei Tage in einem weiteren Zug, bis sie Tokio erreichten. Dort stiegen sie in eine Rikscha, die ein einzelner Mann zog. Sie fuhren durch Gassen voller Häuser und Menschen und trafen bei Einbruch der Nacht im Geishahaus ein; es lag in einer von roten Papierlaternen gesäumten Straße.

Im Geishahaus absolvierte Yukiko ihre Lehrzeit ohne ungebührliche Klagen. Sie schrubbte die Böden, räumte die Futons weg, trug Eimer mit Wasser ein und aus. Ihre Arbeit wie auch ihre Schönheit gefielen der Herrin des Hauses; sie wurde als Lehrling angenommen, erhielt Unterricht in Musik und Tanz und wurde auf das Leben einer Geisha vorbereitet. Sie war eines von den Mädchen, die Glück hatten. Das andere Bauernmädchen aus Hokkaido, dicklich und schwer von Begriff, wurde als Dienerin behalten, ein weiteres Mädchen an ein Bordell verkauft, wo sie dieselbe Arbeit tun mußte, aber ohne die feinen Kleider, die Ausbildung in den Künsten, das gute Essen und die reichen Kunden.

Während ihrer Lehrzeit war Yukikos Aufgabe bei Festen rein dekorativ. Das schlagfertige Flirten, das so sehr zu jedem Anlaß gehörte, bei dem Geishas anwesend waren, blieb den älteren Frauen überlassen. Yukikos Gesicht wurde dick mit weißer Schminke bedeckt, und sie trug einen bestickten Kimono, der in einer Schleppe auslief, und einen Obi, der anmutig herabhing. Sie trug Holzschuhe mit zehn Zentimeter hohen Absätzen und Glöckchen, die ihre Ankunft kundtaten, und ihr Haar wurde kunstvoll auf dem Kopf aufgetürmt. Sie überragte die meisten Männer, aber es gelang ihr, ihren Rücken geradezuhalten und den Drang, sich zusammenzukrümmen, zu bekämpfen. Obwohl ihre Füße noch immer viel zu groß waren, hatte sie sich mit ihren Brüsten fast abgefunden. Unter der Anleitung einer älteren Geisha lernte sie allmählich, sie mit Anmut und Würde, wenn nicht mit Stolz zu tragen.

Sie schenkte Tee und Sake ein, kaufte Reispuder für das Gesicht und holte die Lippenfarbe, die in großen, glasierten und bemalten Muschelschalen geliefert wurde, und sie trug die Kimonos und Fächer der Geishas. Sie übte Tanzen, bis ihr Körper schmerzte. Doch es gab auch Entschädigungen. Yukiko beobachtete genau, und sie wußte, daß die besten Geishas ein Leben führten, das sich um Vergnügungen drehte, und daß sie von allen geachtet und respektiert wurden, nicht nur von den Kunden und den Lehrlingen, sondern auch von den Kaufleuten und den gewöhnlichen Bewohnern der Stadt. Ihr erster Lohn bestand also darin, daß sie ein Ziel hatte, das all die harte Arbeit der Mühe wert erscheinen ließ: Bevor ihre Mutter kam, um sie zurückzufordern und nach Hokkaido zurückzubringen, wollte sie dieses Leben in Luxus und Muße kennenlernen; sie sehnte sich danach, eine Geisha zu werden, wenn auch nur für begrenzte Zeit.

Die zweite Entschädigung waren ihre Freundinnen. Zusammen mit fünf anderen jungen Mädchen schlief sie in einem kleinen Raum mit kaltem, nacktem Boden. Hoch oben an den Wänden waren Fenster, und bei Nacht glitten sie auf, und bleiche Gesichter schauten auf sie nieder. Das Erscheinen dieser bleichen Gesichter wurde zu einem Spiel, das die Mädchen spielten, und bald waren sie so geschickt darin, daß sie die ganze Nacht miteinander hätten flüstern und kichern können, wenn sie dazu nur genug Energie gehabt hätten.

Im Winter, wenn es in ihrem gemeinsamen Schlafraum bitterkalt war, schliefen sie paarweise zusammen in ihren Futons, und in solchen Nächten flüsterten und kicherten sie noch lauter miteinander, doppelt angeregt durch die glatte und warme Haut des anderen Mädchens. Vier der Mädchen wußten nie, mit wem sie ihre Futons teilen würden, aber für Yukiko war es immer dieselbe. Sie mochte alle Lehrlinge, aber ihre engste Freundin und das einzige Mädchen, mit dem sie jemals schlief, war Kaori.

Als Yukiko im Geishahaus angekommen war, verängstigt durch ihre neue Umgebung, völlig erschöpft von der langen Reise und krank vor Sehnsucht nach ihrer Mutter, hatte Kaori sich ihrer angenommen. Als sie Yukikos ersticktes Schluchzen unter ihren Decken gehört hatte, war Kaori ohne ein Wort zu ihr in den Futon geschlüpft und hatte Yukiko den unermeßlichen Trost zweier kurzer, plumper Arme, die sich um ihren Hals schlangen, wie die ihrer Mutter es getan hatten, und einer runden, weißen Schulter geboten, an die Yukiko ihren schmerzenden Kopf legen konnte.

Kaori und Yukiko wurden bald unzertrennlich, und zwar so sehr, daß sie anfingen, automatisch auf den Namen der anderen zu reagieren, denn niemand, nicht einmal die anderen Lehrlinge im Geishahaus, konnte sich genau erinnern, wer Kaori und wer Yukiko war. Und das trotz der Tatsache, daß sie sich überhaupt nicht ähnlich sahen, sondern eher wie ein lächerliches Paar wirkten, wenn sie zusammen durch die Straßen gingen. Kaori war fast einen ganzen Kopf kleiner als Yukiko, ihr Gesicht bekam Grübchen, wenn sie lächelte und auch, wenn sie die Stirn runzelte, und ihr Körper bestand aus nichts als weißen Kurven. Ihr Gesicht, blaß und rund, erinnerte an den Mond.

Als Tochter einer jungen Geisha, die im Kindbett gestorben war, hatte Kaori nie außerhalb des Geishahauses gelebt, und sie war gefesselt von Yukikos Geschichten über das Aufwachsen auf dem Land. Doch obwohl sie oft sagte, wie gerne sie auf Hokkaido leben würde, liebte Kaori das Geishahaus und die Stadt Tokio, und sie erfüllte ihre mühseligen Aufgaben mit einer Bereitwilligkeit und Anmut, die Yukiko an ihre Mutter erinnerten.

Es mag so aussehen, als rührte Kaoris Zufriedenheit mit ihrem Los daher, daß sie (da sie nie außerhalb des Geishahauses gelebt hatte) keine andere Lebensweise kannte, doch in Wirklichkeit war sie ein Teil ihrer Natur. Kaori begegnete allem, was das Leben ihr zuteilte, mit großäugigem Lächeln, tiefer innerer Ruhe und einer Spur von Resignation, die zu einer anderen Zeit und an einem anderen Ort als philosophische Einstellung gegolten hätte. Yukiko, die einen großen Teil ihres Lebens mit dem Versuch verbringen sollte, das, was das Schicksal ihr zumaß, in die Form zu hämmern, die es ihrer Meinung nach haben sollte, bewunderte Kaoris stoisches Hinnehmen der oft unerwünschten Gaben des Schicksals, ihr selbst gelang es jedoch nie auch nur entfernt. Immerhin lernte sie von Kaori, die harte Arbeit wenn schon nicht mit gutmütigem Achselzucken, so doch mit besserer Laune zu ertragen.

Kaori führte Yukiko auch in das Vergnügen ein, den eigenen Körper zu studieren. Sie mochten Backfische sein und dazu ausgebildet werden, wie man Männern dient und sie erfreut, aber wie Kinder kratzten sie heftig an Mückenstichen, rissen Wundschorf ab und verglichen ernst und vertieft ihre Hornhaut. Von allen Lehrlingen waren sie die einzigen, die nicht nur im Winter einen Futon teilten, und der Trost, den sie im Körper der anderen fanden, überwog sogar die Unbequemlichkeit, sich in der stickigen Hitze einer Sommernacht in Tokio ein schmales Bett zu teilen.

Kaoris Anwesenheit an ihrer Seite linderte die Einsamkeit, die Yukiko empfand, seit ihre älteren Brüder sie verschämt und wortkarg und ohne eine Umarmung hatten ziehen lassen; sie löste auch die Bitterkeit auf, die sie mit sich herumgetragen hatte, seit ihr Vater befohlen hatte, daß sie verkauft werden sollte. Mit der Zeit nahm Kaori den Platz der Schwestern ein, die Yukiko niemals gehabt hatte, und schließlich auch den ihrer Mutter.

Denn Akiko kam niemals. Sie konnte nicht schreiben, so daß Yukiko keine Briefe aus Hokkaido erhielt, obwohl sie an ihrem siebzehnten Geburtstag eine Dose mit verschiedenen Sorten von billigem Tee bekam. Yukiko warf den Tee aus der Dose weg und bewahrte statt dessen ihr Haar darin auf; das tat sie bis zu dem Tag, an dem sie heiratete.

Meine Mutter war zwar keine religiöse Frau, aber wenn sie mir diese Geschichten über meine Großmutter erzählte, vollzog sie damit eine Art eigenes, geheiligtes Ritual: einen Akt der Buße für den Graben, der sich zwischen ihr und ihrer Mutter aufgetan hatte, für die Kühle und das fast vollständige Schweigen, die fünfundzwanzig Jahre lang anhalten sollten. Ob bewußt oder unbewußt, meine Mutter war zu der Entscheidung gekommen, daß es Strafe genug war, Yukiko ihrer eigenen Gegenwart, der Gesellschaft ihrer einzigen Tochter, zu berauben; mich ihr ebenfalls vorzuenthalten, wäre zuviel. So erzählte sie mir diese Geschichten, um dafür zu sorgen, daß ich meine Großmutter verstand und liebte; um dafür zu sorgen, daß wir, wenn wir uns endlich kennenlernten, auch wußten, wie wir Freundinnen sein konnten.

Obwohl sie das älteste Kind und das einzige Mädchen war, entglitt meine Mutter dem liebevollen, aber festen Griff ihrer Familie. Sie war von ihr und vor allem von ihrer Mutter durch einen tiefen ideologischen Graben getrennt. Yukiko, die durch ihr eigenes Leben statt durch Bücher und Schule gelernt hatte, war ein zutiefst konservativer Mensch. Überzeugt, die Macht einer Frau liege darin, ihren Mann zu beeinflussen, legte sie großen Wert auf weiblichen Charme. Meine Mutter, moderner als ihre Zeit und ihr Land, schätzte intellektuelle und künstlerische Leistung höher als alles andere und war über Yukikos Einstellung unendlich enttäuscht. Sie versuchte, gehorsam zu sein, aber sie entzog sich Yukikos Versuchen, ihr beizubringen, wie man einen Raum so betritt, daß allen der Atem stockt, und wie man eine Gruppe von Männern mit bloßen Worten erregt; sie verlor die Geduld, wenn sie ihrer Mutter beizubringen versuchte, daß solche Lektionen vielleicht für eine angehende Geisha passend waren, nicht aber für eine anständige junge Dame aus einer reichen Familie. Sie gerieten über dieses und verwandte Themen oft und heftig aneinander, und der tägliche Streit überdeckte ihre grundlegende Ähnlichkeit und ließ sie schließlich ganz unkenntlich werden: die Zielstrebigkeit, mit der sie verfolgen, was sie wollen, und die Sturheit, die sie veranlaßt, ihre Männer niemals loszulassen.

So tiefgreifend und alt er auch ist, der Machtkampf zwischen meiner Mutter und Yukiko ist nicht der einzige Grund, warum ich meine Großmutter nie kennengelernt habe. Dafür ist auch eine Reihe unglückseliger Umstände verantwortlich, die einander zeitlich so genau abgestimmt folgten, daß es fast aussah, als gäbe es eine Verschwörung, um meine Großmutter und mich getrennt zu halten.

Zuallererst waren da mein Vater und seine Bitterkeit gegenüber Yukiko, weil sie ihn als Bewerber um die Hand ihrer Tochter zurückwies: Als er und meine Mutter nach Amerika kamen, weigerte er sich, sie mit ihrer

Familie Kontakt aufnehmen zu lassen. Anfangs war meine Mutter, frisch verliebt und zu Recht empört über die Haltung ihrer Eltern ihrem Mann gegenüber, mit diesem Zerreißen der Familienbande einverstanden. Aber als ich geboren wurde, begann sie meinen Vater zu hintergehen und zweimal im Jahr Fotos von mir zu schikken.

Später, als die Ehe scheiterte, war meine Mutter zu arm, um einen Besuch in Japan zu bezahlen, und zu stolz, um ihre Eltern um Hilfe zu bitten; Jahre vergingen, bis sie ihnen auch nur eingestehen konnte, was ihre Familie schon lange vermutet hatte – daß mein Vater sie verlassen hatte und wir danach arm waren. Und noch später, als meine Mutter einen ordentlich bezahlten Job bekam, war sie zu beschäftigt und vermutlich auch zu erschöpft, um sich für eine so anstrengende Reise nach Übersee frei zu nehmen.

Obwohl mein Vater in gewissem Maße verantwortlich war und auch die Faktoren von Zeit und Geld und reiner Logistik eine Rolle spielten, die nötig sind, um zwei Menschen um die halbe Welt zu tragen, fällt es mir schwer, nicht meiner Mutter die Schuld daran zu geben, daß ich meine Großmutter und auch viele andere Dinge entbehren mußte.

Anders als die anderen Kindern in der Schule krabbelte ich nicht zu meinen Eltern ins Bett, wenn ich Alpträume von namenlosen Bestien hatte. Wenn die Alpträume sehr schlimm waren, floh ich die knarrende Holztreppe hinauf und durch den langen, dunklen Gang zum Schlafzimmer meiner Eltern, wo ich mich vor der Tür zu einer kleinen Kugel zusammenrollte. Sie sprachen nachts oft stundenlang miteinander; ich konnte ihre Worte zwar nicht verstehen, aber das Murmeln ihrer Stimmen drang leise und tröstlich unter dem Türspalt hervor.

Gewöhnlich schlich ich danach beruhigt in mein eigenes Bett zurück, aber eines Nachts schlief ich auf dem Fußboden ein. Morgens wäre mein Vater fast über mich gefallen, als er die Tür öffnete; er sagte etwas auf japanisch, und meine Mutter begann zu lachen. Ich war damals vielleicht fünf oder sechs und schon ziemlich groß, mit ungelenken langen Beinen, aber er hob mich mühelos auf und trug mich die Holztreppe hinunter; meine Mutter folgte uns, und sie flüsterten auf japanisch miteinander. Ich hielt die Augen geschlossen, aber ich glaube, daß wenigstens er vielleicht merkte, daß ich wach war und nur vorgab zu schlafen, um noch einmal Baby sein zu dürfen und am frühen Morgen gehalten, getragen und wieder in mein Bett gelegt und zugedeckt zu werden.

Während sie mich ins Bett legten, riskierte ich einen schnellen Blick auf meine Eltern, und meine Mutter ertappte mich dabei. Sofort stürzte ich mich in eine Erklärung, was ich so spät in der Nacht außerhalb meines Zimmer getan hätte, aber sie brachten mich zum Schweigen, bevor ich weit gekommen war. »Schlaf wieder ein«, sagte mein Vater. »Du brauchst deinen Schlaf«, sagte meine Mutter. Seine Hand lag warm und schwer auf meinen Augen; sie zog die Decken über meinen Körper. Wieder lachte sie. Dann verließen sie mein Zimmer und gingen in die Küche, um Tee zu trinken und zu frühstücken.

So war meine Mutter in den frühen Stadien ihrer Ehe eine Person, die ohne Grund lachte. Außerdem war sie eifrig und schwatzhaft und hatte Apfelbäckchen, ein Gesicht, das gewöhnlich vor Erregung leuchtete, und Haare, die ihr wirr um den Kopf flogen.

Jetzt ist sie dünner, ihre Wangen sind weder voll noch rot, und ihr Haar ist zu einem ordentlichen und ansehnlichen Bob geschnitten; sie ist kaum noch als die junge Frau zu erkennen, deren Fotos ich so aufmerksam studiert habe. Der Intellekt, den sie damals hatte, ist natürlich noch intakt, aber wo sie damals eine drängende Neugier auf die entlegenen Ecken der Welt und den unersättlichen Hunger besaß, sie kennenzulernen, ist sie jetzt damit zufrieden, nur in den Zeitungen darüber zu lesen. Und sie lacht kaum jemals.

Ich war zehn, als ich mir schwor, nie so zu werden wie meine Mutter. Ich kam von der Schule und trottete bei uns in die Einfahrt, da sah ich sie an der üblichen Stelle auf dem harten, geraden Stuhl am Fenster sitzen. Ich winkte, aber sie reagierte nicht.

Nachdem ich in der Diele meine Schuhe von den Füßen geschleudert hatte, betrat ich das unbenutzte Schlafzimmer und hockte mich neben ihr auf den Boden, vielleicht einen halben Meter von der linken Seite ihres Stuhls entfernt. Es war Frühherbst, und wir saßen in vollem Sonnenlicht.

Ich nahm meine letzte Buchbesprechung aus meinem Rucksack und legte sie meiner Mutter in den Schoß. »Ich habe dir ja gesagt, daß sie Mrs. Jennings gefallen wird«, sagte ich.

Während ich darauf wartete, daß meine Mutter auf die Kommentare reagierte, fuhr ich in immer weiteren Kreisen mit den Händen über den Teppich. Beim sechsten oder siebten Kreis fröstelte ich, weil mir plötzlich buchstäblich eiskalt wurde.

Der Teppich, der einen ganzen Tag Sonnenschein in sich aufgenommen hatte, war an den meisten Stellen angenehm erwärmt. Aber links von Mutters Stuhl, wohin ihr Schatten fiel, war der Teppich so kalt, daß ich wußte, die Sonne hatte ihn stundenlang nicht berührt.

Ich sah zu meiner Mutter auf. Sie starrte vor sich hin, und die Buchbesprechung lag ungelesen auf ihrem

Schoß. Ihr Haar war feucht und verfilzt, ungekämmt und ungewaschen.

»Wie lange sitzt du schon hier?« fragte ich.

Es war die Dringlichkeit in meiner Stimme, die sie veranlaßte, mich anzusehen. Ich beobachtete, wie ihre (... drei Mississippi, vier Mississippi ...) sich auf mich richteten. »Ich weiß nicht«, sagte sie.

Damals war mein Vater schon ein Jahr fort. Inzwischen ist es viele Jahre her, daß meine Mutter an dieser Stelle am Fenster saß, aber ihre Romanze mit Mr. Lewis, unserem Nachbarn, der Gemüse anpflanzt, scheiterte erst letzten Herbst: Offenbar hat sich nicht allzuviel verändert.

Großmutter, werde ich sagen. *Obaasama*, ist es denn ein Wunder, daß der Gedanke, wie lange meine Mutter um meinen Vater gelitten hat, an mir nagt? Würde es wirklich jemanden überraschen, daß es dein Bild ist – das Bild der Frau, die ein praktisches Arrangement in die längste und leidenschaftlichste aller Liebesgeschichten verwandelte –, das ich als Leitstern betrachte?

Ob es mir paßt oder nicht, die Schicksale meiner Mutter und meiner Großmutter sind die Sterne, nach denen ich meinen Kurs ausrichte.

Der Anruf kommt fast genau um vier Uhr. Aus dem Schlaf gerissen, taste ich hektisch nach dem Telefon und werfe es um, so daß ich den Hörer an der Schnur zu mir ziehen muß, als wäre er ein Fisch. »Hallo, Eric, bist du das?« frage ich hoffnungsvoll, aber in dem Wissen, daß er es nicht ist. Alles, was ich höre, ist das mittlerweile vertraute Heulen in der Leitung. Ich würde das Telefon ja nachts ausstöpseln, aber jedesmal, wenn ich das versuche, werde ich von Bildern heimgesucht, wie meine Mutter die Treppe herunterfällt und sich ein Handgelenk oder Schlimmeres bricht und sie oder das Krankenhaus vergeblich versuchen, mich zu erreichen.

Diese Anrufe mitten in der Nacht erschüttern mich zutiefst, und meine Hände zittern. Nachdem ich den Hörer aufgelegt habe, ziehe ich meine Laken bis zum Kinn hoch und denke darüber nach, ob ich Eric anrufen soll.

Er sorgt sich um mich, weil ich allein lebe. Er hat mir sogar Schlüssel für seine Wohnung nachmachen lassen, die ich benutzen soll, wann immer ich einsam oder verängstigt bin und es zu spät ist, um ihn anzurufen. Obwohl Situationen wie diese dauernd vorkommen, habe ich die Schlüssel noch nie benutzt. Doch in diesem Augenblick könnte ich mich aufsetzen, Kleider und eine leichte Jacke anziehen, meine Handtasche und die Schlüssel nehmen und mir ein Taxi in die Innenstadt nehmen. Vielleicht würde er mich mit einem erfreuten, verschlafenen Kuß willkommen heißen; sein Bett wäre warm von seinem Körper. Es freut mich zu wissen, daß selbst an einem Montagmorgen um vier Uhr vierzehn irgendwo in der Stadt jemand ist, der glücklich sein würde, mich zu sehen.

Wie alle Frauen in meiner Familie schlafe ich so schlecht, daß ich mich fürchte, zu Bett zu gehen, die Stunden fürchte, in denen ich wach liege und mit weit geöffneten Augen an die Decke und auf die Wände starre. Wenn ich mich langweile und mir nach Spielen zumute ist, benutze ich das Licht meines Weckers, um mit den Händen Schattenbilder an die Wand zu werfen, Gänse oder Kaninchen oder lautlos bellende Hunde. Wenn ich mich glamourös fühle, übe ich die gekünstelten Posen von Fotomodellen, das Handgelenk gebeugt, die Finger gespreizt und den kleinen Finger erhoben.

Meine Beschäftigung mit Händen hat vielleicht mit meiner Mutter begonnen, die auf dem Klavier gern

Chopin spielte. Ich glaube, sie liebte Chopin fast so sehr wie sie meinen Vater liebte. Einst war unser Haus erfüllt von Préludes. Ich erinnere mich, wie ich auf Zehenspitzen neben dem Klavier stand und ihre Finger beobachtete, lang und dünn und geschmeidig, und wie es mir vorkam, als würden sie singen, während sie über die Tasten glitten. Mit fünf Jahren begann ich mit dem Klavierunterricht, aber obwohl meine Finger später auf der Schreibmaschine so flink und selbstsicher waren, waren sie auf dem Klavier dick und ungelenk, laut und unmelodisch, auch nach stundenlangem Üben. Nach vier Jahren frustrierenden Unterrichts gab ich auf, und als die Finger meiner Mutter anschwollen, die Gelenke durch Arthritis grotesk und unförmig aussahen, stand das Klavier jahrelang in stolzer und stiller Pracht da. Schließlich war es hoffnungslos verstimmt, aber das kümmerte keinen. In den verlassensten Nächten, wenn Phillips Verlust zu einem körperlichen Schmerz wird, spiele ich in Schattenbildern an der Wand Tonleitern.

Manchmal stehe ich auf und lese, bis es hell wird, und ab und an schalte ich den Fernseher ein und zappe durch die Kanäle; nur weniges interessiert mich, aber vielleicht bin ich nicht fair, weil in den grauen Stunden zwischen Nacht und Morgen kaum gute Sendungen laufen können. Der Fernseher steht am Fußende meines Betts ziemlich riskant am Rand der Frisierkommode, und zwar seitlich, so daß ich im Liegen den Bildschirm sehen kann. Ich mag es so. Das Potential des leeren Schirms fasziniert mich, obwohl ich in manchen Nächten sicher bin, daß er herunterfallen und meine Zehen zerquetschen wird.

Der Fernseher ist von Eric, ein Geschenk ohne besonderen Anlaß. Als ich mich dafür bedankte, küßte er mich und sagte, er sei unbedingt notwendig. »Ich werde dich schon noch zum zwanzigsten Jahrhundert überreden, bevor es um ist«, sagte er. »Wenn ich mit dir fertig bin, wirst du mühelos mit Videorecordern und CDs umgehen können, eine echte Frau der neunziger Jahre. Warte nur – es wird schmerzlos ablaufen und sogar Spaß machen.«

Ich erwache um die Mittagszeit. Sonnenschein fällt schräg auf mein Bett, und in meinem Körper ist ein Gesang, der sich bis hinunter in die Zehen erstreckt. Was ist das für ein Glücksbeben, für eine Wonne, die absurde Vorstellung, daß meine Zehen gleich in Passagen aus Händels »Messias« ausbrechen werden? Ich rolle mich auf die Seite, dehne den Rücken, bis er sich zu einem Lächeln wölbt, und überdenke die Möglichkeiten. Und da fällt es mir ein: Nur noch zwei Monate, dann wird meine Großmutter Yukiko nach Amerika kommen.

Sie wird Mitte November hier sein, gerade rechtzeitig zu Thanksgiving. Wir werden zusammen um den Tisch sitzen, drei Frauen aus drei verschiedenen Generationen, und dann, nach ihrem ersten amerikanischen Truthahn, während ich das Geschirr in die Spülmaschine stelle und sie ihren langen Körper an den Küchenhocker lehnt, werde ich sie nach ihrer heimlichen Liebe fragen, denn auch sie hatte eine: Auch sie weiß, wie es ist, zwei Männer gleichzeitig zu lieben, zumindest für eine Weile. Ich werde sie nach dem Verlangen fragen, einem Thema, das ich (trotz ausführlicher Diskussionen über Behandlungsmethoden bei Hefepilzen und die Nebenwirkungen von Geburtenkontrolle) mit meiner Mutter nie recht anschneiden konnte. Mit Yukiko wird das anders sein, da wir uns als Frauen von Welt begegnen werden. Sie wird sich über das Ausmaß meiner Erfahrung amüsieren, nichts weiter.

Ich werde ihr von dem Raum erzählen, geheim und unverletzlich, den ich einst mit Phillip teilte. Ich werde ihr erzählen, wie ich mehr als ein Jahr um ihn getrauert habe und wie ich noch immer mit ihm lebe, und sie wird nicken und verstehen.

4. Kapitel

PHILLIP KAM FÜR zwei Tage aus Afrika nach New York und blieb, weil er sich in die Subways, die Untergrundbahnen, verliebte.

Er war in den meisten großen U-Bahnen der Welt gefahren: Moskau, Wien, Paris und London, aber es waren die New Yorker Subways, laut und schmutzig und oft hoffnungslos unbrauchbar, die er liebte. Als ich ihn drängte, den Grund zu erklären, brauchte er nicht einmal nachzudenken. »Sie erinnern mich an Dinosaurier«, sagte er.

Er hatte seine Kindheit auf einer Farm in Iowa verbracht. »Wo es genug Mais gab«, sagte er, in die gedehnte Sprechweise seiner Vergangenheit verfallend, »um einen Typ verrückt zu machen. Diesen Typ hat es jedenfalls verrückt gemacht. Meilenweit nichts als Mais, ein ganzer Ozean von Mais, auf Land, das so flach war wie dieser Tisch.«

»Das würde ich sehr gern sehen«, sagte ich.

Er sah mich nachdenklich an. »Wir könnten hinfahren, wenn du wirklich willst, aber ich würde wetten, daß es dir auch nicht gefällt. Es gibt da eine Menge Himmel und sonst nicht viel, und ich glaube, die meisten Leute aus der Stadt verkraften das nicht. Meine Mutter hat es gehaßt, weißt du. Man sollte nicht meinen, daß jemand an einem Ort mit so viel Himmel Platzangst kriegen kann, aber sie hat sie gekriegt und ich auch.«

Nachdem seine Mutter fortgelaufen war, kümmerte

Phillip sich jahrelang um seinen Vater. Er verließ die Stadt, als die zweite Hochzeit seines Vaters gerade zu Ende ging. Die neue Frau war eine kräftige Griechin, die den Hochzeitsgästen in Olivenöl getauchte Speisen servierte, bis ihre Gesichter ebenso glänzten. Sie liebte den Himmel von Iowa.

Ich stellte mir Phillip gern in der Nacht vor, in der er sein Zuhause verließ – ein wenig fröstelnd in der kühlen Luft, gelegentlich nach einer Mücke schlagend, ein schlaksiger Siebzehnjähriger mit einer Jeansjacke über der Schulter, der stolz und gleichgültig bittend einen Daumen hochhält. Doch in letzter Zeit versuche ich, nicht an seine Vergangenheit zu denken, hauptsächlich, um nicht in das schwarze Loch zu fallen, das sich bei dem Wort »falls« auftut: Falls Phillip mit normalem Augenlicht geboren worden wäre, falls er den Augentest für den Führerschein bestanden hätte, falls das Vertrauen auf die Freundlichkeit von Fremden und Freunden nicht seine einzige Möglichkeit gewesen wäre, in seiner Heimatstadt herumzukommen, dann hätte er vielleicht nicht dauernd das Bedürfnis gehabt zu reisen. Vielleicht wäre er für immer mit mir in New York geblieben.

Andererseits, wenn all das der Fall gewesen wäre, hätte er Iowa vielleicht niemals verlassen.

So erdgebunden, wie er war, ist es kein Wunder, daß er die Maisfelder verließ, wo sich meilenweit außer dem Wind und natürlich dem Mais nichts rührte. Ich habe ihm, weil er Mitleid haßte, nie gesagt, wie leid er mir tat, dazu verdammt, am Straßenrand zu stehen, während seine Klassenkameraden (denen Führerscheine Flügel verliehen) vorbeiflogen.

Er hatte ein Talent zur Reglosigkeit. Obwohl seine Augen mit einem eigenen Willen von einer Seite zur anderen huschten, konnte er seinen Körper oft stundenlang ruhig halten. Er schien kein Bedürfnis zu haben, ab und an einen Muskel zu rühren oder mit den Füßen aufzustampfen, um den Blutkreislauf in Gang zu bringen, wie es den meisten Leuten geht. In langweiligen Filmen pflegte ich das Gewicht meines Körpers zu verschieben und die Knie zu bewegen und an nicht existierenden juckenden Stellen zu kratzen, während er, von dem Film ebenso gelangweilt, nicht einmal zuckte. Oft kam er vorbei, wenn ich las, und dann vergaß ich, daß er da war, so still saß er da, in seine eigenen Gedanken versunken.

Doch gleichzeitig war er zutiefst ruhelos. Als ich ihn kennenlernte, war er seit neun Jahren nahezu ununterbrochen unterwegs. Am glücklichsten war er, wenn er reiste, und es war eine Offenbarung für ihn wie für mich, daß er nicht mit dem Fahrrad durch Südamerika zu fahren brauchte, um das Gefühl zu haben, unterwegs zu sein. Es genügte ihm, in der Subway zu fahren und die Namen der Haltestellen wie exotische Gewürze auf der Zunge zergehen zu lassen: Smith, Carroll, Bergen, Jay Street, York.

Ob durch Übung oder einfach durch ein natürliches Gleichgewichtsgefühl, das Rütteln und Schwanken der Züge machte ihm nichts aus. Ich war sauer, aber er schüttelte sich vor Lachen, wenn ich zum zweitenmal auf dem Schoß desselben alten Mannes landete. »Geh mit«, sagte er, »leg dich mit in die Kurven. Du mußt lernen, dich mit dem Zug zu bewegen.«

Wir machten lange Fahrten, bei denen eher das Fahren als das Ziel wichtig war, auf Strecken, die nach einem von ihm sorgfältig ausgearbeiteten Plan kreuz und quer durch die Stadt verliefen. Wir saßen auch viele Stunden in Cafés, Parks und meiner Wohnung. Ich nahm die schiere Länge der Zeit, die wir miteinander verbrachten, immer als selbstverständlich hin – was anmaßend war, denn wenn es um Phillip ging, hatte ich eine Menge Konkurrenz. Wie Russia mir gesagt hatte, bevor sie uns miteinander bekannt machte, hatte er eine ausgesprochen anziehende Wirkung auf Mädchen.

Er besaß das, was ich als X-Faktor bezeichne, das Element der Unberührbarkeit, das seinen glücklichen Inhaber unwiderstehlich und rätselhafterweise sogar sexuell attraktiv macht. Er war scheu bis zur Grobheit und machte keinerlei Anstrengung, Frauen zu bezaubern oder oft auch nur mit ihnen zu reden, und möglicherweise durch lebenslängliche weibliche Vergötterung abgehärtet, schien er sich der Unruhe, die er verursachte, und der Erregung, die er hinterließ und nicht befriedigte, kaum bewußt zu sein.

Außerdem war er trotz einer gewissen schlaksigen Anmut, die bewirkte, daß die Leute sich auf der Straße nach ihm umdrehten, eigentlich nicht gut aussehend. Eric mit seinem gut geschnittenen Gesicht, seinem hellen Teint und seinen dunklen Augen ist viel hübscher, als es Phillip jemals war, aber es war Phillip, den die Frauen liebten und mit einem Verlangen musterten, das nicht nur, aber natürlich in erster Linie sexuell war. Von ihm angezogen wie vom Licht der Sonne, fanden alle, Kellnerinnen in Cafés und Bars, Bankangestellte, Verkäuferinnen, Bekannte von mir oder ihm, die wir auf der Straße trafen, die auffallende, glamouröse Russia und die alte Mrs. Noffz, meine verwirrte Nachbarin aus der Wohnung gegenüber, Vorwände, um ihn herumzustreichen; sie strahlten in seiner Gegenwart, seufzten wehmütig, wenn sie sich verabschiedeten, und warfen dauernd forschende Blicke in meine Richtung, als überlegten sie, was mich so besonders mache, oder wogen ihre Chancen gegen mich ab.

Vielleicht erlagen auch sie seiner ruhigen Ausstrahlung und dem Hunger, der dahinter verborgen lag wie eine stählerne Falle.

Eines Abends im Oktober, als Phillip und ich durch eine Gasse in der Nähe meiner Wohnung gingen, hörten wir das Klappern von Mülltonnen und den leisen, verblüfften Schrei eines Tiers. Wir mußten drei Müllsäcke und eine Plastiktonne beiseite schieben, um den Kater zu finden, und selbst danach hätten wir ihn beinahe übersehen, weil er im Schatten kauerte. Er sah hart und häßlich aus mit dem geronnenen Blut, das sein linkes Auge und seinen Rücken bedeckte, und er war so schmutzig, daß ich die Farbe seines Fells nur erraten konnte. Lange redeten wir auf ihn ein, bevor er zuließ, daß wir uns ihm auch nur näherten; er spuckte und knurrte, aber wir fingen ihn ein, und er war zu schwach, um sich lange zu wehren. Ich konnte die Erleichterung in seinen Augen sehen, als er endlich nachgab und uns an sich heranließ, und obwohl wir es nicht vermeiden konnten, die offenen Wunden zu berühren, lag er überraschend schlaff und entspannt in meinen Armen. Phillip trug ihn in meine Wohnung, und ich hatte mich mittlerweile schon in ihn verliebt, weil er uns vertraute.

»Das ist aber mal ein großer Kater«, sagte Phillip, der von dem Gewicht ein wenig außer Atem war.

»Na ja, ich hab mir immer ein Pferd gewünscht«, sagte ich.

Ich goß Wasser in eine Schale und öffnete eine verstaubte Dose Thunfisch, die ich hinten im Schrank gefunden hatte. Er war ausgehungert, aber ich gab ihm nur wenig und hob den Rest für später auf.

»Ich wünschte, ich wüßte, was zu tun ist«, sagte ich und nagte dabei an meinen Fingerknöcheln. »Vielleicht sollten wir jemanden rufen, einen Tierarzt oder so.«

Phillip, der auf den Knien hockte, sah fasziniert zu, wie der Kater sich putzte. »Was, machst du Witze?« sagte Phillip. »Dieser Kater hat Schwein gehabt. Ich war mal Leibwächter, weißt du. Ich weiß, wovon ich rede.«

Ich lachte, die Fingerknöchel noch immer am Mund, und beobachtete sie hinter meinen Haaren hervor. Phillip hob den Kater hoch, hielt ihn auf Armeslänge von sich weg, gerade außerhalb der Reichweite seiner Krallen, und sah ihm in die Augen. »Keine Sorge, du bist in guten Händen«, sagte er zu ihm. »Es wird dir hier gefallen.«

Pferd antwortete mit einem kehligen Knurrgeräusch. »Setz ihn besser ab«, sagte ich und wich vorsichtig zurück, aber Phillip lachte nur. »Erkennst du kein Schnurren, wenn du eines hörst?«

Ich hielt Distanz. »Das soll ein Schnurren sein?«

»Er ist bloß ein bißchen eingerostet«, sagte Phillip, und es klang abwehrend.

Phillip und Pferd, beide abgehärtete alte Krieger, hegten natürlichen Respekt und Verständnis füreinander. Phillip liebkoste Pferd grob, quetschte ihm die übel zugerichteten Ohren mit einer brutalen Zärtlichkeit an den Kopf, die mich zusammenzucken, aber auch träumen ließ, und Pferd reagierte, indem er auf seine heisere Art schnurrte und manchmal sogar die Krallen nicht ausfuhr.

Ich säuberte Pferd, so gut ich konnte, und schließlich heilten seine Wunden, und der größte Teil seines Fells wuchs nach. Er war zwar groß und stark, aber immer noch häßlich, selbst als sein Fell sauber war, und er mochte mich zwar allmählich, war aber mürrisch und übellaunig und wurde nie wirklich liebevoll. Doch ich war ebenso in ihn vernarrt wie Phillip, denn wenn ich mitten in der Nacht aus Alpträumen aufwachte, an die ich mich nicht erinnern konnte, drückte das warme, solide Gewicht von Pferd bei jeder Bewegung an meine Füße, und als spüre er meine Bedürftigkeit, gestattete er mir, meine Hand auf seinen Rücken zu legen, und schnurrte sogar, bis ich wieder einschlief.

In einer ungewöhnlich warmen Nacht im Januar, als Vollmond war, lief Pferd über die Feuertreppe weg und kehrte nie zurück. Phillip und ich suchten die ganze Nacht und den größten Teil der drei folgenden Tage nach ihm, aber er war verschwunden. Obwohl New York City nicht gerade eine Zuflucht für streunende Katzen ist, beharrte Phillip darauf, daß es Pferd gutgehen würde, trotz seines geschundenen Körpers und allem. Er sagte, Pferd würde sich gegen alle anderen Kater durchsetzen, ihr Anführer werden und ihnen all ihre Ratten, ihre Fischköpfe und vielleicht sogar ihre Weibchen stehlen. Ich sorgte mich noch immer, aber am Ende mußte ich Phillip beipflichten.

Pferd ist zäh, ein direkter Abkömmling des Katzenhelden, der den Mythos von den neun Leben begründete. Er ist vermutlich glücklicher als wiederauferstandener König der Finsternis und der verwinkelten Gassen, als er es in meiner Wohnung jemals war. Trotzdem habe ich die Hoffnung nicht aufgegeben, daß er in irgendeiner Nacht, vielleicht, wenn der Himmel bedeckt ist, trotzdem zurückkommen wird. Als ich letzte Woche den Schrank säuberte, fand ich zwei Dosen Katzenfutter. Ich wischte den Staub ab und ließ sie dort, neben Pferds altem Futternapf mit seinem Namen.

Ich schiebe seine Flucht dem Mond in die Schuhe. Ich hatte schon viele Male vorher das Fenster offengelassen, und er hatte nie versucht, ins Freie zu gelangen.

Ich weinte, als Pferd uns verließ, aber ich weinte nicht, als Phillip ging. Vielleicht ist das der Grund, warum ich Phillip überall und in allen Dingen sehe. Der schief stehende, zunehmende Mond sieht aus wie sein schiefes Lächeln, jeder Stift und jeder Füllhalter scheint wie einer seiner langen, mageren Finger, die Schlitze des Toasters erinnern mich an die Wunde auf seinem Bauch.

Wenn ich in den Spiegel schaue, sehe ich mich selbst mit seinen Augen, und jetzt, während ich den Blick von der Decke wende und mich aufsetze, merke ich, daß er mich aus der Nordostecke des Wohnzimmers beobachtet. Ich weiß nicht, wie lange er schon da ist. Flankiert von vier violetten Motten, steht er auf den Händen. Er hält so gut das Gleichgewicht, als stünde er auf seinen Füßen, und sein Haar widersteht der Schwerkraft und liegt flach auf seinen Ohren. Sein Gesicht ist nicht gerötet, und seine Züge zeigen keine Spur von Anstrengung.

In dem Sommer, als er zweiundzwanzig war, arbeitete Phillip als Bauarbeiter, trat an einem nebligen Morgen auf einen losen Balken und rutschte aus. Er fiel nur etwa viereinhalb Meter tief, aber er fiel auf Beton, und so priesen die örtlichen Medien (in Nevada oder auch Wisconsin) sein Überleben als Werk Gottes. Seine Begegnung mit einer höheren Macht hinterließ allerdings Spuren, und ich kann seine alten Wunden von da aus, wo ich jetzt sitze, sehen: die blassere, glänzendere und leicht erhabene Oberfläche der Linie auf seinem Bauch, die Schnittwunde auf der Innenseite seines linken Unterarms, wo das Fleisch entnommen wurde, um seinen Rumpf zu flicken, und die drei tiefen Narben, die links über seinen Brustkorb laufen. Wie die Heiligen auf mittelalterlichen Abbildungen, deren Körper nackt, eindrucksvoll und von Pfeilwunden durchbohrt sind, ist Phillip wegen seiner Narben schön.

Er beobachtet mich feierlich aus seiner umgekehrten Perspektive, und während ich seinen Blick erwidere, macht es mich traurig, wieviel Gewicht er verloren hat. Im Laufe des Sommers ist Phillip immer dünner geworden. Bewegungslos und dürr bis auf die Knochen macht er kaum noch einen menschlichen Eindruck: Wenn man einen alten Kimono über ihn werfen würde, wäre er nicht mehr von der Vogelscheuche zu unterscheiden, die meine Großmutter zusammen mit ihren Brüdern baute, als sie noch ein Kind war und in den Reisfeldern arbeitete.

Sein Gewichtsverlust ist nicht die einzige Veränderung der letzten Monate. Auch seine Züge fangen an, unscharf zu werden, ein Prozeß, den ich dem Verstreichen der Zeit zuschreibe. Ich beginne zu vergessen. Nach meiner Verlobung mit Eric dachte ich, daß noch mehr von Phillip verblassen würde, statt dessen sieht er zunehmend solider und realer aus. Die Umrisse seiner Muskeln sind scharf und deutlich, seine Gesichtszüge haben detaillierte Schatten, und ich kann sogar die einzelnen feinen, blonden Haare auf seinen Beinen erkennen.

Ich suche in seinem Gesicht nach Anzeichen von Zorn oder Mißbilligung, aber er ist so undurchschaubar wie eh und je. Sein unverwandter Blick ist schwer auszuhalten, und ich wende mich ab. Ich wünsche mir, er würde reden. Ich liebte seine Stimme mit dem Hauch eines Akzents aus dem Mittleren Westen, ihr unterdrücktes Lachen, ihren leichten, scherzhaften Ton.

Obaasama, werde ich sagen. Großmutter. Du weißt auch, wie es ist, eine Stimme mit dem Körper zu hören, nicht wahr? Wie Musik, die in einem tieferen Stockwerk des Hauses gespielt wird, eine Vibration, die durch den Boden und in deine Füße dringt.

Er sagte, es sei das Knirschen des Schnees, das es der Mühe wert mache. Es war Dezember, und wir sprachen von der Reise nach Nepal, die er plante; ich hatte ihm gesagt, daß ich den Winter gern durchs Fenster sehe, aus dem Inneren meiner Wohnung.

»Schnee in New York ist schön«, erklärte ich. »Er verdeckt den Dreck auf den Straßen und läßt den Verkehr leiser erscheinen. Ich möchte ihn um keinen Preis verpassen.«

Er lachte und sah mich kopfschüttelnd an. »In den Bergen ist die Luft so frisch und scharf und kalt, daß deine Lungen jedesmal schmerzen, wenn du einatmest.«

»Das ist nicht gerade eine Empfehlung.«

»Na ja, das stimmt, es macht nicht immer Spaß. Einmal war ich absolut sicher, daß meine Zehen erfroren waren.« Er hielt inne. »Aber das kannst du mir glauben: Ganz früh am Morgen, wenn der Schnee unter den Füßen knirscht, ist all das der Mühe wert.« Er beugte sich vor und streckte die Arme aus, um die Kante auf meiner Seite des Tischs zu umfassen. »Komm mit mir«, sagte er, und seine Augen leuchteten vor Erregung. »Wir klettern zusammen auf die Berge und trecken durch all den Schnee, und du kannst den Schnee selbst hören.«

Ich lächelte ihn an. »Aber ich habe Unterricht.«

»Ach ja«, sagte er, ließ die Tischkante los und sah ein bißchen überrascht aus. Und dann beugte er sich wieder vor. »Kannst du nicht trotzdem für ein Weilchen weg – nur eine Woche oder so?«

Ich sah ihn über den Tisch hinweg an und verfluchte seine Anziehungskraft, den X-Faktor, den er so reichlich besaß. Denn da war es wieder, nur unter den Füßen zu spüren, das Rumpeln eines Zuges, der fast unbeachtet vorbeifährt: die Unterströmung sexuellen Verlangens, die leider nur in eine Richtung zu laufen schien. Hört, hört, dachte ich. Ha.

»Ich kann nicht, wenn du im Februar fährst«, sagte ich zu ihm und sah auf meine Fingernägel mit dem abblätternden Lack. »Ich kann's mir wirklich nicht leisten, so viel zu versäumen.«

Das Leuchten in seinen Augen flackerte und war dann verschwunden, als sei es nie dagewesen, hinterließ nur das übliche nervöse Zucken.

»Ich würde die Reise ja aufschieben«, sagte er unbehaglich, »aber es ist geplant, daß ich diese Gruppe auf der Wanderung führe«.

»Natürlich«, sagte ich und sah ihn etwas überrascht an. »Klar. Keiner verlangt von dir, die Reise aufzugeben.«

Er sprach weiter, als hätte ich nichts gesagt. »Ich möchte in New York leben. Ich bin hier länger geblieben als irgendwo sonst, seit ich von zu Hause weggegangen bin, und neuerdings scheint es nicht mehr genug, mit der Subway herumzufahren. Ich muß ...« Er hielt inne, wegen der Unzulänglichkeit der englischen Sprache wie so oft um Worte verlegen. Er streckte einen Arm in die Luft, die Handfläche nach innen gedreht, und ballte dann eine Faust, den Kopf schräg gelegt, während er nachdachte. »Woanders hin«, das war alles, was er zustande brachte. »Ganz woanders hin. Wenigstens für eine Weile.«

»Ganz woanders hin«, wiederholte ich. »Das klingt gut.«

Daraufhin sagte er mir, er würde im Frühjahr zurückkommen, und dann hätten wir den ganzen Sommer vor uns. Es wäre nur eine kurze Reise, lediglich drei Monate. Und ich hätte ja sowieso mit dem Unterricht zu tun.

Ich unterbrach ihn, als er gerade anfing, von der Fahrt nach Westen zu reden, die wir im Sommer machen würden. »Weißt du, du schuldest mir keine Erklärung«, sagte ich.

Er erwiderte meinen Blick und lächelte dann langsam. Seine Augenbrauen waren skeptisch verzogen, und ich dachte, er würde mir widersprechen, aber statt dessen griff er über den Tisch und begann, in meinem Haar zu wühlen und es kurzsichtig anzustarren.

»Das ist es, das hab ich am liebsten«, krähte er.

Er hatte eine lange und glänzende silberne Strähne in den Fingern.

»Wenn du dir die Haare färben läßt, Ki, dann diese

nicht. Nach denen werde ich Ausschau halten, wenn ich wiederkomme.«

Eine Sekunde lang konnte ich nicht sprechen.

Es scheint völlig passend – wenn man bedenkt, wie Phillip starb –, daß ich, wenn ich nahe genug war, um ihn atmen zu hören, manchmal Symptome von Höhenangst bekam: Schwindel, Benommenheit, sogar eine Spur Übelkeit. Dann konnte ich nur schnell und flach einatmen. Aber meistens neigte ich dazu, bloß zu erstarren, wenn sein Körper zu nahe war; irgendein atavistischer Reflex setzte ein, um mich davon abzuhalten, noch einen Schritt weiter zu gehen. So gern ich diese seltsame Lähmung als eine weitere Eigenschaft abtun würde, die ich mit meiner Mutter und Großmutter gemeinsam habe, einen Makel, der – wie meine Schlaflosigkeit – in meinen Genen steckt und daher nicht zu kontrollieren ist, aber dieser Makel gehört allein mir: Yukiko diente Angst nur als Motor zum Handeln, und meine Mutter fürchtet sich bloß vor wirklichen Höhen.

»Du solltest das nicht in der Öffentlichkeit tun«, sagte ich schließlich mit strenger Stimme. »Das ist würdelos. Du bist wie einer dieser Affen, der seine Gefährtin nach Flöhen absucht.«

Linkisch ließ er die lose Strähne auf mein restliches Haar zurückfallen und tätschelte mir dann den Kopf. »Im Sommer verreisen wir zusammen«, sagte er wieder. »Ich versprech's dir.«

In manchen Nächten finde ich mich, wenn ich eingeschlafen bin, in der Kälte stehend wieder. Ich möchte über den Schnee gehen, um ihn knirschen zu hören, aber wenn ich den Fuß hebe, zieht sich langsam ein Riß durch das Weiß der Berge. Der Ansturm des Schnees ist lautlos und tödlich, und ich warte, einen Fuß in der Luft.

Ich hörte von seinem Unfall, als ich im Delikatessenladen an der Ecke Broadway und West 113th Street in der Schlange stand. Es war der letzte Montag im Februar, und Phillip war seit drei Wochen auf seinem Treck. Der Laden war voll, und ich wartete darauf, zwei Mohnbagels zu kaufen, als die Tür sich öffnete und mit einem Schwall kalter Luft eine große Gestalt eintrat, in einen Schal und einen langen, dunklen Mantel gehüllt.

»Kiki.«

Ich blickte auf. Sie nahm den Schal ab, der so schwarz war wie der Mantel und ihr Haar. Russia liebt Schwarz.

»Hi.« Ich spürte die Anspannung meiner Lippen, als ich lächelte. Obwohl Russia und ich zu Beginn des Schuljahrs viel Zeit miteinander verbracht hatten, war unsere Freundschaft in den letzten Monaten abgekühlt.

Sie kam und stellte sich neben mich. »Wie kommst du zurecht?« fragte sie. »Ich wollte dich heute abend wieder anrufen.«

»Oh, gut. Und wie geht's dir?« Ich hatte einen frustrierenden Tag in der Bibliothek verbracht und wollte nach Hause, aber sie war so freundlich, daß ich mich verpflichtet fühlte, von der Kasse wegzugehen und die anderen Kunden vorzulassen.

»Ach, ich schätze, ich halte durch.« Sie blinzelte ein paarmal und biß sich auf die Unterlippe. Sie sah nicht gut aus. Ihre Augen waren blutunterlaufen und geschwollen, ihre Nase lief ein wenig, und ihre Haut war erschreckend blaß.

»Ist alles in Ordnung?« sagte ich und verlagerte das Gewicht des Rucksacks auf meinen Schultern.

Sie sah mich scharf an und kniff dann die Augen zusammen. »Hast du nichts gehört?«

»Worüber?«

»Phillip. Hast du nicht von Phillip gehört?« Sie klang fast wütend. »Ich hab dir eine Nachricht auf deinem Anrufbeantworter hinterlassen – hast du sie nicht bekommen?«

Ich schüttelte den Kopf, zu verlegen, um zuzugeben, daß ich ihn abgestellt hatte.

»Hast du die Nachrichten nicht gesehen? Es stand in den Zeitungen und überall.«

»Nein.« Ich spürte, wie sich etwas in mir anspannte.

»Kiki, er ist tot.« Ihre Stimme war leise und fest. »Es gab so eine Art Lawine, und eine Menge Leute wurden vom Schnee verschüttet. Es ist vor zwei Tagen passiert, am Samstag.«

Russia ist eine auffallende Erscheinung mit sehr weißer Haut und schwarzen Augen und schwarzen Haaren. Sie ist so hellhäutig, daß sie leicht Sommersprossen bekommt und errötet, aber damals war natürlich Winter. Irgendwann im Herbst hatte sie sich den größten Teil der Haare abrasieren lassen, und ich war froh zu sehen, daß sie fast vollständig nachgewachsen waren. Ich beneidete sie um die Länge ihrer Wimpern, als sie mich bei den Schultern packte. »Alles in Ordnung? Kiki, komm zu dir!« Sie schüttelte mich so kräftig, daß mein Kopf schmerzte.

»Ist schon gut.« Ich schüttelte ihre Hände ab.

»Möchtest du einen Kaffee? Du solltest jetzt nicht allein sein.«

Ich wandte den Blick ab. An der Theke hatte ein kleiner, grauhaariger Mann gerade einen Hustenanfall. Die Frau an der Registrierkasse wartete darauf, daß er für eine Schachtel Zigaretten bezahlte, und ich fragte mich, ob der Mann manchmal versuchte, mit dem Rauchen aufzuhören, oder ob er das schon lange aufgegeben hatte.

»Kiki?« Russias Stimme war sanft.

»Ich glaube, ich muß jetzt allein sein, aber trotzdem, danke.« Ich gab ihr die Tüte mit den beiden Bagels.

»Könntest du mir einen Gefallen tun und die für mich zurückgeben? Ich glaube, ich möchte sie doch nicht.«

»Ja, sicher.« Sie nahm die Tüte und fingerte daran herum, bis ihre Fingerspitzen in Plastik gewickelt waren. »Es tut mir leid, Kiki.«

Ich sagte ihr, ich müsse nach Hause. Ich knöpfte meinen Mantelkragen zu und zog meine Handschuhe an, und dann winkte ich, obwohl sie weniger als fünfzehn Zentimeter von mir entfernt stand.

Sie rief noch einmal nach mir, aber inzwischen hatte ich schon die Tür aufgemacht, und ihre Worte wurden vom Wind verschluckt.

Obaasama, werde ich sagen. Großmutter, Phillip ist vor achtzehn Monaten gestorben, aber hier bin ich jetzt, verlobt. Bist du genauso beeindruckt wie ich, daß ich so schnell weitergegangen bin?

In diesen ersten Monaten nach Phillips Verschwinden machte ich alles völlig mechanisch. Ich stand spät auf, ging zur Schule, ging zum Aerobic und kaufte Fertiggerichte, Kuchen und Kekse und Karamelbonbons. Ich vermißte den Kater Pferd. Ich hatte Phillip in den Wochen seit seiner Abreise einige Briefe geschrieben, und nach dem Unfall tat ich das weiterhin. Ich schickte sie an die Unterkunft in Nepal, und später, als sie mit dem Stempel »Empfänger unbekannt« in meinem eigenen Briefkasten landeten, öffnete ich sie und las sie, als wären sie an mich geschickt worden.

Ich ging Russia weiter aus dem Weg, wie ich es getan hatte, bevor ich sie an jenem Tag im Delikatessenladen traf. Ich redete mit keinem über Phillip, weil es außer Russia niemanden gab, mit dem ich reden konnte, und auch eigentlich nichts zu sagen gab. Ich ließ mein Haar nicht schneiden; es wurde länger und fransig und die

Spitzen kupferfarben und trocken. Ich schnitt meine Nägel nicht, und sie rissen und splitterten wegen ihrer unhandlichen Länge. Ich dachte oft an ihn. Ich saß in einer Ecke der Küche und tötete mit bloßen Händen Hunderte von Ameisen.

Dann entschloß ich mich, mich zu beschäftigen. Ich kaufte eine Digitaluhr, damit ich die Stunden minutengenau einteilen konnte, und studierte angestrengt, las Milton und kritzelte fieberhaft Notizen auf Zettel. In alten Jeans und einem schmutzigen Sweatshirt bohnerte ich den Boden und schrubbte die Badewanne, bis der Rand darin nur noch als schwacher Hauch von vergangenen Skandalen zu sehen war. Ich meldete mich als Freiwillige bei einer örtlichen High-School und gab schwangeren Teenagern Nachhilfeunterricht in Englisch. Ich ging in Konzerte klassischer Musik.

Im Spätwinter ging ich abends zur Strafe lange im Riverside Park joggen und kam im Dunkeln mit schmerzenden Knien und von der Kälte tränenden Augen zurück. Mein Gefühl von Tugendhaftigkeit stand in direktem Zusammenhang mit meinem Unwohlsein. Ich blieb bis spät in der Nacht in der Bibliothek, damit ich direkt zu Bett gehen konnte, wenn ich nach Hause kam. Im Bett las ich immer wieder Romane von toten Leuten aus fernen Ländern, masturbierte bei Erinnerungen an vergangene Liebhaber und hatte Träume, in denen ich kochendheißen Sake trank und mit meiner Großmutter, der Geisha, tanzte. Ich ließ mir die Haare schneiden. Ich ging tagsüber ins Kino, wenn auch andere Leute allein gehen; die New Yorker Kinos sind zwischen zwölf und sieben Uhr voll von einsamen Fremden. Ich fühlte mich, als sei unser geteiltes Schweigen gesellig, aber sie saßen weit von mir entfernt in der Dunkelheit.

Obwohl wir nur über meine Doktorarbeit redeten, rief ich oft meine Mutter an. Ich haßte New York. Mein

Gesicht sah so riesig und scheußlich aus, daß ich anfing, jeden zweiten Tag eine Meile zu schwimmen, und ich erhöhte mein wöchentliches Laufpensum von dreißig auf vierzig Meilen. Ich ließ Mahlzeiten aus, aber spätnachts löffelte ich Zucker aus der Dose und kaute die weißen Körner. Ich nahm alles wieder ab, was ich zugenommen hatte, und dann noch etwas mehr. Ich trug die ganze Zeit Rollkragen, weil die Knochen an meinem Halsansatz scharf herausstanden und weil ich immer fror. Ich vermißte Pferd. Schläfrig und benommen von einem Film, den ich eines Freitagnachmittags angesehen hatte, rutschte ich aus und fiel auf einem nassen Gehsteig vor dem Lincoln Center auf die Knie. Als ich vom Boden aufschaute, blendete mich die Aprilsonne so, daß ich einen Moment lang nichts sehen konnte.

So war mein Leben, bevor ich Eric traf.

5. Kapitel

ERIC MÖCHTE, daß wir am Samstag den Verlobungsring kaufen gehen, aber ich sage, daß die Menschenmenge in der Innenstadt in der Augusthitze entsetzlich ist, und so beschließen wir statt dessen, für einen Tag Touristen zu sein. Wir nehmen die Subway zur 59th Street und dann ein Taxi nach Queens. Es ist diesig wie immer, aber die Sonne scheint, und der Himmel ist von einem dunstigen Blau.

Eric möchte mich vor der Skyline fotografieren, um das Bild an seine Familie zu schicken. Er verbraucht im Skulpturenpark eine ganze Rolle Film und schimpft mit mir, weil ich Grimassen ziehe, obwohl ich mir Mühe gebe zu lächeln. Am Rand des Wassers stehen Angler, und sie beobachten uns und nicken mir ermutigend zu.

Hinterher wandern wir durch den Park und bewundern die Skulpturen. Orangefarbene Strahlen kreuzen sich miteinander wie ein enormer Stapel von Stöcken, und riesige Gesichter starren auf Manhattan. Wir bleiben vor einer außerirdischen Vorrichtung stehen, die aussieht, als sei sie aus zerkratztem Silber gemacht; sie hat schwingende Kurven und wirkt wie eine asymmetrische Blase.

»Ich frage mich, von wem das ist«, sage ich. Aber Eric ist von zwei echten Touristen angesprochen worden und hört mich nicht.

Da erscheint hinter einer der Kurven ein Gesicht. »David Smith«, sagt es und verschwindet.

Ich gehe ein Stück näher heran und stolpere über die Tafel mit dem Namen des Künstlers: David Smith. Hinter der Wölbung späht der Junge aus dem Schatten der Skulptur heraus nach mir.

»Kann ich auch reinkommen?« frage ich.

»Ich bin sechs«, sagt er, noch immer den Eingang versperrend.

»So ein Zufall«, sage ich. »Ich bin *sechs*undzwanzig.«

Er nickt mir zu; die gemeinsame Ziffer erweist sich als Paßwort, denn er tritt zur Seite und läßt mich ein.

Ich drehe mich nach Eric um, aber die Touristen wollen anscheinend wissen, wie man zur Brooklyn Bridge kommt. Eric, dessen Orientierungssinn makellos ist, hat sich in eine Erklärung des Weges gestürzt und zeichnet sogar mit der Schuhspitze eine Karte auf den Boden.

In der Skulptur ist es kühl und riecht schwach nach Keller. Die Wände sind glatt, wenn man sie berührt, und sie dämpfen die Geräusche aus dem Park. Der Junge kauert in einer Wölbung, aber ich habe genug Platz, eine andere zu nehmen.

Wir beginnen ein Gespräch, das seinen eigenen Rhythmus hat, gefüllt mit mehr Schweigen als Worten. Er sagt mir, er wohne dort draußen, und zeigt vage in die Richtung von Manhattan, und ich sage, ich wohnte auch dort. Wenn er groß ist, sagt er, wird er die ganze Zeit in dieser Skulptur wohnen. Nach einer besonders langen Pause, in der er mich aufmerksam mustert, zeigt er mir sein Geheimnis: die Nische, in der er seinen Essensvorrat aufbewahrt, in Erwartung seines Umzugs in sein neues Haus. In einer Ausbuchtung der Skulptur liegen ein Schokoriegel, eine Flasche Saft und eine Tüte Kartoffelchips.

Ich sage ihm, daß er anfangen sollte, Büchsen zu sammeln, weil Schokoriegel und Chips am Ende Ungeziefer anziehen. Er nickt. Ich öffne meine Tasche und krame in den tiefsten Ecken herum, bis ich den Büchsenöffner finde. Er ist eine Miniatur und perfekt, eher ein Spielzeug als ein Werkzeug, und ich zeige ihm, wie man ihn mit einer Drehung des Handgelenks aufklappt.

»Er kommt aus Japan«, erkläre ich. »Meine Großmutter hat ihn mir geschickt, als ich klein war, aber du kannst ihn haben, weil sie schon bald selbst herkommt.«

Er nimmt ihn ernst in Empfang, schaut darauf nieder und klappt ihn mit solcher Aufmerksamkeit auf und zu, daß er nicht aufblickt, als ich ihm für den Besuch danke und aufstehe, um zu gehen.

Eric geht ungeduldig vor dem riesigen steinernen Gesicht auf und ab, aber er bleibt stehen, als er mich aus der Blase klettern sieht. Ich lächle, als ich auf ihn zugehe, aber es ist etwas in der Steifheit seiner Haltung, das mich davon abhält, die beiläufige Entschuldigung auszusprechen, die ich schon auf den Lippen habe. Er starrt auf mich nieder. Wegen der Sonnenbrille ist sein Gesichtsausdruck nicht zu erkennen.

»Ich werde einfach so tun, als hättest du das nicht gemacht«, sagt er endlich.

Er nimmt mich bei der Hand und beginnt, schnell zum Ausgang des Parks zu gehen.

»Was habe ich denn gemacht?« frage ich und stolpere beinahe, um mit ihm Schritt zu halten.

Er bleibt nicht stehen, um auf meine Frage zu antworten. »Du bist weggelaufen«, sagt er, »wieder mal. Wie du es immer tust.«

Als wir ein paar Stunden später zurückkommen, ist auf allen Fotos mein Haar in meinem Gesicht und die Sonne in meinen Augen. Eric blättert die Fotos mit steigender Ungläubigkeit durch, denn (wie er immer wieder sagt) es wehte überhaupt kein Wind. Auf einem der Fotos von uns beiden, das der älteste der Angler aufgenommen hat, beugt sich Eric beschützend über mich. In seinem Schatten begraben und mit meinem Haar maskiert, bin ich nicht erkennbar, eine formlose, geschlechtslose Gestalt, die sich duckt, um sich vor einem nicht existierenden Wind zu schützen.

Am Abend gehen Eric und ich zum Essen aus und kommen früh nach Hause, weit vor zehn Uhr, also rufe ich meine Mutter an. Es war heute nicht das erste Mal, daß Eric mir gegenüber die Geduld verloren hat, und auch nicht das erste Mal, daß ich meine Mutter anrufe, nachdem er seine angerufen hat. Es ist nicht so, als würde ich jemals daran denken, ihr die Kräche anzuvertrauen, die Eric und ich haben. Aber trotzdem, selbst wenn wir uns nie viel zu sagen haben, es beruhigt mich, ihre Stimme zu hören (ihren Rhythmus, die Pausen an den falschen Stellen), nachdem Eric und ich gestritten haben, genau wie in den Nächten, in denen ich Phillip am meisten vermißt habe.

Ich kann ihre Nummer schneller wählen als jede andere. Während ich darauf warte, daß sie sich meldet, stelle ich mir vor, wie sie die Lichter einschaltet, während sie durch wunderschön eingerichtete Räume geht. Bei ihrem hervorragenden Geschmack und beliebig viel Zeit und Geld war gar nichts anderes möglich, als daß sie ihr Haus zu einem Wunder machte. Es ist westlich mit ein paar ausgewählten japanischen Details: dem Karpfen im Teich am Wald, dem Felsgarten, dem Bonsai unter dem Fenster, dem gesetzten Troll im Kimono auf dem Kaminsims. Die Speisen, die sie ißt, sind ebenfalls eine Mischung von Kulturen, die mit orientalischen Gewürzen abgeschmeckten Nudelgerichte, eine kleine Schale Reis zu einem Thunfischsandwich. Sie legt zwar Wert darauf, nur mit Messer, Gabel und Löffel zu essen, aber kochen kann sie nur mit zwei Stäbchen in der Hand.

Ihre Füße sind durch die geschwollenen Gelenke deformiert und ihr Gang etwas steif durch das künstliche Hüftgelenk, aber meine Mutter schafft es immer, den Hörer vor dem dritten Läuten abzunehmen. Wenn sie das Telefon benutzt, setzt sie sich nicht hin; die Schnur hängt schlaff herunter und rollt sich auf Höhe ihrer Knie zusammen. Es kann nicht bequem für sie sein, so zu stehen, und ich fühle mich immer schuldig, wenn unsere Gespräche länger als fünf Minuten dauern.

Ich könnte die genaue Entfernung ihrer Füße ziemlich genau abschätzen, wenn meine Mutter am Telefon steht. Ich weiß, wie still sie sein wird, wenn sie mir zuhört, und ich kann fast immer vorhersagen, was sie äußern und wie sie es formulieren wird. Doch als Eric mich kurz nach unserem Kennenlernen bat, sie zu beschreiben, zögerte ich, entmutigt von der Aufgabe, meine Mutter zusammenzufassen.

»Sie ist in ihrem Leben mehrmals enttäuscht worden«, sagte ich schließlich, »und das sieht man. Als sie jung war, war sie ein anderer Mensch.«

Dann beschrieb ich ihm ihre konkreten Besitztümer, ihre täglichen Gewohnheiten und ihre äußere Erscheinung: die üppigen, gesunden Pflanzen, die sie jeden Morgen um sechs Uhr wässert, die Perserteppiche und die düsteren, dunklen Möbel, die Zeitungen und Zeitschriften, die sie gewissenhaft und gründlich liest, die penible Art, wie sie ihre Nahrung zerteilt und kleinschneidet, die Maßanfertigung ihrer Kleider, ihr immer makellos frisiertes Haar, die Blässe ihrer Haut, die Verwüstungen ihrer Krankheit. Eric schien mit meinem Bericht über sie zufrieden, aber ich wußte, wie unzulänglich er war.

Bald danach lernte er sie kennen, als sie nach New York kam, um ihren Daumen begradigen zu lassen. Sie hat schon andere Liebhaber von mir kennengelernt, aber ich war überraschend nervös, als sie und ich das Café betraten und ihn an einem Tisch warten sahen.

»Mom, das ist Eric, Eric, das ist meine Mutter, Akiko T-Takehashi«, sagte ich und verhaspelte mich bei dem vertrauten Namen.

Hatte ich wirklich geglaubt, er würde sie mit Miss oder sogar Mrs. anreden? Falls ja, war ich töricht, denn er nannte sie natürlich beim Vornamen, und das so selbstverständlich, daß sie sich sichtlich entspannte.

»Schön, Sie kennenzulernen, Akiko«, sagte er. Er stand sogar auf, zog einen Stuhl heran und rief den Kellner, alles mit einer einzigen, glatten Geste.

Dann setzte er sich wieder und sah sie an, dann mich, dann wieder sie.

»Und?« sagte ich nach einer Weile. »Sehen wir uns ähnlich?«

Er lächelte. »Ja.« Er wandte sich an meine Mutter. »Jetzt weiß ich, von wem Kiki ihr gutes Aussehen hat.«

Das war ein hoffnungslos banaler Satz, aber Eric besaß genug Liebenswürdigkeit, ihn auszusprechen. Sie lächelte und errötete vielleicht sogar ein wenig.

Wir trafen uns nur für eine Stunde, da sie einen Termin im Krankenhaus hatte. Die beiden redeten hauptsächlich über Politik und bezogen mich nicht ein. Als unser Tee kam, sah Eric aufmerksam zu, wie ich Zucker in die Tasse meiner Mutter gab und umrührte, während sie Milch in meine und dann ihre Tasse goß. »Ihr arbeitet gut zusammen«, sagte er.

Sie stritten scherzhaft über die Rechnung, als sie kam, und am Ende gestand Eric anmutig seine Niederlage ein.

Später an diesem Nachmittag, als Eric auf dem Rückweg ins Büro war und ich mit ihr zum Krankenhaus ging, sagte sie: »Du solltest ihm gegenüber nicht so kritisch sein.« Ich begann zu protestieren – wann hatte ich mich je bei ihr über ihn beklagt? –, aber sie war noch nicht fertig. »Er ist gut für dich, besonders jetzt«, fuhr sie fort. »Er wird dir eine Stütze sein.«

Und noch später, als meine Mutter schon wieder im Zug nach New Jersey saß und Eric und ich zusammen zu Abend aßen, sagte er: »Nette Frau, deine Mutter.«

Ich nickte und kaute.

»Aber sie ist so zerbrechlich«, fuhr er fort, und dann nach einer Pause: »Das hatte ich nicht erwartet.«

»Aber ich hab dir doch tausendmal von ihrer Arthritis erzählt.«

»Ich meinte das nicht körperlich. Es ist mehr, daß du von ihr immer wie von einer ganz schön harten Person sprichst mit ihrer Kindheit im Krieg, ihrer Emigration aus Liebe und ihrer schlechten Ehe und jetzt mit ihrer Arthritis und ihrem einsamen Leben. Ich nehme an, sie muß stark sein, weil sie all das überstanden hat, aber sie wirkt so verletzlich.«

»Das denken die meisten Männer von ihr«, sagte ich. »Aber ich glaube, sie spielt das.«

Er zog die Augenbrauen hoch und klopfte mit seiner

Gabel an seinen Teller. »Sie ist nicht von Männern abhängig, zumindest nicht von mir. Sie ist von *dir* abhängig.«

»Sei nicht albern«, sagte ich, und die Schnelligkeit meiner Erwiderung verblüffte mich ein wenig.

»Ich glaube nicht, daß ich albern bin. Sie ist von dir abhängig – ich kann das an der Art sehen, wie sie dir zuhört. Wenn ich etwas gesagt habe, hat sie höflich zugehört, aber es sind die Dinge, die du sagst, die ihr wirklich wichtig sind. Das ist verständlich. Schließlich«, sagte er und hob die Gabel an den Mund, »bist du ja alles, was sie hat, nicht?«

Das Telefon klingelt und klingelt, siebenmal, achtmal, neunmal. Meine Brust beginnt zu schmerzen. Warum sollte meine Mutter an einem Samstag abend ausgehen? Gequält von Visionen, wie sie stürzt, und überwältigt von Todesahnungen laufe ich zu Eric hinüber, der im Schlafzimmer seine Zeitungen liest, um ihm zu sagen, daß ich nach New Jersey fahren und nach meiner Mutter sehen werde. Er blickt erstaunt auf, und es dauert eine halbe Stunde, bis er mir meine Ängste ausgeredet hat. Er breitet seine Zeitung aus, um mich mit dem Bericht über das neueste Wunderwerk zu unterhalten, das im Kino läuft, und dann läßt er sich mit beträchtlicher Eloquenz über die Mängel des Telefonsystems aus, bis ich endlich lächle.

»Du bist mir vielleicht eine Mutter«, sagt er vorwurfsvoll, und obwohl ich sein Lachen erwidere, brauche ich volle fünf Sekunden, um den Scherz zu verstehen.

Die Zugfahrt zum Haus meiner Mutter hätte nur eine Stunde gedauert. Ich danke ihm dennoch und stehe auf, um ins Wohnzimmer zu gehen, doch er nimmt mich in seine Arme und drückt mich fest an sich und läßt mich erst los, als ich zweimal versichert habe, daß es mir gut geht. Ich gehe zurück zu meinem Lieblingsplatz auf dem Sofa und setze mich ins Zentrum des Lichtkreises, den die Lampe wirft.

Phillip döst in der dunkelsten Ecke des Raumes. Ich wende ihm den Rücken zu und zwinge mich, an den Jungen zu denken, der sein Leben gern in der stillen Metallblase versteckt verbringen wollte.

Obaasama, werde ich sagen. Großmutter, das bin sicher nicht nur ich; sicher ist es nicht nur dieser Junge, der weiß, wie angenehm, notwendig und sogar natürlich es ist, sich eine Zuflucht zu wünschen, ob nun Wind weht oder nicht.

Und in der Stille zwischen meiner Frage und ihrer Antwort wird vielleicht auch sie an meine Mutter und an jene geschwollenen Hände denken.

6. Kapitel

MEINE MUTTER wurde in Japan unehelich geboren. Als kleines Mädchen sagte sie ihren Eltern gute Nacht, indem sie sich auf die Fersen hockte und verbeugte, bis ihre Nase den Boden berührte. Niemand hat sie jemals geküßt. Unter der Obhut eines Dienstmädchens übte sie, den Tee in kleine Tassen ohne Henkel zu gießen und zu servieren. Mit einem Pinsel schrieb sie Buchstaben in einer Sprache, die ich nicht verstehe, und wenn sie las, wanderten ihre Augen vom oberen Rand der Seite zum unteren und von rechts nach links.

Sie trug lange, enge Kleider, die ihre Knie umspielten und auf dem Boden leise raschelten. Sie ernährte sich bis zum Krieg von Fisch und Reis und später von Unkraut und Grashüpfern, um die mageren Lebensmittelrationen zu ergänzen. Erst nach dem Krieg, als sie neun Jahre alt war, sah sie zum erstenmal Weiße, bleiche Riesen mit Augen in lebhaften Farben. Als sie sie anfangs sah, dachte sie, sie seien eine Rasse von Wiederkäuern, in ihren Verdauungsgewohnheiten den Kühen näher als den Menschen, und erst nachdem drei Wochen vergangen waren, erzählte ihr eine Freundin in der Schule von den Wundern des Kaugummis.

Ich hänge an dem Gedanken an die Unterschiede in unserer Kindheit, weil sie teilweise als Erklärung dafür dienen können, warum meine Mutter und ich nicht mehr miteinander reden. Da sind natürlich die Geschichten über meine Großmutter, aber sie dienen eher als Lückenbüßer und verbergen das Schweigen über unser eigenes Privatleben. Als ich ihr sagte, daß Phillip gestorben war, war er schon einen Monat tot.

Einst sprachen wir nicht, weil wir das nicht nötig hatten. Wir besaßen ein angeborenes und unausgesprochenes Wissen um die Gedanken und Gefühle der anderen, ein so tiefes Verständnis, daß es in ihrem Schoß begonnen haben könnte. Jetzt reden wir nicht, weil es zuviel zu sagen gäbe und keine gemeinsame Basis, auf der man beginnen könnte. Manchmal kann ich nicht glauben, daß wir einander so entfremdet sind; der Graben zwischen uns scheint logisch unmöglich. Sie ist die Frau, die mich neun Monate lang in ihrem Leib getragen hat. Ihre Brüste haben mich gestillt, und mein Urin hat ihre Finger befleckt. Sie pflegte mich, als ich Scharlach und Windpocken und Lungenentzündung hatte, und sie brachte mir das Sprechen bei. Sie kaufte mir mein erstes Buch. Sie blieb, um mich großzuziehen, nachdem mein Vater gegangen war, und sie trug die Last meiner Wutanfälle. Die meisten Mahlzeiten in meinem Leben wurden von ihr und später mit ihr zusammen zubereitet, und wir aßen sie Seite an Seite sitzend. Selbst in der Zeit, in der ich sie am meisten haßte, saß ich beim Abendessen neben ihr, und wenn es vorbei war, wuschen und trockneten wir das Geschirr in einem Rhythmus, der mit den Jahren vollkommen geworden war. An den grauen Winterabenden wärmten wir uns vor demselben Feuer, während wir lasen, und im Sommer schaukelten wir auf der Veranda und tranken in der Kühle der Nachmittagsbrise Eistee.

Ich weiß nicht, was sie am meisten bereut. Ab und an, wenn ich sie in ungewohnter Beleuchtung oder einer unerwarteten Haltung sehe, kann ich mir recht gut vorstellen, wie andere sie sehen müssen: in mittleren Jahren und zufrieden, gelassen sich selbst und ihre Situation akzeptierend, eine starke und unabhängige Frau, die ihr Alleinsein begrüßt. Aber zu anderen Zeiten, meistens spät in der Nacht, liegt etwas Wehmütiges in der Art, wie ihre Hand immer weiter die Seiten der Zeitung umblättert, während ihre Augen ins Feuer schauen. Wenn sie über den Zeitungen träumt, scheint sie eine völlig andere Person zu sein: verloren, vielleicht bitter, mit großer Sicherheit traurig.

Sie verbringt die meisten Samstagabende lesend zu Hause. Sie hat weit mehr Zeitungen und Zeitschriften abonniert, als ich auch nur mit Namen kenne, und sie liest sie alle. In ihrem Haus quellen die Recyclingbehälter von Papier über. Als Eric und sie sich kennenlernten, sprachen sie nur kurz miteinander, aber trotzdem war er erstaunt über die Breite und Tiefe ihrer Kenntnis der Welt.

Während ich meine Heftklammern nur mit Glück finde, wenn ich sie brauche, ist der Schreibtisch meiner Mutter penibel eingeteilt und immer ordentlich, der Inhalt der obersten Schublade ist derselbe, solange ich denken kann. Dort liegen mein marineblauer amerikanischer und ihr roter japanischer Paß, auf dessen Vorderseite die Buchstaben in Gold geprägt sind. Die Hingabe meiner Mutter an das politische Geschehen in Amerika geht nicht so weit, daß sie den Wunsch hätte, wählen zu dürfen. Sie lebt jetzt seit neunundzwanzig Jahren in diesem Land und ist nur einmal nach Japan zurückgekehrt; ihre Staatsbürgerschaft zu ändern wäre eine bloße Formalität, aber aus Gleichgültigkeit oder vielleicht aus einem perversen Gefühl von Patriotismus ist sie Japanerin geblieben.

In der obersten Schublade ihres Schreibtisches bewahrt sie auch Streichhölzer und Kerzen auf. Vor Jahren, einige Zeit nach dem Fortgang meines Vaters, fragte ich sie, was sie da zwischen unseren Pässen sollten. Ihre Antwort kam im üblichen Telegrammstil: »Erdbeben.« Ich lachte ein wenig unsicher beim Gedanken an ein Erdbeben mitten in New Jersey, aber sie hatte sich abgewandt. Ich stand auf und war schon fast aus der Tür, als sie wieder sprach. »Bomben«, sagte sie mit verkniffenen Lippen. »Erdbeben und Bomben.« Das war alles. Nach einer Pause ging ich aus dem Zimmer. Wir sprachen nicht mehr über die Kerzen, aber damals erkannte ich, daß es vor den Schrecken unserer Kindheit kein Entkommen gibt, daß sie zu unseren erwachsenen Alpträumen werden und uns jeden Tag plagen.

Großmutter, werde ich sagen, *Obaasama*. Wie kommt es, daß du eine Frau wie meine Mutter geboren hast, so kühl und selbstbeherrscht, und daß sie mich geboren hat?

Die violetten Motten haben sich vermehrt; ich zähle sie, und es sind acht. Ich bewege mich aus dem Lichtkreis der Lampe und gehe mit abgewandtem Kopf an Phillip vorbei, der jetzt zusammengerollt wie ein Fötus auf dem Boden unter den Fenstern liegt. Ich gieße mir ein Glas

Eistee ein, gehe an meinen Schreibtisch und krame raschelnd in den Papieren, bis ich die beiden Bilder finde.

Das erste Foto zeigt mich mit drei Jahren. Ich sitze auf weißem Sand vor einem sehr blauen Ozean, und durch irgendeinen Zufall der Kamera bin ich in einer flirtenden Pose festgehalten, eine Hand mit aufreizender Geste in dem vom Wind zerzausten Haar. Obwohl meine Lippen nur die schwache Spur eines Lächelns zeigen, lachen meine Augen. Ich war damals ein glückliches Kind, und das sah man. Ich habe das Bild so oft betrachtet, daß ich mich fast an diesen Augenblick erinnern kann, die heißbrennende Sonne, und ich kurz davor, über etwas zu lachen, was mein Vater gesagt hat. Aber ich besitze diese Erinnerung nicht wirklich. Ich betrachte das Bild vielmehr so oft, daß ich mich hineinphantasiert habe, wie bei den Geschichten, die ich immer und immer wieder lese, bis sie zuerst ein Mythos und dann ein dunkel erinnerter Teil meiner eigenen Vergangenheit werden. Ich liebe dieses Bild, auf dem mein Körper genau die richtige Größe hat und mein Gesicht dem von heute bemerkenswert ähnlich ist, schmal und mit harmonischen Zügen; ich sehe fröhlich und normal und mühelos schön aus. Mit diesem Foto in der Hand kann ich beinahe so tun, als seien all die dazwischenliegenden Jahre von Fett und Elend und Häßlichkeit nie gewesen.

Das nächste Foto ist schärfer, und sein Papier ist von besserer Qualität. Es ist schwarzweiß und offensichtlich eine gestellte Aufnahme. Das Bild zeigt drei Kinder. Sie sind schlank und wirken fast absichtlich puppenhaft; zarte Handgelenke und Hände sind unter den weiten Ärmeln ihrer Kimonos zu sehen. Ihre Gesichter scheinen von jedem Lächeln gereinigt, obwohl der jüngere Knabe so aussieht, als könne er es kaum unterdrücken. Das Mädchen hat langes dunkles Haar, das glatt herunterfällt wie Wasser, das aus großer Höhe kommt. Sie steht etwas abseits von ihren Brüdern. Ihr Gesicht ist rund, ihre Stirn leicht gerunzelt; während die anderen nur feierlich aussehen, wirkt sie grimmig. Mit den geziert vor dem Körper gefalteten Händen sieht meine Mutter so steif und ernst aus, daß kaum jemand erraten würde, daß sie erst zehn Jahre alt ist.

Meine Mutter wurde im Frühling geboren, aber sie wurde nach einer ganz anderen Jahreszeit benannt – Akiko oder »Herbstkind« nach Yukikos Mutter, der tatkräftigen Frau mit dem sonnigen Gemüt, die summte, während sie die Nacht durch arbeitete. Indem sie ihr Kind nach einer unbekannten Großmutter benannte, begründete Yukiko eine Tradition, der meine Mutter sich anschloß. Ich bin im Mai geboren, aber mein Name bedeutet »Schneekind« zu Ehren des Blizzards, der in der Nacht von Yukikos Geburt wütete.

Schon in sehr jungen Jahren legte meine Mutter eine ganz unerwartete Begabung für Musik an den Tag. Genauso, wie Yukikos Schönheit aus dem Nichts zu kommen schien, war auch das Talent meiner Mutter ohne Vorgänger: Das Summen ihrer Großmutter war immer unmelodisch, und ihre Eltern waren ähnlich unmusikalisch. Aber ihr Kindermädchen sang ihr Schlaflieder vor, und die Familienlegende behauptet, meine Mutter habe schon in der Wiege mitgesungen, und ihre gurgelnden und plappernden Laute hätten jede Note genau richtig getroffen. Doch erst im Alter von vier Jahren, als meine Mutter vor eine Klaviertastatur gesetzt wurde, fand ihre Musikalität ihr wahres Ventil, und sie erlag ihr unwiderruflich. Ihre Liebesaffäre mit dem Klavier dauerte Jahrzehnte, obwohl auch sie schließlich ein Ende nahm.

Sie kam zur Welt mit der wunderbaren Energie ihrer Großmutter, dem Ehrgeiz und dem Verstand ihres Vaters und der Zielstrebigkeit ihrer Mutter in bezug auf die Leidenschaften in ihrem Leben: eine verheerende Kombination für ein Mädchen, das im Japan der vierziger und fünfziger Jahre aufwuchs. Durch Glück und Willenskraft bekam Yukiko, die aus einer so armen Familie stammte, daß man sie verkaufen mußte, um zu überleben, alles, was sie sich wünschte: Sekiguchi, ein eigenes Heim, zwei Söhne und schließlich die Ehe. Meine Mutter hingegen, in Reichtum und Privilegien hineingeboren, intelligent, begabt und von beharrlichem Fleiß, erlitt bei jeder Wendung Niederlagen.

Sie war acht, als die Bombardierung Tokios so gefährlich wurde, daß ihre Familie ihre Sachen zusammenpackte und aufs Land zog. Nur ihr Vater blieb in Tokio, um sich um das Geschäft zu kümmern, und fuhr gelegentlich am Wochenende mit dem Zug hinaus, um seine Frau und seine Kinder zu sehen.

Für Akiko waren das herrliche Ferien. Lebensmittel waren knapp, und sie vermißte die beruhigende Gegenwart ihres Vaters, aber die üppigen Felder, die Berge und die Weite des Landes machten einen Eindruck auf sie, das Stadtmädchen, den sie nie vergessen sollte. Sie rannte und spielte, bis ihre Knie und Schienbeine wie die ihrer Mutter im gleichen Alter voller Schrammen, Prellungen und Schnitte waren. In der Schule machten die Dorfkinder sich über ihren Tokioter Dialekt lustig, aber sie hatte ihre Brüder, und sie fühlte sich in ihrer Ansicht, dies sei das Paradies, an dem Tag bestätigt, an dem ihr Vetter eintraf.

Kenji war ein fabelhaftes Kind, klug und unternehmungslustig und außerdem in der Lage, aus Stöcken, Schnüren und Stoffresten Boote zu bauen, die über die Oberfläche des Sees flitzten. Er kannte ein halbes Dutzend Kartentricks und war tolerant gegenüber seiner kleinen Kusine, großenteils deshalb, weil er mit seinem koreanischen Blut von den Dorfkindern ebenfalls gehänselt wurde.

Kenji war der Sohn von Mieko, der Schwester von Akikos Vater, die die unaussprechliche Kühnheit besessen hatte, gegen den Wunsch ihrer Eltern einen Koreaner zu heiraten, ein Kind zu gebären und dann zu sterben, als das Band zwischen ihr und ihrer Familie noch durchtrennt war. Während Miekos Eltern ihr die Ehe schließlich verziehen hätten, konnten sie ihr ihren frühen Tod nicht verzeihen, der ihnen das Kind dauerhaft entzog, denn Kenjis Vater haßte sie wegen ihres Snobismus und weigerte sich, sie den Jungen sehen zu lassen.

Mieko starb an Kenjis fünftem Geburtstag. Vielleicht um seinen Sohn für dieses frühe Trauma zu entschädigen, verwöhnte Kenjis Vater den Jungen und war sehr nachsichtig mit ihm; oft durfte er die Dienstboten und Kindermädchen herumkommandieren und schlecht behandeln, und diese wagten nicht, mit dem jungen Herrn zu streiten.

Doch zu Akiko war Kenji ungewöhnlich freundlich, wenn auch hier ein gewisses Maß an Schikanen vermutlich unvermeidlich war. Angesichts dieser Freundlichkeit und der Tatsache, daß er bei weitem der klügste Junge in der Schule war, ein echtes Genie in Naturwissenschaften und Mathematik, war es kein Wunder, daß Akiko an einem ernsten Fall von Heldenverehrung zu leiden begann. Er als Einzelkind erwiderte das, indem er sein dunkelstes Geheimnis mit ihr teilte: sein chronisches Bettnässen, das auch die einfallsreichsten Strafen seines Vaters nicht heilen konnten.

Akiko genoß eine einfache, unkomplizierte Beziehung zu ihrem Vater und war traurig, weil ihn die Arbeit so sehr beschäftigte, daß er sogar in Tokio selten zu Hause war. Sie stand ihrer Mutter zwar näher, aber die Beziehung zu ihr war wesentlich schwieriger, denn schon im Alter von acht Jahren begann Akiko, die enorme Bürde der Erwartungen zu spüren, die an sie als Mädchen gestellt wurden, und niemand machte ihr diese Last schwerer als ihre Mutter. Es war Yukiko, die darauf bestand, daß sie die Teezeremonie übte, während Akiko sehr viel lieber draußen mit ihren Brüdern gespielt hätte; es war Yukiko, die Akiko in die teuren Kimonos kleidete, die sie zu Fall brachten, wenn sie zu rennen versuchte.

Akikos zwei Brüder verteidigten sie heftig gegen Außenseiter und bildeten eine geschlossene Front gegen jeden Quälgeist. Sogar Tadashi, der fast vier Jahre jünger war, versuchte sie zu beschützen, als errate er anhand ihrer Sturheit, welches Schicksal sie erwartete. Obwohl Akikos Brüder sie mochten und verteidigten, waren die beiden für sich ein so unzertrennliches Paar, daß Akiko selbst sich als Außenseiterin fühlte.

Und so entstand durch das Fehlen jeder anderen wirklichen Gemeinschaft die Zweisamkeit zwischen Kenji und Akiko. Er spielte am allerliebsten auf den Eisenbahnschienen, denen sie jeden Tag ein Stückchen weiter folgten, bis sie zu einer Schlucht kamen, über die auf einer sehr schmalen Brücke die Züge fuhren. Akiko kletterte auf Händen und Knien auf diese Brücke, weil sie nicht anders konnte, und erspähte durch die Lücken zwischen den Schienen die steilen Abhänge einer Felsschlucht, die kilometertief war und auf deren Grund einen Fluß, der so weit entfernt war, daß er absolut geräuschlos wirkte. Nur, wenn sie sich wirklich konzentrierte, konnte sie das Wasser rauschen hören.

Sie kehrte auf sicheren Boden zurück, schaute erneut nach unten, spürte, wie ihr Magen Purzelbäume schlug, und verspürte einen vielleicht ererbten Drang zu fallen.

Sie merkte gar nicht, daß sie sich immer tiefer über den Abgrund beugte, bis Kenji sie mit einem Fluch am Ärmel ihres Kimonos packte, als sie gerade den Halt verlor und abzurutschen begann. »Du dumme Pute«, schrie er, und sein Gesicht war rot vor Zorn. »Was machst du da – willst du dich zu Tode stürzen und mich in Schwierigkeiten bringen?«

Sie kannten den Zugfahrplan nicht und hatten es auch nicht geschafft, ihn nur annähernd herauszufinden. Manchmal kamen die Züge in schneller Folge, einer tauchte hinter dem Hügel auf, während ein anderer noch um die Biegung verschwand, und dann erschöpften Kenji und meine Mutter sich, indem sie neben jedem Zug herrannten und schrien und ihn jagten, so weit sie konnten. Zu anderen Zeiten kam stundenlang überhaupt kein Zug, und Vögel saßen auf den Schienen, Kaninchen rannten darüber weg, und die beiden Kinder langweilten sich. Dann erzählte er ihr Geschichten, um die Zeit zu vertreiben: meist Geschichten darüber, was er mit seinem Leben anfangen würde, über die Erfindungen, die er machen, die Länder, die er bereisen, und das Baumhaus, das er bauen und worin er mit Akiko an seiner Seite leben würde.

Nachdem sie die Schlucht entdeckt hatten, war es seine größte Wonne, auf der Brücke auf und ab zu laufen, bei einigen denkwürdigen Gelegenheiten von herannahenden Zügen gejagt. Wenn der Wind wehte, schwankten und knirschten die Schienen, aber Kenji hielt niemals inne. Berauscht von Heldenverehrung und mit dem sehnsüchtigen Wunsch, ihm zu folgen, aber verängstigt durch den Drang zu springen, der wie ein Bann über sie kam, wenn sie nach unten schaute, kauerte Akiko neben den Gleisen auf dem Boden und betete für Kenjis Leben.

Im Frühjahr kehrte Kenji nach Tokio zurück, von seinem Vater, der die Abwesenheit seines einzigen Kindes allmählich nicht mehr aushielt, aus dieser ländlichen Romanze gerissen. Das war ein egoistischer Schritt von Kenjis Vater, denn in Tokio waren Lebensmittel noch knapper als auf dem Land. Meine Mutter hörte später, Kenjis Bauch sei aufgeschwollen, als erwarte er ein Kind, während der übrige Körper abmagerte und verfiel.

Als sie mir mehr als ein Vierteljahrhundert später von ihm erzählte, sagte meine Mutter mit einem Seufzer, sie habe zwar nach seiner Abreise unablässig geweint, aber sie sei jung und herzlos gewesen und hätte ihn vergessen, bevor sie nach Tokio zurückkehrte. Aber in Wirklichkeit hatte sie die Erinnerung an ihn nur beiseite geschoben, denn als sie sich Jahre später wiedertrafen, erkannte sie ihn, sobald sie ihn sah.

Ich hörte durch die Tür den Teekessel pfeifen, während ich in meinem Tornister nach den Schlüsseln suchte. Es war ein kalter Tag im März; ich war neun Jahre alt und gerade aus dem Schulbus gestiegen. Im Flur blieb ich stehen und lauschte auf meine Mutter, aber das Pfeifen übertönte alle anderen Geräusche. »Mama?« Ich ging in Richtung Küche. »Mama?« Das Pfeifen schien schriller zu werden, und ich bewegte mich schneller, bis ich rannte.

Obwohl die Küche nicht weit vom Hauseingang entfernt ist, schien der Weg an diesem Tag länger als sonst. Doch als ich endlich die Küchentür erreichte, konnte ich nur dastehen, denn es gab nichts anderes zu tun. Ich weiß nicht mehr, ob ich außer Atem war. Der Kessel war außer Kontrolle, pfiff wütend und stieß Dampf aus der Tülle, aber meine Mutter saß ruhig am Tisch; sie trank Tee, blätterte in der Tageszeitung und sah aus wie immer: ordentlich und schick in ihren gutgeschnittenen Kleidern, jedes Haar an seinem Platz.

Draußen war es grau, aber in der Küche war es warm, und die Lampe warf goldenes Licht. Kupfertöpfe glänzten an der Wand, und die Zimmerpflanzen waren üppig und gesund. Das schrille Pfeifen des Kessels ließ mich mit den Zähnen knirschen.

»Yukiko«, sagte sie, hob die Teetasse an die Lippen und trank. »Yukiko, du bist zurück.«

Es war schwer, sie beim Pfeifen des Kessels zu verstehen. Ich nickte stumm: Ja, ich bin zu Hause.

»Ich habe schlechte Neuigkeiten.«

Mit einem weiteren Nicken zeigte ich ihr, daß ich zuhörte.

»Es geht um deinen Vater.«

Ich wartete.

»Dein Vater ist fortgegangen. Er wird nicht mehr bei uns leben.«

Ich mußte durch den Raum gehen, um den Herd abzustellen. Als ich mich umdrehte, standen meine Mutter und ich vielleicht eineinhalb Meter voneinander entfernt in der großen, luftigen Küche. Sie nahm einen langen, langsamen Schluck aus ihrer Tasse, ohne die Augen von mir zu wenden. Ihre Hand zitterte nicht.

Ich drehte mich um und wollte schon gehen, aber sie hielt mich zurück.

»Yukiko …«

»Ja?«

»Es war seine Entscheidung.«

Ich weiß, daß ich mich gewundert habe, warum sie sich die Mühe machte, das Offensichtliche auszusprechen. »Ich weiß«, sagte ich.

Im Alter von sechzehn Jahren verliebte ich mich in Hamlet, den Prinzen von Dänemark. Auf einer Schulfahrt hatte ich ihn in New York City auf der Bühne gesehen, aber ich interessierte mich nicht für den Schauspieler, so geschmeidig und anmutig er auch war; ich war verliebt in Hamlet selbst. Obwohl die Art, wie er Ophelia behandelte, zu wünschen übrig ließ, sehnte ich mich danach, mein Leben mit einem solchen Mann zu verbringen, verrückt und brillant und witzig. Im Gegensatz zu ihm wirkten die Jungen in der Schule zahm und langweilig.

Als meine Mutter sechzehn war, wünschte sie sich mehr als alles andere auf der Welt, Ärztin zu werden. Sie hatte eine Leidenschaft und auch eine natürliche Begabung für Mathematik und Naturwissenschaften, und ihre Lieblingsbeschäftigung war es, bis spät in die Nacht über Lehrbüchern zu sitzen.

Entsetzt über die Wißbegierde und den Fleiß ihrer einzigen Tochter, unternahm meine Großmutter Yukiko drastische Schritte dagegen. Sie sprach unheilverkündend von dem Schaden, den die stundenlange Lektüre der winzigen Druckschrift ihren Augen und ihrer Haltung zufügen würde, und nervte Akiko mit ihrer Musik, indem sie fragte, warum sie nur noch zwei Stunden am Klavier verbrachte, wo sie doch früher vier Stunden geübt hatte. Sie behauptete, sich in den verwinkelten Straßen Tokios nicht mehr zurechtzufinden, und nahm Akiko auf lange Spaziergänge mit, und wenn sie an schönen Läden vorbeikamen, zerrte sie sie hinein und versuchte, sie mit hübschen Kleidern und Haarspangen zu bestechen.

Am schlimmsten von allem, das behauptet jedenfalls Akiko, waren die Lektionen in Benimm. Als Akiko ein Teenager wurde, machte Yukiko sich daran, ihr beizubringen, wie man geht, spricht und sich kleidet, als hätte sie diese Fertigkeiten nicht schon als kleines Kind erlernt. Akiko wurde erneut darin unterwiesen, wie man sich von einer Seite des Raumes zur anderen bewegt (man stellt einen Fuß direkt vor den anderen, die Zehen ganz leicht nach innen gerichtet); wieder wurde ihr gezeigt, wie man einen Kimono trägt (tief im Nacken, damit die Haut unter den Haaren zu sehen ist); sie wurde sogar darin unterwiesen, wie man mit Männern Konversation macht, ein wenig spöttisch, aber auch schmeichelnd.

Auf ihre Art versuchte Yukiko natürlich, eine gute Mutter zu sein, wie Akiko sogar damals schon wußte. Aber sie war so entschlossen, einen reichen Ehemann für ihre Tochter zu finden, daß sie es nicht ertragen konnte, Akiko sagen zu hören, eigentlich wolle sie nur studieren, und ihr aufbrausendes Temperament ging mit ihr durch, wenn Akiko sich weigerte, die Kleider und Schmuckstücke zu tragen, die sie für sie gekauft hatte.

Daher ging Akiko mit wenig Hoffnung zu ihren Eltern und verbeugte sich, bis ihre Nase den Boden berührte. »Was sagen Vater und Mutter zur Frage meines Medizinstudiums?«

Mein Großvater neigte seinen großen Kopf und dachte nach. »Wenn du Medizin studierst«, sagte er endlich, »wird dich niemand heiraten.«

Meine Mutter hielt die Augen auf ihre Hände gerichtet, die in den langen, leeren Ärmeln leise zitterten. Sie dachte daran, wie nahe ihre Mutter und sie sich gestanden hatten und noch immer standen. Sie dachte an all die Stunden, die sie mit Spazierengehen, Einkaufen und Plaudern verbracht hatten. Niemand kannte sie besser als ihre Mutter.

»Und was denkt Mutter?« fragte sie.

Yukiko neigte nicht den Kopf mit dem schweren Haar, um nachzudenken. »Dein Vater hat recht«, sagte sie. »Für eine Frau ist Heirat das Wichtigste.«

Akiko fragte nicht noch einmal. Sie blieb zu Hause und fuhr fort, spät in der Nacht, wenn sie mit dem Üben der Teezeremonie fertig war, medizinische Bücher zu lesen.

Irgendwann während meiner Teenagerjahre schenkte mir eine Nachbarin einige Schundromane, und ich las sie alle. Die Heldinnen dieser Geschichten waren stets Frauen mit kleinen, herzförmigen Gesichtern, großen, wehmütigen Augen und Körpern mit Kurven, die zu verbergen sie sich vergebens bemühten. Ihr schweres Leben zwang sie, erniedrigende, niedere Jobs anzunehmen, bei denen sie mit dunklen, aristokratischen Männern in Berührung kamen, die viel herumschliefen und wölfisch nach unseren tugendhaften Heldinnen hungerten, dann aber deren Unschuld erkannten und sich in sie verliebten und sie schließlich heirateten. Die Bücher waren alt, und schon am Anfang verschüttete ich etwas Eiscreme darauf; vielleicht assoziiere ich aus diesem Grund solche märchenhaften Liebesgeschichten mit dem Geruch von verschimmelter, saurer Milch.

Als ich achtzehn war, kam ich nach Princeton aufs College und hatte schreckliches Heimweh. Und ich war auch zum erstenmal seit sechs Jahren dünn. Am Ende des ersten Semesters schleppte meine Zimmergenossin mich mit auf eine Party des Debattierclubs. Ich fühlte mich dort unter all den betrunkenen Studenten so unwohl, daß ich am Ende meine Unschuld an den Schatzmeister des Clubs verlor, einen schlaksigen Studenten eines höheren Semesters, der später nach Washington ging und einen wichtigen Posten im Weißen Haus übernahm. Zwei Wochen lang gingen wir miteinander aus und schworen uns fieberhaft ewige Liebe, aber als er mich in den Winterferien anrief, hatte ich keine Lust, mit ihm zu sprechen oder auch nur befreundet zu sein.

Als meine Mutter einundzwanzig war, ging sie in ein kleines Apartment in einem schicken Studentenbezirk in Tokio und sah in einer Menschenmenge einen Mann. Er stand mit dem Rücken zu ihr am Fenster und war in eine leidenschaftliche Diskussion vertieft, aber er fiel ihr sofort auf. Es war etwas in der Art, wie er stand, die Spannung in seinen Schulterblättern in dem engen Hemd oder die Länge seines Halses, der sich nackt und bloß aus seinem Kragen hob. Sie war abgelenkt, verzehrt von einem fast körperlichen Verlustgefühl, das in ihrer Kehle aufstieg und überraschenderweise nach Limone schmeckte. Ihre beste Freundin Rié, die ihr endlos ins Ohr schnatterte, mußte sie zweimal fragen, ob sie etwas zu trinken wolle.

Als er sich umdrehte, sah er ihr Starren. Seine Augen wanderten weiter, musterten den Rest des Raumes, kehrten zu ihr zurück, wandten sich wieder ab. Sie sah, wie sich seine Augen verengten und dann ungläubig weiteten, und dann ging er zum Gastgeber, der nicht weit von ihm entfernt auf einer Couch saß, und sie sah die schnelle, geflüsterte Frage und das wiederholte, bejahende Kopfnicken des Gastgebers. Der junge Mann richtete seinen schmalen Rücken auf, straffte die Schultern und kam auf sie zu.

Seine Stimme war tief und klang fremd. »Ich glaube, ich bin Ihr Cousin«, sagte er, die förmliche Anrede gebrauchend. »Ihr Cousin Kenji.«

Dreizehn Jahre waren vergangen, seit sie in ländlicher Abgeschiedenheit mitten im Krieg über die Gleise gerannt waren. Trotz der schlechten Ernährung während des Krieges war er hoch gewachsen und überragte die meisten Männer im Raum um einen halben Kopf. Wo sein Gesicht einst rundlich und glatt gewesen war, war es nun hager und kantig, und die neue Geometrie setzte sich in seinem Kopf fort, der fast dreieckig war. Seine Nase war hoch, wie die Japaner, immer mit Bewunderung, sagen. Der Adamsapfel an seinem langen

Hals stand stark vor, und sein Kinn hatte einen neuen, aggressiven Schwung. Sein Haar, das früher glatt und fein gewesen war, war dichter und gröber geworden und stand jetzt von allein hoch wie eine Bürste.

Meine Mutter bemerkte nicht einmal, daß Rié mit zwei Gläsern Wasser zurückgekommen und dieses eine Mal sprachlos war, verblüfft über die Intensität der Blikke dieser zwei Menschen.

Akiko sah Kenji in die Augen – die jetzt so ernst und auch dunkler waren – und lächelte unschuldig. »Du hast dich kein bißchen verändert«, sagte sie.

Zwei Monate später ging sie zu einem Rendezvous, das von ihren Eltern vereinbart worden war. Die Heiratsvermittlerin machte sie direkt vor dem Restaurant mit Tatsu bekannt und ging dann leise fort.

Akiko musterte rasch den Mann, der als ihr zukünftiger Gatte ausgewählt worden war, und lächelte unwillkürlich, denn ihr gefiel, was sie sah – ein schlanker junger Mann mit strahlenden Augen und einem Überbiß, der seinem Lächeln eine entwaffnende Verletzlichkeit verlieh. Ihr günstiger Eindruck von ihm blieb während des dreistündigen Mahls bestehen, denn die Heiratsvermittlerin hatte gute Arbeit geleistet: Akiko und Tatsu hatten so viel gemeinsam, daß keine Gefahr bestand, ihnen könne der Gesprächsstoff ausgehen.

Bei seinen Studien an der Universität war er nicht sehr erfolgreich gewesen, aber er war ein Musikliebhaber und erkundigte sich mit echtem Interesse und Intelligenz nach ihrem Spiel. Sie hatten sich zwar vorher noch nie gesehen, doch sie verkehrten im gleichen gesellschaftlichen Umfeld, und sie entdeckten mit einiger Heiterkeit, daß sie über alle Leute, die sie beide kannten, die gleichen Ansichten hatten. Gegen Ende des Abends fühlten sie sich so wohl miteinander, daß sie über die

Peinlichkeit dieses arrangierten Rendezvous und die tiefe Skepsis, die sie beide der Heiratsvermittlerin entgegenbrachten, scherzen konnten – einer alten Frau, die so kurzsichtig war, daß sie Männer nicht zuverlässig von Frauen unterscheiden konnte. Sie hatten nicht geglaubt, daß sie einen passenden Ehepartner für sie finden könne.

Doch am meisten beeindruckt war Akiko von Tatsus Liebenswürdigkeit, dem Wunsch, zu gefallen und auch andere angenehm zu finden, der ihr gegen Ende der Mahlzeit am stärksten bewußt wurde, als sie ihre Teller wegschoben und sich zum Gehen anschickten.

»Was meinen Sie?« sagte er, als sie gerade aufstehen wollte. »Es könnte klappen mit Ihnen und mir.«

Akiko hielt in der Bewegung inne, sah ihn über den Tisch hinweg an und wußte, daß er recht hatte. Nicht nur, weil sie, von der Heiratsvermittlerin informiert, seine besonderen Eigenschaften kannte (seine Freundlichkeit gegenüber älteren Menschen, seine Sanftheit gegenüber Frauen, den hochbezahlten Job, den er in der Firma seines Vaters innehatte), sondern auch, weil die drei Stunden, die sie miteinander plaudernd beim Essen verbracht hatten, ihr einen Eindruck von dem Leben vermittelt hatten, das ihre Eltern – genauer, ihre Mutter – sich für sie wünschten. Es war ein Leben mit wenig Sorgen und noch weniger Überraschungen. Es würde große Familientreffen in schicken Restaurants geben; zwei, drei oder sogar vier Kinder, die zu ihren Füßen herumliefen, und diesen seltsamen Überbiß, der die ganze Zeit auf sie niederstrahlte.

Als sie den hoffnungsvollen Ausdruck sah, der Tatsus Gesicht erhellte, seufzte meine Mutter und unterdrückte einen momentanen Impuls von Bedauern. Sie hatte nicht das verwirrende Gefühl, an einer Weggabelung zu stehen, denn der Verlauf ihres Lebens war bereits festgelegt. Und es war auch nicht so, daß sie bedauerte, sich vor vier Tagen selbst ihrem Vetter Kenji versprochen zu haben: Sie hatte auch nicht eine Sekunde lang den Wunsch, ihr Leben statt dessen mit Tatsu zu verbringen.

Was Akiko leid tat, war, daß sie nicht vor diesem Rendezvous zurückgeschreckt war, wie sie ursprünglich vorgehabt hatte. Sie hätte ihren Eltern mitteilen sollen, daß sie bereits entschieden hatte und den Mann, den sie mittels der langen, teuren und komplizierten Heiratsvermittlung für sie ausgewählt hatten, nicht heiraten würde. Sie hätte ihrer Neugier widerstehen sollen; sie hätte ablehnen sollen, was ihr als Witz erschien – die Chance, einen Blick in jemand anderes Leben zu werfen; ja, sogar die Gelegenheit, in der Haut von jemand anderem zu leben, und sei es nur für einen Abend.

»Es tut mir leid«, sagte sie, und dann zögerte sie, weil sie nicht wußte, wie sie fortfahren sollte. »Es tut mir wirklich sehr leid.«

An der Art, wie meine Mutter diese Geschichte erzählt (und ich habe sie Dutzende Male von ihr gehört), erkenne ich, daß dies ein schwerer Moment für sie war: zu sehen, wie das Strahlen in Tatsus Augen erlosch und seine Karikatur eines Lächelns verging.

Ohne Kenjis Erfolg in seinem Fachgebiet wäre die alte Heldenverehrung meiner Mutter vielleicht nicht in erwachsene Liebe übergegangen, denn darin, daß sie einen Mann brauchte, den sie respektieren konnte, ähnelte sie ihrer Mutter. Doch der Übergang verlief erstaunlich glatt und schnell: Binnen einer Woche, volle eineinhalb Monate vor ihm selbst, wußte sie, daß sie ihn heiraten würde.

Kenji war Physiker. Seine Professoren und Kommilitonen munkelten, er sei brillant, der beste Student seines Jahrgangs, ein Genie.

Zuversichtlich und fast zu stolz, wußte er von diesen

Gerüchten und spann daraus Netze, in denen sich meine Mutter und er am Ende verfingen.

»Verehrungswürdige Eltern, darf ich bitte diesen Mann heiraten«, sagte sie. Sie verneigte sich, und ihr Herz klopfte gegen den mit Tatamis ausgelegten Boden, während sie auf ihre Antwort wartete, die Nase zu Boden gedrückt.

»Nein«, sagte Yukiko, ihrem Mann zuvorkommend. »Tatsu mochte dich und dachte, du würdest ihn auch mögen. Er ist ein netter junger Mann, ein Cousin zweiten Grades des Prinzen …«

Meine Mutter setzte sich auf, das Gesicht gerötet von dem Blut, das ihr in den Kopf geströmt war, während sie ihn gesenkt hielt, und starrte Yukiko an. Fünf Jahre waren vergangen, seit ihre Eltern ihr das Medizinstudium verweigert hatten, sie war jetzt stärker und aufsässiger, und ihr Wille war dem ihrer Mutter ebenbürtig. »Ist es, weil er mein Cousin ist, weil er arm ist oder weil er Koreaner ist?« wollte sie wissen.

»Keiner dieser Gründe«, schrie Yukiko zurück. »Es ist, weil du mit ihm dein Leben ruinieren würdest. Ich weiß, wie er ist, und …«

»Du lügst«, sagte meine Mutter, und dann schrie sie: »Du lügst! Du bist rassistisch und ein Snob, und du hast vergessen, daß du früher nur eine schicke Hure warst, und ich will nie, niemals so werden wie du.«

Sie brach in Tränen aus und rannte aus dem Zimmer; kaum in ihrem eigenen angekommen, begann sie zu packen.

Sie blickte niemals zurück – das erzählte sie mir jedenfalls viele Jahre später. Aber ich habe diese Aussage immer für eine Lüge gehalten, wenn auch die freundlichsten Absichten dahinterstanden: mich vor dem Gefühl zu bewahren, sie habe jemals Grund gehabt, die Ehe zu bereuen, die zu meiner Geburt führte. Denn wie hätte sie nicht zurückblicken sollen? Sicher, sie mag Amerika mit seinen geräumigen, gutgebauten Häusern, seinen breiten Straßen und den gepflegten grünen Rasenflächen, die sie an das ländliche Japan erinnern. Ich gestehe ihr sogar zu, daß New Jersey ein sehr viel besserer Ort war als Tokio, um mich, ein Mädchen, großzuziehen. Dennoch kann ich unmöglich glauben, daß sie in all den Jahren, die auf den Bruch mit ihren Eltern folgten, niemals mit Wehmut an das Leben dachte, das sie irgendeiner anderen Frau überlassen hatte.

Von Kenji schlecht behandelt und dann verlassen, mit einem Kind am Hals, arm und allein strandete sie in einem fremden Land. Da ihr Stolz ihr verbot, sich mit ihrer Familie in Verbindung zu setzen, muß sie zurückgeschaut haben, mindestens einmal, und zwar auf den Moment, in dem sie aus dem Zimmer ihrer Eltern rannte, und muß sich gewünscht haben, sie wäre geblieben.

Yukikos Ablehnung meines Vaters, der Grund für die langen Jahren der Kälte zwischen ihr und meiner Mutter, wird das Thema der ersten Fragen sein, die ich ihr stelle.

Obaasama, werde ich sagen (respektvoll und fragend), woher wußtest du über Kenji Bescheid? Wie konntest du in dem vielversprechenden Studenten das verwöhnte Kind sehen, das sich darunter verbarg, den Zug von Wahnsinn und die Wutanfälle, die niemals jemand gezügelt hatte?

Hast du dir je gewünscht (werde ich sagen, kühner jetzt, und mich damit auf wesentlich steinigeres Terrain begeben), du hättest nicht vorhersehen können, wie die Ehe meiner Mutter mit ihm verlaufen würde? Oder daß du deine Ängste für dich behalten und sie in ihrem Wunsch unterstützt hättest, ihn zu heiraten? Hast du je bereut, daß du – in dem Wunsch, deine Tochter möge die beste, hellste und glücklichste nur mögliche Zukunft haben – versucht hast, sie deine Erfolge wiederholen statt ihre eigenen schaffen zu lassen? Hast du insgeheim, wie meine Mutter es tat, vor Kummer über den Graben geweint, der sich für mehr als fünfundzwanzig Jahre zwischen euch auftat?

7. Kapitel

DIE ALTE MRS. NOFFZ erwischt mich, wie fast immer, obwohl ich den kaum zwei Meter langen Weg vom Aufzug zu meiner Wohnungstür auf Zehenspitzen und fast rennend zurücklege. Das Problem ist, ich bin zu langsam und meine Schlüssel sind zu laut.

Mrs. Noffz lebt allein mit einem launischen Papagei gegenüber in 16D, einem Apartment, das spiegelverkehrt meinem eigenen entspricht, und sie verbringt ihre Tage damit, auf der Lauer zu liegen und zu lauschen, ob meine Tür geöffnet wird.

Als Jäger ist sie ziemlich unglaubwürdig. Mit ihren großen Augen, dem runden Mund und der kleinen rosa Stupsnase hat sie eine verblüffende Ähnlichkeit mit den Kindern in einem Buch von Dr. Seuss. Selbst ihr Haar, obwohl weiß und dünn, sieht kindlich aus, denn es ist zu einem einzigen Zopf geflochten, der ihr vom Nacken bis auf den Rücken reicht. Heute abend steht sie unter einem Regenschirm und trägt rote Gummistiefel unter ihrem Nachthemd. Mit ihrem beständigen, leeren Lächeln, verschrumpelt, aber aufrecht, ruft sie mir von ihrer Tür aus zu: »Guten Abend.«

»Hi«, sage ich und halte die Tür gerade weit genug auf, um noch höflich zu sein.

»Es ist heiß draußen, nicht?« Mrs. Noffz' Kleidung ist schäbig, und ihr Haar ist ständig wirr, aber sie gibt sich große Mühe beim Sprechen und artikuliert sorgfältig jede Silbe.

»Ja, ist es. Na, ich muß jetzt wohl gehen. Meine Post, wissen Sie«, sage ich und nicke in Richtung der Rechnungen in meiner Hand.

»Ich glaube, Mabel macht die Hitze ziemlich zu schaffen. Sie hat sich in ihre Federn vergraben und weigert sich, mit mir zu sprechen.«

»Das ist aber schade«, sage ich und ziehe die Tür noch ein paar Zentimeter weiter zu.

»Gestern nacht war es so windig. Wir hatten gehofft, es würde regnen, aber dann fiel kein Tropfen.«

Ich nicke.

»Nun, ich möchte Sie nicht zu lange aufhalten.«

»Keine Ursache«, sage ich. »Gute Nacht, Mrs. Noffz.«

»Gute Nacht, und schlafen Sie gut«, sagt sie und lächelt mich unter dem Schutz ihres Regenschirms an, während ich hastig die Tür schließe.

Eric denkt, meine Großmutter würde so sein wie die alte Mrs. Noffz: ein bißchen peinlich, sehr lästig, aber insgesamt rührend und lieb, wenn man sie abstrakt betrachtet wie ein Foto im Album oder einen Namen auf einem Grabstein. Wenn er sich heute an seine Großtante Julia erinnert, die so enorm dick wurde, daß ihr Sarg nach Maß angefertigt werden mußte, lächelt er liebevoll. »Liebes altes Mädchen«, murmelt er (und wird dabei nicht zufällig ebenso britisch wie sentimental), wobei er vergißt oder vergessen will, wie ihr unseliges Rülpsen und ihre Winde die Familienfeiern immer störten.

Er weiß nicht, denn das habe ich ihm verheimlicht,

daß meine Großmutter die letzte Person ist, die Art von liebevollem, nachsichtigem Lächeln hervorzurufen (das einem Lachen auf ihre Kosten gefährlich nah ist), wie sie die Erinnerung an die liebe alte Großtante Julia auszulösen scheint. Schon lange freue ich mich auf Erics Überraschung, wenn er sie endlich kennenlernt. Obwohl sie nach westlichen Maßstäben nicht ungewöhnlich groß sein wird und ihre Schönheit durch das Alter verblaßt ist, wird ihre Anwesenheit ihn unweigerlich aus der Fassung bringen.

Das jüngste Foto, das ich von ihr habe, ist drei Jahre alt, aufgenommen von meiner Mutter einen Tag nach der Bestattung meines Großvaters. Sie schaut direkt in die Kamera und wirkt gefaßt und unglaublich elegant in einem einfachen dunklen Kostüm; ihr Gesicht mit dem sorgfältigen Make-up weist wenig Anzeichen von Trauer auf. Sie ist einen ganzen Kopf größer als ihre beiden Schwiegertöchter, die sanftmütige Tante Tomoko und die dreiste Tante Tomoko, und sie ist auch etwas größer als ihre Söhne, die in Statur und Charakter ihrem Vater ähneln. Es wirkt eigenartig und sogar unnatürlich, daß ihr silbriges Haupt die dunklen Häupter ihrer Kinder überragt. Aber andererseits hat meine Großmutter ihr ganzes Leben lang den meisten gesellschaftlichen Regeln getrotzt und sich aus bescheidenen Anfängen zu einem kühlen, aristokratischen Benehmen und einer gemessenen Haltung hochgearbeitet, die den Vergleich mit keiner anderen Japanerin zu scheuen brauchen. Weshalb also sollte sie nicht auch dem Evolutionsprozeß trotzen?

In letzter Zeit ist sie lustlos und seit dem Tod ihres Mannes so viel magerer und weniger hochmütig, daß ihre beiden Schwiegertöchter unabhängig voneinander an meine Mutter – ihre einzige leibliche Tochter und ihr ältestes Kind – geschrieben und um Hilfe gebeten haben. Zwischen den Haushalten ihrer Söhne zu pendeln wie ein neuzeitlicher König Lear paßt nicht zu Yukiko. Ihre Söhne heißen sie pflichtbewußt in ihren Häusern willkommen, aber sie haßt dieses Leben mit einer Heftigkeit, die niemanden überrascht.

Beide Tomokos, die sanftmütige und die dreiste, mögen sie natürlich nicht. Ihre Sorge um sie mag durchaus aufrichtig sein, aber die beiden müssen erleichtert sein, daß sie bald aus ihren Häusern verschwunden und weit weg in einem anderen Land sein wird. Yukiko mit ihrer gebieterischen Art ist ein Alptraum von einer Schwiegermutter, und sie zögert nie, meine armen Tanten öffentlich herunterzuputzen. Was es für die Tomokos noch schlimmer macht, ist, daß sie von ihren Familien nur wenig Unterstützung erfahren. Ihre unbekümmerten Ehemänner, seit langem an die Reizbarkeit und die scharfe Zunge gewöhnt, hinter der sich die grundlegende Herzenswärme ihrer Mutter verbirgt, bieten Mitgefühl, aber keine Hilfe, und lachen bei der Nachricht von ihren neuesten Ausbrüchen. Meine Cousins mögen sie, weil sie wissen, daß sie ihnen freundlich gesonnen ist, wenn auch keine richtige Großmutter, zumindest in dem Sinne, daß ihr Schoß (knochig und hart) keine behagliche Zuflucht bietet; sie strickt und bäckt auch nicht und lächelt nicht einmal mit den Krähenfüßen um ihre Augen. Aber sie unterhält sich gern mit ihren Enkeln, und so wird es ihr auch mit mir, ihrer einzigen Enkelin, ergehen.

Sosehr ich mich auch darauf freue, daß Eric meine Großmutter kennenlernt – die Aussicht, daß sie *ihn* kennenlernt, macht mir ein wenig Sorgen. Mit ihrer Zurückhaltung und ihrem kapriziösen Geschmack könnte sie beschließen, Eric abzulehnen, genau wie sie meine unglücklichen Tanten ablehnt. Andererseits ist das eher unwahrscheinlich, denn Eric sieht zu gut aus, ist zu höflich, zu offensichtlich erfolgreich und letztlich auch zu männlich, um die Verachtung hervorzurufen, die sich über die Häupter der gutwilligen, aber vollkommen und aufreizend kindischen Tanten Tomoko ergoß, der dreisten wie der sanftmütigen.

Natürlich werde ich sofort, in den ersten Augenblikken ihrer Begegnung, wissen, ob meine Großmutter Eric mag. Und? werde ich sagen und stolz lächeln, während ich mich an den Türrahmen lehne, meine Schulter noch warm von der Berührung, mit der er mich streifte, als er das Zimmer verließ. Was denkst du, *Obaasama*? Er ist in Ordnung, nicht wahr, dieser Mann, den zu heiraten ich versprochen habe.

Phillip war seit fünf Monaten tot, als ich Eric kennenlernte, im Juli letzten Jahres. Normalerweise liebe ich den Sommer, aber in diesem Jahr haßte ich den Anblick von Paaren, die durch den Park schlenderten, ich haßte das Lachen der Leute, die in der Abenddämmerung durch die Straßen spazierten.

Ich hatte die ganze Woche in meinem Apartment gelernt, und es machte mich nervös, ausgehen zu müssen; wenn ich die Eintrittskarte nicht schon gehabt hätte, wäre ich nicht gegangen. Ich trödelte so lange herum, daß ich das Haus mit Verspätung verließ. Aber ich hatte Glück mit den U-Bahnen, und als ich den Konzertsaal betrat, gerötet von dem raschen Gang durch die Menschenmenge, waren die Lichter noch an, und die Kunstliebhaber, die sich in unterschiedlichem Maße fein gemacht hatten, plauderten noch und fächelten sich mit ihren Programmen Luft zu.

Während ich ein Programm kaufte, wies ich die Hilfe des Platzanweisers zurück; meine Mutter hatte mir im März ein Abonnement geschenkt, und im Juli kannte ich meinen Platz so gut wie die Leute, neben denen ich saß, die parfümierte Dame mit den sommersprossigen Ellbogen links und den schnarchenden dicken Mann rechts von mir.

Ich zog meine Jacke aus, legte sie auf den Platz rechts von mir und sank dankbar auf meinen Platz nieder. Ein dunkelhaariger, adretter Mann, der zwei Reihen weiter vorne im Gang stand, fiel mir auf; er unterhielt sich mit einem asiatischen Paar, sah dabei aber die ganze Zeit mich an. Ich schätzte ihn sofort als Mann mit einer Vorliebe für asiatische Frauen ein, und tatsächlich, nachdem er leise etwas zu seinen Freunden gesagt hatte, begann er, sich durch meine Reihe zu bewegen, und entschuldigte sich bei den drei alten Damen auf den Plätzen am Rand. Langsam kam er näher, ein Lächeln auf dem Gesicht, den Blick unverwandt auf mich gerichtet. Sein Schritt glich der verstohlen beharrlichen Gangart des Jägers.

New York ist voll von solchen Männern. Sie haben sich mir in Cafés, Buchhandlungen, Bibliotheken und sogar am Telefon vorgestellt, wo das bloße Nennen meines Namens einen Schwall von akzentfreien japanischen Höflichkeiten sowie das Angebot eines Preisnachlasses für die Software auslöste, die ich bestellte. Wenn das Gespräch so weit geht, daß der berufliche Werdegang erwähnt wird, sage ich ihnen immer, daß ich englische *Literatur* studiere, wobei ich das zweite Wort betone, aber ganz gleich, was ich sage oder welche eindrucksvollen Begriffe ich verwende, sie übergehen meine Hinweise nur zu oft und fragen mich, wie lange ich schon in ihrem Land bin, oder sie machen mir Komplimente für mein Englisch. Ich gebe ihnen stets eine Abfuhr, manchen weniger grob als anderen.

»Darf ich?« fragte der junge Mann und wies auf meine Jacke und meine Tasche. »Könnte ich mich setzen?«

»Nein«, sagte ich, aber trotz meines berechtigten Ärgers milderte ich meine Antwort mit einem Lächeln ab, denn sein Ton war tadellos höflich, und aus der Nähe sah er wirklich sehr gut aus.

Abrupt wich das Lächeln aus seinem Gesicht, und für eine Sekunde sah er aus wie ein schmollendes Kind. »Was meinen Sie mit Nein? Das ist mein Platz.«

Ich wäre am liebsten geflohen, aber dazu hätte ich mich an seinen Knien vorbeizwängen oder über die Sitze vor mir klettern müssen. Also nahm ich statt dessen meine Jacke und meine Tasche und legte sie auf meinen Schoß. Zum Glück begannen gleich darauf die Lichter auszugehen.

Erst nachdem das Orchester seine Instrumente gestimmt hatte, der Dirigent gekommen war und das Konzert begann, brachte ich den Mut auf, etwas zu sagen. »Es tut mir leid«, flüsterte ich, indem ich mich ganz leicht zu ihm neigte.

»Keine Ursache«, antwortete er höflich, aber ich konnte das fast unmerkliche, unterdrückte Lachen in seiner Stimme hören.

»Ich dachte – na ja, ich dachte, Sie …«

»Ich weiß, was Sie dachten«, unterbrach er mich. »Was nicht überraschend ist – das muß Ihnen dauernd passieren.«

Die Frau zu meiner Linken drehte sich um, und ihr sommersprossiger Ellbogen streifte meinen Arm. »Pssst«, sagte sie scharf. »Haben Sie doch etwas Respekt vor der Musik.«

»Bitte entschuldigen Sie uns«, sagte der junge Mann und bewies damit erneut fabelhafte Manieren. Als die Frau sich zurücklehnte, etwas besänftigt, erwies sich ihr Parfüm als zu stark, und ich nieste. Ich biß mir auf die Unterlippe, um ein weiteres Niesen und eine Welle von Hysterie zu unterdrücken, und dann spürte ich, wie der Mann neben mir zu zittern begann. Und zu den Klängen eines Chopin-Konzerts und dem Starren der Dame mit der Pelzstola lachten wir im Dunkeln zusammen wie Komplizen, wie Kinder.

Seine Freunde, das chinesische Paar, kamen in der Pause zu ihm. Das letzte Stück auf dem Programm war die Pastoralsymphonie, und als ich die ersten Takte hörte, tat mir der fette, schnarchende Mann leid, der sonst immer rechts von mir saß. Obwohl er bei den meisten Komponisten gleich einschlief, liebte er Beethoven sehr und hätte die Symphonie weit mehr genossen als der junge Mann, der halb mir zugewandt in der Dunkelheit saß und mich ansah.

Die meiste Zeit dachte ich an einen der Romane, die ich gerade las, aber ich erinnere mich an das rauschende Finale, an die Verbeugung des Dirigenten, den allgemeinen Beifall und das Angehen der Lichter. Ich hatte das Konzert nicht sonderlich genossen, aber vielleicht hatte die Musik mich mehr aufgewühlt, als ich wußte, denn als der Fremde, der neben mir saß, sich selbstsicher und fast achtlos zu mir lehnte und sagte: »Würden Sie gern mit mir essen?«, lächelte ich und nickte zustimmend, als ginge ich nachts in der City immer mit fremden Männern aus. Während wir aufstanden, fragte ich mich, ob die Leute, die hinter uns saßen, dachten, wir wären seit langem ein Paar, vielleicht sogar verheiratet und so vertraut und im Einklang miteinander, daß wir stundenlang nicht zu reden brauchten. Jetzt weiß ich, daß die meisten Leute Eric sofort und instinktiv vertrauen. Sein jederzeit wirksamer Charme ist vermutlich sein wichtigster beruflicher Trumpf.

»Eric Lowenson«, sagte er und streckte mit einer gespielt förmlichen Geste die Hand aus. »Ich bin Kiki, Kiki Takehashi, erfreut, Sie kennenzulernen«, sagte ich, während ich seine Hand nahm; normalerweise bin ich bei

Vorstellungen schüchtern, aber mit ihm fühlte ich mich wohl.

Vor der Tür stand eine Menschenmenge, und es mangelte an Taxis, da es leicht, aber stetig regnete. Niemand schien auf den Regen vorbereitet, denn der Himmel war tagsüber und am Abend vor dem Konzert klar gewesen, aber Eric überraschte mich, indem er einen Schirm hervorholte, einen großen, marineblauen, den er fürsorglich über meinen Kopf hielt, obwohl es nur nieselte. Wie ich später entdeckte, hat Eric fast immer einen Schirm bei sich, auch wenn der Himmel klar und die Wettervorhersage günstig ist. Zuerst glaubte ich, daß diese Angewohnheit Bände sprach: Vorsicht, Sorge und eine pingelige, fast katzenhafte Abneigung gegen Wasser und Unordnung – lauter Kennzeichen eines Muttersöhnchens und alles, was Phillip nicht war. Doch als Eric und ich durch den immer stärker werdenden Regen gingen, begann ich zu begreifen, daß der Schirm, den er immer bei sich hat, eigentlich gar nicht so schlecht zu der Haarlocke paßt, die ihm stets keck in die Stirn fällt und ihm unterschwellig etwas von einem Teenageridol verleiht. Es macht ihm im Grunde nichts aus, naß zu werden, wenn er auch keinen besonderen Wert darauf legt. Tatsächlich benutzt er seinen Schirm viel eher, um andere zu schützen, und obwohl ich ihn heute noch aufziehe, wenn er aus irgendeiner verborgenen Tasche einen Schirm hervorzaubert, und sage, das sei ein probates Mittel, sich an Frauen heranzumachen, benutzt er ihn genauso oft, um seine männlichen Freunde im Büro und auch Dutzende von weiblichen Freunden trocken zu halten.

Er lotste mich durch die Menschenmenge auf den Gehsteig und machte mir so viel Platz, daß ich ungehindert gehen konnte. Aus einem Schacht unter der Straße stieg gekräuselter grauer Rauch, und der Regen ließ die Lichter der City gleichzeitig verschwimmen und heller strahlen. Wir gingen ein paar Blocks, bis wir ein winziges französisches Restaurant fanden, von dem er gehört hatte und das er ausprobieren wollte. Es war so klein und unprätentiös, daß ich dachte, es würde nicht teuer sein, aber die Preise waren verblüffend und die Portionen sehr klein. Die Kellner waren leise und wohlwollend. Eric sagte mir, der Wein, den wir tranken, sei erstklassig und das Essen recht gut, wenn der Fisch auch etwas zu lange gegart sei.

Während des Essens gab ich ihm die übliche vereinfachte Zusammenfassung meiner Dissertation, und er beschrieb seine Arbeit. Bald waren die Speisen verschwunden, sein Fisch fachmännisch entgrätet und sein Weinglas leer. Keiner von uns wollte Kaffee. Er winkte, und der Kellner brachte ihm die Rechnung. Ich streckte die Hand danach aus, aber er ergriff sie zuerst. »Ich zahle«, sagte er. »Ich habe Sie eingeladen.«

»Aber ich wollte Ihren Platz nicht freimachen«, sagte ich.

»Ach«, antwortete er, während er dem Kellner seine Kreditkarte reichte, »schließlich durfte ich mich ja doch setzen.«

»Das gibt mir kaum das Recht auf ein so schönes Abendessen«, sagte ich lachend.

Er verstummte und sah mich mit etwas verwirrtem Gesichtsausdruck an. Dann kam der Kellner mit der Quittung. Eric sah sie sich an, rechnete blitzschnell das Trinkgeld aus und unterschrieb schwungvoll. Erst danach sah er mich wieder an. Seine Stirn war noch immer ein wenig nachdenklich gerunzelt, aber er stellte keine Frage und äußerte auch keine Verwirrung. Statt dessen machte er mir ein Kompliment, das er mit der Zärtlichkeit eines Liebhabers oder Elternteils äußerte.

»Es gefällt mir wirklich, wenn Sie lächeln«, sagte er.

Als wir stehenblieben, um unsere Mäntel entgegenzunehmen, sah ich auf der Theke einen chinesischen Gegenstand, eine Skulptur, die aus zwei Schalen in verschiedener Höhe bestand und aussah wie das rohe Skelett eines Gebäudes. Beide Schalen waren mit Pfefferminzdrops gefüllt. Ich stand da, betrachtete sie und dachte, wie Phillip das gefallen hätte. Wir gingen dauernd in ein bestimmtes chinesisches Restaurant, weil dort ein ganzer Eimer Pfefferminzdrops auf der Theke stand und wir einander gegenseitig Deckung gaben, damit wir unsere Taschen damit füllen konnten. Aber weil diesmal ein junger Anwalt in Anzug und Krawatte hinter mir stand, nahm ich nur zwei und knabberte zierlich an einem, während ich meinen Mantel anzog. Dann lutschte ich, ohne die Lippen zu bewegen, das zweite, bis es zu Ende war.

Es war nach Mitternacht. Er schlug kein weiteres Treffen vor, bis er für mich ein Taxi gefunden und mich hineingesetzt hatte. Als er sich durch die offene Tür beugte, sagte er nicht zögernd: »Hätten Sie vielleicht Interesse ...?« oder »Kann ich Sie anrufen?« Er schien anzunehmen, ich hätte und er könne. »Stehen Sie im Telefonbuch?« war alles, was er fragte, und ich bejahte oder nickte vielleicht auch nur. Er buchstabierte meinen Nachnamen, um sicherzugehen, daß er ihn richtig verstanden hatte, und ich nickte wieder, beeindruckt von der Leichtigkeit, mit der er ihn sich gemerkt hatte. Dann schloß er die Tür; ich winkte ihm durch das Fenster, und dann fuhr das Taxi im leichten Sommerregen an.

Während ich im Taxi saß und zusah, wie die Lichter der City vorbeihuschten, erinnerte ich mich daran, wie ich mich als Kind gefühlt hatte, wenn mein Vater mich morgens auf dem Beifahrersitz unterbrachte, ehe er mich zur Schule fuhr. Im Winter waren die Scheiben des Autos manchmal weiß vom Frost. Trotz der Kälte war ich gern in diesem Kokon. Der blendende Sonnenschein tat meinen Augen weh, und an Schultagen war ich immer unleidlich, aber während er das Eis von den Scheiben kratzte, sang mein Vater alberne Lieder und streckte mir durch die Löcher im Eis die Zunge heraus, bis ich lachte und vergaß, mich vor der Schule zu fürchten, wenigstens für eine Weile.

An diesem Abend im Juli gab Eric mir ein Gefühl der Sicherheit, das ich seit dem Verlust meines Vaters vor so vielen Jahren nicht mehr gehabt hatte.

Am nächsten Morgen rief Eric an, um mich zu fragen, ob ich am Wochenende mit ihm ins Kino gehen würde. Ich zögerte, aber dann dachte ich wieder an meinen Vater und den Schirm, der mich vor dem Regen geschützt hatte. Ich dachte an meine Mutter und die Jahre, die sie verloren hatte, indem sie um ihn trauerte.

»Sicher«, sagte ich. »Danke, das hört sich gut an.«

Schließlich, *Obaasama*, werde ich sagen (und mit den Schultern zucken, während ich es erkläre), was hatte ich denn noch zu verlieren?

Das erste Mal erschien Phillip Ende März, und im Juli gehörte er zu meinem Apartment. Er war beinahe ein fester Bestandteil des Haushalts, kein Möbelstück, auf dem man sitzt oder an dem man ißt oder in das man seine Bücher stellt, nicht einmal eine Lampe, die man berühren oder auch nur in seiner Nähe haben möchte, sondern eher etwas, das man von weitem betrachtet, wie eine Skulptur oder ein Erinnerungsstück. Nur, daß er natürlich im Gegensatz zu einer Skulptur nicht an einer Stelle bleiben wollte und die Plötzlichkeit seines Erscheinens und Verschwindens mich immer ein bißchen aus der Fassung brachte.

Da diese Inkarnation von Phillip immer so still und

unbeweglich wie ein Stein war und ist, scheint es jetzt ein wenig lächerlich und ziemlich exzentrisch, daß ich eine Zeitlang mit ihm sprach und versuchte, meinen Teil des scheinbar endlosen Gesprächs aufrechtzuerhalten, das wir einst geführt hatten. Obwohl es damals selten vorkam, daß ich Lust hatte, einen Scherz zu machen, versuchte ich ein- oder zweimal sogar, ihm ein Lächeln zu entlocken, indem ich, wenn ich vom Einkaufen zurückkam, auf vertrautes Paar machte und ihm etwas zurief. (»Schätzchen, ich bin wieder da … ich hab dir ein paar von den Donuts mitgebracht, die du so gern hast … du weißt ja, du wirst immer magerer …«)

Nach ein paar Monaten beendete ich abrupt diese Versuche, mit ihm zu plaudern. Heute versuche ich so gut wie möglich, niemals mit ihm zu sprechen oder auch nur zu winken oder zu nicken, denn ich weiß aus Erfahrung, daß es nicht angenehm ist, vergeblich auf seine Reaktion zu warten.

Aber damals, als ich es noch nicht besser wußte und noch hoffte, daß Phillip mir zuhörte und eines Tages vielleicht sogar antworten würde, sorgte ich dafür, daß er über alle (sehr wenige) bemerkenswerten Ereignisse in meinem Leben auf dem laufenden war. So erzählte ich ihm von Eric, indem ich beiläufig Bericht erstattete (»Weißt du, ich hab da jemanden kennengelernt …«), und vor den ersten paar Verabredungen versuchte ich, jedesmal deren Bedeutungslosigkeit zu betonen: »Es ist bloß ein Film …« oder ein Dinner oder ein Picknick oder ein Spaziergang, »… und danach komme ich nach Hause.«

Er war immer da, um mich fortgehen zu sehen. Er lächelte zwar nicht, aber er sah auch nicht traurig aus. Aber eines Abends, als ich die Tür öffnete, drehte ich mich um und sah seinen Körper flach an der Wand ausgestreckt. Visionen von Märtyrern schossen mir durch den Kopf, und ich mußte den plötzlichen Impuls bekämpfen, ihn von seinem Kreuz zu reißen und mit faulen Tomaten zu bewerfen. Ich bereute diesen Impuls allerdings, sobald ich ihn empfand, und so ging ich nicht mit ausgefahrenen Krallen auf ihn los, sondern besänftigte ihn mit einer weiteren Erklärung. »Nur weil du tot bist, muß ich ja nicht auch tot sein«, flüsterte ich, ehe ich aus der Tür hastete.

Später an diesem Abend, nach dem Freiluftkonzert, lud Eric mich in seine Wohnung ein, und ich nahm an. Er wohnte in Downtown Manhattan in einem modernen Apartmenthaus aus Glas und Stahl. Wir nahmen ein Taxi, um hinzukommen, und ich hatte keine Ahnung, wo ich mich befand, aber das spielte natürlich keine Rolle, weil Eric bei mir war. Bei ihm läuft immer alles glatt. In seiner Gegenwart wirken fremde und feindselige Viertel freundlich und vertraut, Kellner bedienen uns aufmerksam, gereizte Verkäuferinnen haben auf einmal Zeit. Selbst in den belebtesten Straßen zur schlimmsten Stoßzeit halten freie Taxis am Straßenrand, wann immer er den Arm hebt. Ich habe ihn selten in irgendeinem Sinne des Wortes verloren gesehen.

In dieser Nacht führte er mich durch die Flügeltür, winkte dem Portier zu und drückte so schnell auf die Knöpfe des Aufzugs, daß ich nicht wußte, daß wir in den elften Stock fuhren, bis wir dort ankamen. Teppichboden dämpfte unsere Schritte, als wir durch den langen Gang vom Aufzug zu seiner Tür gingen. Es gibt viele Türen auf dem Gang von Erics Apartmenthaus, und alle sehen gleich aus, weißlich mit glänzendem Messingknauf und passenden goldenen Zahlen darauf. Vielleicht war ich nervöser, als ich wußte, denn ich fand den Gedanken, jede dieser Türen könne seine sein, etwas erschreckend.

Doch seine Tür war insofern etwas anders, als sie die letzte in der Reihe aller Türen war und abgeschlossen und privat hinter einer Ecke lag. Keiner von uns hatte etwas gesagt, seit wir das Taxi verlassen hatten, und noch immer schweigend betraten wir seine Wohnung.

Er schaltete ein paar Lampen ein, aber das Licht blieb angenehm gedämpft. Sein Apartment ist so gut isoliert, daß es immer sehr still ist, und der dicke Teppich dämpft die Geräusche noch mehr. So hoch meine Wohnung auch liegt, der Lärm der Stadt dringt spätnachts doch in mein Schlafzimmer, und seit ich viel Zeit bei Eric verbringe, stelle ich fest, daß ich den Verkehr, die durch die Entfernung gedämpfte laute Musik und sogar die gelegentliche Alarmsirene von Autos vermisse.

Ich setzte mich an ein Ende des schwarzen Ledersofas. Er zog einen Stuhl vom Eßtisch heran und drehte ihn um, ehe er sich setzte, so daß er die Rückenlehne zwischen den Beinen hatte. Ich schlug die Knöchel übereinander. Er beobachtete mich ruhig, vielleicht erwartungsvoll. Ich schaute auf meine Hände nieder, die ich im Schoß verschränkt hatte. So saßen wir lange, vielleicht eine Minute, und dann brach er das Schweigen. »Also, Sie sind mir vielleicht eine.« Er sagte das ernst, und obwohl die Worte sich nicht schmeichelhaft anhörten, machte der Ton seiner Stimme sie zu einem Kompliment.

»Was soll das heißen?«

»Sie sind seltsam«, sagte er. »Anders.«

»Inwiefern?«

»Nun ja, erstens, weil Sie nicht viel reden.«

Ich war sein Gast und hatte nicht den Wunsch, ihn zu widerlegen. Ich lächelte und wartete ruhig darauf, daß er fortfuhr.

»Und zweitens, weil jede andere Frau neugierig auf meine Wohnung wäre.«

»Ich bin neugierig auf Ihre Wohnung«, sagte ich.
»Warum haben Sie sich dann nicht umgesehen?«
»Gute Idee«, sagte ich. »Das werde ich tun.«
Mit hinter dem Rücken verschränkten Händen ging ich umher und musterte sein Wohnzimmer. Auf der Fensterbank gab es eine gesund aussehende Pflanze, aber sonst war alles grau oder schwarz oder weiß. Der Raum war modisch sparsam möbliert und absolut blitzblank.
»Es ist so sauber«, sagte ich. »Ist das immer so?«
»Ja. Ich mag Sauberkeit.«
Elektronische Geräte standen an den Wänden des Zimmers. Ein sehr schicker schwarzer Fernseher, ein Videorecorder, eine große Stereoanlage und seltsam aussehende Lautsprecher. In einer Ecke stand sogar eine Videokamera. Ich spähte in das Objektiv und sah mich selbst verzerrt, mit geschwollener Nase und winzigen, dunklen Augen und Mund. »Wow«, sagte ich.
Er stand auf und schob den Stuhl wieder unter den Tisch. »Ja«, sagte er. »Das ist mein Spielzeug.«
»Was nehmen Sie auf?« fragte ich, besann mich dann und lachte. »Keine Angst – darauf brauchen Sie nicht zu antworten, wenn Sie nicht wollen.«
»Ich werde antworten«, sagte er. »Die Firma empfiehlt, daß Prozeßanwälte sich selbst auf Video betrachten, also sehe ich mir meistens mich selbst an, wie ich Reden halte. Nicht gerade jugendgefährdend.«
»Nein«, stimmte ich zu, und dann blieb ich stehen, weil ich seine Bücherregale gesehen hatte, und in dem dämmrigen Licht sahen sie sehr voll aus.

Aber als meine Augen sich an das fehlende Licht gewöhnt hatte, stellte ich auch fest, daß ich die Regale in weniger als fünf Sekunden überblicken konnte, denn letztlich gab es darin doch nicht viel zu sehen: gute gebundene, identisch aussehende Bücher, Reihen um

Reihen von Enzyklopädien, schön und ordentlich und zweifellos sehr teuer. Es gab nichts Abgegriffenes, keine Taschenbücher, die die Uniformität dieser Reihen durchbrochen hätten; vielleicht bewahrte er das, was er zum Vergnügen las, neben seinem Bett auf. Phillip hatte das letzte Jahr der High-School nicht beendet und war in Englisch nie sehr gut gewesen, aber er besaß einige Romane mit Eselsohren, viele davon von einem Autor namens Peter Mathiessen, die er auf all seine Reisen mitnahm, und in New York hatte er einen enormen Stapel von Biographien und Büchern über Politikgeschichte angesammelt, die er in Antiquariaten gekauft hatte. Eric ging als Studienanfänger nach Yale und dann sofort auf die juristische Fakultät in Harvard, aber er war kein Leser. Ich setzte mich hin, die Beine ausgestreckt, die Finger halb in dem dicken Teppich vergraben. Ich brauchte eine Ruhepause.

Ich sah zu Eric auf. Er lehnte an der Wand, die Knöchel gekreuzt, die Arme verschränkt, und beobachtete mich. Er warf einen starken Schatten an die Wand, und auf seinen Lippen spielte die ganze Zeit ein schwaches Lächeln. In dieser Haltung sahen wir uns eine Weile an. Ich versuchte mir zu überlegen, wie ich elegant gehen könne, und er lächelte nur ruhig; dann kam er langsam zu mir und kniete sich neben mich auf den Boden.

Er legte eine Hand unter mein Kinn und hob mein Gesicht. Zuvor hatte er mich noch nicht ernsthaft geküßt, aber er war eindeutig im Begriff, das nun zu tun. Er roch gut, wie eine Lotion, und ich konnte die Wärme seines Atems auf meiner Haut spüren.

»Sind Sie nicht nervös?« fragte ich rasch, unmittelbar bevor sein Gesicht meines berührte.

Für den Bruchteil einer Sekunde hielt er inne. Er schüttelte den Kopf. »Nein«, sagte er, und dann küßte er mich.

Es war ein aggressiver, männlicher Kuß, bei dem seine Zunge tief in meinen Rachen einzudringen versuchte. Ich fand, daß er ein Mißerfolg war. Aber das war eigentlich nicht seine Schuld. Er mußte sich ziemlich vorbeugen, um meine Lippen zu erreichen, und mein Kopf war in einer linkischen Stellung nach hinten gedrückt: es war nahezu unvermeidlich, daß unsere Zähne zusammenprallten. Erste Küsse sind meistens nicht sehr gut, aber ich war trotzdem enttäuscht. Plötzlich war mir bewußt, wie unelegant ich aussah mit meinen vor mir auf dem Boden ausgestreckten Beinen; in dieser Stellung war mein Rock zu kurz, und ich hatte meine Schuhe zur Seite geworfen. Ich zog die Knie unter mich und zerrte am Saum meines Rocks. Er lag in einem Kreis um mich herum, rahmte mich ein, wie ein Frosch auf einem Seerosenblatt.

Er atmete etwas heftiger, und ich wischte mir flüchtig den Mundwinkel ab, wo seine Zunge zu leidenschaftlich gewesen war. Er küßte mich wieder, langsamer, und diesmal spürte ich ihn so, daß mir am Rückgrat entlang warm wurde. Dann nahm er mich bei der Hand und führte mich ins Schlafzimmer, streng und modern wie die restliche Wohnung. Der Lichtschein aus dem Flur zeigte mir, daß es auf dem Nachttisch neben seinem Wekker keine Bücher gab – alles, was ich sehen konnte, war ein Päckchen Kondome. Ich lachte innerlich, weil ich ebenfalls Kondome in meiner Handtasche hatte. Tatsächlich war ich gut auf die Nacht vorbereitet: Ehe ich das Haus verlassen hatte, hatte ich ein kleines Reisenecessaire für meine Kontaktlinsen, meine Zahnbürste und mein gesamtes Make-up eingepackt.

Eric ging auf das Bett zu, und ich schloß die Tür hinter uns. Er rief leise nach mir, und ich tastete mich zu ihm, die Hände ausgestreckt, um im Dunkeln nicht zu stolpern oder zu fallen. Es war eine windige Nacht, aber die Läden an seinem Fenster klapperten nicht, und seine Heizung funktionierte wesentlich effizienter und leiser als meine zu Hause.

Der Sex war hervorragend.

Hinterher, als er schlief, kroch ich im Zimmer herum, um meine Kleider einzusammeln. Ich hockte nackt auf Händen und Knien und tastete unter dem Bett nach meiner Unterwäsche. Trotz der Heizung und des dicken Teppichs war mir eiskalt.

Er wachte auf, als ich mich aufs Bett setzte, um meine Schuhe anzuziehen. Noch immer halb schlafend streckte er einen Arm aus und legte eine Hand auf mein Knie.

»Was machst du da?« fragte er.

»Ich muß nach Hause.«

Seine Stimme war vom Schlafen heiser. »Kannst du nicht über Nacht bleiben?«

»Nein.«

»Warum nicht?«

»Weil ich nicht möchte.«

»Ist das dein Ernst? Komm schon, das meinst du doch nicht wirklich.« Er endete mit einem kräftigen Gähnen.

»Ich habe morgen einiges zu tun.«

»Was zum Beispiel?« Er stützte sich auf einen Ellbogen und blinzelte, um mich zu sehen. »Kiki, morgen ist Sonntag. Es gibt absolut keinen Grund, warum du nach Hause gehen solltest. Ich werde dir morgen früh Pfannkuchen machen, und wir werden zusammen die *Times* lesen.«

»Ich mag keine Pfannkuchen.«

Er lachte. »Du hörst dich an wie ein kleines Mädchen. Dann kaufe ich dir statt dessen Bagels – ist das besser?« Er zog mich auf sich und fing an, mir meinen Mantel auszuziehen. »Du mußt bleiben, ich bestehe darauf.«

Ich kam erst am späten Nachmittag des folgenden Tages nach Hause. Mein Körper trug noch Spuren von Eric, als wäre er ein achtloser Krimineller, der überall am Schauplatz des Verbrechens Hinweise auf seine Identität hinterlassen hat. Es war kein unangenehmes Gefühl, und ich ertappte mich dabei, daß ich Beethoven summte, während ich den Teekessel aufsetzte.

Ich trank meinen Tee und sah mich dabei in der Küche um. Sie war in keinem guten Zustand, denn nach Phillips Fortgang hatte ich sie gemieden, so gut ich konnte. So lange Zeit hatte der ganze Raum – rund zwanzig Quadratmeter – in seiner Gegenwart geradezu vollgestopft gewirkt; das war noch der wirkliche, lebendige Phillip gewesen, nicht der bleiche Schatten, der sich wie eine Maus in den Schränken und Schatten meiner Wohnung versteckte.

In der Küche mehr als an jedem anderen Ort hatte Phillip die Kühle abgeworfen, die er wie einen Umhang um sich trug. Der schlichte Akt, zusammen das Essen zuzubereiten, ein Akt, den er sehr ernst nahm, wenn auch mit unterschiedlichem Erfolg, löste in ihm Erinnerungen sowohl an seine Mutter als auch an seine Reisen aus und versetzte ihn in einen Zustand nahezu vollkommener Seligkeit. Wenn er in der Küche war, war er gleichermaßen Schrecken und Wonne – energiegeladen, laut und vor allem unbeholfen, er ließ Geschirr fallen oder stieß Wasser- und Weingläser um, wenn er mit den Armen wedelte, während er nach Worten suchte, um mir alle Wunder Europas zu schildern. Er war ein furchtloser Koch, der sich an Soufflés oder an modischen Thai-Gerichten versuchte; etwa jede zweite Woche probierte er, Brot zu backen, und sorgte so dafür, daß wir beide regelmäßig mit Mehl bestäubt waren. Wenn wir zusammen Geschirr abwuschen, wie es meine Mutter und ich immer getan hatten, als ich noch zu Hause war, sang er, während ich an der Spüle den Rhythmus schlug und Seifenwasser im Vierviertеltakt auf den Boden spritzte. In manchen Nächten, wenn es sehr spät war, stiegen wir auf die Arbeitsplatte und tanzten zur Begleitung unserer Stimmen.

Als ich an diesem Sonntag nachmittag im August in der Küche stand, Erics Fingerabdrücke überall auf mir, erkannte ich kaum etwas um mich herum. Es war, als sei ich wochenlang in Erics Wohnung gewesen und nicht nur eine Nacht. Das glänzende Resopal der Arbeitsfläche hatte dem Staub und Schmutz getrotzt, aber die alten, vertrockneten Zwiebeln hatten hellgrüne Sprossen bekommen, die Kartoffeln weiße Auswüchse, eine verschrumpelte Karotte, die ich auf einem Teller hatte liegenlassen, wurde allmählich schwarz. Eine einzige Ameise, eine der letzten des Stammes, der im Winter meine Küche heimgesucht hatte, erschien aus dem Nichts und marschierte über die weiße Arbeitsplatte.

Selbst Nahrungsmittel, die nie lebendig gewesen waren, hatten wunderbarerweise Lebenskraft entwickelt. Blaugrüner Schimmel färbte das Brot neben dem Toaster, und als ich die Milch herausnahm, um sie in meinen Tee zu gießen, stellte ich fest, daß sie sich in Quark mit einem starken, scharfen Geruch verwandelt hatte. Die Nahrungsmittel waren in die Gewohnheit des Lebens zurückgefallen, genau wie an einer Leiche im Grab die Nägel und das Haar noch weiterwachsen.

Seit mehr als drei Jahren, seit dem Feuer, ist meine Großmutter vor Trauer wie betäubt. An manchen Vormittagen weigert sie sich – eine Frau, die mit der Konstitution einer Bäuerin gesegnet ist und in ihren ganzen vierundsiebzig Jahren nie wirklich krank war –, aus dem Bett aufzustehen. Während des Tages ist ihr Blick oft glasig, ihr Gesicht ausdruckslos.

Obaasama, werde ich sagen (aus Höflichkeit, denn ich kenne ihre Antwort schon, ehe ich die Frage gestellt habe), weißt du, wie es sich anfühlt, wenn man vergißt, daß man tot ist?

Und dann, nachdem sie den Kopf geschüttelt hat, werde ich ihr dieses prickelnde Gefühl schildern, das wie Kribbeln in den Füßen ist.

8. Kapitel

Zufällig sah sie gerade aus dem Fenster, als Sekiguchi sich zum erstenmal dem Geishahaus näherte. Obwohl der Weg eben war, hatte er den trippelnden, unkontrollierten Gang von jemandem, der einen steilen Hügel hinuntergeht. Trotzdem bewegte er sich so schnell, daß Staub in einer Wolke um seine Knöchel stob. Sein Kopf war absurd groß, sein Körper untersetzt. Als er näher kam, sah sie, daß seine Züge seltsam verwischt waren; sein rechtes Auge saß tiefer, und sein Mund war nach unten gezogen, als ob jemand einen Eimer Wasser über ihn geschüttet habe und sein Gesicht geschmolzen sei.

Yukiko, die Besitzerin einst krankhaft unhandlicher Brüste, lächelte nicht, sondern starrte ernst auf ihn nieder, bis er durch den Eingang des Geishahauses verschwand.

Meine Großmutter war achtzehn und schon ganz an das Gefühl des hohen, stramm gebundenen Obi einer ausgebildeten Geisha gewöhnt. Sie hatte ihre Jungfräulichkeit zwei Jahre zuvor verloren, bei einem mittelschweren Erdbeben, und die beiden Ereignisse waren in ihrer Erinnerung untrennbar verwoben: der dunstige Morgen, der kühle Wind zu Mittag und ihr Gefühl im Bruchteil der Sekunde vor dem Beben, daß die Erde einatmet wie jemand, der gerade zu sprechen anhebt. Er war ein schwerer Mann mit weichen, dicklichen Händen gewesen, der viel für das Privileg bezahlte, sie zu deflorieren. Er tat ihr weh und stieß und drängte so roh, daß sie fast geschrien hätte, und obwohl sie wußte, daß die anderen Frauen von ihr enttäuscht sein würden, versuchte sie, ihn wegzustoßen, doch ihre Finger wehrten sich vergeblich gegen ihn. Beim Schein des Feuers sah sie sein Gesicht dunkelrot werden, als sei er plötzlich betrunken, und als die Erde bebte, brachte sie das mit seinem Erschauern durcheinander.

Als es vorbei war, hätte sie am liebsten gelacht. Es war so schnell gegangen.

Ihre Arbeit, die daraus bestand, hübsch auszusehen, auf Feste zu gehen und unter einem Mann zu liegen, war nicht schwierig. Sie genoß ihre Stellung und manchmal sogar ihren Beruf und war besonders dankbar, wenn sie an die schwere körperliche Arbeit dachte, die sie als Kind auf den Reisfeldern getan hatte.

Ihre sexuellen Aktivitäten waren nicht nur auf die Arbeit beschränkt, denn sie hatte einen festen Freund, einen Mann, der jünger war als die meisten ihrer Kunden und auch viel ärmer. Yukiko hatte Jun auf dem örtlichen Fischmarkt getroffen, wo er arbeitete. Die langen, glatten Muskeln seiner Schenkel und Arme kamen vorteilhaft zur Geltung, wenn er sich bückte, um Kisten mit frischen Krabben und Aalen zu heben und zu tragen.

Ihre Beziehung war mühelos und herrlich frei von dem, was sie als unvermeidliche Herablassung betrachtete, weil sie für ihre Zeit bezahlt wurde. Jun war in bezug auf seine Gefühle für sie zurückhaltend, aber sie war sicher, daß sie ihn liebte. Besonders wußte sie zu schätzen, daß er so wenig von ihr erwartete. Wenn sie mit ihm zusammen war, entspannte sie sich so sehr, daß sie spürte, wie ihre vielgepriesene Haltung langsam zu erschlaffen begann und ihre Sprache nachlässig wurde. Nach ein paar Stunden an seiner Seite konnte sie ihre Muskeln kaum noch zwingen, sie auf die Füße zu heben.

Yukiko fand Jun durchaus der Schliche und Täuschungen wert, die notwendig waren, um außerhalb des Geishahauses ein Verhältnis zu haben, das die bereits vollen Schatullen nicht noch weiter füllte. Kaori, die Futongefährtin ihrer Lehrjahre, war sich da weniger sicher, aber sie fand, daß das Geishahaus Yukiko dies schuldig sei, und half ihr, die geheimen Begegnungen zu arrangieren.

Yukiko war die erfolgreichste Geisha des Hauses. Sie hatte einen festen Kundenstamm, der immer wiederkam, und verdiente viele Yen an Trinkgeldern. Doch selbst wenn sie den Männern Widerworte gab und mit ihnen flirtete, wie es alle Geishas gelernt hatten, hatte sie etwas Distanziertes. Sie war groß und stolz. Einige Kunden schüchterte sie ein, andere waren befremdet.

Wenn sie mit ihnen im Bett war, war sie hilfsbereit, aber zurückhaltend und sann über Erdbeben und den durchdringenden Geruch von Fisch nach.

Eine Woche, nachdem sie ihn plattfüßig zum Geishahaus hatte gehen sehen, traf Yukiko Sekiguchi bei einem Fest, dessen Gastgeber er war. Sie kam zu dem Schluß, daß er aus der Nähe noch schlimmer aussah als vorher durch das Fenster. Seine Haut war so pockennarbig, daß sie nicht mehr wie Haut aussah, sondern eher wie der Boden irgendeines außerirdischen Landes: verwüstet, ruiniert, mondartig. Sein rechtes Auge, das tiefer stand als das linke, war trübe; wenn er mit Leuten sprach, mußte er den Kopf so drehen, daß er sie mit dem linken Auge sehen konnte. Für seine Freunde war er offenbar ein vertrauter Anblick, aber sein Gesicht und seine Seitenblicke machten die anderen Geishas nervös; dauernd wandten sie die Augen von ihm ab und sahen ihn dann verstohlen wieder an.

Er sagte während des Festes wenig, aber wann immer er sprach, verstummten die anderen Männer respektvoll, respektvoller vielleicht, als es die Höflichkeit gegenüber demjenigen, der die Rechnung bezahlte, geboten hätte.

Yukiko war von seiner Erscheinung abgestoßen, aber entschlossen, das nicht zu zeigen. So gut sie konnte, rutschte sie auf Knien zu ihm, den Sakekrug in der Hand. »Darf ich Ihnen einschenken?« sagte sie.

Sie starrten einander an. Ihr Blick blieb stetig trotz des Gesichts, das viel schlimmer war, als sie gedacht hatte, und dann sah sie ihn langsam lächeln und wußte, daß er sie wegen ihrer Kühnheit mochte.

Seine Haut ließ ihn älter wirken; deshalb war sie verblüfft, als er ihr sagte, er sei erst zwanzig, ein erstaunlich junges Alter für den Gastgeber einer Geishaparty, und damit nur zwei Jahre älter als sie selbst.

Das Geishahaus wurde von einem gefürchteten Netzwerk von Klatsch bedient. Die Geishas hatten überall ihre Spione und Informanten – hauptsächlich Dienstboten der Reichen, aber auch mittellose Mitglieder der Ober- und Mittelklasse, die verkaufen mußten, was immer sie konnten (Kimonos, Bücher, die Geheimnisse und Skandale ihrer Freunde), um den Ruin für einen weiteren Tag abzuwenden.

Auf diesem Wege erfuhr Yukiko von Sekiguchis Erfolg. So jung er auch war, sein Geschäftssinn war schon weithin bekannt und seine Fähigkeit zu harter Arbeit legendär. Er war ein geborener Führer, was zu Gerüchten über eine bevorstehende politische Karriere führte.

Sie hatte auch von seiner Vergangenheit gehört. Er war ein hübscher, robuster Junge gewesen, wenn auch scheu und still, bis er im Alter von vier Jahren beinahe tödlich an Pocken erkrankte. Als er genesen war, fast ein ganzes Jahr später, war er ein anderes Kind. Er war nicht mehr hübsch und robust, doch gleichzeitig schien er seine Scheu abgeschüttelt zu haben; er wurde gesprächig und enthüllte dabei eine scharfe Intelligenz, von der nicht einmal seine Mutter etwas geahnt hatte. Wären die Pocken nicht gewesen, so spekulierten die Gerüchte, hätte er vielleicht ein ganz durchschnittliches Leben geführt.

Sie erfuhr auch, daß er verheiratet war. Seine Frau war kränklich und nach zwei Jahren Ehe noch immer kinderlos.

Nach dem Fest fing Sekiguchi an, sie regelmäßig zu besuchen. Er tat nichts weiter als Tee trinken – was teuer war, denn natürlich mußte er ihre Zeit bezahlen. Sie hockte auf ihren Fersen, plauderte eine Stunde mit ihm, und aufgrund jahrelanger Übung konnte sie danach dennoch aufstehen, um sich von ihm zu verabschieden, so sehr ihre Füße auch kribbelten. Er saß mit gekreuzten Beinen, hörte ihr zu und trank seinen Tee.

Während der ersten paar Besuche hatte Yukiko Sorgen und mußte sich Mühe geben, Sekiguchi das nicht merken zu lassen. Nach neunzehn Monaten hastiger Begegnungen in allen möglichen Zimmern war ihr Liebhaber, Jun, zu dem Schluß gekommen, daß ihm Yukikos Arbeit nicht gefiel. Zuerst schmollte er, weigerte sich, ihr zu sagen, was er hatte, und dann wurde er mürrisch;

die Mundwinkel seiner schön geschnittenen Lippen waren nach unten gezogen. Als der Gedanke, daß sie ihre Nächte damit verbrachte, andere Männer zu betören, ihm schließlich zuviel wurde, hörte er ganz auf, mit ihr zu reden, und starrte verdrossen in die Luft, wann immer sie etwas sagte. Jun und Yukiko hatten nie viel miteinander gesprochen, weil sie es klüger fanden, ihre allzu kurzen Zusammenkünfte mit einem Austausch anderer Art zuzubringen, aber dies war ein ganz anderes Schweigen. Jetzt war bei ihren Rendezvous nur noch ihre Stimme zu hören (und es bestand kein Zweifel daran, daß sie aufhören würden, sich zu treffen, um Sex zu haben).

Die erste Zeit, als Jun sich so verhielt, war sie erleichtert darüber, wenn auch ein wenig überrascht, daß Sekiguchi nicht versuchte, mit ihr zu schlafen. Wenn sie mit Kaori darüber sprach, wie sie über alles in ihrem Leben mit ihr sprach, fragte sie sich laut, ob er sie vielleicht überhaupt nicht begehrte und nur aus Einsamkeit kam, wie es einige der älteren Kunden taten. Erst bei seinem fünften Besuch in ebenso vielen Wochen gab sie zu, daß Kaori recht gehabt hatte, über ihre Vermutung zu spotten: Es war weder Scheu noch Impotenz, noch Respekt vor seiner abwesenden Frau, was ihn zögern ließ, sie zu berühren. Sekiguchi verbrachte seine Sitzungen damit, sie fast berechnend zu beobachten, und sie war zuerst erzürnt und dann amüsiert, als ihr klar wurde, daß er mit seinem Gesicht, vor dem Kinder erschraken, zu bestimmen versuchte, ob sie der Liebe wert sei. Er besaß eine gewisse Frechheit, aber das gefiel ihr bei Männern. Außerdem hatte sein Verhalten etwas sexuell Aufreizendes, als könne seine sachliche, selbstverständliche Autorität Verlangen genauso befehlen wie Gehorsam.

Sekiguchi wirkte tatsächlich anziehend auf Frauen und sollte das sein ganzes Leben lang tun. Mit Ausnahme von Kaori bemitleideten alle Geishas und Lehrlinge des Hauses Yukiko anfangs wegen seines Interesses, denn sie war bekanntermaßen wählerisch, und ihr neuer Bewunderer war nicht nur häßlich, sondern auch ungepflegt, mit Schmutz unter den Fingernägeln und zu langem Haar. Kaori, die als einzige wußte, wie wenig Yukiko sich um Juns Mangel an Reinlichkeit scherte, und die auch wußte, wie mürrisch er in letzter Zeit geworden war, beobachtete Yukikos zunehmend sorgfältige Vorbereitung auf Sekiguchis Besuche eher mit Sorge als mitleidig. Und als er seine Besuche fortsetzte, begannen auch die anderen Geishas, dem Bann seiner Autorität zu erliegen, und sorgten sich um Yukiko.

Liebe war bei ihnen natürlich ein Berufsrisiko, und die Herrin des Hauses erinnerte sie immer wieder daran, daß verheiratete Kunden die gefährlichsten von allen waren. Für eine Geisha, die dumm genug war, sich in einen verheirateten Mann zu verlieben, gab es nur zwei Alternativen. Wenn er anbot, sie zu behalten, sie aus dem Geishahaus freizukaufen und ihr ein eigenes Heim zu bieten, führte sie bestenfalls ein riskantes Leben, allen Wechselfällen seiner Zuneigung ausgesetzt. Die Sicherheit der Ehe war ihr verwehrt, da Scheidung zu jener Zeit etwas absolut Unerhörtes war, und sie mußte mit der Angst leben, daß er sie jederzeit seiner Frau wegen aufgeben konnte. Das Geishahaus, wo Obdach, tägliche Mahlzeiten und die Wärme weiblicher Gesellschaft selbst den Frauen sicher waren, die ihre Blütezeit längst hinter sich hatten, bot eine wesentlich bessere Zukunft.

Die andere Möglichkeit, die sehr viel wahrscheinlicher war, bestand darin, daß der verheiratete Mann der Geisha einfach müde wurde und sich einer anderen Frau oder vielleicht wieder seiner Gattin zuwandte. Die Lebensweisheit sagte hier, daß ein Mann, der seine Frau betrügen konnte, auch seine Geliebte betrügen würde. Die Tränen einer Geisha bedeuteten ihm wenig, da er ja bereits für seine Zeit bezahlt hatte.

Wie die Herrin des Geishahauses ihnen ständig vorhielt, waren beide Möglichkeiten gleich ungünstig und verhießen für die Geisha Unheil, Herzeleid und Not.

Ungefähr um diese Zeit begann Yukiko, unter Fallträumen zu leiden. Sie wußte von ihren Freundinnen, daß solche Träume häufig vorkamen. Anscheinend wurde jede Frau im Haus im Schlaf von der verwirrenden Erfahrung heimgesucht, unkontrolliert zu stürzen, und wachte dann mit einem Ruck auf. Aber Yukikos Fall war extrem. Sie hatte solche Träume drei- oder viermal in der Nacht, und das fast einen Monat lang hintereinander. Morgens war sie verstört und müde, und abends, wenn sie zur Arbeit ging, mußte sie zwei Schichten Schminke auf ihr aufgedunsenes Gesicht auftragen.

Dennoch bewirkte die Schlaflosigkeit, daß Yukiko besser aussah, denn sie verlieh ihr eine Mattigkeit und Sinnlichkeit, die ihrer etwas furchteinflößenden Schönheit immer gefehlt hatten. Ihre Lippen waren voller, ihre Augenlider schwerer, ihre Bewegungen langsamer, so daß es wie eine Einladung wirkte, wenn sie sich den Kimono über den Hüften glattstrich. Bei den Kunden war sie beliebter als je zuvor.

Es war ein ungewöhnlich kühler Oktober. Sekiguchis Gesicht war leicht gerötet, als er am Samstag zu seiner üblichen Stunde kam, und als sie einander begrüßten, führte Yukiko seine Gesichtsfarbe auf den Nordwind zurück.

»Ich gehe fort«, verkündete er ohne Vorrede. »Meine Frau ist endlich schwanger.«

Die Bedeutung seiner Worte war ihr nicht sofort klar,

so abrupt hatte er sie geäußert. Dann spürte sie, daß sie ausglitt, dieselbe Empfindung, die sie wiederholt im Traum gehabt hatte. Sie kämpfte um ihr Gleichgewicht und zwang sich, sein Gesicht sachlich nach Anzeichen des hübschen Jungen abzusuchen, der er angeblich einst gewesen war. Sie fand keines.

Sie hob die Hand an ihr Haar und verbarg ihr Gesicht einen Moment hinter ihrem Ärmel. Dann legte sie die Hand wieder in den Schoß. »Meinen Glückwunsch«, sagte sie. »Ich hoffe, alles geht gut.«

Er legte den Kopf schräg und musterte sie eingehender. Ihre Stimme war kühl und fest gewesen, ihre Augen waren klar, ihr Gesicht glatt, sein Mund dagegen verzerrt, als wolle er etwas sagen, und sie erkannte mit Entsetzen und aufkeimendem Zorn, daß er sie mit Mitleid betrachtete.

Doch als er die Arme ausstreckte, um sie zum Abschied zu umarmen, wehrte sie sich nicht. Während er sie hielt, dachte sie an Jun, seine glatten, langen Muskeln und seinen schönen, trotzigen Mund, der endlich – erst letzte Woche – ihrer Entscheidung zugestimmt hatte, daß sie sich trennten. Sie erschauerte, aber so beherrscht, daß Sekiguchi dachte, es sei sein Atem gewesen, der die Härchen neben ihren Ohren zittern ließ.

Als er nur zwei Monate später wiederkam, wartete sie auf ihn. Vorgewarnt durch die Informanten des Geishahauses, wußte sie, daß die Schwangerschaft sich eines Tages einfach aufgelöst hatte; der Bauch seiner Frau war wieder flach geworden, und sie hatte sich ganz aus dem gesellschaftlichen Leben zurückgezogen.

Zuerst dachte Yukiko, er sehe ziemlich unverändert aus, nur war sein plattfüßiger Gang ein wenig auffälliger geworden, als er ins Zimmer trat. Er schob die Papiertür hinter sich zu und erwiderte Yukikos Verbeugung. Sein gutes Auge hellte sich auf, als er ihr Gesicht sah. Erst als er die Enden seines Kimonos anhob und sich auf den Boden setzte, merkte sie mit einer merkwürdigen Beklemmung in der Brust, wie er sich verändert hatte. Sein Auge und seine Mundwinkel hingen noch mehr herunter und gaben ihm das komisch verdrießliche Aussehen einer Bulldogge, und selbst sein gutes Auge hatte jetzt etwas Trübes. Zum erstenmal konnte sie Falten auf seiner Stirn erkennen.

Er fragte sie nach ihrem Leben in den letzten zwei Monaten, den Festen und Aktivitäten des Hauses. Sekiguchis Neugier auf den Klatsch im Haus reizte sie immer zum Lachen, aber gleichzeitig rührte sie Yukiko auch, denn wenige der anderen Kunden äußerten irgendein Interesse an ihr, das nicht sie selbst betraf. Und so ging sie immer bereitwillig auf seinen Wunsch ein und erfreute ihn mit Geschichten. Das tat sie auch diesmal. Sie erzählte von Michi-chan, dem jüngsten, neuesten Lehrmädchen und Liebling des Hauses, die sich nach ihren Eltern, ihrer Großmutter, ihrer Katze und ihrem Hund sehnte, und davon, wie sie alle letztes Wochenende zu Besuch gekommen und das gesetzte Haus förmlich in eine Menagerie verwandelt hatten. Sie erzählte von Sachiko mit der flachen Nase, die so fröhlich und süchtig nach dem ausgelassenen Wirbel von Festen war und der ein reicher junger Mann vergeblich den Hof machte; und von Reiko, der ätherischen Schönheit aus Kyoto, die sich in einen armen, rundlichen Ladenbesitzer verliebt hatte, und von ihren Plänen, im Frühjahr zu heiraten. Yukikos Gesicht wurde immer weicher, wenn sie von ihren Freundinnen sprach.

Während sie erzählte, lachte Sekiguchi zweimal, eine Tatsache, die sie mit einigem Triumph zur Kenntnis nahm. Danach trat eine Pause ein, die sie schließlich füllte, so zartfühlend sie konnte.

»Und wie ist es Sekiguchi-san ergangen?«

Einen Moment lang schaute er durch sie hindurch, und sie dachte, er werde endlich von den Wochen des Wartens, der Enttäuschung und der Ehefrau berichten, die jetzt am Rande des Wahnsinns dahintaumelte, doch statt dessen zuckte er mit den Schultern und verbeugte sich galant, fast jungenhaft.

»Ich habe dich vermißt«, sagte er.

Ein Monat und ein halber vergingen, in denen er wöchentlich zu Besuch kam, und dann war Winter, und die Räume des Geishahauses waren vom Geruch der Holzkohle und der rauchigen Wärme erfüllt, die von Feuern in Vertiefungen im Boden kamen.

Früher am Tag hatte es ein Erdbeben gegeben. Vielleicht wurde Yukiko von der Erinnerung an dessen Rhythmen abgelenkt, denn sie war mitten in einer pikanten und skandalösen Geschichte, als sie den Faden verlor und wieder und wieder über ihre Worte stolperte. Endlich verstummte sie. Sie starrte ihn an, sah in sein scharfes Auge, das ihren Blick geduldig erwiderte, betrachtete den ironischen Mund, den runden Kopf. Ihr Herz, das unter fünf Schichten aus Baumwolle, Seide und schwerem Brokat pochte, ließ die äußerste Hülle ihres Kimonos beben.

»Ich kann nicht denken«, sagte sie endlich.

Sie beobachtete seine Hand, gekrümmt und narbig, die sich nach ihrem Gesicht ausstreckte. Seine Berührung war leicht wie ein Flüstern. Sie schluckte hörbar und dachte, sie müsse etwas sagen oder tun, aber ihre Geishaausbildung ließ sie im Stich, und sie saß so passiv da wie die Frauen, die ihre Berufskolleginnen manchmal beneideten, häufiger aber verspotteten.

Sie half ihm nicht einmal bei dem komplizierten Ritual, sie auszukleiden, einem Akt, den nicht einmal ihr geübtes Dienstmädchen allein vollziehen konnte. Irgendwie schaffte er es aber, obwohl er einige Minuten mit der komplizierten Schleife auf ihrem Rücken zu kämpfen hatte. Das einzige, was Yukiko tat, war, die beiden Nadeln aus ihrem Haar zu nehmen, so daß es in all seiner nach Tee duftenden Fülle über ihre Schultern fiel.

Er brauchte viel weniger Zeit, um sich selbst zu entkleiden. Nackt, aber mit züchtig von ihrem Haar verhüllten Brüsten sah sie neugierig zu, wie sein Körper zum Vorschein kam. Er war unerwartet drahtig und sah trotz seiner Gedrungenheit stark aus, aber die Haut war so pockennarbig und von sichtbaren Dehnungsstreifen durchzogen, daß sie zusammenzuckte. Dann errötete sie vor Scham über ihre Grobheit. Er schüttelte den Kopf und lächelte; sein Mund verzog sich, und sein schlechtes Auge verschwand, weil er zwinkerte. Mit einem neuen Gefühl der Scheu streckte sie die Arme nach ihm aus.

Als er sich auf sie legte, hielt sie den Atem an und hatte wieder das Gefühl, wie im Traum zu fallen. Sie kämpfte gegen das Empfinden an, aber diesmal verlor sie.

9. Kapitel

Ich gehe ins Schlafzimmer, schalte das Licht aus und taste mich zum Bett. Eric ist noch im Bad. Ich drehe meinen Körper herum, so daß meine Füße auf dem Kopfkissen liegen, und decke mich sorgfältig zu.

Eric kommt ins Zimmer und schlüpft neben mir ins Bett. Dann streckt er die Hand aus und bekommt die rasierte Glätte meiner Waden und meine Knöchel zu fassen. »Was zum ...«, beginnt er.

»Überraschung!« rufe ich und ziehe von unten die Decke weg.

Eric schweigt, verblüfft, denke ich optimistisch, über meinen Trick. Meine Augen sind noch nicht an die Dunkelheit gewöhnt, also setze ich mich auf und taste nach seinem Gesicht. Mit den Fingern lese ich wie in Blindenschrift das Lächeln auf seinen Lippen.

Ich schiebe ihm einen Finger in den Mund, und seine Zunge, weich und warm, hüllt ihn ein.

Während ich unter Eric liege und darauf warte, daß er fertig wird, berühre ich die Muskeln unter seinen Schulterblättern. Sein Rücken ist glatt. Oben breit, wird er nach unten trichterförmig schmaler, und gegen Ende ist seine Wirbelsäule besonders hart und knochig. Wie bei einem Tier ist sein gewölbtes Gesäß weich und leicht behaart.

Ich denke an nichts als seinen Rücken, als er anfängt, sich vor Lust zu verkrampfen, und als ich den Kopf ein wenig nach rechts drehe, sitzt Phillip auf der Fensterbank; sein Körper ist eine dunkle Silhouette vor dem Nachthimmel. Vor Schreck, ihn dort zu sehen, stoße ich einen leisen Schrei aus, aber Eric ist mit seinen Empfindungen beschäftigt und merkt es nicht.

In den meisten Geistergeschichten flößt der Anblick des Gespensts den Lebenden natürlich Entsetzen ein, Angst davor, daß der Tote zurückgekommen ist, um auch sie ins Grab zu bringen. Doch bis zu diesem Augenblick, mitten in Erics Orgasmus, habe ich niemals Angst empfunden, wenn Phillip erschien. Es ist ein Anfall von tiefem Entsetzen, ein Gefühl, das viel stärker ist als die Gewissensbisse, die ich gewöhnlich empfinde, wenn ich ihn sehe, so blaß und still und so verletzlich in seiner Nacktheit. Ich beiße mir fest auf die Unterlippe, um nicht laut zu schreien.

So fühlt es sich an, wenn es spukt.

Dann läßt sein Anblick mich erneut zum Höhepunkt kommen, obwohl ich dachte, das würde nicht geschehen.

Als alles vorbei ist, möchte ich mich in einer Ecke verkriechen und verstecken, wie Phillip selbst es neuerdings immer zu wollen scheint, und mir wird klar, daß es genau das ist, was ich an seinem Geist am meisten fürchte: daß er hier ist, um mich daran zu hindern, die Schatten meines Apartments wieder zu verlassen.

Eric bleibt hinterher gern noch in mir. Am Anfang mochte ich das nicht, aber inzwischen habe ich mich daran gewöhnt und eigentlich nichts mehr dagegen. Heute aber schiebe ich ihn sanft von mir. Er liegt auf mir, japsend wie ein Hund, und sein plötzlich entspannter Körper ist viel schwerer als vorher. Ich kann seinen schnellen Herzschlag an meiner Brust spüren.

So absorbiert, wie er war, schien er mich überhaupt nicht wahrzunehmen, aber ab und zu überrascht er mich damit, wie er es manchmal doch tut. Er hebt den Kopf und sieht mich an. »Bist du okay?«

»Ja, wieso?«

»Ich dachte, du wärst gegen Schluß nicht mehr ganz bei der Sache gewesen. Du weißt schon, bevor du noch mal kamst.«

Ich drehe langsam den Kopf nach rechts, und da ist Phillip und beobachtet uns von der Fensterbank aus. Seine Gestalt und sein Gesicht befinden sich im Schatten. Es ist windig. Jetzt erfaßt ihn das Mondlicht. Ich blinzele, und als ich wieder hinschaue, ist er fort. Geblieben ist nur die Bewegung der Vorhänge im Wind. Müde reibe ich mir die Augen.

»Mir geht's gut«, sage ich und bewege mich vorsichtig unter ihm hervor.

Minuten vergehen, aber Eric wirkt nicht müde. Er liegt auf dem Rücken und schaut intensiv auf irgendeinen unbekannten Punkt über ihm. Ich lege meinen Kopf an seine Schulter und schaue mit ihm nach oben. Draußen wispert der Wind, und groteske Schatten zeichnen an der Decke die Bewegung der Vorhänge nach. Durch das Fenster ist ein Stück Wolke sichtbar, das im Mondschein oder vielleicht von der künstlichen Helligkeit der City glänzt. Ich frage mich, was Eric betrachtet, ob er vielleicht etwas anderes sieht als ich. Ich streichle langsam seine Brust, während er wie erstarrt still daliegt. Ich glaube, daß er in Gedanken und Erinnerungen versunken ist, genau wie ich, aber als ich wieder hinschaue, schläft er fest.

Er bewegt sich. Von früheren Liebhabern weiß ich, daß Männer gewöhnlich jünger und weicher aussehen, wenn sie schlafen. Eric, der tiefer schläft als die meisten, gibt manchmal wimmernde oder gurgelnde Geräusche von sich wie ein Baby. Vielleicht ist es der Gegensatz zu seinem wachen Selbst, der ihn in solchen Augenblicken besonders kindlich macht. Wenn er wach ist, legt er immer beschützend seinen Arm um mich; wenn er schläft, scheint derselbe Arm sich bedürftig nach mir auszustrecken. Sein Körper schmiegt sich jetzt vertrauensvoll an meinen, und seine Finger haben schon angefangen, sich in meinen Haaren zu verheddern.

Gerade, als ich mich zum Schlafen einrichte, überrascht er mich zum zweitenmal in dieser Nacht. »Wer ...«, sagt er, hebt den Kopf und wendet ihn zum Fenster.

»Was ist?« frage ich und lege eine Hand auf seine Brust.

»Ich dachte, ich hätte etwas gesehen«, sagt er. »Vielmehr jemanden. Es war nichts. Schlaf weiter.« Sein Kopf liegt wieder auf dem Kissen, und seine Worte klingen schlaftrunken.

»Okay«, sage ich, aber ich setze mich doch auf und schaue mich im Zimmer um. Sogar die Schatten bewegen sich nicht mehr.

»Das ist komisch mit dieser Wohnung«, murmelt er. »Dauernd denke ich, ich sehe irgendwelche Sachen. Vermutlich bin ich bloß überarbeitet, aber was für ein Witz, wenn es wirklich spuken würde …«

Plötzlich will ich nichts mehr hören. »Schsch«, sage ich. »Du hast geträumt.« Ich drehe ihm den Rücken zu. Ich bin todmüde, aber ich kann nicht schlafen. Meine Augen sind offen und starren ins Leere, während ich in Erics Armen liege.

Bis Dezember, wenn die Luft scharf und klar ist, werden meine Großmutter und ich alte Freundinnen sein. Ich werde ihr meinen wärmsten Schal leihen, und wir werden zusammen, Arm in Arm wie Schulmädchen, durch den Central Park schlendern.

Obaasama, werde ich sagen (jetzt verheddere ich mich nicht mehr, das Wort geht mir glatt von der Zunge), wie hast du überlebt, ohne vergessen zu lernen?

10. Kapitel

AM DIENSTAG WACHE ich auf und sehe Phillip. Er sieht aus, als fühle er sich unwohl, sein Kopf hängt über den Knien. Er sitzt mit dem Rücken an die Wand gelehnt, und sein Körper wirkt hager und schwach. Mein Bett ist breit und luxuriös und riecht schwach nach Eric. Neben mir in den Falten des Lakens hat sein Körper leichte Vertiefungen hinterlassen.

Die Hitze und das Licht der Sonne strömen durchs Fenster und machen die Luft im Raum dunstig, aber mein Kopf fühlt sich klar und hell an. Leise stehe ich auf, ziehe einen Morgenrock an und gehe auf Zehenspitzen aus dem Zimmer. Ich kann mir nicht erlauben, Phillip zu lange anzusehen, denn heute nachmittag werden Eric und ich uns nach Ringen umsehen.

Es ist schon nach elf, und ich dusche und ziehe mich gleich an. Mein Make-up nimmt viel Zeit in Anspruch, mehr als gewöhnlich. Als meine Großmutter Yukiko als Geisha arbeitete und sich jeden Abend schminkte, dauerte der komplizierte Vorgang, ihr Gesicht weiß anzumalen und aus ihren Zügen das maskenhafte Gesicht einer Puppe zu machen, mehr als eine Stunde. Heute liegen nach einer halben Stunde mit Lippenstift beschmierte Zellstofftücher im Waschbecken; meine Wangen schmerzen, weil ich so oft Rouge aufgetragen und wieder abgewischt habe, und ich bekomme allmählich Kopfschmerzen von dem starken Parfüm, das an meinen Handgelenken und an meinem Hals haftet. Schließlich höre ich auf, nicht, weil ich das Gefühl hätte, fertig zu sein, sondern weil es schon so spät ist. Widerstrebend gehe ich aus dem Badezimmer, ohne dabei den Blick vom Spiegel zu wenden.

Im Wohnzimmer lehnt Phillip am Couchtisch. Ich kann jede Rippe seines Körpers sehen, und seine Schulterknochen stehen scharf hervor. Sein Kinn ist spitz, seine Wangen hohl, seine Augen eingesunken. Als eine der sechs violetten Motten, die ihn umflattern, sich auf seiner Augenbraue niederläßt, bleibt er völlig regungslos.

Lange Zeit – mir kam es wie eine Ewigkeit vor – konnte ich mich Phillip nicht über einen bestimmten Punkt hinaus nähern, weil dann das Schwindelgefühl einsetzte, das man bei Höhenangst bekommt. Es ist also einigermaßen berechtigt, daß ich, wenn er mir jetzt erscheint, akute Raumnot empfinde, als wäre mein Apartment mit seinen großen Fenstern, Oberlichtern und hohen Zimmerdecken plötzlich stickig und dunkel geworden. Denn so würde es mir vorkommen, wenn ich dort in alle Ewigkeit mit Phillip eingesperrt wäre. Das Szenario wäre eines Edgar Allan Poe würdig – klaustrophobisch wie kaum ein anderer Autor mit seinen alptraumhaften Phantasien von angetrunkenen, hinter Ziegelmauern eingesperrten Männern, schlagenden Herzen unter Bodendielen und begehrenswerten Schwestern in zugenagelten Särgen.

Während ich meine Tür zweimal abschließe, öffnet sich die von 16 D, und die alte Mrs. Noffz späht heraus. Sie trägt eine riesige orangerote Kapuze, die aussieht, als stamme sie von einem Kinderregenmantel. Ihr Regenschirm ist nicht aufgespannt; sie stützt sich darauf, als wäre er ein Gehstock.

»Hallo«, sagt sie.

Ich bin spät dran, und sie ist eine unwillkommene Störung meiner Gedanken, aber ich mache den halbherzigen Versuch, höflich zu sein. »Hi.« Ich gehe zum Aufzug und drücke auf den Knopf. Halb von ihr abgewandt warte ich.

»Schrecklich heißer Morgen«, sagt sie. Leicht zwinkernd schaut sie unter dem Rand ihrer Kapuze hervor zur Decke, genau an die Stelle, wo die Farbe abblättert. »Das wird eine Affenhitze.«

»Ja, ich glaube auch«, sage ich und drücke nochmals auf den Knopf.

»Mabel mag die Sommer in New York nicht sonderlich«, sagt sie. »Es ist ihr zu feucht.« Obwohl ihre Stimme sorgfältig bei dem Wort »feucht« verweilt, klingt es seltsam, man hört das »ch« kaum.

»Ja«, sage ich, »feucht.« Ich spreche betont deutlich.

»Feucht«, wiederholt sie fröhlich, als wäre das eine Lektion.

Sie spricht es immer noch nicht richtig aus, aber es ist zu warm, um darauf zu beharren. Statt dessen wende ich mich nach ihr um. »Warum tragen Sie eine Kapuze?« frage ich unschuldig. Doch die Frage fällt auf mich zurück, denn ich schäme mich schon, ehe ich ganz zu Ende gesprochen habe.

»Wie bitte?«

»Ach, nichts«, sage ich. »Es war nichts.«

»Nein, bitte, was haben Sie gesagt?«

»Ihre Kapuze«, sage ich und zeige auf ihren Kopf. »Warum tragen Sie eine Kapuze?«

»Oh.« Etwas verwirrt nimmt sie die Kapuze ab und streicht ihr Haar glatt, aber ihr Gesicht wirkt glücklich und ruhig wie immer, und dann wende ich den Blick ab, weil der Aufzug endlich gekommen ist.

Ich trete in den Lift. »Ich muß gehen«, sage ich zu Mrs. Noffz. »Ich bin sehr spät dran.«

»Ich hatte es vergessen«, sagt sie in dem Moment, in dem die Türen sich schließen.

»Was?« frage ich und halte sie mit der Hand offen.

»Ich hatte vergessen, daß ich die Kapuze aufhatte«, sagt sie. »Wiedersehen. War nett, mit Ihnen zu plaudern.« Sie lächelt und winkt mir von ihrer Tür aus zu, dann gleiten die Aufzugtüren zu, diesmal endgültig.

Obwohl ein leichter Wind weht, ist es so heiß und drückend, daß ich mich nur langsam bewege. Schon nach ein paar Schritten kann ich spüren, wie mein Eyeliner zu zerlaufen beginnt. Vorsichtig betupfe ich die Stellen direkt unter meinen Augen.

In der Subway-Station ist es sogar noch heißer. Ich kaufe zwei Tickets, schiebe eines ein und gehe durch die Sperre. Erics Büro ist nah, nur sieben Haltestellen mit der schnellen Linie Eins, aber ich bin trotzdem ärgerlich, weil ich vergessen habe, etwas zum Lesen mitzunehmen. In der Subway versuche ich gewöhnlich, mich mit einem Buch gegen Schnorrer, Drängler und Männer zu wappnen. Phillip, der gern im letzten Waggon fuhr und zusah, wie die Gleise hinter uns auftauchten und verschwanden, hatte mir das abgewöhnt; erst seit er nicht mehr da ist, stelle ich fest, daß ich wieder die Ablenkung und den Schutz des gedruckten Wortes brauche. Jetzt konzentriere ich mich auf die Werbeplakate für Fuß- und Hautärzte, für Uhren und verwanzte Motels. Ich versuche, den Sinn eines spanischen Comic strips über Aids zu ergründen, eine weitere Folge der Serie, die es in allen Zügen gibt, und mühevoll entziffere ich die Episode über die sinnliche Marisol, die HIV-positiv ist, es aber nicht über sich bringt, ihrem Liebhaber das zu sagen. Es ist schwer, dem Verlauf der Geschichte zu folgen, da ständig irgendwelche handelnden Personen sterben. Durch diesen Comic, Anweisungen wie »No se apoye contra la puerta« und Werbung für »ricas« und »la Ciudad de Nueva York« habe ich in den Zügen eine Menge Spanisch aufgeschnappt.

Die fluoreszierenden Lichter sind so hell, daß innerhalb der Waggons immer Tag zu sein scheint. Zwischen der 72nd und der 66th Street passieren wir den Expreßzug, und ich sehe die Leute in dem anderen Zug lesen, reden, lachen, sich die Nase putzen und betteln. Eine Frau, groß und schwarz, bemerkt meinen Blick und starrt neugierig zurück. All das und mehr für eineinviertel Dollar, pflegte Phillip zu sagen. Selbst ohne ihn an meiner Seite kann ich noch immer schwach den Reiz der Subway spüren.

Mir direkt gegenüber sitzt eine große braune Katze auf dem Schoß einer Frau. Trotz des Lärms und all der Fremden ringsum sitzt die Katze ganz still und leckt sich gelegentlich die linke Pfote. Ich muß unwillkürlich einen Laut von mir gegeben haben, denn die Frau, dick, plump und braunhaarig wie ihre Katze, blickt auf und lächelt. »Er ist krank«, erklärt sie. »Ich bringe ihn zum Tierarzt.«

»Er ist so ruhig«, sage ich. »Er sitzt so still auf Ihrem Schoß.«

Sie nickt, aber ihre Aufmerksamkeit ist schon wieder bei dem Kater. Er ist sehr hübsch, mit gelben Augen (die von Pferd waren grüner, aber Phillips Augen hatten gelbe Sprenkel) und so langhaarigem Fell, daß Büschel davon zwischen seinen Zehen hervorstehen. (Phillip, lachend auf dem Boden liegend, Pferds Pfoten im Gesicht.) Er gähnt, zeigt seine rote Schnauze und seine scharfen Zähne.

(Phillip schlafend auf dem Boden, den dünnen Körper ganz leicht so verdreht, daß er mit der Hand Pferd erreichen kann, der sich neben seinem Oberschenkel zusammengerollt hat.)

Die Frau nickt mir freundlich zu, als sie in der 66th Street aussteigt, den Kater um die Schultern gelegt wie einen alten Pullover. Seine Augen beobachten mich, ohne zu zwinkern, während er sich stilvoll zum Tierarzt tragen läßt.

Erics Anwaltskanzlei befindet sich im Herzen New Yorks an der Ecke 51st Street und Avenue of the Americas. Das Gebäude ist so groß, daß es fast einen ganzen Block einnimmt, und hoch genug, um ein bedeutender Teil der Skyline zu sein. Nach der klebrigen Hitze der City ist die staubfreie Kühle hinter den Drehtüren fast ein Schock. Innen ist alles unbewegter grüner Marmor, rutschig unter meinen Absätzen, und als sich vor mir die Türen öffnen, kommt mir ein Schwall von Leuten entgegen, die in die Mittagspause strömen. Die wenigen Menschen, die mit mir in den Aufzug steigen, sind von der Hitze draußen gerötet und verschwitzt, während die, die hinausgehen, frisch und kühl aussehen, das Haar noch ordentlich frisiert, das Make-up der Frauen noch frisch. Mit Ausnahme der beiden Wachleute und eines Briefträgers sind alle gut gekleidet und gepflegt, die Männer sehen in ihren Anzügen besonders schick aus. Ich zupfe an meinem Rocksaum, um meine Knie zu bedecken.

Ich war schon oft in diesem Büro, aber gewöhnlich komme ich abends, nach der Arbeit. Ich bin nicht daran gewöhnt, auf den Gängen so viele Menschen zu sehen; die jüngeren wirken gehetzt und sind mit schweren Akten beladen, die älteren machen einen wohlhabenden Eindruck und schreiten mit gemessener Würde dahin. Als ich um die Ecke biege, bin ich mir der vielen Blicke bewußt. Alle beobachten mich. Köpfe drehen sich, um meine Figur zu prüfen und mein Gesicht zu mustern. Die Sekretärinnen bewegen die Finger zwar noch über die Tastaturen, aber sie schauen nicht mehr auf ihre Bildschirme, als ich vorbeigehe, und die Anwälte wenden die Blicke von ihren Dokumenten ab. In meinem Kielwasser herrscht schweigendes Starren.

Mit meinen scharfen Vorderzähnen zerre ich an der Innenseite der Unterlippe und kaue darauf herum, eine nervöse Angewohnheit, von der ich dachte, ich hätte sie schon vor Jahren abgelegt. Ich ertappe mich dabei, daß ich schlurfe, als wäre ich wieder ein übergewichtiger Teenager, und obwohl ich mich bewußt bemühe, aufrecht zu gehen, will mein Körper sich immer wieder zusammenkrümmen. Meine Knie sind eingeknickt und unförmig.

Seine Tür, die ich endlich finde, ist offen, aber Eric selbst ist nirgends zu sehen. Ich gehe wieder hinaus, biege um eine Ecke, und da steht Eric mit dem Rücken zu mir in der Nische mit den Kaffeemaschinen.

Er steht mit einer Frau zusammen, und ein paar Augenblicke lang bleibe ich stehen und mustere die beiden, ehe ich mich nähere.

Sie stehen eine Spur dichter beieinander als üblich. Er spricht mit leiser Stimme zu ihr, hält in einer Hand seinen Kaffee und gestikuliert mit der anderen, während sie sich an die Wand lehnt und aufmerksam zuhört, gelegentlich nickt und keinen Blick von seinem Gesicht wendet. Sie ist sehr dünn und hat diese angeborene, knochige Zartheit, die darauf schließen läßt, daß sie niemals Diät halten, Gymnastik treiben oder sich Sorgen machen muß. Ihr Haar ist sehr schwarz und sehr glatt, mit geometrischer, fast architektonischer Präzision geschnitten, eine Frisur, die Russia als »asiatisch-amerikanischen Schnitt« bezeichnet. Sie hat ein zartes Gesicht mit hohen Wangenknochen und geschwungenen Augenbrauen. Sie trägt kein Make-up bis auf etwas Lidstrich und eine Spur Lippenstift, und sie bewegt sich lässig. Während ich sie beobachte, fühle ich mich von dem, was sie besitzt, in den Schatten gestellt, und außerdem fühle ich mich aufgetakelt wie eine billige, angemalte Geisha.

Ich warte an der Ecke und beäuge die beiden, überrascht, wie besitzergreifend ich mich fühle. Ich habe den starken Wunsch, Eric beim Arm zu nehmen und auf den Mund zu küssen, und ich muß mir in Erinnerung rufen, weshalb ich hier bin.

»Eric«, rufe ich, und er dreht sich so schnell um, daß ihm Kaffee über den Ärmel schwappt. Er flucht. Unsere kleine Begegnung bekommt etwas von einer Farce.

»Tut mir leid«, sage ich, meine Schadenfreude unterdrückend. »Ich wollte dich nicht erschrecken.«

»Hi«, sagt er, greift nach einer Serviette und dreht sich kurz zur Seite, um mir einen raschen Kuß auf die Nase zu geben.

Die Frau und ich nicken einander zu, sprechen aber nicht. Noch nachdem ich mich Eric zugewandt habe, kann ich spüren, wie ihre Augen mich mustern. Eric, für einen Moment von seinem (vergeblichen) Versuch abgelenkt, den Fleck von seinem Hemdsärmel zu wischen, sieht mich und dann sie an und wird rot, was bei ihm ganz ungewöhnlich ist. »Terry, das ist meine Freundin – das heißt, meine Verlobte, Kiki Takehashi«, sagte er und zieht mich nach vorn. »Kiki, das ist Terry, Theresa Chan. Eine meiner engsten Freundinnen im Büro.«

»Oh«, sage ich verwirrt. »Sehr erfreut.« Heimlich wische ich meine Hand ab, strecke sie dann aus, und wir schütteln uns die Hände. Ihre Hand ist kühl und ein wenig schlaff.

Sie beobachtet mich mit leicht zurückgelegtem Kopf. Ihre Augen sind schmal und dunkel, viel dunkler als meine eigenen. »Nun, ich habe viel von Ihnen gehört«, sagt sie, als errate sie die Quelle meiner Verwirrung. Ihre Stimme ist warm und tief, wenn auch mit einer Spur Kühle.

»Kiki und ich gehen Ringe kaufen«, sagt Eric ein bißchen zu laut. Seine Hand liegt plötzlich auf meinem Rücken.

Ich lächle, sie lächelt, er lächelt, aber niemand sagt etwas. Sie ist nicht nur dünner als ich, sondern auch größer. Ihre Finger fahren durch ihr Haar und streichen dann über ihren Hals, der lang und weiß ist. Abgelenkt von der Bewegung ihrer Finger, beobachte ich sie müßig und versuche, nicht schockiert auszusehen, als ich ihre abgebissenen Fingernägel sehe. Sie sind so weit abgekaut, daß ich Spuren von getrocknetem Blut sehen kann. Mir kommt der Gedanke, daß da etwas ist, woran ich mich erinnern sollte, irgendein Zusammenhang, den ich im Moment nicht herstellen kann, aber ich tue ihn schnell ab.

Eine der Sekretärinnen schaut um die Ecke. »Terry«, ruft sie, »ein Anruf für dich.«

»Entschuldigen Sie mich.« Sie setzt sich in Bewegung, dreht sich dann kurz noch einmal um. »Oh, und es war nett, Sie kennenzulernen, Kiki«, sagt sie, aber dabei sieht sie Eric an, nicht mich, und ihre Augen sind geweitet.

Ihre Waden sind lang und oben leicht gerundet. Sie trägt fleischfarbene Strümpfe, die über der Ferse ihres linken Schuhs eine Laufmasche haben. Zusammen sehen Eric und ich ihr nach, und dann, mit einer Hand auf meinem Rücken, führt Eric mich durch den Gang zurück.

Als wir das Gebäude verlassen, stürzt die Hitze wie eine Mauer über uns zusammen. Es ist sogar zu heiß, Händchen zu halten, und so fassen wir uns nur an zwei Fingern. Er ist seit mehr als einem Jahr mein Liebhaber, und wir sind auf dem Weg, um einen Ring zu kaufen, der uns verbinden wird, vermutlich für das ganze Leben; wir gehen nebeneinander, die Finger verschlungen. Doch als ob er meine Großmutter wäre, eine fast mythische Gestalt, die ich nie getroffen, mir aber immer vorgestellt habe, bleiben die Fragen, die ich ihm zu stellen habe, stumm. Würdest du mich lieben, wenn ich eine stramme Deutsche, eine Französin mit gezupften Augenbrauen oder sogar, Gott behüte, eine Jüdin wäre? Könntest du mich lieben, wenn ich ein artiges weißes Mädchen wäre, eines, bei dem deine Eltern strahlen würden?

Ich habe meine Gedanken mit keinem Blick und auch nicht mit langsamer werdenden Schritten verraten, aber er antwortet laut auf das, was ich nicht ausgesprochen habe. »Du willst schon wieder von diesem asiatischen Fetisch anfangen, nicht?« fragt er ruhig und in resigniertem Ton. »Es ist Theresa, stimmt's?«

»Ich habe nichts gesagt«, erinnere ich ihn.

»Aber du denkst es«, sagt er. »Kiki, ein für alle Male, für mich sind asiatische Frauen kein Fetisch.«

Ich nicke, verwirrt durch die Erinnerung an diese geschwungenen Augenbrauen.

»Du bist noch immer nicht überzeugt, nicht?« sagt er seufzend. »Bei diesem Thema hast du wirklich einen Tick. Schau – vielleicht hast du das bei anderen Männern oft erlebt, aber ich bin nicht deshalb mit dir zusammen.« Er drückt meine beiden Finger. »Wenn ich überhaupt einen Fetisch habe, dann ist es Kiki Takehashi, in Ordnung?«

»Das ist nett«, sage ich und muß unwillkürlich lächeln. »Danke.«

»Okay«, sagt er, überrascht, aber auch erleichtert über meine schnelle Kapitulation. »Okay, das wäre geklärt. Übrigens, haben dich eben auf den Gängen alle angestarrt?«

Ich drehe den Kopf und starre ihn an. »Woher weißt du das?«

»Sie haben mir mit meinem Privatleben den Nerv getötet, und da habe ich durchblicken lassen, daß du heute vorbeikommst. Ich fürchte, das hat sich schrecklich schnell herumgesprochen. Du mußt dich unbehaglich gefühlt haben.«

»Ich habe mich schon gefragt, ob ich paranoid werde.«

Er lacht. »Verträumt, ja. Paranoid, niemals.« Dann gehen wir langsamer, weil wir das Portal von Tiffany's erreicht haben.

»Bereit?« fragt er und lächelt, als ich nicke. »Erwarte keinen tollen Service«, warnt er mich, als er mich vor sich in die Drehtür schiebt. »Vergiß nicht, diese Typen können riechen, daß wir uns bloß umsehen wollen.«

Wir betreten das klimatisierte Heiligtum von Tiffany's einigermaßen erleichtert, obwohl ich immer finde, daß es einer der unfreundlichsten Orte der Welt ist mit seinen Reihen und Reihen von Glasvitrinen, die teuren Flitter und Tand beschützen, den Wachleuten, die einen aus versteckten Ecken heraus beobachten, und vor allem den Männern, die alle ähnliche dunkle Anzüge tragen und streng und gelangweilt hinter den Theken stehen. Wie Eric gesagt hat, können die Verkäufer riechen, daß wir uns nur umsehen wollen, und sind nicht allzu begierig, uns zu helfen. Trotzdem tritt schließlich einer vor, und nach beträchtlichen Anstößen von Eric bringe ich es schließlich fertig, ihm zu erklären, daß ich einen kleinen Ring möchte, der nicht an all meinen Pullovern hängenbleibt, aber er solle natürlich hübsch und schön gefaßt sein.

Ich zeige auf einen Ring, und der Verkäufer reicht ihn mir. Als ich ihn zwischen den Fingern drehe, sind für einen Moment meine vernarbten Fingerspitzen sichtbar, und ich ertappe den Verkäufer dabei, daß er sie den Bruchteil einer Sekunde zu lange mustert. Ich balle die Hand zur Faust und sage zu Eric, nein, dieser vielleicht doch nicht, und bin dankbar, als er nach einiger Überlegung zustimmt: Nein, der ist viel zu klein.

Dann beginnt Eric, den Verkäufer ernstlich aufzutauen, wie nur er es kann. Nach einem Übergang, dem ich nicht zu folgen vermag, bringt er die Rede auf das englische Königshaus, und unser Verkäufer zeigt bald Anzeichen von Belebung. Ich sollte ebenfalls versuchen, Leute aus sich herauszulocken, aber ich kann diese Verkäufer in den makellosen dunklen Anzügen nicht einmal auseinanderhalten. Wenn unserer auf einmal eine Waffe ziehen, Eric erschießen und davonlaufen würde, könnte ich ihn bei einer Gegenüberstellung nicht identifizieren. »Er hatte einen schwarzen Anzug an«, würde ich auf dem Polizeirevier immer wieder sagen, und die Männer dort – ebenfalls alle ähnlich gekleidet, wenn auch in diesem Fall in Blau – würden seufzen und über mich, die erbärmlichste aller Zeuginnen, den Kopf schütteln.

Eine hübsche junge Frau an einer anderen Theke sieht Eric an, einmal, zweimal, dann noch einmal, bevor sie weitergeht. Es ist nicht nur sein Aussehen, so elegant und dunkel, das Frauen veranlaßt, sich nach ihm umzudrehen. Fast jeder könnte sehen, daß Eric ein anständiger, liebenswerter Mensch ist, ein vielversprechender junger Mann, ein extrem guter Fang, und jeder hätte damit recht. Ich kneife die Augen zusammen und versuche, ihn aus der Sicht der jungen Frau und dann aus der des Verkäufers zu sehen, dessen Hemdbrust von all der Aufmerksamkeit sichtlich anschwillt.

Auf Fremde wirkt Eric gewiß charmant, aber auch ein bißchen einschüchternd, denn er besitzt eine natürliche Autorität, die die Menschen veranlaßt, rasch zu tun, worum er bittet. Wenn er wütend wird, ist er erschrekkend, und ich habe Glück, daß wir uns nie ernsthaft gestritten haben, denn seinem Zorn bin ich nicht gewachsen. Es ist nicht nur, was er sagt, sondern auch sein Ton oder vielleicht sogar die Art, wie er steht. Vor ein paar Monaten, nachdem ich ihm erzählt hatte, daß ein Computerhändler sich weigerte, einen nicht funktionierenden Drucker zurückzunehmen, ist er mit mir in das Geschäft gegangen und hat binnen fünfzehn Minuten den ganzen Laden auf den Kopf gestellt: Der Manager und alle verfügbaren Verkäufer flatterten herum und versuchten uns zu helfen, und der ursprüngliche Verkäufer, ein verschlagener und ziemlich anmaßender Wieseltyp, stand da wie ein begossener Pudel.

Eine Sekunde lang denke ich, daß es mir fast gelungen ist, ihn mit den Augen einer Fremden zu sehen, und dann gebe ich den Versuch auf. Ich habe mich so daran gewöhnt, Eric als meinen Liebhaber zu betrachten, daß ich den Abstand verloren habe. Wenn ich die Augen schließe und ihn mir vorstelle, sehe ich sein Gesicht in extremer Nahaufnahme, als schauten wir uns im Bett an, und ich kann jeweils nur Teile davon betrachten: dunkelbraune Augen, die gerade Nase, die Stoppeln auf seinen Wangen, die Haarlocke, die ihm in die Stirn fällt, die Konturen seiner Schultern, wenn ich mein Kinn an seine Brust lege. Nackt und liegend wirkt er so muskulös, daß es mich fast verwirrt, wie normal er angezogen aussieht. Er besitzt Präsenz und ein schönes Paar breiter Schultern, und diese beiden Vorzüge zusammen bewirken, daß er viel größer aussieht, als er eigentlich ist. Er ist an die einen Meter fünfundsiebzig groß und damit nur wenig größer als ich, aber mein Eindruck ist immer, daß er mich überragt wie ein Riese. Als vertikales menschliches Wesen kann ich Eric nicht beurteilen.

Jetzt spricht er mit unserem Verkäufer über Handschellen. Ich unterdrücke ein Gähnen, während meine Aufmerksamkeit von dem Verkäufer mir gegenüber, der meinem Blick ausweicht, zu dem Tupfenmuster des Teppichs und dann zu einer kleinen, schlanken Frau wandert, die in der Nähe steht. Ihre Kleidung ist weiß und fließend, ihr Haar glänzend silbern über einem alterslosen Gesicht, und in der Tasche, die sie über der Schulter trägt, befindet sich etwas, das wie ein Bündel Gurken aussieht. Sie ist zu klein, um deren Gewicht mühelos zu tragen, und unterbricht ihre Betrachtung der Juwelen häufig, um die Tasche auf ihrer Schulter zurechtzurücken.

Ich lehne an der Theke und sinne darüber nach, wie eigenartig es ist, daß sie so viele Gurken mit sich herumträgt. Wenn sie einen Beutel Zitronen tragen würde, würde ich weise nicken und denken, wie schön es ist, an so einem heißen Tag Limonade zu bereiten. Wenn sie eine Tasche voller Äpfel hätte, würde ich mit den Schultern zucken, den Blick abwenden und an Apfelkuchen denken. Selbst ein Beutel Zwiebeln würde nicht verkehrt wirken, da die Frau aussieht, als wüßte sie einen Teller sorgfältig zubereiteter französischer Zwiebelsuppe zu schätzen. Aber wozu braucht jemand, erst recht eine schicke Frau, die bei Tiffany's einkauft, eine Tasche voller Gurken? So ein lächerliches Gemüse, ein Witz an sich eigentlich, genau wie Auberginen, aber dazu noch mit der peinlichen Ähnlichkeit zu einem Phallus.

Doch es ist der Geruch dieses komischen Gemüses, gepaart mit einem Hauch Zigarettenrauch, den unser Verkäufer verströmt, der mich überwältigt. Der Geruch trifft mich fast wie ein physischer Schlag und wirbelt mich zurück zu den Augenblicken, in denen ich aus der Dusche trete und am Duft von Regen, Salzwasser, Zigaretten und Gurke erkenne, daß Phillip da war.

Drei Verkäufer umkreisen die Frau, obwohl sie es nicht eilig zu haben scheint, etwas zu kaufen: Auch für sie ist der Geruch nach Gurken so überwältigend, daß sie nicht riechen, daß die Frau sich nur umsieht. Die Gurken riechen nach Sommer, kühlem Grün und nach Saat. Ich bekomme bei dem Geruch einen Heißhunger, nicht auf Salate, sondern auf Eiswasser in hohen Gläsern, lange Nachmittage der Liebe, Phillip, der neben mir im Gras liegt.

Ich sage mir streng, daß ich zuviel Proust gelesen habe. Bedroht durch einen zweiten Angriff der Vergangenheit an diesem Tag, zwinge ich mich, mich auf die Tasche der Frau zu konzentrieren. Sie ist aus besticktem Brokat, auf altmodische Art hübsch, ein unerwartetes Accessoire – wenn auch natürlich nicht in derselben Liga wie ihr Inhalt – bei einer so hocheleganten Frau.

»Kiki.« Eric ruft nach mir. »Kiki?« sagt er noch einmal, und seine Stimme wird schärfer und verrät einen Hauch Ungeduld.

Ich schüttle den Kopf und richte den Blick fest auf den Riemen der Tasche, der braun und aus Leder ist. Der Geruch der Gurken läßt mich ein bißchen schwanken, aber in diesem Nebel aus Erinnerungen und Wünschen, die er mit sich bringt, ist Raum für einen Augenblick verblüffender Klarheit.

Nie wieder in meinem Leben wird es jemanden wie Phillip geben. Er war für mich, was Sekiguchi für Yukiko war, was Kenji für meine Mutter war, und wenn ich aus den Gutenachtgeschichten meiner Mutter irgend etwas gelernt habe, dann, daß die Frauen in meiner Familie niemals loslassen. Nie wieder wird es jemanden wie ihn geben, und ich habe für meine Zeit mit ihm nichts weiter aufzuweisen als einen nackten Geist, der in meiner Wohnung lebt und langsam dahinschwindet.

Die Umrisse der Tasche verschwimmen, und auf einmal weine ich.

Das Schluchzen kommt keuchend und stoßweise wie bei einem Kind, aber bevor ich mich umdrehen kann, um mein Gesicht zu verbergen, ist Eric da, drückt mich an seine Brust, die Arme um mich gelegt. Seine Schultern beschützen mich vor der Welt. Er reagiert schneller als irgend jemand sonst, aber nach ein paar langen Augenblicken spähe ich hinter seiner Schulter hervor und stelle fest, daß sich das ganze Geschäft verändert hat. Aus dem Nichts hat ein Wachmann einen Stuhl gebracht. Unser Verkäufer bietet mir ein sauberes, gut gebügeltes Taschentuch an (»Er hatte ein Taschentuch bei sich«, würde ich triumphierend zu den Polizisten sagen, und bei einem solchen Hinweis würden ihre Augen aufleuchten, denn wie viele Leute tragen in dieser Wegwerfgesellschaft noch Stofftaschentücher bei sich?); ein weiterer Mann in dunklem Anzug wartet darauf, mir ein Glas

Wasser zu reichen. Selbst die kleine, elegante Dame, die trotz ihrer Kleinheit und ihrer Gurken so majestätisch wirkt, hat sich mit einem leisen, mitfühlenden Murmeln nach mir umgedreht.

Mit einer Geste lehne ich den Stuhl, das Taschentuch und das Wasser ab, versuche, diese Leute unter Tränen anzulächeln, und klammere mich an Eric, meine alleinige sichere Zuflucht, denn die Vergangenheit ist ein einziger Wirbel, und der Gedanke an die Zukunft, der lange vom Bild meiner Großmutter erhellt wurde, ist plötzlich trüb geworden. Ich bin wie ein Kind, das eigentlich nicht mehr an den Weihnachtsmann glaubt, aber dennoch ängstlich auf seine Großmutter und ihren Sack voll Antworten wartet. Im November werden meine Mutter und ich am Flughafen eine alte Frau begrüßen, gesund, aber nach ihrem epischen Leben und dem Tod ihres Mannes noch immer zu müde zum Sprechen, die nach Amerika gekommen ist, um zu sterben.

Es dauert eine Weile, bis ich zu weinen aufhören kann. Meine Nase ist rot und läuft, und mein Make-up, so sorgfältig aufgetragen, läuft mir über die Wangen. Erics weißes Hemd (das bereits Kaffeeflecken hat) weist jetzt auch noch schwarze Streifen auf.

Nachdem ich mir ohne große Wirkung das Gesicht abgetupft habe, verlassen wir rasch das Geschäft. Es ist die Sonne, erklären wir, als wir an den besorgten Gesichtern unserer neuen Freunde vorbeigehen; es sind Krämpfe, Kopfweh, Erschöpfung, Schmerz.

Eric führt mich, ohne zu fragen, in unser bevorzugtes Nudellokal in der Nachbarschaft. Wir gehen die fünf Blocks schweigend, mit verschränkten Fingern. Doch kaum betreten wir das Restaurant, beginnt er mich mit wachsender Verzweiflung und immer tiefer werdender Stimme zu befragen: Habe ich Phillip geliebt? Liebe ich ihn noch? Wann werde ich bereit sein, mit meinem Leben weiterzumachen? Ja, ja, und: Ich weiß nicht, aber ich versuche es, sage ich wiederholt und konsequent, aber keine meiner Antworten befriedigt ihn, und so stellt er die gleichen Fragen wieder und wieder (schließlich ist er Anwalt bei Gericht), jedesmal etwas anders formuliert, vielleicht in der Hoffnung, mich ins Stolpern zu bringen oder bei einer Inkonsequenz zu ertappen.

Dann wechselt er abrupt die Strategie.

»Du hast nie mit ihm geschlafen, richtig?«

»Mit wem, mit Phillip?«

Er nickt.

Ich atme tief ein und dann langsam wieder aus. »Das stimmt.«

Unser Essen kommt. Wir bewegen unsere Ellbogen und Servietten, um Platz für die Teller zu machen, und sitzen still da, während der Kellner uns Wasser nachschenkt.

»Weißt du, Kiki«, sagt Eric, »wir wollten uns nach einem *Verlobungs*ring umsehen.«

»Ich weiß«, sage ich und schaue auf meine Hände nieder. »Ich habe mich schrecklich benommen.«

»Ich war sehr lange geduldig.«

»Ich weiß«, sage ich wieder. »Du warst fabelhaft.«

»Was wir jetzt brauchen«, sagt er, »ist eine Weile Abstand.« Seine Stimme klingt flach und roboterhaft und so autoritär, wie nur Eric klingen kann.

»Wie lange?« frage ich, und in den beiden Wörtern liegt ein panischer Unterton.

»Ich weiß nicht«, sagt er. »Wir müssen beide noch einmal ernsthaft über diese Beziehung nachdenken.«

Lange Pause. Wir nehmen unsere Stäbchen aus den Papierhüllen und brechen sie auseinander, aber keiner von uns beginnt zu essen.

»Eric, es tut mir so leid«, sage ich schwach.

Mit zusammengepreßten Lippen nickt Eric kurz. Er stellt mir eine Frage, die zu beantworten so unmöglich ist, daß ich sie in meine Sammlung aufnehme. »Weißt du, du hast ihn idealisiert«, sagt er. »Wie soll ich mit einem Geist konkurrieren?«

Als wir endlich anfangen zu essen, sind die Nudeln glatt, dünn und köstlich, aber es fällt mir schwer, sie hinunterzuschlucken, und ich frage mich (mein Kopf ist eindeutig von der Sonne benebelt), ob Eric, wenn ich an diesem Lunch ersticken und sterben würde, in der Lage wäre, bei einer Gegenüberstellung mit Männern mit Geheimratsecken, schwarzem Haar und dunklen Schlitzaugen unseren chinesischen Koch zu erkennen.

11. Kapitel

VOR DREI JAHREN, als meine Mutter nach Japan zurückkehrte, sah sie zu ihrem Erstaunen an der Wand des Arbeitszimmers meiner Großmutter, des einzigen Zimmers, das von dem Feuer völlig unberührt war, eine Reihe von Fotos von mir. Es waren meine Babyfotos, vom Alter von drei Tagen bis zu drei Jahren; es gab Fotos von mir, wie ich die ersten unsicheren Schritte in Richtung auf die ausgestreckten Arme meiner Mutter tue, wie ich mit meinem Vater Bilderbücher anschaue, wie ich mich eifrig vorbeuge, um meine ersten Worte zu schreiben. Auf diesen Bildern bin ich ein mageres Kind mit Zahnlücken, das fröhlich in die Kamera schaut. Auf den Schnappschüssen, die nach dem Weggang meines Vaters aufgenommen wurden, sehe ich weniger glücklich und dicker aus, so daß meine Ähnlichkeit mit meiner Großmutter unter dem Fett fast verschwunden ist. Erst in den späten Teenagerjahren verlor ich die Pfunde wieder. Nebeneinander aufgereiht, wirken diese Fotos aus meiner Jungmädchenzeit wie eine Lektion in Perspektive, ein durch ein Kameraobjektiv festgehaltenes Jo-Jo: zuerst dicker und dicker und dann dünner und dünner.

Meine Großmutter hat viele Enkelsöhne, denn mit schöner Symmetrie wurden ihre Schwiegertöchter, die beide den Namen Tomoko tragen, mit jeweils drei Söhnen gesegnet. Meine Mutter war erstaunt, als sie all diese Bilder von mir sah, weil sie selbst sich als einzige Tochter, als erstes Kind, das sich als bittere Enttäuschung erwies, als Mädchen ignoriert fühlte. Deswegen war sie verwirrt und, wie ich glaube, ziemlich eifersüchtig, weil nur meine Fotos und nicht die meiner Vettern in Yukikos Arbeitszimmer zu sehen waren.

Und sie war aufs neue erstaunt, als ich, nachdem sie mir von diesem unwahrscheinlich Tribut an mich berichtet hatte, nur nickte, denn sie versteht die Tiefe der Sympathie nicht, die zwischen meiner Großmutter und mir besteht. Lange war mir diese Verbindung ein Trost, und nur gelegentlich, in den allerdunkelsten Augenblicken, wenn ich im Schutz von Erics Armen um Phillip schluchzte, wich sie der Angst, daß meine Großmutter zu müde sein könnte, um mir die Geschichten zu erzählen, die sie meiner Mutter erzählte und die diese an mich weitergab; daß meine Großmutter zu müde sein könnte, meine Geschichte anzuhören, die Worte anzuhören, die den Text zu den Fotos an ihrer Wand bilden.

Falls es so kommen sollte, falls meine Großmutter und ich tatsächlich zu spät zusammenkommen, um uns des Bandes zu freuen, das uns vereint, über einen Graben hinweg, der aus zwei verschiedenen Sprachen, zwei Kulturen, zwei Generationen und zwei sehr verschiedenen Leben besteht, wird es mir schwerfallen, dafür nicht meine Mutter verantwortlich zu machen. Wenn sie sich, nachdem mein Vater uns verlassen hatte, nur hätte überwinden können, darum zu bitten, hätten meine Großeltern uns gern zwei Tickets nach Japan geschickt, und ich hätte sie kennenlernen können, ehe ich zehn wurde. Als mein Großvater starb, nahm ich an, daß auch ich zum Begräbnis nach Japan fliegen würde, aber wieder griff meine Mutter ein. Unmittelbar nach dem Brand waren die Berichte über die Gesundheit meiner Großmutter sehr ungünstig, und meine Mutter sagte, nach dem Schock, den Ehemann zu verlieren, und dem Druck, eine ganz und gar öffentliche Beisetzung zu organisieren, wäre meine Großmutter nicht auch noch in der Lage, eine unbekannte, amerikanische Enkelin willkommen zu heißen.

Phillip sagte immer, ich solle einfach ein billiges Ticket kaufen und selbst hinfliegen. Das war eines der wenigen Themen, bei denen wir verschiedener Meinung waren. Er konnte nie verstehen, daß ich, um meine Großmutter tatsächlich zu treffen, die Anwesenheit meiner Mutter brauche, und sei es nur für die ersten fünf Minuten. Aber was er sagte, hatte eine Wirkung. Falls meine Großmutter so erschöpft ist, daß sie nicht mehr sprechen möchte, werde ich mit der Möglichkeit leben müssen, daß ich nicht nur durch die Schuld meiner Mutter niemals die Chance hatte, die Frau kennenzulernen, die den gleichen Namen trägt wie ich.

Doch eigentlich sind diese Sorgen um meine Großmutter grundlos. »Sie könnte uns alle überleben«, sagte meine Mutter, als sie aus Japan zurückkam, und wiederholte damit die fröhliche Prognose des Hausarztes, aber auch die folgende Warnung, die frösteln machte: »Falls sie will.« Ich messe den letzten drei Worten wenig Gewicht bei, denn eine Periode der Depression war schließlich zu erwarten. Wie sonst sollte meine Großmutter sich fühlen, nachdem sie ihren Mann verloren hatte und ihr Haus abgebrannt war? Wenn sie erst nach Amerika kommt, fort von der Stadt, wo sie einst mit ihm lebte, fort von einem Leben, das sie mit dem Pendeln zwischen den Häusern ihrer Schwiegertöchter verbracht hat, wird sie wieder die alte Yukiko werden, aktiv und scharfsinnig.

Trotzdem wird sie wahrscheinlich anfangs erschöpft sein, und es dürfte besser sein, sie nicht gleich zu überfordern. Fragen nach ihrer Weigerung, meinen Vater als möglichen Ehemann für meine Mutter in Erwägung zu ziehen, sind bei weitem zu schwer und zu kompliziert – kein guter Anfang für das endlose, köstliche Gespräch, das meiner Großmutter und mir zusteht.

Ein sanfter Beginn wird besser sein. Am Tag ihrer Ankunft werde ich eines meiner jämmerlichen Feuer im Kamin anzünden, und meine Mutter wird eine Kanne Tee aufgießen. Wir werden mit unwichtigem, aber angenehmem Geplauder beginnen: über ihre Reise, ihre Gesundheit, meine unbekannten Cousins und Onkel und Tanten. Erst danach, wenn der Tee getrunken ist und das Feuer sein kurzes Leben ausgehaucht hat, werde ich mit der ersten der Fragen beginnen, die ich ein Leben lang gesammelt habe.

Großmutter, werde ich sagen (und mich zutraulich vorbeugen, nah, aber nicht zu nah, und mit leiser Stimme und einem leichten Ton sprechen, der der Stimmung dieser ersten Begegnung entspricht), *Obaasama*. Wie konnte ich je an dir zweifeln?

Mit dem Rücken zu mir, den Körper im Schutz des Schattens, sitzt Phillip bei mir, während ich darauf warte, daß Eric anruft. Seine Knie sind gegen die Wand des Kamins gepreßt und sein Kopf in einem unnatürlichen Winkel vorgebeugt, so daß auch seine Stirn die Ziegelsteine berührt. Selbst in der fast völligen Dunkelheit des Kamins ist die Magerkeit seines Körpers zu erkennen. Das Rückgrat ist eine lange, scharfe Linie von Knoten, die Rippen stehen vor, die Schulterblätter sehen aus wie eingezogene Flügel. Der Anblick seines Rückens ist schwerer zu ertragen als der seines Gesichts, so beunruhigend seine Augen auch sind.

Gestern abend habe ich meine Mutter angerufen. Als ich sie letztes Wochenende endlich erreichte, nach der Angst über ihre Abwesenheit an einem Samstag abend, war sie kühl und tat meine Befürchtungen wie immer ab. Auch ich halte mich zurück, wenn ich mit ihr spreche, und so erwähnte ich zwar, daß Eric und ich uns nach einem Ring umgesehen hatten, sagte aber nicht, was dabei passiert war.

Aber es wäre vielleicht klüger gewesen, ihr etwas zu sagen, denn in den zwei Tagen, die seit unserem Ausflug zu Tiffany's vergangen sind, hat Eric meine Anrufe nur einmal beantwortet, und zwar, um ein Picknick im Park an diesem Wochenende abzusagen; und als ich vorschlug, daß wir einen neuen Termin dafür vereinbaren, sagte er, er wüßte nicht recht, und legte danach fast sofort auf. Das Telefon hat den ganzen Tag nicht geläutet.

Am wahrscheinlichsten ist, daß Eric nach sechs anruft, wenn er von der Arbeit nach Hause kommt. Zwar laufe ich an heißen Sommertagen lieber abends, wenn es kühl ist, aber aus diesem Grund ziehe ich heute um drei Uhr Shorts und ein T-Shirt an und binde meine Laufschuhe sorgfältig mit zwei Knoten zu. Ich hüpfe auf den Fersen, um die Stärke meines linken Fußknöchels zu testen; der alte Schmerz ist nur noch ein schwaches Zwicken.

Ich habe keine Lust, das Haus zu verlassen. Ich bin noch immer verletzt von Erics Zurückweisung und sorge mich von Minute zu Minute mehr, weil das Telefon nicht läutet. Am liebsten würde ich auf das Sofa sinken und mich zu einem Ball zusammenrollen.

Nachdem ich meine Schlüssel eingesteckt habe, muß ich mich zusammennehmen, um nicht zu überprüfen, ob das Telefon eingestöpselt ist und der Anrufbeantworter funktioniert. Aber ich habe erst vor einer halben Stunde nachgesehen, und inzwischen kann sich nichts verändert haben.

Phillip hat sich noch immer nicht gerührt. Ein paar Motten umschwirren seinen Kopf, und er kauert wie ein Aschenbrödel verlassen und allein in der Asche des Kamins. Die Schranktür ist noch offen, und ohne nachzudenken, greife ich in den Schrank, bekomme einen Schuh zu fassen und werfe ihn nach ihm.

»Verdammt sollst du sein«, zische ich. »Weißt du, daß du mein Leben ruinierst?«

Der Schuh, ein alter Mokassin, fliegt mit befriedigender Geschwindigkeit durch die Luft, verfehlt aber sein Ziel. Doch wenigstens sieht Phillip jetzt zu mir auf, und sein Rücken ist gerade. Ich erwidere seinen Blick für ein paar Augenblicke, aber natürlich halte ich seinen Augen nicht lange stand, und bald wende ich mich ab.

Ich schaffe es, mich nicht nach ihm umzudrehen, als ich zur Tür gehe.

Die alte Mrs. Noffz leistet mir Gesellschaft, während ich auf den Lift warte. Interessiert sieht sie zu, wie ich an der Wand meine Dehnungsübungen mache.

»Diese Hitze ist so schrecklich«, sagt sie.

Ich antworte eine Zeitlang nicht, und als ich endlich spreche, ist mein Ton kurz angebunden und hart. »Ja, wahrscheinlich.«

Sie verstummt, vielleicht entmutigt, aber liebenswürdig lächelnd bleibt sie in ihrer Tür stehen, bis der Aufzug kommt. »Auf Wiedersehen«, sagt sie. »Schönen Nachmittag.«

Als Antwort nicke ich und sehe starr vor mich hin, als sich die Türen schließen.

Auch sie liebte Phillip. »So ein redegewandter junger Mann«, sagte sie oft, was mir als völlig unangemessene Beschreibung für den stillen Phillip mit seiner trägen, schleppenden Redeweise erschien.

Dann, nachdem er nach Nepal gereist war, fragte sie dauernd: »Wo ist denn Ihr netter junger Freund?«

Eines Tages verlor ich bei der Frage die Geduld. »Er kommt nicht mehr zurück«, sagte ich, und obwohl es mir nicht bewußt war, muß ich sehr laut gesprochen haben, denn der Satz hallte in Flur und Treppenhaus wider, und ich atmete heftig.

Sie wich in ihrer Tür zurück, und ihr Gesicht war halb im Dunkeln, so daß ich ihren Ausdruck nicht sehen konnte. »Es tut mir leid«, sagte sie in einem plötzlichen und kurzen lichten Moment.

Er pflegte ausgiebig mit ihr zu plaudern und ließ den Aufzug immer wieder leer abfahren. Einmal lud sie ihn sogar in ihre Wohnung ein, was sie bei mir nie getan hat. Sie gab ihm Kakao in einer fast sauberen Tasse und machte ihn mit ihrem Papagei Mabel bekannt, den ich bisher immer für eine Einbildung gehalten hatte.

Auf ihrem Kaminsims stand ein altes Foto von zwei jungen Frauen mit breitrandigen Hüten, die einander die Arme um die Schultern gelegt hatten; als Phillip danach fragte, sagte sie ihm, das sei ein Foto von ihr und ihrer Freundin Mabel, nach der sie den Papagei benannt hatte. Danach, sagte er, versickerte das Gespräch trotz all seiner Bemühungen, und sie konnte nur noch ihre üblichen meteorologischen Bemerkungen von sich geben.

Eric dagegen hat Mrs. Noffz nie sonderlich gemocht, obwohl sie mit ihm über das Wetter plaudert wie mit jedem, den sie im Flur erwischen kann.

Die Sonne hat ihren Zenit schon überschritten, als ich ins Freie trete, aber die Luft wirkt wie gesättigt von der angesammelten Hitze des Tages. Die Feuchtigkeit klebt an meiner Haut und gibt mir das Gefühl, schmutzig zu sein. Ich wende mich nach links, weg vom Broadway. An der Ecke laufe ich nach Norden auf die West 106th Street zu, wo die grüne Statue auf ihrem grünen Pferd sitzt, und springe dort zwei Stufen auf einmal hinunter. Am Fußgängerüberweg warte ich zusammen mit einer Frau und ihrem Pudel auf grünes Licht.

Die Bäume sehen jetzt älter aus, würdiger als im April, als ihre Majestät noch neu war. Jetzt sind sie so erhaben wie reife Könige. New Jersey ist ein verschwommenes Bild auf der anderen Seite des Flusses. An der 95th warte ich auf eine Lücke im Verkehr. Dann laufe ich in der 90th und 89th an wohlgepflegten Gärten vorbei; einen Block weiter verlasse ich den Park und schnaufe die Treppe zu der großen, fast weißen Kuppel hinauf, die ich einmal umkreise. Auf der Plattform in der Nähe der Kuppel steht eine erstarrte Gruppe von Kampfsportschülern, vielleicht zwanzig Leute, die sich alle in einer regungslosen, bedrohlichen Pose nach vorn beugen. Ich jogge an den zwei alten schwarzen Männern vorbei, die ständig auf der Bank in der 86th zu sitzen scheinen und mir immer irgendeine Bemerkung zurufen; heute ist es: »Schöne Beine, Schätzchen.« Ich wende den Blick ab, als ich an ihnen vorbeilaufe. Ich zähle die Blocks und löse im Kopf Rechenaufgaben, um mich nicht zu langweilen; zwanzig Blocks sind eine Meile, und ich möchte fünf Meilen schaffen; wenn ich also die 83rd erreiche, habe ich ein Viertel hinter mir. Noch acht

Blocks, dann habe ich ein Drittel meiner Strecke zurückgelegt.

Aber mein Knöchel beginnt zu schmerzen, und der Schmerz wird intensiver, bis ich kurz vor der 79th Street widerwillig langsamer werde und stehenbleibe. Vor ein paar Monaten, als der Schmerz so schlimm war, daß ich so hinkte wie meine Mutter, habe ich meinen alten Kinderarzt in seinem Haus besucht. Er stellte mir Fragen, befühlte meine Knochen und sah sich Röntgenaufnahmen an, und dann schüttelte er den Kopf. »Wenn Sie weiterhin laufen, wenn Ihr Knöchel schmerzt, können Sie in ein paar Jahren nicht mehr gehen, von laufen ganz zu schweigen.« Ich glitt vom Untersuchungstisch und zog meinen Rock wieder hinunter. »Danke«, sagte ich. »Das ist mein Ernst«, sagte er zu mir. Ich merkte, er wußte, daß ich ihn nicht ernst nahm. »Wenn Sie so weitermachen, werden Sie genauso behindert sein wie Ihre Mutter«, sagte er. Als ich den Raum verließ, schüttelte er wieder den Kopf. »Ihr Jogger seid solche Fanatiker.«

Er irrte sich, denn ich bin in jeder Hinsicht zu inkonsequent, um wirklich ein Jogger zu sein. Trotzdem laufe ich seit Jahren und habe es geschafft, eine erhebliche Schmerztoleranz zu entwickeln. Zweifellos könnte ich auch jetzt weiterlaufen, aber die Warnung des Arztes hat mich anscheinend doch erschreckt.

Eine übergroße Ratte läuft mir über den Weg. Während ich zu meiner Wohnung zurückhinke, blickt ein kleiner blonder Junge von seinem Spielzeuglaster auf, und als ich ihn anlächle, schaut er mich mit den liebeskranken Augen eines jungen Hundes an und krabbelt mir, seinen Laster vergessend, nach. »Tommy, komm zurück«, sagt eine dicke schwarze Frau mit sehr gelangweilter Stimme, und er hält inne. Er starrt mir noch immer nach, doch der Ruf der Frau hält ihn zurück. Kinder laufen mir oft nach, auch wenn ich sie nur ansehe;

Phillip sagte immer, in meinen Adern kreise das Blut eines Rattenfängers.

Ich komme an einem Mädchen vorbei, vielleicht fünfzehn, sechzehn Jahre alt, trotz der Hitze ganz in Schwarz gekleidet. Ihre nackten Arme und Beine, hager und lang, wirken im Gegensatz zu ihrer Kleidung sehr weiß. Vor zehn Jahren könnte Russia so ausgesehen haben wie dieses Mädchen.

Russia und ich fühlten uns auf natürliche Weise zueinander hingezogen, weil wir zu den jüngsten graduierten Studenten im Englischkurs gehörten und weil wir uns von den anderen unterschieden: ich wegen meiner Haut und meiner Schlitzaugen, sie aus freier Wahl wegen ihres halb geschorenen Kopfes, der schwarzgefärbten Haare, der langen schwarzen Kleider, der fünf kleinen Ringe, die sie am linken Ohrläppchen trug, und des goldenen Rings, der von ihrer linken Brustwarze hing. Ihre Haut ist sehr bleich und hat, wie sie zu sagen pflegte, den leicht bläulichen Ton von Magermilch.

»Schau« war alles, was sie sagte, als sie ihre Bluse so weit hochzog, daß ich die beiden scharfen Punkte sehen konnte, wo die Schlüsselbeine sich am deutlichsten unter ihrer Haut abzeichneten.

Damals kannte ich sie kaum. Wir saßen im Seminar über Postkoloniale Theorie nebeneinander, und in der Pause zwischen den beiden Stunden hatten wir uns angewöhnt, unseren Imbiß miteinander zu teilen und zusammen zum Wasserspender oder, wie an diesem Tag, zur Toilette zu gehen. Ich kannte sie kaum, aber ich wußte genug über sie, um nicht überrascht zu sein, als sie sich entblößte, um mir ihre frisch gepiercte Brustwarze zu zeigen, mitten in dem großen, hallenden Waschraum der Columbia University, wo jeden Moment Professorinnen, Verwaltungspersonal und andere graduierte Studentinnen hereinkommen konnten.

Ihr Bauch stand ein wenig vor, eine reine Nachlässigkeit in ihrer Haltung, denn ihr Rumpf ist lang und fast – fast, aber entschieden nicht ganz – zu mager, um schön zu sein. Sie hat die kurvenlose Taille und schmalen Hüften eines Knaben.

Sie trug an diesem Tag keinen BH. Ihre Brustwarzen waren klein und sehr dunkel auf ihrer Haut, und sie waren aufwärts zu mir gewandt, als stellten sie eine stumme Frage, als sollten sie Nahrung empfangen statt geben. Sie erinnerten an die hochgereckten Schnäbel hungriger Vögel.

Ich musterte sie ziemlich aufmerksam. Ihre Augen über der zerknittert um ihren Hals geschlungenen Bluse beobachteten mich ebenso ernst und aufmerksam, und die ganze Zeit umspielte ein kleines Lächeln ihre Lippen.

»Hat es weh getan?« fragte ich, und dann, unfähig, der stummen Bitte dieser aufgerichteten Brustwarzen zu widerstehen, streckte ich einen Finger aus und strich leicht über den kleinen goldenen Ring, der einen Schatten auf ihre Brust warf. Die Brustwarze wurde unter meiner Berührung noch kleiner und dunkler.

Sie nickte. »Ja, aber letztendlich war es den Schmerz wert.«

Danach wurden wir gute Freundinnen, eigentlich unzertrennlich, aber am Ende verriet ich sie. Obwohl ich Freundinnen verliere, wie andere Frauen Haarnadeln verlieren, war es bei Russia anders. Nachdem ich Phillip nahestand, hörte ich auf, ihre Anrufe zu beantworten, nicht, weil ich sie weniger gemocht hätte, sondern weil ich mich in ihrer Gegenwart schämte. Ich hatte sie bestohlen, und sie wußte es, aber sie hatte mir, ohne ein

Wort und ohne eine Gegenleistung zu erwarten, verziehen. Ich konnte ihre Großzügigkeit nicht ertragen und noch weniger die Tatsache, daß sie niemals erwähnte, daß sie diejenige war, die mich mit Phillip bekannt gemacht hatte.

Als ich zu einer Bank hinke und mich darauf niederlasse, hören zwei asiatische Frauen ungefähr in meinem Alter auf, sich zu unterhalten, um mich anzusehen. Ich glaube, daß sie japanisch sprachen. Verstohlen betrachten sie mich mit stillschweigendem Erkennen, und wie üblich wende ich mich ab, ohne unsere Verwandtschaft zur Kenntnis zu nehmen. Wie meine Zimmergenossinnen im College und meine erwachsenen Liebhaber waren meine Kindheitsfreunde weiß. Trotzdem, sosehr ich mich auch bemühte, mich von anderen Asiaten abzuheben, in den Augen aller anderen Menschen waren wir anscheinend zwangsläufig miteinander verbunden.

Als ich noch zu klein war, um zur Schule zu gehen, kam ich mir vor, als sei ich immer allein und niemals einsam. Meine Kindheit war überreichlich von der Anwesenheit meiner Eltern erfüllt.

In meinen frühesten Erinnerungen ist der Himmel blau und die Sonne ein goldener Ball. Mein Vater ist bei mir, und der Duft von frisch gemähtem Gras erfüllt die Luft.

Vor zehn Jahren, vier Jahre, nachdem mein Vater fortgegangen war, kam ich in die Pubertät und war die ganze Zeit wütend. Ich agierte diese Wut in spektakulären Vorstellungen aus, deren einziger Zuschauer meine Mutter war. Ich staute sie den ganzen Tag lang an und äußerte sie erst, wenn meine Mutter von der Arbeit nach Hause kam. Ich kreischte und schrie hektisch und verfluchte sie. Einmal zertrümmerte ich einen Glasteller, der gefährlich nah an ihren nackten Füßen zersprang. Als sie die Scherben aufsammelte, schnitt sie sich, und ihre Hand blutete.

Sie machte keine physische Anstrengung, meine Wutanfälle zu stoppen, und nur einmal hat sie in einem solchen Moment mit mir gesprochen. Noch im Regenmantel, die Aktenmappe in der Hand, stand sie in der Tür meines Zimmers und sah zu, wie ich mit Fäusten auf mein Bett einschlug und mit den Füßen dagegentrat.

»Du bist genau wie dein Vater«, sagte sie, was nicht ganz stimmte, denn in meiner Wut war ich auch ihr ähnlich.

Ihre Worte schockierten mich, zumindest für einen Moment. Bald begann ich wieder zu kreischen, aber ich war nicht mehr mit dem Herzen dabei, und später, nachdem ich mich beruhigt hatte, ging ich ins Badezimmer und musterte mich aufmerksam im Spiegel. Schon damals bewahrte ich ein Foto meiner Großmutter, der ersten Yukiko, der ich meiner Mutter zufolge nachschlug, in einer besonderen Schachtel in meinem Schreibtisch auf. Ich hatte gesehen, wie mein Haar, mein Körper und mein ovales Gesicht ihr ähnelten. Meine Augen waren die meiner Mutter. Ich sah in den Spiegel, und dann dachte ich daran, daß all meine anderen Merkmale von meinem Vater stammen mußten, dessen Gesicht ich schon vergessen hatte. Die Nase, die Form der Backenknochen, der Schwung der Augenbrauen und die Höhe und Breite der Stirn konnten seine so gut wie meine sein.

Ich wollte nicht sein wie er. Von diesem Augenblick an versuchte ich, meine Tränen und meine Wut hinunterzuschlucken; es gelang mir immer besser, mich zu beherrschen, bis ich schließlich zu Hause so still war wie in der Schule.

Abgesehen von meiner Vernarrtheit in Hamlet, den Prinzen von Dänemark, hegte ich in der High-School eine eher fleischliche Leidenschaft für einen Footballspieler, der zwei Jahre älter war als ich. Er war dumm und roh und neigte in der Cafeteria zu lautem Rülpsen und groben Witzen über verschiedene Teile der weiblichen Anatomie, aber ich hungerte nach der Breite seiner Schultern und der Länge seiner Oberschenkel. Doch mir war bewußt, daß mein Verlangen dazu verdammt war, unerwidert zu bleiben: Selbst im Vergleich zu anderen Heranwachsenden, eine Spezies, die nicht gerade für ihre Schönheit berühmt ist, gehörte ich zu den abstoßendsten.

Ich war ein übergewichtiger Teenager, aber auch ohne das Übergewicht wäre ich unattraktiv gewesen; erst als mein Gesicht reifte, gewannen meine Züge die Harmonie zurück, die sie ausgestrahlt hatten, als ich klein war. Während meiner ganzen Kindheit war ich mager, obwohl ich ungewöhnlich viel aß, und ich kann den Moment genau bestimmen, in dem ich entdeckte, daß meine Eßgewohnheiten mich eingeholt hatten. Ich war vierzehn Jahre alt und legte mich gerade in ein heißes Schaumbad, als ich plötzlich merkte, daß das von meinem Gewicht verdrängte Wasser über den Rand der Wanne schwappte und schaumige Pfützen auf dem Teppich und dem Boden bildete. Heureka. Ich sah an mir selbst hinunter und sah, daß meine Waden dick und unschön waren und meine Brüste, mein Bauch und meine Schenkel erschreckend umfangreich. Ich stieg aus der Wanne. Tropfnaß stellte ich mich auf den Toilettensitz und drehte mich zur Wand, und dann reckte ich den Hals, um mich von hinten im Spiegel sehen zu können. Ich hätte am liebsten geschrien. Scheinbar über Nacht war mein Körper etwas Fremdes geworden, fleischig und mit seltsamen Kurven.

Meine Mutter merkte es kurze Zeit später. Das war ein gewisser Triumph, denn in jenen Jahren merkte sie sonst nicht viel. Ich sah, wie ihre Augen meinen Körper musterten, wenn sie dachte, ich sähe es nicht, und eines Abends rührte sie sich nicht, als ich sie bat, mir den Kartoffelbrei zu reichen. »Du solltest nicht so viel essen«, sagte sie. Ich blickte auf, einen Moment lang verblüfft: Wir sprachen kaum je beim Essen. Dann griff ich über ihren Teller hinweg nach der Schüssel. Ich belud meinen Teller mit einer enormen Portion und aß alles auf, wobei ich sie herausfordernd ansah, obwohl mir schon nach dem zweiten Bissen schlecht wurde. Sie preßte die Lippen fest zusammen und schaute weg, und wieder herrschte Schweigen.

Dabei mochte ich Kartoffelbrei nicht einmal.

Ich versuchte zwar, weniger zu essen, ertappte mich aber dabei, daß ich immer mehr zu mir nahm. Ich kaufte ganze Tüten Kekse und aß sie heimlich in der Nacht; immer schlief ich auf Laken voller Krümel. Nach Mitternacht, wenn die Kekse zu Ende waren, schlich ich mich in die Küche und aß, was ich im Kühlschrank finden konnte. Ich bekam ungesund gelbliche Pausbacken, und die Linie zwischen Kinn und Hals verschwand beinahe; mein Bauch war ständig gedehnt und meine Schenkel so dick, daß ich auf Jeans verzichtete und nur noch weite Röcke trug. Ich bewegte mich schwerfällig.

In der High-School konnte ich mich selbst nicht ausstehen, und so beschloß ich, ein neuer Mensch zu werden, als ich aufs College kam. Das war die Zeit, als ich zu Kiki wurde. Ich stibitzte den Namen vom Captain der Cheerleader-Truppe, einer Rothaarigen, die vermutlich die beste Figur in der ganzen High-School hatte, und er schien einen gewissen Zauber auf mich auszuüben. Da es in Princeton wesentlich mehr als drei Asiatinnen gab, hörte ich nach und nach auf, mich so extrem anders zu fühlen, und während die anderen Studienanfängerinnen schwerer wurden und Kurven entwickelten, nahm ich stetig ab, und zwar so natürlich und mühelos, wie eine Schlange ihre Haut abstreift.

Ich sehnte mich nach den schlanken Schenkeln der Tennisspieler, und am Ende meiner vier Jahre in Princeton war ich mit fast allen Singles der Mannschaft ausgegangen. Höflich ermutigte ich die jungen Männer, die mich beim Dinner verstohlen betatschten, und ich war stets bereit, lärmende Partys zugunsten der relativen Ruhe eines dämmrig beleuchteten Schlafzimmers zu verlassen.

Ich war immer verblüfft über die Ironie der Tatsache, daß ich meiner Großmutter erst ähnlich zu sehen begann, als ich ihren Namen aufgab; daß ich erst, als ich Kiki geworden war, freiwillig das Leben wählen konnte, zu dem sie gezwungen worden war.

Der Übergang in ein neues Leben nach dem College kam abrupt und schmerzlos. Ich hörte einfach auf auszugehen und vermißte es nicht. Ich mochte die Stadt Princeton, die so perfekt war wie eine Postkarte, nicht, und nach dem Examen, als die meisten Bekannten fort waren, wirkte sie noch beengter und biederer als sonst. Aber ich entwickle eine starke Bindung an Orte, und es fällt mir schwer, von irgendwo wegzugehen, selbst aus einer Stadt, die ich so verachte wie Princeton. Deshalb nahm ich in einer der Verwaltungen einen Bürojob an und schob den Studienanfang an der Columbia für ein Jahr auf. Am Ende dieses Jahres machte ich allein ein paar Wochen Ferien an der Küste von New Jersey. Dort schlief ich mit einem Rettungsschwimmer, der ebenfalls in Princeton studiert hatte; das war die letzte meiner Collegeaffären.

Nach New York kam ich vor drei Jahren, und trotz der Verbrechensrate, des Drecks, der Armut und der Umweltverschmutzung verliebte ich mich in die Stadt. In der vorstädtischen Behaglichkeit, die sowohl meine Heimatstadt als auch Princeton charakterisiert, fühlte ich mich immer verletzlich und ungeschützt, aber in New York bin ich in eine Anonymität gehüllt, die bewirkt, daß ich mich sogar inmitten von einer Million Menschen sicher fühle. Die Anonymität verleiht Freiheit. Außer Mrs. Noffz und den Portiers kenne ich niemanden in meinem Apartmenthaus, und deswegen bin ich meinen Nachbarn nichts schuldig, nicht einmal eine höfliche Reaktion auf ihr Geschwätz, wenn ich mit ihnen im Lift nach unten fahre. Die Stadt selbst ist angefüllt mit Fremden, die mich in Ruhe lassen und ihrerseits ebenfalls in Ruhe gelassen werden wollen. Die Menschen hier sind so gleichgültig gegen meine und jede andere Gegenwart, daß sie diese Stadt paradoxerweise zur einladendsten Stadt der Welt machen. In dieser Hinsicht sind alle New Yorker gleich. Ich passe besser hierher als an irgendeinen anderen Ort, weil ich genauso gesichtslos bin wie die besten unter ihnen.

Als ich an die Columbia kam, war ich überrascht, wieviel Anstrengungen es erforderte, Freunde zu gewinnen. Vielleicht lag es nur daran, daß ich nicht mehr in einem Studentinnenheim, sondern allein in einem Apartment wohnte; es war so leicht, in einen einfachen Rhythmus zu verfallen, zur Uni zu gehen, dort nur auf der beiläufigsten Ebene mit Leuten zu reden, nur die minimalsten Erfordernisse sozialen Kontakts zu erfüllen und dann allein nach Hause zu gehen. Viele der anderen Studentinnen hatten in der Stadt bereits ihren Freundeskreis. Einige lebten mit Freunden oder Freundinnen zusammen, und eine oder zwei waren verheiratet. Ich hätte mich mit Studenten in der Bibliothek der juristischen Fakultät unterhalten oder den Organisationen beitreten können, denen auch andere Studenten höherer Semester angehörten; ich nehme an, ich hätte an den wärmeren Tagen sogar draußen auf der breiten Treppe der Low Library sitzen und mit denen plaudern können, die sich dort sonnten. Aber ich kam gar nicht dazu, denn nachdem ich Phillip kennengelernt hatte, lag mir nichts mehr daran, mit neuen Leuten bekannt zu werden.

Bis meine Großmutter kommt, wird Phillip natürlich nicht einmal mehr ein Schatten in meinem Apartment sein, und meine selige Zukunft mit Eric wird gesichert sein.

Da war ich also, werde ich sagen, wenn ich ihr die Geschichte dieses Tages erzähle. Da war ich also, saß mitten an einem furchtbar heißen Sommernachmittag auf einer Bank und scheute mich, nach Hause zu gehen, weil ich einen alten Schuh nach einem Geist geworfen hatte.

Bis dahin, in zwei Monaten, sollten wir fähig sein, über die Absurdität dieser Szene zu lachen, wenigstens ein bißchen. Aber meine Großmutter (die alle Ebenen dieser vielschichtigen Situation versteht) wird auch Mitgefühl haben und nicken, wenn ich ihr erkläre, daß es deshalb so schwer war, weil Phillip anders war als alle anderen Menschen, die ich je gekannt habe.

Obaasama, werde ich sagen, du verstehst mein Dilemma, nicht wahr? Daß ich nach Hause eilen wollte, um zu sehen, ob Eric angerufen hatte, und gleichzeitig an diese Bank gefesselt war, entsetzt über die Möglichkeit, daß Phillip vielleicht nicht mehr dasein könnte, wenn ich zurückkam.

12. Kapitel

Ich traf Phillip in einer Bar. Ich mag keine Bars, und wenn Russia an diesem Abend nicht gekommen wäre, um dafür zu sorgen, daß ich auftauchte, wäre ich nicht gegangen. Wir unterhielten uns in meinem Badezimmer, wie wir es oft taten. Ich hockte auf dem Rand der Wanne, während sie ihr Make-up erneuerte.

»Du mußt kommen«, sagte sie. »Bitte. Wann habe ich dich je um etwas gebeten? Nie, stimmt's? Also, tu es für mich.«

»Wieso bist du so nervös?« fragte ich lächelnd. Russia hatte die Angewohnheit, die Fragen, die sie mir stellte, selbst zu beantworten. »Ist es dieser Typ?«

»Na ja, ich schätze, ich bin wirklich ein bißchen kribbelig wegen Phillip. Ich mag ihn wirklich gern, und ich will es nicht vermasseln. Er ist ein bißchen scheu.«

»Was ist so besonders an ihm?« Ich war amüsiert und neugierig, da Russia sich selten über Männer aufregte.

»Seine Augen sind sexy«, sagte sie und verstummte dann.

»Weiter«, sagte ich lachend. »Beschreib sie – du brennst doch offensichtlich darauf.«

»Sie sind irgendwie eigenartig«, sagte sie. »Sie bewegen sich hin und her – eigentlich stimmt damit etwas nicht. Er kann schrecklich schlecht sehen, so schlecht, daß er nicht Auto fahren kann. Ich weiß nicht, wie er es geschafft hat, so vieles allein zu machen, wo er doch so wenig sieht. Aber seine Augen sind trotzdem schön«, sagte sie und drehte nachdenklich den Make-up-Pinsel in ihrer Hand. »Sie sind blau mit kleinen gelben Sprenkeln. Manchmal sehen sie grün aus.«

»Hübsch«, sagte ich.

»Warte, da ist noch mehr. Ursprünglich lebte er auf

einer Farm in Iowa, aber er hat die High-School geschmissen und ist nach Mexiko getrampt, wo er sechs Monate gearbeitet hat; dann ging er für ungefähr ein Jahr nach Afrika, dann nach Australien und ich weiß nicht wohin noch. Er hat die ganze Welt gesehen. Klingt das nicht wunderbar?«

»Ja, schon.«

»Jetzt arbeitet er in einem Lokal am Columbus als Barmann. Weißt du, er ist der bei weitem vielversprechendste Mann, den ich in New York kennengelernt habe.«

»Willst du dann nicht lieber mit ihm allein sein?«

»Nein«, sagte sie. »Nein, soweit sind wir noch nicht. Du mußt kommen, Kiki – wir brauchen eine dritte Person. Und außerdem, was willst du denn sonst machen? Ich werde nicht zulassen, daß du wieder einen Abend allein zu Hause sitzt.«

»Aber meinst du nicht, ich würde im Weg sein?«

»Wie kannst du so etwas sagen?« Sie schnitt mir im Spiegel eine Grimasse. »Du bist die beste Freundin, die ich in dieser gottverlassenen Stadt habe.«

»Danke, gleichfalls«, sagte ich. »Aber wenn ich dabei bin, könnt ihr nicht wirklich miteinander reden. Ich meine, aus Höflichkeit wird er zumindest gelegentlich auch mit mir sprechen müssen.«

»Oh, darüber mache ich mir keine Sorgen. Du bist eigentlich nicht sein Typ. Und er ist nicht deiner.«

»Oh.«

»Jedenfalls habe ich für alle Fälle ein bißchen dick aufgetragen, was deine genialen Fähigkeiten in Englisch betrifft. Intellektuelle schüchtern ihn ein, und ich habe es ungefähr so dargestellt, als wärst du der Einstein der britischen Literatur. Was du natürlich auch bist.« Ihr Spiegelbild grinste mich verschmitzt an. »Um ehrlich zu sein, er wird wahrscheinlich zuviel Angst haben, um mit dir zu reden.«

»Na, toll«, sagte ich. »Klingt, als könnte ich mich auf einen fabelhaften Abend gefaßt machen.«

»Ich hab mir für heute abend sogar einen neuen Lippenstift gekauft. Sieh mal, die Farbe ist super: Frais d'Or.« Sie sprach den Namen mit stark übertriebenem Akzent aus und zog schwungvoll die Hülle vom Lippenstift.

»Bedeutet das, daß du mit ihm schlafen wirst?«

»Ich werde es bestimmt versuchen. Wie üblich werde ich im letzten Moment den Mut verlieren, aber ich habe für alle Fälle Kondome eingesteckt. Es geht das Gerücht, daß er allerhand erlebt hat, obwohl er so unschuldig und jungenhaft wirkt.« Nachdenklich betupfte sie ihre Lippen mit Toilettenpapier. Dann drehte sie sich um und sah mich an. »Wenigstens das habt ihr gemeinsam.«

Russia flucht viel, und sie verfügt über ein eindrucksvolles Repertoire an zweideutigen Geschichten, aber sie war schockiert, als ich ihr erzählte, daß ich mit fast zwanzig Männern Sex gehabt hatte. Sie selbst hatte nur drei Freunde gehabt und bloß mit einem davon geschlafen.

Russia betrachtete sich erneut im Spiegel. Sie sah großartig aus.

»Komm«, sagte sie. »Zeigen wir's ihnen.«

Als wir aus der Tür gingen, zögerte ich. »Übrigens«, sagte ich, »aus reiner Neugier – was ist denn mein Typ?«

Russia spitzte die glänzenden Lippen und dachte eine Sekunde nach, eine moderne Prophetin in Aktion. »Jemand, der beständig ist, wahrscheinlich ein bißchen älter. Vielleicht ein Anwalt?«

Die Bar war laut und verqualmt und voll mit Leuten von der Columbia. In dem Durcheinander und der Dunkelheit konnte ich zuerst nichts und niemanden erkennen, aber Russia fing sofort an, in der Menge Freunde und Bekannte zu entdecken. Sie winkte sogar einigen von ihnen zu, und sie winkten zurück. Ich sah, wie sich eine Gestalt von einem der Barhocker erhob, und das war mein erster Blick auf Phillip.

Ich fühlte mich nicht wie vom Blitz getroffen, als ich ihn sah. Er hat später geschworen, als wir uns begegneten, hätte eine Art unterschwelliges Wiedererkennen in meinen Augen geflackert, aber ich weiß, daß er mich nicht sonderlich beeindruckte, als wir bekannt gemacht wurden. Ich mag stattliche Männer, und Phillip ist dünn und nicht sonderlich groß. Er trug Kleider, die zum größten Teil aus Jeansstoff bestanden, und ich dachte, daß er so aussah, wie jemand aus dem Mittleren Westen eben aussieht. Er machte den Eindruck, als ob er viel im Freien sei, weil er so eine Art hatte, mit leicht verengten Augen in die Ferne zu starren, vielleicht auch, weil er sich mit Anmut und Leichtigkeit bewegte, unbeeinträchtigt von den Beschränkungen eines Raumes.

Als ich nahe genug für einen Händedruck war, war ich trotz Russias Warnung erstaunt über seine Augen. Als sie sich auf mich konzentrierten, begannen sie, von einer Seite zur anderen zu schießen, schnell und flakkernd wie eine Kerze. Im Dämmerlicht der Bar konnte ich ihre Farbe nicht erkennen.

Wir bestellten Drinks, zogen Hocker heran und setzten uns an die Bar. Phillip hatte eine ruhige Ecke für uns gefunden, so daß wir genug Platz hatten, einander anzusehen. Russia saß mit übereinandergeschlagenen Beinen unsicher auf ihrem Barhocker.

Ich mußte den Drang bekämpfen, zappelig zu werden. Wenn ich auf dem College bei Partys nervös war, war das sicherste Heilmittel dagegen, mich auf einen einzigen Mann zu konzentrieren, ihm zuzuhören, ihm zu schmeicheln, mit ihm zu flirten und schließlich mit ihm auf sein oder mein Zimmer zu gehen oder, wenn das nicht möglich war, in eine dunkle Ecke zu flüchten, wo der Lärm der Party nicht übermäßig störend war. Aber mit Phillip und Russia in dieser Bar war das nicht möglich.

»Kiki. He, Kiki, wo bist du?«

»Entschuldigung«, sagte ich. »Was hast du gefragt?«

Russia schnalzte mit der Zunge. »Das war keine Frage. Weißt du, du bist hoffnungslos weltfremd.« Sie sagte das so liebevoll, daß ich lächeln mußte. »Kiki lebt in einer eigenen Welt.«

Ich schaute zu Phillip hinüber. Er war in die Betrachtung der Blasen in seinem Drink vertieft.

»Ich sprach gerade von einer gewissen schlimmen Zeit in meinem Leben«, sagte Russia, auf ihre Geschichte zurückkommend. »Ich war pleite, und in der ganzen Stadt herrschte Rezession. Ich habe versucht, bei Wendy's einen Job als Burgerverkäuferin zu bekommen, aber es hatten sich noch zweiundzwanzig andere Leute beworben, und am Ende stellten sie irgendeinen Gehirnchirurgen ein, vermutlich, weil er Erste Hilfe leisten konnte, falls ein Kunde an seinen Pommes frites zu ersticken drohte. O ja, und er hatte auch ein Diplom für Fleischzubereitung vom Cordon Bleu.«

Ich rollte bei dieser Übertreibung die Augen, aber sie fuhr unbeeindruckt fort.

»Ich fing an, beim örtlichen Leichenschauhaus herumzuhängen in der Hoffnung, als erste von irgendwelchen Jobs zu erfahren, die frei wurden. Meine verzweifelte Situation hatte mich gezwungen, kreativ zu werden. Und du weißt ja, was man sagt«, sagte sie und warf mir einen Seitenblick zu. »Notwendigkeit ist die Mutter der Erfindung.«

»Und Nähe ist die Mutter der Liebe«, sagte ich gereizt.

»Liebe deckt eine Menge Sünden zu«, gab sie zurück.

»Die Sünden unserer Väter werfen lange Schatten«, sagte ich strahlend.

»Gute Kehrtwendung zum Thema Verwandtschaft«, sagte sie bewundernd. Sie war eine gute Verliererin.

»Danke«, sagte ich.

Sie wandte sich an Phillip. »Entschuldigung – ich weiß, es ist gräßlich und prätentiös, aber wir sind Graduierte.«

Falls er abgestoßen oder verwirrt oder gelangweilt war, war er zu höflich, um es zu zeigen. »Erzähl deine Geschichte vom Leichenschauhaus weiter«, sagte er.

»Ach ja, richtig«, sagte sie. »Es hat sich tatsächlich gelohnt, denn schließlich wurde ich vom Leichenschauhaus angestellt. Okay, eigentlich vom Krankenhaus, aber ich habe durch das Leichenschauhaus von dem Job erfahren. Meine Aufgabe bestand darin, Augen von Toten vom Krankenhaus ins Labor zu bringen, damit sie verpackt und an Leute versandt werden konnten, die neue brauchten«, sagte sie, zog ein Knie hoch und legte das Kinn darauf. »Mein Boß war eine Frau, die einem wirklich Angst machen konnte. Sie war ganz krumm und hatte einen schrecklichen Buckel« – sie demonstrierte das, indem sie furchtsam die Schultern einzog –, »eine Nase wie eine Hexe und Augen wie ein Luchs.«

Ich lachte ein wenig, und Russia lachte auch.

»Wirklich«, sagte sie zu mir. »Es hört sich unglaublich an, aber sie war wirklich so.« Sie hielt inne und nahm einen langen Schluck von ihrem Bier. »Also, diese Frau gluckste förmlich vor Freude, wenn nachts ein Schneesturm oder ein Blizzard kam, weil das bedeutete, daß es am nächsten Morgen eine Menge frischer junger Augen gab, weißt du, von all den Verkehrsunfällen auf den Straßen.«

»Igitt«, sagte ich, und Russia nickte.

»Also«, fuhr sie fort, »eines Tages machte ich den Fehler, ihr zu sagen, daß ich perfekt sehen kann, und danach hatte ich bei der Arbeit keinen friedlichen Augenblick mehr. Immer, wenn ich mich umdrehte, ertappte ich sie dabei, daß sie mich beobachtete und abschätzte, als wäre ich eine Art Lamm, das sie schlachten wollte.«

Wieder begann ich zu lachen, aber Russia ignorierte mich und sprach mit unbewegtem Gesicht weiter.

»Ich hatte schon Alpträume, wie sie die Ampeln und Stoppschilder in meinem Viertel sabotiert, um an meine perfekte Sehstärke ranzukommen. Und dann«, sagte sie und legte eine theatralische Pause ein, »eines Nachts, als Tschernobyl – das ist mein Hund – Bauchschmerzen hatte und solchen Lärm machte, daß ich nicht schlafen konnte, sah ich aus dem Fenster, und da war sie und streute etwas, das wie Zauberpulver aussah, auf meine ganze Straße.«

»Mein Gott«, sagte Phillip.

»Du sagst es«, sagte Russia. Sie trank erneut aus ihrer Flasche. »Ganz schön erschreckend, was? Also, ihr könnt wetten, daß ich danach in meiner Straße nicht mehr gefahren bin. Und am nächsten Tag hab ich auch den Job gekündigt.«

»Hat dein Hund die Bauchschmerzen überstanden?« fragte Phillip.

»Ja«, sagte sie. »Aber ein Jahr später wurde er von einem Laster überfahren und starb.«

»Ich schätze, wenigstens meine Augen wären nicht gefährdet«, sagte er. »Meine Sehkraft ist alles andere als perfekt.«

Russia schwieg, aber nur für einen Moment. »Machst du Witze?« sagte sie dann leichthin. »Für Augen wie deine würde sie töten. Blaugelbe Augen sind sehr gefragt.«

Er lächelte ihr zu, und sogar im Dämmerlicht der Bar konnte ich sehen, daß Russias blasse Haut errötete. »Das ist ja vielleicht eine Geschichte«, sagte er. »Ich meine, die Frau, nicht der Hund.«

»Und das Erstaunliche ist, daß sie wirklich wahr ist«, sagte Russia.

Während sie sprach, hatte Russia eine Hand locker um ihre Bierflasche gelegt und stützte mit der anderen ihr Kinn. Sie verläßt sich beim Reden nicht auf ihre Hände. Ihre Finger sind schlank, ihre Nägel kurz und unlackiert. An manchen Tagen kleidet sie sich so ausgefallen, daß sogar abgebrühte New Yorker sich auf der Straße nach ihr umdrehen, aber ihre Hände bleiben immer gleich, schlicht und schmucklos wie die eines Mädchens.

Vielleicht hatte ich ein bißchen herumgezappelt, denn Russia wandte sich an mich. »Wohin schaust du? Hast du jemanden gesehen, den du kennst?«

»Nichts so Aufregendes«, gestand ich. »Ich dachte nur daran, auf die Toilette zu gehen.«

»Na dann«, sagte sie in munterem Ton, und ihre hochgezogenen Brauen waren eine Einladung, »die beste Zeit ist immer das Jetzt.«

»Carpe diem«, sagte ich. »Nutze den Tag.«

»Was du heute kannst besorgen, das verschiebe nicht auf morgen«, sagte sie und zuckte dann mit den Achseln. »Okay, das wär's.«

»Fahre das Heu ein, solange die Sonne scheint«, sagte ich triumphierend.

Phillip räusperte sich, und wir drehten uns zu ihm und sahen ihn an. »Eile mit Weile«, sagte er.

Russia und ich lachten.

»In diesem Sinne ...«, sagte ich und glitt von meinem Hocker.

»Oh ...« Russia zog mich nahe zu sich heran und flüsterte mir ins Ohr: »Achte auf unbenutzte Rollen Klopapier, ja?«

»In Ordnung«, sagte ich. Während ich ging, entschuldigte sie sich beiläufig bei Phillip: »Verzeihung. Frauenkram, weißt du.«

Als ich zurückkam, bestellte Phillip gerade Drinks. Russia drehte sich nach mir um.

»Und?«

»Mindestens fünf Rollen«, berichtete ich.

»Ich will nicht, daß Phillip es erfährt. Er ist ein braver katholischer Junge, und er mißbilligt das vielleicht.« Sie ließ ein paar Minuten vergehen und schlang sich dann ihre große Ledertasche über die Schulter. »Ich gehe Pipi machen«, verkündete sie, stand auf und ging.

Allein gelassen, hatten Phillip und ich uns nichts zu sagen. Nachdem ich ihm ein schnelles kleines Lächeln zugewandt hatte, schaute ich weg. Ich fühle mich an einer Bar immer unwohl, doch selbst unter günstigeren Umständen wäre es mir schwergefallen, ein angemessenes Gesprächsthema zu finden. Was hatte ich mit einem braven katholischen Jungen aus dem Mittleren Westen gemeinsam, einem, der die High-School geschmissen und die ganze Welt gesehen hatte?

Aber dann dachte ich, daß ich wenigstens versuchen sollte, Russias Sache voranzubringen. »Sie ist sehr witzig, nicht?« sagte ich und nickte zu ihrem leeren Hocker.

»Ja«, sagte er. »Und sie hat ein Herz aus Gold.«

Ich war ein bißchen erstaunt über diese umfassende Einschätzung, aber der guten Manieren wegen stimmte ich mit vagem Gemurmel zu.

Nachdem ich meine sozialen Verpflichtungen erfüllt hatte, trank ich einen Schluck von meiner Cola und wandte mich dann wieder ab, betrachtete die anderen Leute an der Bar. Er verblüffte mich erneut, indem er meinen Namen sagte.

»Ja?« sagte ich.

Er war vielleicht einen Meter von mir entfernt, und er

beugte sich nicht vor und sprach auch nicht sehr laut; ich konnte ihn bei dem Lärm in der Bar kaum verstehen. »Kenne ich dich nicht?« Und sofort gab er selbst die Antwort auf seine Frage. »Ich kenne dich.«

Ich schüttelte den Kopf. »Nein«, sagte ich. »Ich meine, ich weiß, daß du Phillip bist, aber das ist alles.«

»Ah«, sagte er und lehnte sich zurück, so daß seine Stimme noch leiser wurde und sein Gesicht im Schatten fast verschwand. »Ich hätte schwören können, daß du mich erkannt hast, als wir uns sahen.«

»Wirklich?«

»Ich glaubte, in deinen Augen etwas flackern zu sehen, eine Art – na ja, eine Art unterschwelliges Wiedererkennen.«

»Oh«, sagte ich. »Was für ein interessanter Ausdruck.« Kaum hatte ich das gesagt, hätte ich mich auch schon ohrfeigen können, weil es so herablassend klang. Unbeholfen versuchte ich, es wieder gutzumachen. »Ich meine, ich hätte dich gern unterschwellig wiedererkannt, als wir uns sahen, aber ich glaube, so war es nicht.«

»Wir haben zusammen Himmel und Hölle gespielt.«

»Das glaube ich nicht«, sagte ich verwirrt. »Ich war nie im Mittleren Westen.«

Er sah mich an, ohne seinen Ausdruck zu verändern. »Nein, wir haben im Park zusammen Himmel und Hölle gespielt. Erinnerst du dich nicht?«

Ich wollte schon den Kopf schütteln, hielt dann aber inne. »Im Riverside Park?«

Er nickte.

»Ende August?«

»Ja.«

»Du bist der Typ, der …«

»… über die Straße gehüpft ist.«

»Du hast mir zugewinkt.«

»Ja, habe ich.«

Ich duckte mich auf meinem Hocker. »Wie peinlich.«

»Warum?«

»Na, hab ich nicht ganz schön albern ausgesehen? Eine erwachsene Frau mit Rock und hohen Absätzen, die ganz allein Himmel und Hölle spielt?«

Er schwieg einen Moment und dachte ernsthaft nach. »Ja.«

»Vielen Dank.«

»Aber ich habe angefangen mitzuhüpfen.«

»Das hat es nur schlimmer gemacht.«

»Das verstehe ich nicht.«

»Es war ein privater Moment. Ich dachte, ich wäre allein. Ich wollte allein sein.«

Er seufzte. Er bewegte sich auf seinem Hocker, und sein Gesicht tauchte wieder aus dem Schatten. Seine Augen, diesmal unbewegt, sahen mich direkt an, und sie waren blau. Meine sind schwarz. »Du warst allein. Ich auch.« Er zuckte mit den Achseln. »Deswegen habe ich dir von der anderen Straßenseite aus zugewinkt.«

Wieder hatte er mich verblüfft. Ich konnte seinem Blick nicht standhalten und wandte die Augen ab. Dann sah ich ihn wieder an. »Jetzt hab ich's kapiert«, sagte ich. Und dann lächelten Phillip und ich uns zum erstenmal an.

Als Russia von der Toilette zurückkam, die Ledertasche vollgestopft mit Toilettenpapier, unterhielten wir uns schon wie alte Freunde. »Was ist los?« fragte sie ein bißchen nervös.

»Ja, also ...« Und wir versuchten zu erklären, wollten sie in unser Gespräch einbeziehen, doch sosehr wir uns auch bemühten, sie saß verwirrt und allein da, und ihre Augen suchten immer wieder mich, nicht Phillip. Das Lächeln auf dem Mund mit dem erdbeerfarbenen Lippenstift war wie festgefroren.

Es war nicht Russias Schuld. Niemand konnte uns

beide verstehen, weil wir eine eigene, private Sprache sprachen. Unser Gespräch schien endlos, und wenn Phillip weitergelebt hätte, wäre es das auch gewesen. Die Worte purzelten einfach aus uns heraus, wenn wir zusammen waren, doch genauso mühelos konnten wir schweigend dasitzen; unsere Freundschaft war tief und beständig, Wasser unter einer Brücke aus Worten.

Noch jetzt, wenn ich die Augen schließe, ist es, als habe er seinen ständigen Wohnsitz an dem geheimen Ort hinter meinen Augenlidern genommen.

Ich habe ein ordentliches Bankkonto und eine vielversprechende akademische Karriere, für die ich hart gearbeitet habe. Ich liebe und brauche die Sicherheit meines Zuhauses und meiner Habseligkeiten, die Illusion von Stabilität, die sie in der Unendlichkeit des Raumes verleihen.

Er hatte die High-School abgebrochen und war zum selbsternannten Vagabunden geworden, der niemals eine feste Adresse hatte; auf seinen Reisen hatte er oft nicht einmal vorübergehend ein Bett, sondern schlief unter dem größten vorhandenen Baum oder im Schutz von Felsen. Gewöhnlich hatte er kein Geld und manchmal nicht die leiseste Ahnung, wie er an welches kommen sollte, und er hatte nicht einen Beruf, sondern hundert. Sein Ehrgeiz und seine Pläne erstreckten sich nur auf den nächsten Ort, den er zu sehen wünschte. Er schien im Raum zu schweben, unbehindert und undefiniert, ziellos, aber vielleicht nicht weniger verloren als ich.

In Rom wurde er ausgeraubt, in Ecuador von einer bewaffneten Bande bedroht, und aus Gründen, die er nie ganz klären konnte, in der Türkei für zwei Nächte ins Gefängnis gesperrt. Nicht lange, nachdem wir uns kennengelernt hatten, schwor er mir, er sei endlich des Reisens müde, und New York sei die Stadt, in der er sich niederlassen wolle. Aber ich habe ihm nie wirklich geglaubt. Er war auf Berge gestiegen und durch Dschungel gewandert; er war durch die gefährlichsten Flüsse der Welt gewatet. Er starb allein auf einem trügerischen Bergpfad in Nepal, und – wer weiß? – vielleicht war das das Schicksal, das er suchte.

Selbst in meiner wildesten Zeit in Princeton blieb ich in erster Linie eine gute Studentin, verordnete mir ein rigoroses Pensum an Arbeit und Training, das ich gewissenhaft erfüllte, und bestrafte mich mit der doppelten Arbeitslast, wenn ich den Plan einmal nicht eingehalten hatte. Ich bin konformistisch und klammere mich mit einem Gefühl der Verzweiflung an das Geradlinige und Enge.

Doch trotz all unserer Unterschiede hatten Phillip und ich dies gemeinsam: Wir wußten beide, wie es ist, Eltern zu haben, die nicht mehr miteinander reden. Bevor ich ihn kennenlernte, kannte ich nur Leute mit perfekter Kindheit. Sie waren alle in einem traumhaften Zuhause mit liebevollen Eltern, Großeltern, Geschwistern und Hunden aufgewachsen und infolgedessen hervorragend angepaßt. Eric, das ehemalige Wunderkind aus Long Island, ist typisch für dieses Phänomen, aber sogar Russia, die so unkonventionell wirkte, als ich sie traf, hat zwei sehr liebe und schon etwas ältere Eltern, die in einem großen, heruntergekommenen Haus in Connecticut leben, und einen anbetungswürdigen jüngeren Bruder, der all die Aufmerksamkeit verdient, mit der sie ihn so großzügig bedenkt. Bis ich Phillip traf, hegte ich insgeheim den Verdacht, daß die ganzen Scheidungsstatistiken lügen und ich in Wirklichkeit eines der sehr wenigen Kinder in Amerika war, die aus einer zerbrochenen Familie kommen.

Er hatte in seinem Leben viele Geliebte gehabt, und Russia hatte vielleicht Grund, schockiert zu sein, als ich ihr erzählte, mit wie vielen Männern ich geschlafen hatte. Achtzehn Liebhaber bei einer Frau von sechsundzwanzig Jahren sind sogar im Zeitalter von Aids vielleicht nicht übertrieben viel, aber das sind sie doch, wenn man bedenkt, daß ich noch Jungfrau war, als ich aufs College kam. Ich war tatsächlich erst in den letzten acht Jahren sexuell aktiv, da allerdings gewaltig. Manchmal halte ich es für ein Wunder, daß ich mich noch nicht mit Aids angesteckt habe, aber dann erinnere ich mich daran, daß alle meine Liebhaber so nette, saubere Jungen waren, Ivy-League-Typen der oberen Mittelklasse aus heilen Familien, und wenn es um Geschlechtskrankheiten geht, ist Gott mit Wundern noch sparsamer als sonst.

Phillip und ich hatten fünf gemeinsame Monate als beste Freunde, und all diese Zeit, die wir zusammen verbracht haben (angezogen, beiläufig, gesprächig), errichtete eine physische Barriere zwischen uns, die wir nie völlig überwinden konnten, erst ganz am Schluß. Doch selbst heute bin ich noch nicht absolut sicher, ob es ein Fehler war, Freunde zu werden. Wenn ich in der Nacht, in der ich ihn kennenlernte, mit ihm geschlafen hätte, statt bis zum frühen Morgen zu reden, halte ich es für möglich, daß wir uns nie wiedergesehen hätten.

Obwohl ich dachte, das, was wir hatten, sei so anders und besonders gewesen, weiß ich, daß das nicht stimmt, wenn ich die Grenzen meines Apartments verlasse und hinausgehe. Die großen Romanzen der Literatur und Geschichte erregen nicht meinen Neid, und der Gedanke an eine Leidenschaft, die die Bühne elektrisieren könnte, läßt mich kalt. Aber der Anblick eines alten Ehepaars, das sich gegenseitig hilft, die Treppe hinunterzugehen, macht mich so wehmütig, daß ich nicht wegschauen kann, obwohl ich weiß, daß ich das sollte. Ich wünschte, ich hätte das mit Phillip haben können, und noch während ich mir das wünsche, weiß ich, daß ich altmodisch und unrealistisch und dumm bin, denn die Chancen standen natürlich von Anfang an dagegen. Zwar hat jeder wahrhaft Liebende fast per Definition das Gefühl, seine oder ihre Liebe sei außergewöhnlich, doch nur sehr wenige Glückliche sind fähig, das Außergewöhnliche tatsächlich in ganz normales häusliches Glück zu verwandeln.

Ich stemme mich von der Bank, hinke einige Blocks weiter und trotte dann die Stufen in der 103rd Street hinauf, um den Park zu verlassen. Phillip und ich haben uns eines Tages, nachdem wir einige Stufen hochgestiegen waren, umgedreht, um den Weg zu überblicken, den wir zurückgelegt hatten. Das war Anfang November, und rings um die Bäume türmten sich Berge von Laub. Grün und grasbewachsen fiel der Park zum Boulevard hin ab, wo Rollerskater als neonbunte, bewegliche Punkte zu erkennen waren, dann kam der Highway mit all dem Verkehr, dahinter der Hudson River, glänzend und blau; noch weiter in der Ferne lag New Jersey, malerisch in dieser Entfernung, und dann schließlich kam der unendliche Himmel mit der untergehenden, aber noch gelben Sonne. Wir schwiegen eine Zeitlang, der Wind spielte in unseren Haaren, und dann drehte Phillip sich zu mir um und legte eine Arm um meine Schulter. Er sprach absichtlich gebrochenes Englisch, wie wir es oft taten, wenn wir in der Öffentlichkeit miteinander allein waren.

»Eines Tages, Ki«, sagte er und zeigte mit großer Geste nach Westen, »eines Tages wird all das dir gehören.«

Ich lachte, das Gesicht zu ihm emporgewandt. Für ein paar Sekunden sah er mich an, ohne zu sprechen, und dann lachte er auch, und die Sonne glänzte warm auf ihm.

»Eigentlich ist das bloß ein Witz.« Er schaute wieder zum Horizont. »Es gehört dir nämlich schon.«

Obaasama, werde ich sagen. Du, die du zur Schau gestellt, verkauft, begehrt, umkämpft, erworben, gehandelt, ausgehalten und besessen worden bist. Du, die zahllose Männer bezahlt und gekostet haben. Du, die Erdbeben, einen Weltkrieg und ein Feuer überlebt hat. Großmutter, kannst du mir beibringen, wie man weitermacht, wenn Liebe zu einem Geist geworden ist?

Die Schatten werden allmählich länger.

Als ich die Tür öffne und in meine Wohnung stolpere, ist das erste, was ich sehe, Phillip. Er liegt oben auf den Bücherregalen, mit dem Rücken nach unten, so daß nur sein Profil sichtbar ist. Ich begrüße ihn schweigend wie üblich, aber auch erleichtert, und denke, ich hätte es besser wissen sollen: Er ist keine Maus, die sich vom schlecht gezielten Wurf eines Schuhs vertreiben läßt.

Ich schaue nach dem Anrufbeantworter. Das rote Licht leuchtet, ohne zu blinken; Eric hat noch immer nicht angerufen, und ich kann mich nicht dazu bringen, mir etwas daraus zu machen.

13. Kapitel

DAS LÄUTEN des Telefons weckt mich aus dem Schlaf und hat ein seltsames Echo in meinem Traum. »Phillip?« sage ich heiser in den Hörer, aber ich habe von Eric und einer namenlosen, dunklen Frau geträumt, und ich bekomme keine Antwort.

Im dichten Bambus am Straßenrand versteckt, beobachtete meine Großmutter Yukiko vier Tage lang Sekiguchis eindrucksvolles Haus, bis sie sie sah.

Yukikos Haus war kleiner und, zumindest ihrer Meinung nach, hübscher. Es lag im Schatten eines Hains aus Kirschbäumen in einem ruhigeren Stadtteil. Yukiko hatte ein Kind von zwei Jahren, das zu Hause unter der Obhut einer Kinderfrau spielte, ein Mädchen, das im Frühling geboren, aber nach dem Herbst benannt worden war: meine Mutter. Die Asche eines weiteren Mädchens, im Alter von zwei Jahren an Lungenentzündung gestorben, war in einer Urne dicht bei, aber nicht innerhalb von Sekiguchis Familiengrab auf dem Tempelgelände direkt vor den Toren von Tokio begraben. Jetzt war Yukiko wieder schwanger.

In den letzten vier Tagen hatte Yukiko sich jeden Morgen, bevor sie sich aufmachte, um im Schatten ihres bevorzugten Bambusgehölzes zu lauern, sorgfältig in ihren dunkelsten Kimono gehüllt. Sie hatte es schon lange aufgegeben, ihren Obi in der Schmetterlingsform der Geisha zu binden, und sich für eine schicklichere Schleife entschieden, wie es einer Frau anstand, die zum drittenmal schwanger und nicht mehr käuflich war. Sie trug einen Sonnenschirm bei sich, um sich vor der milden Märzsonne zu schützen, aber im wesentlichen, um sich dahinter zu verstecken.

In der Beziehung zu ihrem Liebhaber hatte sie einen Wendepunkt erreicht. Sekiguchi hatte ihr ein Haus gekauft und sie aus dem Geishaleben herausgeholt, aber sie wußte durch ihre alten Kontakte, daß er ein anderes Haus besucht hatte. Er hatte sich eher umgesehen als betätigt, vorgeblich in der Absicht, Gastgeber bei einem weiteren Fest zu sein, aber sie fand es eigenartig, daß er das nicht erwähnt hatte, und nahm sofort an, daß er mit dem Gedanken an eine zweite Geliebte spielte.

Er war vernarrt in ihre Tochter, aber Yukiko wußte, daß er sich sehnlichst einen Sohn wünschte, um die Linie fortzusetzen. Sie fuhr sich leicht mit den Fingern über den gewölbten Leib und verlangte inbrünstig, das Kind möge ein Junge sein.

Sie sah sie am späten Nachmittag, als die Schatten länger wurden und die Luft abkühlte und sie gerade daran dachte, nach Hause zu gehen, um sich auf Sekiguchis Besuch vorzubereiten. Er kam zum Abendessen und auch für die Nacht. Die große Haustür, während des Tages nicht benutzt, wenn Sekiguchi in seiner Bank war, war geöffnet worden und ließ hektische Aktivität erkennen. Yukiko war beklommen vor Spannung.

Seit ihrer hysterischen Schwangerschaft hatte Eiko buchstäblich wie eine Einsiedlerin gelebt. Sekiguchi sprach noch immer nicht über sie, und Yukiko war es stets, wenn auch oft nur mühsam, gelungen, ihren Drang zu fragen zu unterdrücken. Von ihren Zuträgern informiert, glaubte Yukiko zu wissen, was sie von dieser kinderlosen Frau zu erwarten hatte, ihrer Rivalin, die, (wie sie manchmal mit verzeihlicher Herablassung dachte) vielleicht unfruchtbar und sogar frigide war. Sie hatte zahllose Berichte über Eikos nervöses Kichern, ihre schrillen Forderungen und ihr durch reale und eingebildete Krankheit beeinträchtigtes gutes Aussehen gehört. Doch als Eiko Sekiguchi in einer Sänfte aus dem Haus getragen wurde, war Yukiko erstaunt, wie hübsch sie war.

Tatsächlich lag Eiko im Sterben, aber das war ein Vorgang, der noch zwei Jahre dauern sollte, und als die Diener sie dicht an dem Bambusgehölz vorbeitrugen, bemerkte Yukiko die verräterischen Anzeichen: Die Wangen unter der weißen Schminke waren etwas zu rot, sie wurde von einem lästigen Husten geplagt, und die knochendürren Hände hörten nicht auf zu zittern. Doch diese Anzeichen beeinträchtigten ihre exquisite Schönheit nicht. Sekiguchis Gattin, klein, blaß und von perfekter Gestalt, verkörperte das japanische Idealbild einer Frau, ganz im Gegensatz zu der ungewöhnlich großen Yukiko mit ihrer olivfarbenen Haut und ihren riesigen Brüsten und Füßen.

Unbewußt war Yukiko vorgetreten, so daß sie fast auf der Straße stand. Ihr Sonnenschirm war vergessen auf ihre Schulter gesunken, und sie stand im vollen Sonnenlicht. Sie starrte buchstäblich mit offenem Mund, und so war es nicht überraschend, daß Eiko sie sah. Überraschend jedoch war Eikos Reaktion. Ihre Blicke trafen Yukikos Gesicht, wandten sich dann gleichgültig ab, kehrten rasch wieder zurück und verweilten dort, und Yukiko wußte, daß sie irgendwie erkannt worden war.

Ende der dreißiger Jahre war es in Tokio eine achtbare Praxis, sich eine Geliebte zu halten. Jedermann wußte, daß Kurokawa, der Finanzminister, verschiedene Häuser für seine beiden Geishafrauen sowie für seine Ehegattin führte; er wurde geachtet für die Tatsache, daß er vierzehn Kinder hatte, von denen neun noch am Leben waren. Eine abgewiesene Ehefrau zu sein, war weder beschämend noch ungewöhnlich; als Geliebte eines reiches Mannes in einem eigenen Haus zu leben, war nach der Arbeit im Geishahaus ein sozialer Aufstieg. Doch für Eiko waren all die Nächte, in denen sie ihren Gatten nicht einmal sah, und das Wissen, daß er sich von ihr abgewandt hatte und vielleicht auf ihren Tod wartete, eine ständige Belastung. Yukiko dagegen hatte Angst, die sie aber niemals irgend jemandem eingestand, denn ihr vorherrschendes Charaktermerkmal war ihr Stolz. Diese Angst war eine stetige Stimme in ihrem Kopf, die flüsterte, sie werde alt, sie werde Sekiguchis Liebe und das

Haus verlieren, für die sie ihr Geishaleben aufgegeben hatte, und er werde sie schließlich zurückweisen, wenn sie ihm keinen Sohn schenkte. Jeden Morgen erwachte sie mit dieser Stimme im Kopf. Tagsüber versuchte sie vergeblich, ihr zu entfliehen, und nachts konnte sie ihretwegen nicht schlafen.

Gleichzeitig wurde Yukiko von dem Gedanken gequält, daß Sekiguchi sie auch dann nicht heiraten würde, wenn Eiko starb, denn ihre Vergangenheit war zwar vielleicht nicht unehrenhaft, aber gewiß nicht so aristokratisch und makellos wie die von Eiko.

Die Bewegung der Sänfte ließ Eiko sacht von einer Seite zur anderen schwanken. Die Männer trugen sie auf den Schultern, aber das war nicht hoch genug, um dem Gestank des Abwassers zu entgehen, das offen zu beiden Seiten des Pfades floß, ein Gestank, den Yukiko am vierten Tag ihrer Beobachtung schon längst nicht mehr wahrnahm. Die beiden Frauen blickten einander an. Eiko drehte den Kopf, um Yukikos Gesicht länger sehen zu können, während die Diener sie weitertrugen. Ein Hustenanfall zwang sie, ihr Gesicht im Ärmel ihres Kimonos zu vergraben, und ihr ganzer Körper bebte. Als sie den Kopf wieder hob, sah sie matt und erschöpft aus, aber sie lächelte ironisch in Yukikos Richtung. Da verneigte sich Yukiko, beugte ihren gerundeten Körper, so tief sie konnte, und nach einem winzigen Zögern tat Eiko es ihr nach und neigte langsam den Kopf.

Sie beobachteten einander, so lange sie konnten. Yukikos hochgewachsene Gestalt stand vor dem Bambusgehölz, Eikos weißes Gesicht schwebte über den dunklen Köpfen der Diener, die sie trugen, ein Oval, das nach und nach kleiner wurde, bis es im Staub und in der Menschenmenge verschwand. Dann seufzte Yukiko, schloß ihren Sonnenschirm und ging nach Hause, um Eikos Gatten zu begrüßen und zu lieben.

Ich stand bei den Kürbissen, als ich sie sah. Sie gingen Richtung Uptown, und zusammen wirkten sie so groß und hell, daß es aussah, als gehörten sie einer anderen Spezies an.

Als erstes erkannte ich seinen Gang, das anmutige Schlendern und die Trägheit, mit der er keine Bewegung vergeudete. Sie gingen Seite an Seite mit langen, langsamen Schritten, bei denen sie die anderen Menschen auf der Straße überholten. Es war Ende Januar und eisig kalt. Ich war in lange Unterwäsche, einen Pulli mit Rollkragen, einen dicken Pullover und einen knöchellangen Mantel verpackt und fror trotzdem. Sie trugen Jeans, Pullover und Lederjacken und bewegten sich mühelos; die Arme schwangen an ihren Seiten. Sie war groß und schlank, vielleicht zwei bis drei Zentimeter kleiner als er, und hatte glänzendes, goldblondes Haar, das ihr bis auf die Schultern fiel. Mehr als ein Passant drehte sich nach den beiden um.

Aus dem Schatten unter der Markise sah ich sie näher kommen. Mein Mund war trocken. Dann nahm sie Phillip bei der Hand und zog ihn in das Geschäft, in dem ich stand, und ich verlor den Kopf, ließ klappernd meinen Korb mit Büchern und Pflaumen fallen und duckte mich hinter die Tomaten.

Sie führte ihn geradewegs zu den Auberginen und wies ihn an, sie durchzusehen, eine nach der anderen in die Hand zu nehmen und langsam zu befühlen, ehe er sie wieder weglegte. Nachdem sie ihm eine Weile zugesehen hatte, nickte sie anerkennend und begann selbst, die Auberginen zu prüfen, nahm zwei auf einmal zur Hand, legte einige entschlossen zurück und andere zu erneuter Überprüfung beiseite.

Sie waren fröhlich ganz in ihre Auberginen vertieft, als er sich plötzlich umdrehte; sie sah ihn fragend an, und er schaute sich aufmerksam um. Ich duckte mich gerade noch rechtzeitig. Mein Herz pochte. Hatte er meinen Atem gespürt, mich erschnuppert, aus einer Entfernung von fast drei Metern mein Herzklopfen gehört? Hatte er, halb blind wie er war, gesehen, wie ich mich neben den Zwiebeln versteckte? Doch nach ein paar Augenblicken wandte er sich wieder seiner Auswahl zu, und ich hob erneut vorsichtig den Kopf. Ich konnte ihren Atem sehen, während sie sich unterhielten, und ich stellte mir vor, wie mein eigener Atem in weißen Wölkchen über den Tomaten aufstieg wie Rauchsignale von Indianern und mich verriet. Ich versuchte, langsam und vorsichtig nach unten zu atmen.

Sie brauchten bei den Auberginen so lange, daß ein Mann, der ein paar Augenblicke hinter ihnen gewartet hatte, schließlich hustete und sich sanft, aber entschieden an ihnen vorbeidrängte. Er nahm die oberste Aubergine und ging auf die Theke zu, wobei er kurz innehielt, um mit klarer, schneidender Stimme, die sogar ich hören konnte, zu sagen: »Wissen Sie, das ist bloß eine Aubergine, kein Auto.« Phillip und die Frau schauten verblüfft auf, während ich kicherte, aber dann zuckte Phillip mit den Schultern, und die Frau lachte und schüttelte ihr Haar, und dann senkten beide wieder die Köpfe und nahmen ihre sorgfältige Auswahl wieder auf.

Meine Füße wurden allmählich taub, als die Frau endlich mit einem triumphierenden Schrei das Ende der Suche verkündete; sie hob sie hoch, die Fürstin unter den Auberginen, das Mustergemüse schlechthin: rundlich und glänzend, gleichmäßig dunkellila, weder zu groß noch zu klein und vorschriftsmäßig birnenförmig. Phillip und die Frau drängten sich aneinander, während die Frau die Auberginen mit vielen Ohs und Ahs pries, ihre Arme berührten sich, und dann blickten sie schließlich wie entzückte, liebevolle Eltern auf das Gemüse nieder. Phillip lächelte und sagte etwas; sie lachte auf, drehte sich zu ihm um, legte eine schwarz behandschuhte Hand auf seine Schulter und küßte ihn auf die Wange.

Mein Ellbogen zuckte unwillkürlich, und eine Tomate rollte von der Spitze der Pyramide und fiel mit einem leisen Plopp auf den Boden. Obwohl Phillip das unmöglich gehört haben konnte, drehte er sich halb in meine Richtung, aber jetzt sagte die Frau etwas zu ihm, und er wandte sich bald wieder ab.

Ich sah zu, wie sie die Aubergine bezahlten, das Geschäft verließen und sich, schneller und zielstrebiger diesmal, Richtung Downtown zu Phillips Apartment aufmachten. Benommen richtete ich mich auf. Meine Knie schmerzten von der Anstrengung. Ich ging hinüber, hob meinen Korb wieder auf, wartete in der Schlange, bezahlte die Pflaumen und ging nach Hause. Den ganzen Nachmittag schrieb ich an einem Aufsatz über Joy Kogawa, doch abends mußte ich alles wegwerfen, was ich geschrieben hatte.

Am nächsten Tag kam er vorbei, um den Abend mit mir in meiner Wohnung zu verbringen.

»Warum bist du so distanziert?« fragte er schließlich.

»Ich muß diesen Aufsatz beenden.«

»Ach je«, sagte er. »Hast du nicht gesagt, daß er nächste Woche fällig ist? Ich hab noch nie erlebt, daß du mit einer Arbeit so früh angefangen hast. Das warst du auf dem Markt, nicht?«

»Wovon redest du?« sagte ich betont beiläufig, in die auf meinem Schreibtisch verstreuten Papiere vertieft.

»Es ist nicht, was du denkst.«

»Aha«, sagte ich, entschlossen, nicht zu fragen. Dann wurde sein wartendes Schweigen zu lang. »Wo kauft sie ihre Schuhe? Sie hatte wunderbare Schuhe an.« Noch eine Pause, und ich fügte hinzu: »Sie ist sagenhaft. Was macht sie mit jemandem wie dir?«

»Du bist albern«, sagte er, und obwohl meine Blicke noch auf die Papiere gerichtet waren, konnte ich das Lächeln in seiner Stimme hören. Während ich mich weiter über meine Unterlagen beugte, sagte er: »Sie macht überhaupt nichts mit jemandem wie mir.«

Ich zeichnete einen Ballon und einen Schwarm Goldfische, damit mein Stift weiter über das Papier kratzte.

»Ich weiß nicht, wo sie ihre Schuhe kauft«, sagte er endlich. »Irgendwo, wo es teuer ist. Nichts ist passiert, Ki. Sie ist bloß eine Freundin.«

Ich drehte mich um und sah seinen direkten Blick und das schiefe Lächeln, und ich konnte mich nicht bewegen; ich erinnerte mich daran, wie sie sich umgedreht hatte, um ihn zu küssen, mit roten Wangen und leuchtenden Augen, eine rundliche, glänzende Aubergine vergessen in ihrer Hand. Wenn nichts passiert war, dann lag es nicht daran, daß sie es nicht versucht hatte.

»Ich dachte, du hättest etwas übrig für One-night-Stands«, sagte ich. »Ich dachte, daß du immer ...«

»Hör auf, über mich zu urteilen«, sagte er mit deutlicher Schärfe. »Dazu hast du kein Recht.«

Ich antwortete nicht. Ich sah mich im Zimmer nach Pferd um.

»Ich habe mich verändert«, sagte er schlicht und in ruhigerem Ton. »Ich bin schon lange nicht mehr mit Frauen ausgegangen, seit ... ja, seit ich nach New York gekommen bin.«

Ich wollte ihm gerade ins Gedächtnis rufen, daß er erst seit fünf Monaten in New York war, aber er war noch nicht fertig.

»Und außerdem, was ist schon dabei, daß ich früher durch die Betten gehüpft bin? Du hast das auch getan, und es hat dir genauso gefallen wie mir.«

Beinahe hätte ich ihm widersprochen, aber ich zögerte, als ich mich an all die Tennisspieler und davor den Sekretär des Debattierclubs erinnerte, an den ich meine Jungfräulichkeit verlor.

»Okay«, sagte ich seufzend. »In Ordnung. Damals hat es Spaß gemacht. Na ja, vielleicht auch nur manchmal, aber dann habe ich angefangen, mich dafür zu hassen.«

Er nickte.

»He«, sagte ich, »wo wir schon einmal dabei sind – woher weißt du, daß ich auf dem Markt war?«

Er grinste. »Ich habe geglaubt, dich in einem der Spiegel zu sehen. In diesem Laden gibt es überall Spiegel, weißt du. Aber größtenteils war es eine treffende Vermutung und ein guter Bluff.«

»Aha«, sagte ich und wandte mich mit plötzlicher Sehnsucht nach Kogawas Roman und den Worten, die wie polierte Steine waren, wieder meinem Schreibtisch zu. Ich war in meine Papiere vertieft und gab mir große Mühe, nicht darüber nachzudenken, warum er aufgehört hatte, Affären zu haben, seit er in New York war, als er hinter mich trat und eine Hand auf meine Schulter legte. Er hatte sich so leise bewegt, daß ich bei seiner Berührung zusammenzuckte.

Die Finger seiner anderen Hand strichen über meinen Kopf. »Da«, sagte er triumphierend und hielt mir eine weiße Strähne vor die Augen, damit ich sie sah. »Die habe ich am liebsten.«

Ich schaute wieder auf meinen Schreibtisch nieder, und nach einer Weile ließ er die weißen Haare wieder auf die schwarzen fallen. Er trat einen Schritt zurück, weil es ihn vielleicht genauso nervös machte wie mich, daß unsere Gesichter sich so nahe waren.

»Ich habe mich verändert«, sagte er. Er flüsterte jetzt. »Du mußt mir glauben.«

Warum? Weil unsere Freundschaft leiden würde,

wenn ich es nicht täte? Weil ich dich weniger respektieren oder weil ich dich mehr fürchten würde? Mehr und mehr wünschte ich mir, diese Fragen zu stellen, aber ich hatte zuviel Angst. Seine Worte, so ruhig geäußert, verwirrten mich in einer Weise, an die ich mich noch immer ungern erinnere, und trotz des kaum wahrnehmbaren bittenden Untertons in seiner Stimme konnte ich kein Wort herausbringen. Statt dessen neigte ich den Kopf und streifte mit der Wange seine Hand, die auf meiner Schulter lag, eine so federleichte Berührung, daß ich nicht sicher war, ob er sie fühlte. Doch bevor er sich entfernte, umfaßten seine Finger für ein paar Augenblikke mein Gesicht mit einer Geste, die wie eine Segnung war.

14. Kapitel

WENN ICH MEINER Großmutter von Phillip erzähle, wird einer der Vorfälle, die ich bestimmt erwähnen werde, der Abend sein, an dem er anfing, mein Haar zu bürsten. In einem hübschen Spiegeleffekt beginnt die Geschichte damit, daß ich Phillip von ihrer Gewohnheit erzählte, ihr Haar nachts in einer lackierten Teedose aufzurollen. Dabei unterbrach ich meinen eigenen Bericht, indem ich mich abrupt aufsetzte.

»Ich hole eine Haarbürste«, sagte ich zu Phillip. »Ich bin gleich wieder da.«

Ich ging ins Schlafzimmer und kramte in dem Durcheinander auf dem Ankleidetisch. Gerade, als ich die Bürste gefunden hatte, hörte ich Phillip hinter mir sagen: »Ich werde das für dich machen.« Ich drehte mich um und sah ihn am Türrahmen lehnen. Pferd strich um seine Knöchel.

Er kam zu mir, ließ mich auf dem Stuhl Platz nehmen und löste meine Finger vom Griff der Bürste.

»Die Haare sind wirklich verheddert«, warnte ich ihn. Wir hatten den Tag im Park verbracht und Frisbee gespielt, und mein Haar war vom Wind zerzaust und ziemlich verfilzt.

»Vertrau mir«, sagte er und faßte mein Haar mit beiden Händen im Nacken zusammen.

Ich musterte mich kritisch im Spiegel und sah, daß mein Gesicht sich im vergangenen Jahr verändert hatte; ein großer Teil der Weichheit von Wangen und Kinn war geschmolzen. Ich hatte zwar noch keine Falten, wirkte aber doch älter und strenger. Wenn ich meinen Kopf senkte, um meine Kopfhaut zu betrachten, konnte ich gewöhnlich mindestens zwei weiße Strähnen sehen, die sich ärgerlich auffällig vom Schwarz des übrigen Haars abhoben. »Ich werde mir die Haare färben lassen.«

Er legte die Bürste weg und hielt ein weißes Haar wie eine Antenne über meinen Kopf. Ich saß vor ihm, und er hielt das Haar in voller Länge hoch, so daß es ihm bis an die Nase reichte. »Du brauchst sie nicht zu färben. Vermutlich hast du insgesamt nicht mehr als zehn weiße Haare. Außerdem sehen sie irgendwie cool aus.«

Er begann zu bürsten. Dabei hielt er eine dünne Strähne in der Nähe der Haarwurzeln in einer Hand und bürstete sie mit der anderen aus, so daß er nicht schmerzhaft an meinen Haaren zerrte. War es seine schwache Sehkraft, die seine Konzentrationsfähigkeit doppelt intensiv wirken ließ? Er sah alles so aufmerksam an – einen Plan der Subway, ein Buch, das Fell und das Gesicht von Pferd. Ich hatte kein Recht, geschmeichelt zu sein.

Er pfiff leise, während er arbeitete, keine richtige Melodie, aber beruhigend.

»Das kannst du besser als mein Friseur«, sagte ich argwöhnisch. »Wo hast du das gelernt?«

»Bei einer Frau«, sagte er und beugte seinen Kopf eifrig über meinen.

Ich wußte, ich sollte nicht fragen, aber ich fragte doch: »Wer war das?«

»Eine Lehrerin an meiner High-School«, sagte er lächelnd, aber seine Wangen waren errötet.

»Ich wußte, ich hätte nicht fragen sollen.«

»Sie war Englischlehrerin.«

»Natürlich. Ich gehöre einer verdorbenen Rasse an.«

»Sie hatte lange, braune Haare, fast genauso dick«, sagte er und berührte meine. »Sie zu kämmen war eine Heidenarbeit, sie waren nämlich gelockt.«

»Dann hast du ja etwas Gutes getan, indem du das übernommen hast«, sagte ich trocken.

Er sah mein Spiegelbild kopfschüttelnd an. »Sie war dreißig und heiß wie die Hölle, und ich war siebzehn. Ich war so begeistert und dankbar, daß ich ihr Auto gewaschen und ihr Haus angestrichen hätte, innen und außen, wenn sie mich gelassen hätte.«

Die Bürste in meinem Haar knisterte elektrisch, und das Geräusch vermischte sich mit seinem Pfeifen. Seine Hand bewegte sich langsam und rhythmisch auf und ab, auf und ab. Meine Augenlider sanken herab, aber nicht aus Müdigkeit. Ich mußte an den siebzehnjährigen Phillip und die dreißigjährige Englischlehrerin denken, der das Haar über den nackten Rücken fiel. Ich schüttelte den Kopf (eine Bewegung, die mir eine leise Ermahnung von Phillip einbrachte) und begann zu sprechen.

»Schon als kleines Mädchen«, sagte ich, »hatte ich lange Haare. Meine Mutter hat mir jeden Abend alle Knoten ausgebürstet und dann morgens noch einmal. Es tat ziemlich weh, wenn sie das machte.«

Wegen des unausgesprochenen Kompliments lächelte er mir im Spiegel zu, und sein Gesicht leuchtete kurz auf.

Ich schwieg einen Augenblick, betrachtete sein Spiegelbild genau, als sähe ich ihn aus einem neuen Winkel oder einer anderen Perspektive. Mit den hohlen Wangen und den Augen, die ständig in Bewegung waren, wirkte das Gesicht zu gebrochen, um im konventionellen Sinne schön zu sein, aber im Ruhezustand wie in diesem Augenblick hatte es manchmal die gelassene Heiterkeit eines steinernen Heiligen auf einem Friedhof.

»Gott, wie ich dieses Haarebürsten gehaßt habe«, fuhr ich fort. »Manchmal habe ich mich versteckt, und meine Mutter mußte mich unter dem Bett oder hinter dem Duschvorhang hervorzerren, während ich um mich trat und schrie.«

»Kratzbürste«, sagte er. »Giftspritze. Wildfang.«

»Vielleicht war ich das. Bis ...«

»Bist du das nicht immer noch?« unterbrach er mich und hörte sich enttäuscht an. Ich versuchte, im Spiegel seine Augen zu sehen, aber sein Gesicht war hinter meinem Kopf versteckt.

»Um auf meine Geschichte zurückzukommen«, sagte ich, »ich habe mich immer gewunden, wenn sie meine Haare bürstete, bis sie eines Tages schrie: ›Ich geb's auf.‹ Danach hat sie es nie wieder getan.«

»Das hört sich gar nicht nach deiner Mutter an«, sagte er, den Kopf hebend. »Nach dem, was du mir erzählt hast, ist sie nicht der Typ, der schreit.«

Ich zog ihm im Spiegel eine Grimasse. »Wessen Geschichte ist das?« fragte ich. »Aber du hast recht. Sie hat nicht geschrien, aber sie hat mir nie mehr die Haare gebürstet.«

Phillip ließ grinsend die Haare an meinem Hinterkopf los und begann, auf der rechten Seite zu bürsten.

»Sie hat mir gesagt, ich müßte mich selbst um meine Haare kümmern. Ich war damals ungefähr acht, und eigentlich hätte sie sie einfach kurz schneiden sollen. Ich habe sie manchmal tagelang, vielleicht wochenlang nicht gekämmt. Wenn ich sie gewaschen hatte, habe ich mir nicht die Mühe gemacht, sie auszubürsten, und bin so zur Schule gegangen. Das dicke, häßliche Gewirr wuchs wie ein Tumor auf meiner linken Kopfseite, und bald war es zu spät – ich kam mit der Bürste überhaupt nicht mehr durch. Und dann ...« – ich hielt inne, um die Spannung zu steigern – »klebte eines Tages Kaugummi darin.«

Phillip lachte. »Wie hast du das denn gemacht?«

»Ich weiß nicht. Vielleicht ist er, als ich ihn ausspuken wollte, in meinen Haaren gelandet. Vielleicht habe ich ihn auch auf den Tisch geklebt, um ihn aufzubewahren, und habe dann meinen Kopf an die Stelle gelegt. Aber ich denke eher, daß es so war wie bei einer anderen Gelegenheit, als ich mir eine Heftklammer in den Finger gebohrt habe, um zu sehen, was passieren würde. Vermutlich habe ich's absichtlich getan.

Als ich versuchte, den Kaugummi mit den Fingern herauszuklauben, habe ich ihn natürlich überall verteilt, und immer mehr Haare klebten daran fest. Es war wirklich ziemlich beängstigend, diese dicke purpurne Blase, die genau am Rande meines Gesichtsfeldes baumelte. Und sie hat vielleicht gestunken – du kennst sicher diesen schweren, ekelhaften Geruch nach Trauben.

Meine Mutter hätte mir wohl eine Haarspülung machen sollen, um den Kaugummi zu lösen. Aber das hat sie nicht getan. Sie hat mir einfach die Haare abgeschnitten.«

»Herrje«, sagte er, hielt eine Strähne fest und ließ sie langsam zwischen seinen Fingern hindurchgleiten. »Was für drastische Maßnahmen.«

»Das war das erste und einzige Mal, daß ich in meinem Leben kurze Haare hatte. Wirklich kurz. Mein Vater hat gesagt, ich sähe aus, als wäre ich bei der Armee. Auf den Fotos sehe ich schrecklich aus, aber damals habe ich das nicht gemerkt. Es war Sommer, und es war heiß.«

Hinter mir stehend nahm er meinen Kopf in beide Hände und sah mich im Spiegel ernst an. »Ich werde dir die Haare bürsten, wann immer du willst«, versprach er. »Und wenn noch einmal Kaugummi daran klebt, werde ich deine Haare mit einer Spülung waschen und Strähne für Strähne entwirren, wenn es sein muß, damit du niemals auch nur ein kleines Stückchen abschneiden mußt.«

Ich erwiderte seinen Blick, und wir sahen uns lange an.

»Ich bin fertig«, sagte er dann und gab mir die Bürste zurück.

Mein Haar war so glatt wie Seide. Ich wollte ihm schon danken, aber er ließ mich innehalten.

»Jetzt bin ich an der Reihe«, sagte er. »Hast du eine Schere?«

»Ja. Ich habe nicht gewußt, daß du dir selbst die Haare schneidest.«

»Tu ich auch nicht«, sagte er und folgte mir ins Badezimmer. »Du wirst sie schneiden.«

Ich nahm die große Schere aus dem Medizinschrank und ging ins Schlafzimmer zurück. Er folgte mir. Er setzte sich auf den Stuhl, auf dem ich zuvor gesessen hatte, und ich bürstete sein Haar zurück, während wir über verschiedene mögliche Schnitte diskutierten.

Er zog sein Hemd aus, bevor ich zu schneiden begann. Er faßte es im Nacken und zog es sich über den Kopf, und während ich schnitt, wurde mir ganz benommen von der Nähe seiner nackten Haut und dem schwachen Salzgeruch, der von seinem Hals aufstieg.

Ich hatte ihn schon vorher ohne Hemd gesehen, aber

jetzt waren wir allein in meinem Schlafzimmer, und es war spät. Ich versuchte, nicht zu heftig auf seine Haut zu atmen, als ich mich über ihn beugte, um die feinen Härchen im Nacken zu schneiden. Damals hatte ich meine Fingerabdrücke noch nicht verloren, und der Anblick seines Körpers machte mir die Vollständigkeit meines eigenen bewußt. Er war muskulös, aber schrecklich dünn. An der Innenseite des linken Unterarms hatte er eine lange Narbe. Sein Brustkorb wies links drei Schnitte auf, und auf dem Bauch hatte er eine gezackte, verschlungene Narbe, die offensichtlich einmal genäht worden war und in seiner Jeans verschwand.

Erst ein paar Tage zuvor hatte er mir von dem Unfall auf der Baustelle erzählt, von dem er diese Narben hatte, dem Luftzug, der scheinbar fast gleichzeitig mit dem Ausrutschen gekommen war, und er hatte auch erzählt, wie nahe er dem Tod gewesen war.

Ich wollte mit den Fingern über die feinen Haare in seinem Nacken streichen. Mit meiner Zunge wollte ich dieser gewundenen, gezackten Narbe auf seinem Bauch bis zu ihrem Ende folgen, und ich wünschte mir, mein Ohr auf seine Brust zu legen und sein Herz schlagen zu hören. Ich wollte ihn umfangen, und ich wollte mehr.

Wir sprachen nicht, während ich schnitt. Und obwohl er mit dem Endergebnis zufrieden war, kam es mir eine Spur ungleichmäßig vor.

Das Klopfen an der Tür kam zwei Wochen später. Es war spät, vielleicht gegen zwei, und als ich durch das Guckloch schaute, konnte ich undeutlich Phillips aschblondes Haar und seine schwarze Jacke erkennen. Er kam so oft, daß der Portier in meinem Haus ihn durchließ, ohne meinen Summer zu betätigen, aber er rief immer vorher an, und sei es nur aus der Telefonzelle an der

Ecke meiner Straße. Deshalb war ich verwirrt, als ich den Riegel zurückschob und die Tür öffnete.

»Sie haben mir meine Kamera weggenommen«, sagte er und klang müde.

Das Buch, das ich in der Hand hielt, fiel mit flatternden Seiten und einem lauten Plumps zu Boden.

Sein Gesicht hatte die meisten Schläge abbekommen, obwohl er auch mehrmals in den Magen geboxt worden war. Auf dem rechten Wangenknochen hatte er eine rötliche Prellung, seine Lippe war geplatzt, das linke Auge fast zugeschwollen. Ein Schnitt in der Mitte der Augenbraue sollte eine dauerhafte Narbe hinterlassen, wo keine Haare mehr wuchsen – noch eine Narbe für seine Sammlung.

Sein Haar war naß, seine Jacke feucht. Es hatte so leise geregnet, daß ich die Tropfen nicht auf das Oberlicht hatte fallen hören.

Ich legte einen Arm um ihn und führte ihn zum Sofa. Er legte sich hin, und ich setzte mich zu ihm. Da ich nicht wußte, wo ich anfangen sollte, wischte ich das Wasser weg, das von seinem Haar auf seine Schultern getropft war. »Soll ich das Krankenhaus anrufen?« fragte ich.

»So ernst ist es nicht, und außerdem kann ich es mir sowieso nicht leisten«, sagte er. Seine Augen, die wild geflackert hatten, als er hereinkam, bewegten sich jetzt langsamer und stetiger, als er mich ansah. »Ich … wirst du dich um mich kümmern?«

Als ich im Alter von sieben Jahren Scharlach hatte, wachte ich einmal aus meinem Delirium auf und sah meine Mutter an meinem Bett sitzen. Tränen liefen ihr über die Wangen. Es war ein Anblick, der mich damals verwirrt hatte.

»Keine Sorge, du bist in guten Händen«, sagte ich zu ihm. »Ich war Rettungsschwimmerin, weißt du – ach, das weißt du nicht? Ja, war ich, und ich kann Mund-zu-Mund-Beatmung mit Herzmassage.« Ich drückte ein paarmal auf seine Brust, um es zu demonstrieren.

Er kicherte oder wimmerte eher, flach atmend, und dann verzog sich sein Gesicht. »Au«, sagte er. »Au, au, au. Bring mich nicht zum Lachen.«

»Junge, Junge, wenn *du* schon so aussiehst«, sagte ich und versuchte, mit fester Stimme zu sprechen, »dann würd ich gern mal den anderen Typen sehen.«

Diesmal lächelte er nur, aber das verkrustete Blut auf seinen Lippen platzte dabei auf, und er tupfte behutsam mit den Fingern auf seinen Mund.

Ich machte ihm eine Eispackung für sein linkes Auge und rieb seine Schnitte und Wunden mit Alkohol ein. Wenn er zusammenzuckte, zuckte ich auch zusammen. Auf sein Verlangen holte ich Wein – seinen, den er in meinem Apartment gelassen hatte –, und er trank direkt aus der Flasche. Während ich weiter desinfizierte und er zuckte, trank ich ebenfalls einen Schluck Wein.

»Sie waren zu viert«, sagte er gedehnt, da der Alkohol zu wirken begann. »Mit Messern. Ich hätte mich nicht wehren sollen, aber ich hatte diese Kamera seit elf Jahren, sie hat mich überallhin begleitet. Ich war unterwegs zur Subway, als es passierte, Haltestelle Astor Place, du weißt schon, wo auf den Kacheln Biber abgebildet sind ... Ich hatte eine Scheißangst.«

»Ich weiß«, sagte ich.

Er verstummte. Dann streckte er die Hand aus und hielt meine fest, die sich gerade mit einem Tupfer Salbe zu seinem aufgeschrammten Wangenknochen bewegte. Er drehte meinen Arm um, beugte den Kopf und starrte kurzsichtig auf die blasse Innenseite meines Unterarms, als hätte er sie noch nie gesehen. Er fuhr mit dem Finger daran entlang, bewegte ihn, den Adern folgend, immer weiter nach oben. Mir war etwas schwindlig von dem Wein, und als er meine Armbeuge erreicht hatte, zog ich den Arm zurück.

»Das kitzelt«, sagte ich und wandte den Blick ab, während ich mir die Salbe von den Fingern rieb.

Er verbrachte die Nacht in meiner Wohnung. Es war wie bei einem Kinderbesuch mit Übernachtung, er kampierte auf der einen Couch, ich auf der anderen, so nahe beieinander, daß wir miteinander flüstern konnten. Er schlief fast sofort ein, aber ich lag noch eine Zeit wach, die mir lang vorkam, lauschte den fernen Verkehrsgeräuschen vom Broadway und dem leisen Regen und beobachtete ihn, wie er dort lag, den Körper in meine Richtung zusammengerollt, das Gesicht ausdruckslos, den Kopf auf einen Arm gebettet.

Unbequem auf der Couch herumrutschend, wachte ich später in der Nacht auf und sah eine große Gestalt vor den Fenstern stehen. Im Mondlicht erkannte ich nur die Silhouette.

»Phillip?« murmelte ich erschreckend unsicher.

Die dunkle Gestalt drehte sich um, bewegte sich und stand bald über mir. Ich weiß nicht, was ich erwartet hatte, aber ich war lächerlich erleichtert, daß er es war. Wie ein kleines Mädchen streckte ich die Arme aus, und ohne einen Moment zu zögern, beugte er sich nieder, sank hinein und streckte sich neben mir aus. Vielleicht zehn Minuten lang lag er still, so lange, daß die Wärme seines Körpers sich trotz der Pullover, Jeans und Socken, die wir trugen, meinem Körper mitteilte. Sein Atem wurde tief und gleichmäßig, aber als ich mich vorsichtig aufsetzte, bewegte er sich.

»Bleib bei mir«, flüsterte er so leise, daß ich mich anstrengen mußte, um ihn zu verstehen.

Ich zögerte und stammelte dann: »Ich weiß nicht ...«

»Bleib bei mir«, sagte er wieder. »Bitte.«

Also blieb ich. Der Kater Pferd beobachtete uns vom Couchtisch aus wohlwollend, während ich mich neben Phillip legte: eine ungemütliche Angelegenheit, denn die Couch war schmal und sein Körper empfindlich. Ich versuchte, vorsichtig zu sein, aber das reichte wohl nicht, denn ich hörte ihn scharf einatmen, als ich meinen Kopf an seine Schulter lehnte. Ich wich zurück und murmelte etwas von Aspirin und Verbänden, aber er zog mich wieder hinunter. »Pssst«, sagte er; seine Augen glänzten im Mondlicht, und er schlang seine Arme und Beine so fest um mich, daß ich nicht atmen konnte, geschweige denn weinen, und mich nach Luft ringend losmachen mußte.

Nichts von dem war, was ich erwartet hatte, und während ich wieder einschlummerte, erinnerte ich mich selbst daran, daß nichts davon geschah, denn die Nacht war regnerisch gewesen, und die Szene hatte die schwarzsilberne Tönung all meiner Träume.

Am Morgen erwachte ich bei grauem Licht, dem Geräusch von Regen und dem Wissen, daß ich allein war. Die Couch, auf der Phillip gelegen hatte, war leer. Meine Kleider waren zerknittert, mein Rücken tat weh, und mein Gesicht war von der Sofakante zerdrückt. Ich wollte mich gerade aufrappeln, als ich hinter mir Schritte hörte. Ich drehte mich um und sah Phillip mit Pferd auf dem Arm aus der Diele kommen.

»Ich habe Pferd gefüttert«, sagte er, »und dir Frühstück gemacht. Hungrig?«

»Du bist noch da«, sagte ich, sang die Worte beinahe, und dann räusperte ich mich hastig und versuchte, das Grinsen von meinem Gesicht zu wischen. »Ich meine, ich dachte, du wärst schon lange weg.«

Er lächelte und schüttelte den Kopf. »Das kommt nur, weil du mir noch immer nicht vertraust«, sagte er geduldig und vorwurfsvoll. »Wann wirst du lernen, dir zu merken, daß wir Freunde sind?«

Steif erwiderte ich sein Lächeln, nickte und ging in die Küche, um das Frühstück zu essen, das er gemacht hatte, aber obwohl er in der Küche mehr zustande brachte als ich, schmeckten die Eier und sogar das Müsli wie Sägemehl, und ich tat so, als sei ich müde, und schickte ihn so bald wie möglich nach Hause. Das Buch, in dem ich am Vorabend gelesen hatte, lag noch auf dem Boden. Ich hob es auf, klopfte den Staub ab und versuchte vergeblich, die zerknitterten Seiten zu glätten. Endlich gab ich es auf und legte es oben auf den Stapel Lehrbücher auf meinem Schreibtisch. Ich wandte ihm den Rücken zu und ging mit einem Krimi von Sue Grafton in die Badewanne, den ich genau für solche Notfälle aufgespart hatte. Doch die Worte des Buches entglitten mir, sooft ich sie auch von neuem las, so daß ich es schließlich weglegen mußte. Danach saß ich mit Pferd zusammen und lauschte dem auf das Dach trommelnden Regen, den Körper auf der Couch zusammengekauert, den Kopf auf dem Arm, denn Phillips Worte waren eine Zurückweisung gewesen.

Großmutter, werde ich flüstern und meine eigene Erzählung unterbrechen, ich habe mich geirrt, als ich dachte, er wolle mich nicht. Aber bitte, sag mir, wie ich das hätte wissen sollen.

War ich dumm oder einfach nur ängstlich, als ich alle Anzeichen übersah?

15. Kapitel

VIEREINHALB MONATE nachdem ich Phillip kennengelernt hatte, drei Wochen vor seiner Abreise nach Nepal, kam ich aus meinem Kurs über Schriftsteller aus den Südstaaten an der Columbia, und da lehnte er an einer Wand und kaute auf einem Zahnstocher herum. »Woher wußtest du, wo ich bin?« fragte ich und lächelte ohne klaren Grund. »Ich meine, du wartest auf mich, oder?«

Er grinste. »Ich habe bei der Verwaltung angerufen und gesagt, es sei dringend. Und, ja, ich warte auf dich.«

»Du hast die Fakultätsverwaltung belogen?« sagte ich. »Was soll ich denn all den netten Sekretärinnen dort sagen?«

»Es ist dringend. Ich muß dringend mit dir zu Mittag essen«, sagte er, aber dann hielt er inne, und da war sie, trat unter seiner Kühle hervor an die Oberfläche, diese Zaghaftigkeit, die an Furcht grenzte. »Das heißt, wenn du magst, natürlich.«

»Machst du Witze? Liebend gern«, sagte ich und nahm seinen Arm. »Gehen wir.«

Wir gingen in die Imbißstube in der gleichen Straße wie die Universität und setzten uns in unsere Lieblingsnische am Fenster. Ich griff nach der Speisekarte, aber er beobachtete mich neugierig. »Du glühst wie ein Feuerwerkskörper«, sagte er.

»Tu ich nicht«, sagte ich. »Und außerdem, Feuerwerkskörper glühen nicht.«

»Das stimmt«, sagte er. »Aber du glühst trotzdem wie einer.«

Ich legte die Hände an meine Wangen und wußte schon vorher, daß sie sich ungewöhnlich warm anfühlen mußten. »Muß der Wind sein«, sagte ich und senkte den Kopf, um in die Speisekarte zu schauen.

Ich war gerade damit fertig, Phillip die Tagesspezialitäten laut vorzulesen, als Russia hereinkam. Entfernte Schilder und an Wände geschriebene Speisekarten für Phillip laut vorzulesen war mir so zur Gewohnheit geworden, daß ich mich einmal dabei ertappte, dasselbe für Eric zu tun, der lachte und sagte, das sei mein unterdrückter Mutterinstinkt, der da an die Oberfläche komme. Ich habe Eric nie erzählt, wie schlecht Phillip sehen konnte.

Russia beugte sich nieder, um uns zu küssen, zuerst Phillip, dann mich. »Ich hab dich schon länger nicht gesehen«, sagte sie beiläufig zu Phillip. »Und du ...« sagte sie und betrachtete mich genauer, »du glühst ja förmlich wie ein Feuerwerkskörper oder so was.«

Phillip lächelte.

»Habt ihr euch verabredet?« fragte ich. Russia zog die Augenbrauen hoch, und ich schüttelte den Kopf. »Vergiß es«, sagte ich. »Möchtest du mit uns essen?«

Sie zögerte nur für eine Sekunde. »Ich wollte eigentlich nur ein Muffin essen, aber okay, für ein paar Minuten, wenn es sein muß«, sagte sie und quetschte sich neben mich auf die Bank, als ich ihr Platz machte.

Nachdem die Kellnerin unsere Bestellung aufgenommen und einen Brotkorb zurückgelassen hatte, wandte Russia sich an mich und sagte: »Mein Bruder hat jetzt seine erste Freundin.«

»Aber er ist noch so jung«, sagte ich.

»Nächsten Monat zwölfeinhalb«, sagte sie. »Hört sich jung an, nicht? Aber Mom sagt, sie sei ein ganz süßes Mädchen, und Joey sagt, daß alle seine Freunde Mädchen haben.«

»Na ja, solange sie süß ist«, sagte ich, »gibt ihm das Power.«

»Amen«, sagte Russia, fügte dann aber hinzu: »Aber ich muß sagen, und da spreche ich aus Erfahrung, das Alleinleben hat auch viel für sich.« Sie nahm ein großes Stück Brot aus dem Korb und begann, es reichlich mit Butter zu bestreichen. »Denkt doch darüber nach: der Luxus, in aller Ruhe furzen zu können.« Sie schaute von ihrem Brot auf und wedelte mit dem Messer, als wolle sie damit ihre Worte unterstreichen. »Wenn ich unverheiratet sterbe, möchte ich, daß ihr meiner Mutter sagt, sie solle das auf meinen Grabstein setzen: ›Russia Hannah Putnam-Jones, 1964–1989: Sie furzte in Frieden.‹«

Phillip und ich kicherten pflichtschuldig, aber ich wußte, und ich vermute, daß Phillip es auch wußte, daß ihre Worte uns beruhigen sollten. Doch sie erinnerten mich nur daran, wie einsam sie gewesen war und noch immer war und wie lange und sehnsüchtig sie sich jemanden gewünscht hatte. Sie hatte große Hoffnungen in Phillip gesetzt.

»Da wir gerade von Romanzen reden«, sagte sie, »erst letzte Woche war ich sicher, daß einer meiner Studenten mich anmacht.«

Ich hörte ihrer Stimme an, daß sie jetzt Geschichten erzählen würde. »Wirklich?« sagte ich lächelnd.

»Wie auch immer, ich habe jedenfalls nicht angebissen«, sagte sie. »Er ist ein großer, dünner Typ, irgendwie häßlich und wirklich schüchtern, und ich dachte irgendwie, er wäre schwul, zumindest am Anfang. Aber gegen Ende September fing Johnnie an, mich während des ganzen Kurses anzustarren. Er saß in der ersten Reihe und ließ mich nicht aus den Augen. Dann fing er an, in meine Sprechstunde zu kommen, und stotterte herum, wurde rot und redete über gar nichts. Er steht immer viel zu dicht bei mir, und obwohl er eigentlich nie wirklich bedrohlich wirkt, werde ich allmählich nervös, wenn er meinen Körper immer so anstarrt.«

Sie nahm einen großen Bissen Brot und kaute ein paar Sekunden lang nachdenklich.

Dann schluckte sie etwas mühsam und fuhr fort: »Letzte Woche kam Johnnie ganz am Ende meiner Sprechstunde; im Konferenzraum war sonst niemand mehr, und draußen wurde es dunkel … ein perfekter romantischer Augenblick, nicht? Und ich überlegte, was ich machen sollte, wie ich ihm freundlich, aber entschieden klarmachen konnte, daß es unmoralisch ist, wenn ich etwas mit einem Studenten anfange, und ich dachte sogar daran, was ich tun sollte, wenn er versuchen würde, mich zu küssen, daß ich zur Seite treten würde, so daß er über meinen Stuhl fällt. Ich nahm an, ich könnte mit ihm fertig werden, denn er ist groß, aber mager und *sehr* unsicher.

Er sprach von seiner letzten Arbeit, blablabla, die übrigens schrecklich war, und noch während ich ihm Fragen stelle und er antwortet, merke ich, daß er gar nicht bei der Sache ist, und schließlich wird mir klar, daß er jetzt den Mund aufmachen wird. Und mit knallrotem Gesicht und fast flüsternder Stimme sagt er: ›Diesen Mittwoch gibt es einen Tanzabend für Schwule und Lesben, und ich habe mich gefragt, ob …‹ Hier räuspert er sich, hebt den Kopf, sieht mir fest in die Augen und sagt: ›Ich habe mich gefragt, ob Sie mir vielleicht Ihr schwarzes, imitiertes Chanelkostüm leihen könnten.‹«

Während wir lachten, lächelte Russia verträumt. »Ich sagte ihm, Herzchen, es ist keine Imitation, sondern echt, ich hab es irgendwo secondhand gekauft. Am nächsten Tag habe ich es ihm geliehen und meinen Segen dazu gegeben, und wißt ihr, daß er darin besser aussah als ich? Das habe ich ihm auch gesagt, und er war so glücklich und dankbar, daß er mich schließlich doch geküßt hat, züchtig auf die Wange natürlich, und wißt ihr, ich hatte gar nichts dagegen.

Er kann vielleicht nicht schreiben«, sagte sie langsam und sah erst mich, dann Phillip, dann wieder mich schelmisch an, »aber *er* hat wenigstens den Mut, nach seinen Überzeugungen zu handeln, gesegnet sei sein kleines, modevernarrtes Herz.«

Weniger als eine Woche später traf ich Russia wieder, als ich gerade die Butler Library verlassen wollte. Sie erwiderte meinen Gruß kaum, sondern lehnte sich an die Theke und wartete, während ich meine Bücher auslieh.

Sie ging mit mir zur Treppe. Ihre Absätze klapperten auf dem Marmor, und als wir oben am Treppenabsatz standen, drehte sie sich zu mir um und sagte: »Ihr beide schlaft nicht miteinander.«

Ihre Feststellung (denn es war eine Feststellung, keine Frage) klang abrupt und sogar gereizt, aber ich lächelte Russia liebevoll an, die mit ihrem geschorenen Kopf und ihren neun Körperringen und ihren uniformartigen schwarzen Kleidern so niederträchtig aussieht und dabei ein so weiches Herz hat, daß sie nicht einmal eine Kakerlake töten kann aus Angst, sie könne Gregor Samsa sein. Sie war mir immer eine gute Freundin.

»Nein, das tun wir nicht«, sagte ich zu ihr.

»Wie lange geht das schon, vier Monate, fünf?« Sie schüttelte ungläubig den Kopf. »Weißt du, daß ihr beiden wirkt wie ein altes Ehepaar? Seht ihr euch jeden Tag oder was?«

»Ziemlich oft«, sagte ich und fühlte mich nur ein wenig scheu. »Und wir telefonieren immer miteinander, ob wir uns sehen oder nicht.«

»Ich wußte es«, sagte sie. »Ich konnte es daran sehen, wie du Phillip die Speisekarte vorgelesen hast. Und als dein Tee kam und er dir Milch hineinrührte, ohne auch nur zu fragen. So sind meine Eltern auch, und die sind seit fünfunddreißig *Jahren* verheiratet.«

»Das mit dem Tee ist mir gar nicht aufgefallen«, gestand ich.

»Siehst du?« Sie nickte weise. »Du bist schon so an ihn gewöhnt, daß er ein Teil von dir geworden ist.«

»Nein, das wohl kaum«, protestierte ich, aber sie schien nicht zu hören.

»Eigentlich«, sagte sie, biß sich auf die Unterlippe und runzelte die Stirn, »beneide ich dich fast.«

»Das solltest du nicht«, sagte ich rasch.

»Nicht, weil ich Phillip will. Das hätte offensichtlich nicht funktioniert, und es macht mir nichts mehr aus.«

Ich nickte und fühlte mich erleichtert.

»Aber ihr seid euch so nahe. Ihr scheint fast keinen anderen Menschen mehr zu brauchen, wenn ihr zusammen seid.«

»Manchmal fühlt es sich so an«, gab ich zu.

»Kiki«, sagte sie, »willst du ihn?«

»Ich weiß nicht«, sagte ich fast flüsternd, und das war entschieden eine Lüge.

»Will er dich?« fragte sie.

Ihr Blick war so direkt wie ihre Frage, und ich mußte den Blick abwenden.

»Ich wette, er tut es«, sagte sie nachdenklich. »Weißt du, ich hätte nicht gedacht, daß ihr beide so gut miteinander auskommt. Aber eigentlich hätte ich nicht überrascht sein sollen – ihr lebt beide in einer eigenen, privaten Welt, Phillip mit seinen U-Bahnen und seiner Wanderlust, du mit deinen Büchern. Irgendwie paßt ihr beide zusammen, auf eine merkwürdige Art.«

Ich zuckte bei ihren Worten zusammen, denn sie enthielten jetzt doch eine schwache Spur Bitterkeit.

»Es wäre jedenfalls ein Jammer, wenn ihr beide es nicht miteinander probieren würdet«, fuhr Russia fort. »Wie oft funktionieren Beziehungen im Grunde denn schon wirklich? Einmal im Leben, wenn man sehr, sehr viel Glück hat.«

»Warum nur einmal«, fragte ich und versprach mich fast bei dem einfachen Satz, so dick fühlte meine Zunge sich an.

»Nun, denk drüber nach. Es ist nicht möglich, in der Vergangenheit eine perfekte Beziehung gehabt zu haben, denn dann wäre man noch mit dieser Person zusammen. Folglich hat keiner gute Erfahrungen gemacht, wenn es um Beziehungen geht. Bestenfalls, wenn du sehr viel Glück hast, klappt es mit deinem gegenwärtigen Partner.«

Unwillkürlich mußte ich lächeln. Ich dachte an meine Großmutter, als ich die nächsten Worte sprach: »Was ist, wenn du eine perfekte Beziehung hast, und die Person stirbt?«

Sie verstummte und dachte nach. »Das ist eine gute Frage«, sagte sie dann. »Aber ich würde sagen, es ist zu einfach, jemanden zu idealisieren, der gestorben ist. Du kannst nicht wissen, was aus der Beziehung geworden wäre, deswegen ist es langfristig, wenn du jemanden liebst und er oder sie stirbt, wohl am besten, nicht zuviel an denjenigen zu denken.«

Eine Pause trat ein. »Wie auch immer«, sagte ich, »im Augenblick sind Phillip und ich nur Freunde.«

»Aber warum?« fragte sie neugierig. »Warum seid ihr nicht zusammen?«

Das war eine Frage, die ich mir selbst auch gestellt hatte, mehr als einmal.

»Es ist doch nicht so, als hätte einer von euch Angst vor Sex«, fuhr Russia fort.

»Nein, aber keiner von uns hatte etwas, das einer dauerhaften Beziehung nahekäme, weißt du«, sagte ich und bemühte mich um einen beiläufigen Ton. »Ich habe mit keinem meiner Liebhaber mehr Kontakt, und er …«

Ich zuckte mit den Schultern und wandte mich von ihr ab, der Treppe zu.

»Aber sicher …«

Ich schloß für eine lange Sekunde die Augen. »Russia«, sagte ich so sanft wie möglich, »ich muß gehen.«

Sie war sofort zerknirscht. »Es tut mir leid«, sagte sie. »Ich rede und rede, nicht? Dabei möchte ich eigentlich nur, daß du glücklich bist.«

»Ich weiß«, sagte ich. »Und ich weiß es zu schätzen.«

Ich wandte mich zum Gehen, aber sie legte mir eine Hand auf den Arm, um mich aufzuhalten.

»Es ist okay«, sagte ich. »Wirklich. Für uns ist es besser so. Ich habe schließlich so vieles, das ich lesen muß.« Ich wies mit dem Kopf auf den Bücherstapel in meinen Armen, der jetzt fast unerträglich schwer geworden war.

Ihre Augen, die von einem weichen Braun sind, sahen mich warm und unverwandt an.

»Und außerdem«, sagte ich und gab mir Mühe, ein Lächeln zustande zu bringen, »außerdem weißt du ja wohl noch, daß Phillip – ein Frauentyp ist, nicht?«

Ich wandte mich ab, aber sie rief mir nach: »Du bist dumm. Wenn ihn viele Frauen mögen, bedeutet das ja noch nicht, daß er sie auch alle mag.«

Ich sah mich um. Russia hatte ein ironisches Lächeln auf dem Gesicht, und ich fragte mich kurz, ob sie vielleicht noch verliebt in ihn war.

»Danke«, sagte ich zu ihr. »Ich werde versuchen, daran zu denken.«

Dann ging ich die Treppe hinunter. Meine Füße rutschten über den Marmor, und Russia sah mir von oben liebevoll und mitleidig nach wie ein Schutzengel.

Am Tag vor seiner Abreise aus New York besuchte ich Phillip zu Hause. Sein Apartment lag am Ende eines dunklen, feuchten Ganges, der nach Reinigungsmitteln und noch nach etwas anderem, Unangenehmem roch und wo Kakerlaken über die spanisch abgefaßten Werbeplakate eines Kammerjägers krabbelten.

Als er die Tür öffnete, spürte ich, wie mein Magen sich hob wie in einem schnell sinkenden Aufzug.

»Ich verstehe das nicht«, sagte ich. »Wo ist denn alles?«

Für jemanden, der sein Leben auf der Straße und mit einem Rucksack oder dem zubringt, was er auf einem Mountainbike transportieren kann, hatte Phillip in den Monaten in New York unerwartet viele Habseligkeiten angesammelt. Sein Apartment, karg und klein, wurde lebendig durch die Bücher, die in den Regalen standen. Jetzt waren nur noch ein paar ordentlich in einer Ecke gestapelte Pappkartons und ein grauer, professionell aussehender Rucksack neben der Tür übrig. Ohne die Bücher wirkten der Raum und sogar die Möbel ziemlich unansehnlich, jeder Persönlichkeit und Romantik ledig und demütig einen neuen Mieter erwartend.

Der Kleiderschrank, dessen Tür halb offen stand, war leer bis auf ein paar nicht zusammenpassende Bügel, teilweise aus Draht, teilweise aus Plastik in den verschiedensten Farben. Sogar die Wände waren leer. Nur noch Klebestreifen saßen da, wo vorher drei Poster gehangen hatten: das von der ehemaligen Penn Station mit ihrer großen Uhr und dem kathedralenartigen Deckengewölbe und die Bilder von den beiden Weltausstellungen in New York. Phillips Vorliebe für die Denkmäler einer anderen Ära hatte mich immer überrascht: Seine Nostalgie schien merkwürdig unvereinbar mit seinem Bedürfnis nach Bewegung.

»Ich gebe die Wohnung auf«, sagte er, und seine Stimme hallte in dem leeren Raum wider.

»Warum? Kommst du … denn nicht zurück?«

»Ich habe ein Rückflugticket gekauft«, sagte er milde. »In drei Monaten bin ich wieder da. Wie du weißt.«

»Ich hatte angenommen, du würdest deine Wohnung behalten.«

Er schüttelte den Kopf. »Das lohnt sich nicht. Ich gebe auch alle meine Sachen ab, an die Heilsarmee. In dem obersten Karton dort sind all die Sachen, von denen ich dachte, du möchtest sie vielleicht – du solltest ihn durchsehen.«

»Ist es hier wirklich so staubig? Weil ich auf einmal das Gefühl habe, ich müßte niesen«, sagte ich.

»Ich habe gerade gekehrt«, sagte er. »Der Staub hat sich vermutlich noch nicht gelegt.«

»Na, fabelhaft«, sagte ich. »Zu einer beginnenden Erkältung auch noch Allergien.« Ich kramte in meiner Tasche, zog ein zerknittertes Papiertaschentuch hervor und schneuzte mir die Nase. »Wo wirst du wohnen, wenn du wiederkommst?«

»Na ja, im Idealfall bei dir. Aber wenn du mir die Tür vor der Nase zuschlägst, werde ich wohl zum CVJM oder in eine Jugendherberge gehen, schätze ich.« Seine Lippen verzogen sich zu seinem typischen, asymmetrischen Grinsen. »Vielleicht habe ich auch Glück, und irgendeine alte Freundin nimmt mich auf.«

War es dieser Hinweis auf alte Freundinnen oder etwas ganz anderes? Was auch immer der Grund war, ich lehnte mit schniefender Nase die Einladung ab, den Karton mit seinen Sachen durchzusehen. Vermutlich war er gefüllt mit Büchern und auch Fotos, schlecht ausgeleuchteten Aufnahmen von U-Bahn-Stationen, unheimlich effizient, aber hastig aufgenommen. Aus Gründen, die wir nie ganz klären konnten, die aber Fragen der nationalen Sicherheit zu berühren schienen, ist es gegen das Gesetz, die Subway zu fotografieren, und daher hatte Phillip diese Aufnahmen in mehr als einer Hinsicht heimlich gemacht. Gewöhnlich beschränkte er sich darauf, die Tunnels zu fotografieren, etwa den bogenförmigen Tunnel in der West 168th Street; die Bahnen selbst versuchte er fast nie aufzunehmen, weil er sicher war, daß seine Kamera das Gefühl von Geschwindigkeit, den Luftzug und den ungeheuren Lärm nicht einfangen konnte.

Das einzige Andenken, das ich je an Phillip hatte, war ein Kaktus, ein lustiges, dickes kleines Ding, das er eines Tages zu mir nach Hause brachte und von dem ich optimistisch annahm, es würde ewig leben. Unglücklicherweise, vielleicht auch passenderweise, endete dieser Kaktus kurze Zeit nach Phillips Abreise unter einer der undichten Stellen im Dach, die es in meiner Wohnung gelegentlich gibt; er wurde vorübergehend ertränkt, davon erholte er sich nie mehr und ging schließlich ein.

Zum Dinner gingen wir in ein indisches Restaurant, und dann begleitete er mich auf dem Riverside Drive am Park entlang nach Hause.

Es war Anfang Februar, und wir hatten den ersten ergiebigen Schneefall des neuen Jahres. Auf dem Boden lag schon fast eine Handbreit Schnee, und der übliche Lärm der Stadt, die Farben und die Gerüche wirkten gedämpft.

»Ich habe dir ja gesagt, daß wir den Schnee auch hier sehen könnten«, sagte ich.

»Das ist nicht dasselbe.«

»Ich weiß, ich weiß«, sagte ich gereizt. »Das Knirschen von Schnee und all das. Aber das hier ist trotzdem nicht übel.«

Lange trotteten wir schweigend dahin; der Wind peitschte unsere Gesichter. Dann, ohne uns darüber zu verständigen, blieben wir in der 103rd Street plötzlich stehen, an einer Stelle, wo wir uns oft getroffen hatten, einem meiner Lieblingsplätze auf der Welt.

Ich schaute über den Park hinaus, aber der Schnee fiel so dicht, daß ich nur ungefähr fünf Meter weit sehen konnte. Die Bäume waren schwarze Silhouetten, die Äste nackt und kahl. Ich drehte mich nach Phillip um. Die Nacht war so dunkel, daß ich sein Gesicht kaum erkennen konnte. Er hätte jedermann sein können.

»Bist du endlich fertig mit deiner Griesgrämigkeit?« fragte er, und ich hörte den süßen, vertrauten Klang von Spott in seiner Stimme und den leisen Akzent des Mittelwestens.

Eine Sekunde lang sehnte ich mich nach Gewalt und Blut – nicht Vergewaltigung oder Mord, aber ein Raubüberfall vielleicht, eine gebrochene Rippe oder ein gebrochener Arm, der einen langen Krankenhausaufenthalt erfordern würde, Seite an Seite in zwei weißen Betten.

Phillip berührte meine Schulter, ein Druck, den ich durch meinen Mantel nur schwach spüren konnte. »Du zitterst«, sagte er. »Komm, bringen wir dich nach Hause.«

Ein paar Minuten später standen wir vor meinem Apartmenthaus.

»Ich werde dich nicht hineinbitten«, sagte ich. »Wegen deines Flugs morgen und all dem.«

Er verzog den Mund, aber in der Dunkelheit konnte ich nicht sehen, ob er lächelte oder die Stirn runzelte. »Na dann«, sagte er. »Ich schätze, wir sehen uns bald wieder.« Er beugte sich vor, um mir einen seiner üblichen linkischen Küsse zu geben; sein Atem wärmte einen Moment mein Gesicht, und seine Lippen landeten auf meiner linken Augenbraue. Ich umklammerte eine Sekunde lang die Aufschläge seines Mantels, dann wurden drei Sekunden daraus, dann fünf, bis ich endlich losließ. »Bis bald«, sagte ich.

»Ich komme wieder, weißt du«, sagte er. »Ich verspreche es. Hoch und heilig.«

Gegen Ende von »Betty und ihre Schwestern« gehen Jo und Mr. Bhaer in Regen und Schlamm spazieren. Ihre Liebe zueinander ist unausgesprochen, und er reist am nächsten Tag endgültig nach Deutschland ab: Die Anspannung ist groß. Ihr Spaziergang dauert lange, aber schließlich nähert er sich dem Ende wie alle Spaziergänge, und da beginnt Jo zu schniefen. Er fragt sie, was los sei, und sie, unbeholfen und freimütig, erfindet keine Lüge oder Nebenhöhlen oder Allergien oder Kontaktlinsen, sondern platzt statt dessen damit heraus, daß sie traurig ist, weil er abreist. Er antwortet überschwenglich, und die Liebe triumphiert, gesellschaftliche Unbeholfenheit und Ehrlichkeit werden belohnt.

Ich habe nicht geweint, aber ich habe noch einmal die Arme nach Phillip ausgestreckt. Diesmal habe ich ihn so fest umarmt, daß er lachte. »Herrje«, sagte er, »ich bekomme keine Luft mehr.« Ich lachte ebenfalls, und die Tränen blieben gehorsam in meinen Augenwinkeln, während sich die Wölkchen meines Atems mit seinen vermischten. Ich zögerte, und dann, als das Lachen verklungen war, hob ich mein Gesicht zu seinem. Er blinzelte wie überrascht, aber er reagierte; langsam und zögernd senkte er seine Lippen auf meine.

Wir küßten uns tief und sinnlich auf den Mund, aber nur ein einziges Mal. Mein Herz schlug so schnell, daß meine Brust schmerzte. Dann öffnete er meinen Mantel, riß die Knöpfe auf und begann, mich schnell zu küssen. Seine Hände, gewöhnlich so unbewegt, fuhren rastlos in meinen Mantel, und seine Lippen küßten jeden Zentimeter meines Gesichts. Die Fassade von Trägheit und Ruhe – seine Kühle – war abgefallen wie eine zweite

Haut. Er atmete heftig und ungleichmäßig, und sein Gesicht war fast nicht mehr zu erkennen und wurde vor Wollust grimmig.

Ich hatte gewußt, daß Phillip leidenschaftlich war und es verbarg; ich hatte mich nach dieser Leidenschaft gesehnt, davon geträumt, darauf gewartet und sie schließlich herausgefordert, doch als sie sich zeigte, konnte ich mich nicht rühren und war gelähmt vor Angst. Mein Hals war eng, und ich konnte nicht sprechen. Doch gleichzeitig begann ich an einer anderen Stelle meines Körpers zu schwitzen.

Ich war von »Betty und ihre Schwestern« aus direkt in einen der Schundromane geraten, die ich zu verschlingen pflegte, voll mit dramatischem Schneefall und einem Mann, der sich grob an meinen Knöpfen zu schaffen machte. Phillip, der meine Strickjacke und meine Bluse geöffnet hatte, ging jetzt anders vor, zog mir die Sachen aus meiner Jeans und griff nach oben nach meinen Brüsten. Von seinem Körper abgehalten, pfiff der Wind harmlos an mir vorbei. Als er in meinen BH griff und meine linke Brustwarze berührte, waren seine Finger schockierend kalt.

Es war, als verbinde eine Schnur meine Brustwarze mit der warmen Stelle zwischen meinen Schenkeln, und jedesmal, wenn er in die Brustwarze kniff, zog er an dieser Schnur. Doch der Druck seiner Finger wurde stärker und begann zu schmerzen. Ich hätte einfach die Zähne zusammengebissen und es ausgehalten, denn das Ziehen an der Schnur wurde mit dem Schmerz intensiver, aber er drehte an meiner Brustwarze, und da zuckte ich unwillkürlich zurück und gab einen leisen Protestlaut von mir.

Er ließ so abrupt los, daß ich fast gestolpert wäre, und wich zurück, so daß der eisige Wind mich an Hals und Brust traf wie ein Schlag. Er starrte mich an, der hungrige Ausdruck wich aus seinem Gesicht, beginnend bei den Augen, dann vom Mund, der zu einer dünnen Linie wurde und sich kaum öffnete, als er »Entschuldigung, Ki« murmelte. Dann fuhr er herum und war verschwunden.

Ich hatte mir unseren Abschied so oft vorgestellt, aber daran hatte ich niemals gedacht: daß er sich in verletztem Stolz abwandte und rasch im Schnee verschwand, während ich zitternd und elend an der Straßenecke stand und mich selbst verfluchte, weil ich nichts gesagt hatte.

Wenn ich damit fertig bin, meiner Großmutter von Phillip zu erzählen, wird meine Stimme heiser sein, denn die Geschichte ist lang, und wenn ich einmal anfange, muß ich sie bis zum Schluß erzählen. Am Ende wird alles, was ich für sie habe, eine halbe Frage sein, eine Bitte, vermute ich, um eine geheimnisvolle zweite Chance, um eine Erklärung für das Wirken des Schicksals oder einfach um Mitgefühl.

Obaasama, werde ich sagen, alles, was Phillip und ich brauchten, war Zeit.

16. Kapitel

In den drei Tagen, die vergangen sind, seit ich mich beim Einkaufen mit Eric blamiert habe, hat das Telefon nur einmal geläutet. Ich nahm beim ersten Läuten den Hörer ab, ein Lächeln auf dem Gesicht, einen Gruß für Eric auf den Lippen, und fühlte mich schlimmer als sonst, als ich das Summen hörte, das für meinen unbekannten Anrufer charakteristisch ist. Den ganzen Tag und bis spätabends habe ich mir heute Ausflüchte zurechtgelegt, um in der Nähe des Telefons zu bleiben und darauf zu warten, daß Eric anruft. Phillip hat sich bis auf ein ganz kurzes Erscheinen gegen Mittag nicht gezeigt. Wenn ich den Kopf aus dem offenen Fenster strecke, scheint die Luft näher als in den letzten Monaten. Angezogen von der Erinnerung an den gestrigen Ausflug in den Park, verlasse ich mein Apartment, nehme den Aufzug nach unten und trete auf die Straße.

Eine Zeitlang gehe ich den Broadway hinunter. Es ist fast zwei Uhr morgens, und außer mir sind nur noch einige wenige Leute unterwegs, scheinbar genauso ziellos. Sie tragen zufällig zusammengewürfelte Kleidung: Eine Frau hat Turnschuhe, einen Minirock und etwas an, das wie das Oberteil eines Schlafanzuges aussieht, ihr Freund trägt einen Trainingsanzug, ein Junge eine Jacke mit Nadelstreifen und Bermudashorts, ein alter Bettler Hosen mit ausgestellten Beinen. Vielleicht schreiben wir nicht mehr das Jahr 1990. Wir könnten zwanzig Jahre in die Vergangenheit versetzt sein, als ausgestellte Hosen in Mode waren, oder um fünf oder zehn Jahre in die Zukunft, und das Pendel der Mode ist wieder zurückgeschwungen. Es könnte auch vor zwei Jahren sein, als Phillip noch lebte und ich von einem Eric Lowenson in meinem Leben nicht einmal träumte. In meiner Gegend wäre der Broadway nachts um zwei Uhr in jedem Jahr gleich: Die Laternen brennen, die meisten Läden sind geschlossen, der Wind bläst Abfall umher, die Verkehrsampeln üben ihre Macht über leere, stille Straßen aus.

Ich wende mich nach Westen. Der Riverside Drive ist fast völlig verlassen; ich kann nur die Umrisse eines Polizisten erkennen, der drei Blocks nördlich von mir seine Runde geht. Nachdem ich ihn gesehen habe, biege ich nach Süden ab, und als ich die Statue in der 106th Street erreiche, gehe ich die Treppe hinunter und zum

Park hinüber, genau wie gestern. Es ist so dunkel, daß der Himmel schwarz ist, und als der Wind mich trifft, zittere ich in der kühlen Luft ein wenig.

Obwohl es nur eine Frage des Lichts ist, scheinen die Straßen, durch die ich erst gestern gejoggt bin, jetzt seltsam und fremdartig. Sie erinnern mich an die Zeit, als ich von einer Klassenparty zurückkam. Der Gastgeber war ein Professor gewesen, der in Brooklyn wohnte. Das war nur eine Woche, bevor Phillip und ich unsere epischen Reisen mit der Subway begannen. Ich war allein und müde, und in der U-Bahn-Station nahm ich den Zug in die falsche Richtung. Es dauerte lange, bis ich meinen Irrtum bemerkte, und als er mir auffiel, war ich an einer Haltestelle namens Rockaway Beach, viele, viele Meilen von Manhattan entfernt. Ich stieg aus dem vertrauten Zug und fand mich im Freien auf einem leeren Bahnsteig wieder, der mir das Gefühl weit offener, nach Meer riechender Räume vermittelte. Die Gegend war flach, und ich konnte weit sehen. Sogar die Sterne schienen verändert.

Von dem Gehsteig, auf dem ich jetzt gehe, kann man den Park überblicken, er ist nur als tiefere Dunkelheit erkennbar. Die Laternen auf dem Riverside Drive geben ein trübes, gelbliches Licht, und ich schreite zufrieden dahin, sicheren Schrittes, in einem New York ohne Menschen. Das gute Gefühl hält auf dem ganzen Weg bis zur Kreuzung in der 96th Street an, wo ich stehenbleibe, obwohl die Ampel grünes Licht zeigt. Vom Broadway treiben die Geräusche eines Kampfes herüber: Männer, die mit tiefen, zornigen Stimmen schreien, eine Autohupe und dann das Quietschen von Bremsen, ein Knall, das Zerbrechen von Glas und die hohen, dünnen Schreie eines Jungen oder einer Frau. Ich drehe mich um und gehe schnell nach Norden, den Weg zurück, auf dem ich gekommen bin. Ich versuche, zuversichtlich und zielstrebig auszusehen, als eilte ich zu meinem engsten männlichen Freund gleich um die Ecke, aber ich denke, wenn ich vergewaltigt und ermordet und in den Fluß geworfen würde, würde es Tage dauern, bevor irgend jemand – auch Eric – merkte, daß ich fort wäre.

Eric hat mich immer wieder davor gewarnt, spätabends durch den Park zu gehen, und ich hasse mich jetzt dafür, daß ich nicht auf ihn gehört habe. Die Blätter der Bäume bewegen sich, obwohl kein Wind weht. Der Anblick einer Mülltonne mitten auf dem Gehsteig erweckt in mir den Wunsch zu schreien. Mein Atem geht keuchend, und ich renne fast, als ich den eingezäunten Teil der 102nd Street erreiche, wo Bäume den Gehsteig verdunkeln. Dann spüre ich, wie mir die Luft wegbleibt, weil da, fast unmittelbar vor mir, ein großer Mann im Schatten in der Telefonzelle steht. Er ist nicht ungewöhnlich groß, wirkt aber riesig und breit, und im Dämmerlicht der entfernten Straßenlaternen kann ich gerade noch erkennen, daß er dicke Stiefel trägt. Das Ende seiner Zigarette bildet einen kleinen, beweglichen Lichtpunkt. Er gibt kein Geräusch von sich; er hört jemand anderem oder vielleicht nur dem Freizeichen zu. Ich sitze in der Falle; selbst wenn ich auf die beleuchtete Straße zugehen würde, müßte ich an ihm vorbei.

Ich konzentriere mich so sehr darauf, lautlos zu gehen, daß seine Stimme mich zusammenfahren läßt. »Willst du vögeln?« Mein Mund ist trocken, mein Herz pocht, und ich wende mich langsam nach ihm um – und dann würde ich vor hysterischer Erleichterung am liebsten lachen, denn der Mann dreht mir den Rücken zu: Er hat ins Telefon gesprochen.

Als ich nach Hause komme, bin ich noch immer so erschüttert, daß ich mich, während ich die Tür zu meinem Apartment öffne, bei dem Wunsch ertappe, die alte Mrs.

Noffz würde ihre Tür öffnen und mit mir über das Wetter plaudern. Ich drehe mich sogar um und warte ein paar Sekunden, aber natürlich bleibt die Tür von 16D geschlossen; es ist nach drei Uhr morgens, und sie muß schon vor Stunden zu Bett gegangen sein.

Eifrig halte ich nach Phillip Ausschau, sehe in den Kamin, aber auf den ersten Blick wirkt die Wohnung leer. Mit klappernden Zähnen und unkontrollierbar zitterndem Körper sehe ich an den versteckteren Stellen nach, wo er sich gern verbirgt: in allen Schränken, in der Lücke zwischen Wand und Bücherregal, hinter allen Türen. Phillip will eindeutig nicht gefunden werden. Ich schalte die Lampen ein, während ich suche, bis das ganze Apartment hell erleuchtet ist. Als ich die Suche schließlich aufgebe und mich auf dem Sofa ausstrecke, wird mir die Spannung in meinem Nacken und in den Schultern bewußt.

Ich möchte Eric anrufen. Ich möchte die Besorgnis in seiner Stimme und den Tadel hören, der auf die Besorgnis folgen würde. Wenn ich ihn jetzt anriefe, würden wir trotz der späten Stunde fast sicher zusammenkommen; binnen weniger als einer Stunde könnte ich warm und sicher in seinen Armen liegen. Ich schaue auf die glatten Fingerspitzen meiner linken Hand nieder, eine ständige Erinnerung daran, wie das Leben war, bevor ich Eric traf, und wie es wieder sein könnte.

Obaasama, werde ich sagen (zärtlich, dankbar für ihr schweigendes Mitgefühl), du hast erst vor so kurzer Zeit deinen Mann verloren. Großmutter, ich werde dir erzählen, wie ich meine Fingerabdrücke verlor, aber du kennst die Geschichte schon, die ich gleich erzählen werde, nicht wahr?

Nach Phillips Abreise füllte ich einen Monat lang die Zeit damit aus, Ameisen zu töten. Mit selbst auf die winzigste Bewegung lauernden Augen und mit Händen, die zum Zuschlagen bereit waren, hockte ich oft stundenlang auf den kalten Küchenfliesen. Ich aß Kekse und manchmal ganze Mahlzeiten, während ich jagte, wobei ich Köder in Form von Krümeln auslegte. Es war reiner Zufall, daß ich auf diese ideale Methode, die Zeit totzuschlagen, gestoßen war; in jenem Jahr gab es in meiner Küche scheinbar endlosen Nachschub an Ameisen, und sie waren furchtbar schwer umzubringen. Ihre Körper waren wie Gummi, und sie klammerten sich mit unstillbarem Verlangen an das Leben. Selbst nachdem ich ihre Körper zu mißgestalteten Bällen gerollt hatte, sprangen sie wieder in die richtige Form zurück, entwirrten ihre Glieder und krabbelten weiter, so daß ich immer wieder zuschlagen mußte, um sie zu töten.

Mein Leben war ein Kampf mit der Zeit. Ich nehme an, daß ich aus Selbstschutz auf dem Kriegspfad war, denn noch heute sehe ich nicht, was ich eigentlich gewinnen wollte oder warum ich überhaupt kämpfte. Wenn ich am späten Vormittag aufwachte und nicht wieder einschlafen konnte, so sehr ich mich auch bemühte, verfluchte ich mich, denn das Wachsein bedeutete, daß ich den ganzen Tag vor mir hatte, den ich totschlagen mußte. Ich triumphierte, wenn ich bis nach zwei Uhr schlafen konnte. Ich versuchte, abends ein Nickerchen zu machen, und jede Nacht, wenn ich ins Bett zurückkehrte, beglückwünschte ich mich zum Gewinn einer Schlacht, denn das bedeutete es, einen weiteren Tag überlebt zu haben. Doch trotz meiner täglichen Siege stand schon fest, daß ich am Ende geschlagen werden würde. Mein Vorrat an Kraft war begrenzt und leicht zu erschöpfen, die Zeit dagegen ein unermüdlicher und folglich unschlagbarer Gegner, dem niemals die Munition ausging; stets erstreckte sich ein völlig neuer Tag von gleicher Länge vor mir und ersetzte den, den ich gerade besiegt hatte. Es war daher nur eine Frage der Zeit, bis ich gegen die Zeit verlor.

Jetzt sehe ich sie als Gegner; damals konnte ich mir die Zeit nur als Zeit vorstellen. Die Zeit schien weder ein Vater noch ein Zerstörer noch ein Heiler zu sein, und sie wirkte auch nicht wie ein Bus, den wir besteigen und verlassen: Sosehr ich mich auch bemühte, ich konnte die Zeit nicht in einer dieser tröstlich soliden Formen visualisieren. Die Zeit war nur die Sekunden und Minuten, die sich entschlossen zu Stunden und dann mit quälender Langsamkeit zu Tagen und schließlich Jahren ausdehnten. Sie war die Bewegung meiner Uhr, die lief und lief und wieder ihren Ausgangspunkt erreichte, so regelmäßig, wie ein Uhrwerk ja tatsächlich sein sollte, und das war das einzige Maß meines Lebens.

Jetzt blicke ich zurück und sage, daß die Zeit ebenso ein gnädiger Fluß wie ein unschlagbarer Feind war, daß sie mich gegen meinen Willen weiter und weiter von Phillip wegtrug und näher und näher an einen Punkt brachte, den ich später als Eric identifizierte. Doch damals war Zeit nichts anderes als ihr Verstreichen.

Ich verlor meine Fingerabdrücke Mitte März. Der Regen fiel mit nichtssagendem Prasseln, und die Straßen der City waren graue Pfützen. Von einem Schaufenster aus machte sich eine Puppe in einem knappen Cocktailkleid mit geschürzten Lippen über mich lustig. Mein Versuch, in einem Kaufhaus ein Geburtstagsgeschenk für meine Mutter zu finden, war gescheitert, und nun wollte ich einen neuen starten. »Etwas fürs Haus«, hatte meine Mutter gesagt, als ich sie gefragt hatte, was sie sich wünsche, aber bisher war es mir nicht gelungen, etwas auch nur annähernd Passendes zu finden.

Ich aß Süßigkeiten, während ich ging, und stopfte mir eine Handvoll nach der anderen in den Mund, schneller als ich schlucken konnte. Ich nahm so große Portionen aus der Tüte, daß ich jedesmal einige Geleefrüchte fallenließ; hinter mir war der Broadway mit ihren bunten Farben übersät. Trotz Wind und Regen standen vielleicht zehn oder fünfzehn Leute an jeder Ecke der Kreuzung Seventh Avenue und 36th Street. Polizisten regelten den Verkehr und versuchten, ärgerliche Autofahrer zu beruhigen. Zwei Krankenwagen und vier Polizeiautos waren kreuz und quer mitten auf der Straße geparkt, und ihre Blinklichter und Sirenen erfüllten die Luft. Ich stand hinter den Leuten an der südlichsten Ecke und reckte den Hals, um über die Köpfe vor mir hinwegzuschauen; obwohl ich nicht klein bin, waren so viele Menschen dort versammelt, daß ich immer nur Teile der Trage sehen konnte, als habe man der Frau die Gliedmaßen abgetrennt. Zuerst sah ich ein Paar graubraune Turnschuhe unter gelben Hosen, und dann, während die Männer die Trage zum Krankenwagen schleppten, wurde langsam der Rumpf sichtbar. Die Frau war unsagbar dick. Ihre Brüste, ihr Bauch und ihre Schenkel ragten hoch auf, und die Männer stolperten unter ihrem Gewicht.

Neben mir blieb eine Frau in mittleren Jahren mit einer Tüte von Macy's stehen. Obwohl sie sich auf die Zehenspitzen stellte, war sie viel zu klein, um über die Köpfe hinweg etwas zu sehen, und da die Menge seit meiner Ankunft erheblich angewachsen war, konnte sie sich auch nicht durchdrängeln, um nach vorn zu kommen.

»Was ist passiert?« fragte sie atemlos.

Ich zuckte mit den Schultern und schüttelte den Kopf. Der Mann, der auf der anderen Seite neben ihr stand, drehte sich um. »Sie ist gesprungen«, sagte er. »Sie ist vor einen Greyhound-Bus gesprungen. Aber ich glaube nicht, daß sie tot ist.«

»Oh«, sagte die Frau. Sie schwieg eine Weile, und dann, ohne Vorwarnung, begann sie auf einmal zu weinen. Verblüfft öffnete der Mann den Mund, um etwas zu sagen, verstummte dann aber unsicher.

Eine der Tüten rutschte unter ihrem Arm heraus und fiel in eine Pfütze. Ihre Tränen ließen die Wimperntusche in schwarzen Streifen über ihr Gesicht laufen. Sie wirkte viel älter, und ich sah, daß ich ihr Alter falsch geschätzt hatte, daß sie wirklich eine alte Frau war. Je weiter ich wegging, desto mehr vermischte sich ihr Weinen mit den Sirenen und dem Geräusch des Windes.

Mindestens siebenundvierzig Autos steckten infolge des Unfalls im Verkehr fest. Ich weiß das, weil ich sie gezählt habe, während ich mich auf dem nassen Gehsteig zu Lord and Taylor durchkämpfte.

Es war dunkel, als ich die Suche nach einem Geschenk aufgab. Als ich am Times Square in die Subway stieg und mit dem Rest der Menge durch die Drehkreuze ging, hörte ich den Lärm des einfahrenden Zuges, hatte aber nicht mehr genug Energie, um ihn laufend zu erreichen. Ich war erschöpft und ging langsam, schaute dabei zu Boden und wich dem geronnenen Erbrochenen beim Ausgang aus. Horden anderer Leute rannten an mir vorbei, um den Zug zu erwischen; inzwischen war es siebzehn Uhr, der Höhepunkt der Rush-hour.

Ich blieb hinter der laufenden Menge zurück und war allein, als ich den mageren schwarzen Mann sah, der in zwei Decken gehüllt direkt vor dem Eingang zur Linie Seventh Avenue stand. Der Uringeruch, der in der Luft hing, war in seiner Nähe besonders stark.

»Hätten Sie ein bißchen Kleingeld?« fragte er, die Hände vor dem Körper ausgestreckt.

Ohne ihn anzusehen, schüttelte ich den Kopf. »Tut mir leid.«

Ich ging vorbei. »Tut Ihnen leid?« Der Mann schrie mir die Worte nach, und ich drehte mich um. Er starrte mich an, die Hände zu Fäusten geballt. »Tut Ihnen leid! Lady, dafür kann ich mir nichts zu essen kaufen. Es tut Ihnen überhaupt nicht leid, verdammte Scheiße, es tut Ihnen nicht leid.« Er zog die schäbigen Decken um sich wie ein entthronter König. »Für wen zum Teufel halten Sie sich eigentlich? Scheißjapse«, sagte er und stolzierte davon.

Mein Gesicht brannte, und die Tasche über meiner Schulter fühlte sich schwer an, als sei meine Brieftasche zu einem Bleigewicht geworden. Ich wandte mich ab und versuchte, mich in dem Strom der Menschen zu verlieren, die der Subway zustrebten.

Es war weit nach sechs, als ich nach Hause kam. Durch unsichtbare Ritzen in der Wand drang die Feuchtigkeit in die Wohnung ein, und aus dem Leck im Dach tropfte es. Halb ängstlich und halb mitfühlend klapperten die Fenster bei jedem Windstoß. Ich ging in die Küche und aß rasch ein paar Bissen Toffeekuchen. Ich zog Mantel und Stiefel aus, ging ins Badezimmer und tauschte meine nassen Socken gegen trockene aus. Dann kehrte ich in die Küche zurück, um mir einen Tee zu kochen. Während ich wartete, daß das Wasser heiß wurde, aß ich weiter von dem Kuchen, wie üblich zuerst den trockenen Teil; die klebrig süße Glasur hob ich mir bis zum Schluß auf.

Noch kauend ließ ich mich auf Hände und Knie nieder, um auf dem Boden nach Ameisen zu suchen, die ich töten konnte. Nur ein einziges tapferes Tier krabbelte einsam über die Küchenfliesen. Nachdem ich es bis zur Unkenntlichkeit verstümmelt hatte, stand ich auf und aß wieder Kuchen. Diesmal war ich nicht in der Stimmung, zu jagen. Es war tatsächlich die letzte Ameise, die ich in jenem Jahr umbrachte. Im Sommer waren sie von allein verschwunden; vielleicht hatten sie sich ins Freie zurückgezogen, um das Wetter zu genießen.

Die Backen gebläht vom Kuchen, Krümel auf den Lippen und einen großen Klecks Glasur auf einem Finger, schaute ich nach unten und entdeckte, daß meine Fußknöchel ganz in Fett eingebettet waren. Ich wackelte mit den Fingern, die durch ihr eigenes Gewicht ungelenk waren. Mein alter silberner Ring saß unangenehm eng. Ich war so überrascht, daß ich zu schlucken vergaß, und etwas gekauter Kuchen fiel aus meinem Mund auf den Herd.

Inzwischen pfiff der Kessel, und ich nahm ihn vom Herd und schaltete die Platte aus. Danach stand ich da und sah zu, wie die Glühschlange unter der Platte von Rot zu Orange verblaßte. Die Farbe wich spiralförmig von der Mitte aus. Bald war kein Orange mehr zu sehen, aber die Platte blieb heiß; als ein letzter Wassertropfen aus meinen Haaren auf die Platte fiel, zischte er und löste sich in Luft auf. Die schwarze Heizschlange schien eine größere Ausgabe der Windungen an meinen Fingerspitzen zu sein.

Ich berührte mit den Fingerspitzen der linken Hand leicht die Spirale. Als ob es einen Kurzschluß in dem Stromkreis der Signale von meinem Gehirn an meinen Körper gegeben hätte, zuckte mein Arm aus eigenem Antrieb zurück. Ich zwang meine Finger wieder auf die Platte und fing an, laut zu zählen; meine Stimme klang in der leeren Küche hohl.

»Ein Mississippi, zwei Mississippi, drei Mississippi ...«

Meine Hand begann zu zittern und zu zucken. Ich schaffte es, sie auf der Platte zu lassen, indem ich mit der anderen Hand das Handgelenk nach unten drückte.

»… vier Mississippi, fünf Mississippi, sechs Mississippi …«

Mein Arm und dann mein ganzer Körper zitterten, obwohl ich mit aller Kraft versuchte, mich nicht zu bewegen. Meine Stimme wurde höher und lauter, und ich begann, schneller zu zählen. Ich holte tief Luft und zählte langsamer.

»… sieben Mississippi, acht Mississippi, neun Mississippi …«

Ich knickte so plötzlich zusammen, daß ich erschrak, und ein unmenschlicher Laut ertönte aus dem Nichts und unterbrach mein Zählen. Etwas von meinem Haar streifte über das Metall, und ein scharfer, störender Geruch breitete sich in der Küche aus.

»… zehn Mississippi.«

Langsam nahm ich meine Hand von der Platte. Kleine Stückchen meiner Haut und meines Fleischs blieben an dem Metall kleben, und meine Finger waren roh und hatten schlimme Blasen. Das verbrannte Fleisch roch eigenartig, ganz anders als die versengten Haare. Es war ein Geruch, der mir noch nie begegnet war, stark und Übelkeit erregend und völlig anders als das Aroma von Steak oder Hühnchen. Eine Locke meines Haars war viel kürzer als vorher, und die Spitzen waren zusammengeschrumpft. Winzige Flöckchen Asche hingen daran.

Mit der rechten Hand öffnete ich die Dose mit dem Kuchen und brach mit den Fingern ein großes Stück ab. Ich betrachtete es ein oder zwei Sekunden lang und schob es dann rasch in den Mund.

17. Kapitel

ZWEI TAGE SPÄTER, die Blasen an den Fingern mit Mull verbunden, nahm ich die Subway zur Penn Station und von dort einen Zug nach Garrison. Meine Mutter war gekommen, um mich vom Bahnhof abzuholen, und als ich sie neben dem Auto stehen sah, rührte sich etwas unter der dumpfen Betäubung, die ich empfunden hatte, seit Russia mir in dem Delikatessenladen von Phillips Tod berichtet hatte. Meine Mutter sah zerbrechlich und sehr dünn aus.

In unserer Nähe war eine Familie mit einer lautstarken Wiedervereinigung beschäftigt. Unter fröhlichen »Granny!«-Rufen umarmten und küßten sie eine alte Frau, die aus demselben Zug gestiegen war. Zwei kleine Hunde, die zu ihren Füßen aufgeregt kläfften, trugen zu der Verwirrung bei. Ich hatte meine Mutter seit Anfang Januar nicht mehr gesehen, doch wir begrüßten uns über den zwischen uns stehenden Wagen hinweg.

»Hallo«, sagte sie lächelnd. »Hattest du eine gute Reise?«

»Ja, danke«, sagte ich.

Ich fühlte mich nicht wohl im Auto, als wir nach Hause fuhren. Als wir uns in die Küche setzten, um Tee zu trinken, bemerkte sie meine bandagierte Hand.

»Was ist passiert?« fragte sie.

»Vergiß es.« Ich konnte sie nicht ansehen. »Ich habe mich verbrannt. Du weißt ja, wie ungeschickt ich bin.«

»Laß mal sehen.«

Ihre Augen weiteten sich, als sie meine Finger sah, das Fleisch roh, Eiter zwischen den Hautfalten. »Wir müssen dich in die Notaufnahme bringen. Zieh deinen Mantel an.«

Sie rief im Krankenhaus an, um uns anzukündigen,

und wir gingen wieder hinaus. Sie konzentrierte sich beim Fahren auf die Straße, und ich betrachtete aus dem Fenster die vorbeihuschende, vertraute Gegend. Die Menschen wirkten ebenso vertraut wie die Straßen. Ich dachte, die Kinder seien dieselben, mit denen ich zur Schule gegangen war, verloren in der Zeit, und erst wenn sie sich umdrehten und ich ihre Gesichter sah, wußte ich, daß es nicht dieselben waren.

Meine Mutter schwieg, bis wir auf den Parkplatz des Krankenhauses fuhren.

»Das muß wirklich weh tun«, sagte sie.

»Eigentlich ist es nicht so schlimm.«

Ich sagte die Wahrheit. Wenn ich meine Finger anschaute, wurde mir bei all dem Blut und Eiter ein wenig übel, aber es tat nicht sehr weh. Es war, als gehöre die Hand jemand anderem.

Später an diesem Tag, als wir am Kaminfeuer lasen, streckte ich die linke Hand aus und untersuchte die Finger. Jede Fingerspitze war mit merkwürdig riechenden Chemikalien bestrichen und sauber verbunden. Weil der Arzt sich wegen einer Infektion sorgte, hatte ich auch ein Fläschchen mit Antibiotika bekommen. Als ich die Hand ausstreckte, um mein Buch vom Tisch zu nehmen, sah ich, daß meine Mutter mich über ihre Zeitschrift hinweg beobachtete. Nachdem sie die Lesebrille abgenommen hatte, die sie in diesem Jahr zu tragen begonnen hatte, wischte sie sie sorgfältig mit ihrem Taschentuch ab. Sie hielt sie ins Licht und musterte sie, während sie sprach.

»Du mußt Phillip sehr vermissen.«

Ich nickte.

»Versuche, dich zu beschäftigen«, sagte sie. »Dann vergeht die Zeit schneller. Im Sommer wirst du dich schon besser fühlen.«

Ich nickte, zu müde, um zu sprechen, obwohl mir in den Sinn kam, eine Bemerkung über die seltsame Tatsache zu machen, daß meine Mutter, die Königin langanhaltender Trauer, mir sagte, es werde mir schon nach einem halben Jahr bessergehen.

Sie lächelte scheu, aber als sie wieder sprach, konnte ich die Sorge in ihrer Stimme hören. »Um dir zu helfen, dich zu beschäftigen«, sagte sie, »habe ich ein Geschenk für dich.«

»Aber morgen ist dein Geburtstag«, sagte ich. »Und ich habe nichts weiter für dich als Schokolade …«

»Macht nichts«, sagte sie und reichte mir den Umschlag.

Ich öffnete ihn und fand ein Saisonabonnement für die Carnegie Hall.

»Ich wünschte, ich könnte mit dir gehen«, sagte sie. »Aber in letzter Zeit ermüdet es mich so, wenn ich reise.«

Ich dankte ihr und zwang mich, begeistert zu klingen. Sie lächelte wieder, setzte die Brille auf, nahm ihre Zeitschrift zur Hand und begann wieder zu lesen, aber am Ende des Abends, auf dem Weg in ihr Schlafzimmer, legte sie eine ihrer verkrümmten Hände kurz auf meine Schulter. Ich dankte ihr nicht, und so wußte sie nicht, wieviel es mir bedeutete, glaube ich, wie gut es tat, sich an die Stärke eines anderen Menschen anzulehnen, und sei es nur für einen flüchtigen Augenblick.

Wenn meine Großmutter zwischen ihren Geschichten eine Pause einlegt und sich vorbeugt, um von ihrem Tee zu trinken, dann werde ich nach ihrer Hand greifen. Weißt du, werde ich sagen, weißt du, wie dankbar ich bin, daß du hier bist?

In Phillips Abwesenheit hatten sich meine Eßgewohnheiten verändert, aber so allmählich, daß ich es zuerst nicht bemerkt hatte. Es fing ganz unschuldig an, aus einem Wunsch heraus, die Dinge so zu lassen, wie sie waren, bevor er fortging. Ich pflegte ein Pfund Geleefrüchte zu kaufen, weil das die Menge war, die Phillip und ich kauften, wenn wir etwas Süßes wollten; nach dem Abendessen machte ich drei Tassen gebuttertes Popcorn, weil das die Menge war, die wir immer machten. Da ich daran gewöhnt war, im Delikatessenladen sonnengetrocknete Tomaten und drei verschiedene Käsesorten zu verlangen, tat ich das weiterhin, und natürlich waren vier Bagels mit Frischkäse am Sonntagmorgen eine geheiligte Tradition. Je mehr ich aß, desto mehr wollte ich, und spätabends fing ich an, zu den koreanischen Geschäften zu gehen, die immer geöffnet hatten, und kaufte ganze Tüten Kekse.

Phillips Körper war unter Schnee begraben worden. Schnee ebnete seine Nase und seinen Mund ein und stoppte seinen Atem; sein Gewicht drückte Phillips Fleisch zusammen und brach seine Knochen, und schließlich ließ er seine inneren Organe gefrieren. Ich aß Phillips Nahrung für ihn. Ich aß, weil ich lebte, während er tot war, und weil das rhythmische Kauen mich zumindest für eine Weile vom Denken abhielt.

Mein Körper schien mir nicht zu gehören, er war nur eine schändliche, schwere Bürde, die ich zu tragen hatte: eine Strafe für uneingestandene Sünden. Wegen der Blicke der Leute verließ ich die Wohnung ungern. Ich ließ meine Haare lang wachsen und trug sie nach vorn gekämmt, so daß sie meine Brüste und meinen Bauch bis zum Bauchnabel verdeckten. Ich trug die Kleider, die ich nicht mehr getragen hatte, seit ich ein Teenager war, formlose Pullover, groß genug, um darin zu ertrinken.

Während des Wochenendes, das ich zu Hause verbrachte, erwähnte meine Mutter das Gewicht, um das ich zugenommen hatte, mit keinem Wort. Damals war ich dankbar für ihr Taktgefühl, aber wenn ich zurückblicke, halte ich es eher für wahrscheinlich, daß sie es einfach nicht bemerkte. Obwohl ich damals dachte, es sei ein Fehler, wenn die Waage im Haus meiner Mutter anzeigte, daß ich nur acht Pfund zugenommen hatte, muß ich jetzt einräumen, daß der einzige Fehler bei mir lag und die Veränderung meines Körpers nur in meinem Kopf stattfand.

Im Spiegel erwartete ich, Yukiko zu sehen, nicht meine schöne, selbstsichere Großmutter, sondern den übergewichtigen Teenager, der ironischerweise den gleichen Namen trug, ein Mädchen, das unter seinem Mangel an Anmut und Schönheit litt. Wenn ich ins Badezimmer ging und statt dessen den ruhigen Liebreiz meines Gesichts sah, unbeeinträchtigt von dem monströsen Körper, den ich unter meinen Kleidern versteckt glaubte, war ich sicher, daß der Spiegel mir einen Streich spielte. Denn wenn das Schicksal aus einer plötzlichen Laune heraus befindet, daß jemand, der so jung ist wie Phillip, sterben muß, wem oder was kann man dann noch trauen?

Nach Phillips Abreise weinte ich nicht, aber im April, zwei Monate, nachdem ich von seinem Tod gehört hatte, drei Monate, nachdem Pferd dem verführerischen Gesang des Vollmonds erlegen und über die Feuertreppe geflohen war, wachte ich mitten in der Nacht auf, bewegte vorsichtig die Beine, um nicht aus Versehen unseren Kater zu treten, und begann zu weinen, ohne es zu merken. Von Alpträumen verwirrt und schlaftrunken setzte ich mich auf und begann, am Ende des Betts herumzutasten. Während meine Hände das Fell meines

Trösters suchten, rief ich flüsternd nach ihm, sicher, jeden Augenblick auf seinen warmen, behaarten Körper zu stoßen.

»Pferd? Pferd, komm her ... miez miez miez.« Ich habe ein riesiges Bett, und ich suchte mindestens dreimal jeden Zentimeter ab. Ich rief weiter nach ihm, während ich mir mit dem Ärmel meines Nachthemds die Augen abwischte und aufstand. Der Boden war kalt unter meinen nackten Füßen.

»Pferd, Pferd, Pferd«, sagte ich. Ich tappte durch den Flur und stolperte über den Teppich. Ich hätte eine oder alle Lampen einschalten können, aber ich verließ mich allein auf das schwache Licht im Flur. Im Wohnzimmer suchte ich Pferd in seinem Korb und dann in seinem Lieblingsversteck zwischen Heizung und Bücherregal. Ich putzte mir mit einer Serviette, die ich auf dem Couchtisch hatte liegenlassen, die Nase. Ich hörte nicht zu weinen auf und rief immer weiter seinen Namen. In der Küche ging ich direkt zu der Stelle, wo ich seinen Napf aufbewahrte, aber erst, als ich durch die Gardinen am Fenster die Stäbe der Feuertreppe sah, fiel mir wieder ein, daß Pferd verschwunden war.

Seinen Namen wiederholend, brach ich auf dem Küchenboden zusammen, und es dauerte lange, bis ich mich wieder ins Bett schleppen konnte. Ich schrie nicht und trat nicht und schluchzte nicht einmal sehr laut; ich weinte einfach stetig die ganze Nacht hindurch. Es war mein Körper, der das Gewicht der Tränen nicht mehr aushalten konnte, die ich seit Jahren zurückgehalten hatte. Sie waren scheinbar endlos und schrecklich bitter, jeder Tropfen eine frische Erinnerung an jeden einzelnen Schmerz, so daß ich, während ich weinte, nicht nur um Pferd trauerte, sondern auch um Phillip, um die Liebe meines Vaters und die Hände meiner Mutter.

Im Juni, einen Monat, bevor ich Eric kennenlernte, hielt mich in der Subway ein kleiner Mann mit brennenden Augen an. Er spähte unter einem lächerlichen Strohhut hervor; sein Gesicht schien mir völlig fremd, und es dauerte einige Zeit, bis ich in ihm einen Kommilitonen aus Princeton erkannte. Ich konnte mich nur noch erinnern, daß er eine Art Mathegenie gewesen war und es gehaßt hatte, sein Zimmer mit einem Footballspieler teilen zu müssen, mit dem ich eine Weile gegangen war. Zum Glück nannte er selbst seinen Namen, denn allein wäre er mir niemals wieder eingefallen.

Wir redeten über die üblichen Dinge, College und Karriere und andere Kommilitonen; er schien einen bescheidenen Erfolg erreicht zu haben. Schließlich ging das Gespräch zu Ende.

»Merkwürdig«, sagte er und hielt dann inne, den Kopf zur Seite geneigt. Ich wollte ihm schon sagen, ich müsse gehen, als er plötzlich den Kopf schüttelte. »Du hast dich so verändert.«

Ich zuckte mit den Schultern. »Wir haben uns alle verändert, nicht?«

Stirnrunzelnd schüttelte er wieder den Kopf. »Nicht so sehr«, sagte er. »Aber du wirkst wie ein anderer Mensch. Im College hast du dauernd über alles gelacht, als wäre nichts auf der Welt wichtig. Ich habe dich verachtet, weil ich dich für oberflächlich hielt. Ich war wirklich in dich verknallt, aber gleichzeitig habe ich dich verachtet.«

Er war häßlich, aber auf eine interessante Weise, und ich mochte ihn wegen seiner Unverblümtheit. Und ich war körperlich erregt bei dem Gedanken, daß er eine geheime Leidenschaft für mich hegte und sich vielleicht selbst berührte, wenn er sich mich im Dunkeln vorstellte. Als ich ihn auf einen Drink in meine Wohnung einlud, nahm er an, und nachdem ich ihm drei Flaschen von Phillips altem Bier gegeben hatte, um ihm Mut zu machen, ging ich mit ihm ins Bett.

Das war der einzige Sex, den ich während mehrerer Monate hatte. Er überraschte mich, indem er mir im Bett ziemliche Lust verschaffte, aber hinterher, als ich in seinen Armen lag, fühlte ich mich einsamer als zuvor. Da wußte ich, wie sehr ich mich verändert hatte. Statt zu lügen und seinen Anrufen auszuweichen, sagte ich ihm ins Gesicht, ich wolle ihn nicht wiedersehen. Seinen Hut in der Hand, dankte er mir ernst, bevor er nach Hause ging.

Siebzehn Monate sind vergangen, seit ich mir am Herd die Finger der linken Hand verbrannt habe. Die Blasen sind längst verheilt, aber die Haut ist anders: härter und zäher, gespannt und fast glänzend, die winzigen Rillen abgeflacht, die kleinen Vertiefungen ausgefüllt und ohne verschlungene Linien. Meine Finger sind leer. Wo einst ein fein ziseliertes Muster eine einzigartige und feste Identität anzeigte, ist nur noch die leere Glätte eines unbeschriebenen Bogens Papier. Wenn ich könnte, würde ich jetzt gern dasselbe mit meinen Erinnerungen tun.

Russia hatte mir an dem Abend, an dem ich Phillip das erste Mal sah, gesagt, er sei nicht mein Typ. Vielleicht hatte sie recht. Er führte in seinem winzigen Apartment in der 99th Street, einer von vielen provisorischen Behausungen, das Leben eines Asketen. Sein Zimmer war sauber, aber es roch immer nach Schimmel, und die Wände blätterten ab und waren gewöhnlich ein bißchen feucht. Dennoch hätte ich dort mit ihm glücklich sein können; das Problem war nur, daß er mich nie einlud, es zu teilen.

Er war von Natur aus schwer zu fassen. Früher hatte er Priester werden wollen. Als ich ihn fragte, warum er seinen Kindheitstraum aufgegeben hatte, lachte er und sagte, das Fleisch sei schwach. Ich zuckte bei diesem Lachen zusammen. Er war dauernd unterwegs und unberechenbar, was Frauen und auch Orte anging, und noch heute bin ich unsicher, ob unsere Freundschaft überhaupt etwas Besonderes war. Vielleicht war ich nur eine in einer langen Reihe vorübergehender Freundinnen, und er war vielleicht nur ein Schwarm, eine intensive, aber substanzlose Leidenschaft, dazu verdammt, kurzlebig und ebenso unbefriedigend zu sein wie die anderen Liebhaber in meiner Vergangenheit. Wenn ich ein paarmal mit ihm geschlafen hätte, hätte er vielleicht den gleichen Weg genommen wie all die Tennisspieler auf dem College oder der schlaksige Bursche aus dem Debattierclub, oder sogar meine älteste Liebe, Hamlet, der Prinz von Dänemark: undeutlich erinnerte Gefühlsquellen, eher ein Grund zum Lachen als zur Nostalgie. Während ich auf dem Sofa liege, das Haar vorne noch naß von dem Angstschweiß, der mir im Park ausbrach, sage ich mir, daß der einzige Unterschied zwischen Phillip und all meinen Exliebhabern darin besteht, daß ich nie eine Chance hatte herauszufinden, wie weit die Realität hinter der Phantasie zurückblieb.

Eric und ich passen zueinander. Ich habe viele Liebhaber gehabt, aber fast keine männlichen Freunde, schon gar nicht jemanden wie ihn. Obwohl unser Berufsleben in unterschiedlichem Rhythmus verläuft, läßt es sich mühelos miteinander vereinbaren. Wir lieben beide unsere Arbeit und bringen sie mit nach Hause; wir stören einander nicht, wenn wir arbeiten, und wir unterstützen uns gegenseitig. Von Anfang an waren in unserem häuslichen Leben nur wenige Kompromisse erforderlich.

In den letzten fünf Monaten haben Eric und ich so gut wie zusammengelebt. Unsere Kleider hängen in den Schränken des jeweils anderen, und alle mögliche Unterwäsche liegt bunt gemischt in Schubladen und Körben.

In unseren Badezimmern berühren sich unsere Zahnbürsten. Ich liebe ihn; mehr noch, ich brauche ihn.

Obaasama, werde ich sagen. Großmutter, war die Liebe zu Sekiguchi für dich auch so – hat sie sich so leise angeschlichen, daß du monatelang nicht merktest, daß sich etwas verändert hatte? Und wenn du dein Glück auf eine zweite, ruhigere Romanze gesetzt hast, wer bin ich dann, um wegzulaufen, wenn eine solche Liebe durch meine Tür kommt?

Wenn meine Großmutter jetzt hier wäre, könnte sie dabei helfen, all diese Fragen zu klären. Niemand ist besser qualifiziert, denn sie weiß nicht nur, wie es ist, eine Liebe für eine andere hinter sich zu lassen, nach Sekiguchis Tod weiß sie auch, wie es ist, etwas für immer festhalten zu wollen.

Wenn ich mich auf die Ellbogen stütze, sehe ich Phillip mir gegenüber auf dem Sofa sitzen. Er ist fast in Reichweite, seit langem ist er nicht mehr so nah gewesen. Eine halbvolle Tasse Tee, die ich heute nachmittag auszutrinken vergessen habe, steht vor ihm auf dem Couchtisch, und seine langen Beine sind gekreuzt. Eine züchtige Hand liegt wie zufällig über seinen Genitalien. Wenn er nicht nackt und stellenweise durchsichtig wäre, könnte man uns leicht für zwei Leute halten, die in der Nacht vornehm miteinander Tee trinken.

»Du bist nicht real«, sage ich zu ihm. Meine Stimme klingt in der Stille des Raumes laut und hart. »Du bist eine Einbildung. Ein Gespenst, geboren aus Einsamkeit und Verzweiflung.«

Er rührt sich nicht. Wie immer verbirgt die Unbeweglichkeit seines Gesichts seine Gedanken. Er beobachtet mich aufmerksam, als warte er darauf, daß ich ihm das Ende einer Geschichte erzähle.

Ich wünschte, wir würden uns bewegen. Seine Lippen sind versiegelt, und seine Augen wirken durch die unverwandte Intensität seines Blickes kalt. Ich kann sein Starren nicht lange ertragen und schaue statt dessen auf meine Zehen. Lange sitzen wir schweigend da.

»Ich kann nicht von dir abhängig sein«, sage ich schließlich. Ohne daß ich es wollte, ist das eine Entschuldigung.

Ich wende meine Aufmerksamkeit nach innen, fort von der physischen Gegenwart, die ich vor mir habe, und kann mein Herz hören, als ich den Telefonhörer aufnehme.

Erics Anrufbeantworter meldet sich. Ich beginne am Ende seiner Ansage zu sprechen, nach dem Pfeifton.

»Hallo, Eric, ich bin's... Ich möchte dich sehen. Bitte, ruf mich an – ich will nicht betteln – na ja, ich schätze, ich bettle doch.«

Ich lege den Hörer auf. Meine Hände sind klamm, meine Fingerspitzen kalt. Phillip ist fort, als ich aufblicke, doch noch viele Minuten danach sitze ich da und betrachte die Delle, die sein Gewicht in dem Kissen hinterlassen hat. Ich frage mich, ob er auf einem Bergpfad in Nepal Fußspuren hinterlassen hat oder ob auch sie im Schnee begraben und verloren sind.

Großmutter, werde ich sagen, Phillip ist tot, weißt du. Phillip ist gestorben, und ich möchte mein Leben nicht mit seinem Geist verbringen.

Obaasama, werde ich sagen (und um Bestätigung bitten), tue ich das Richtige? Nach allem, was du durchgemacht hast – was würdest du an meiner Stelle tun? Tatsächlich, werde ich sagen (und sie direkt ansehen, sie, die noch immer so schön ist trotz ihrer Jahre, trotz der neuen Falten, die sich nach Sekiguchis Tod eingestellt haben und wie Messerschnitte in ihrem Gesicht aussehen), was würdest *du* tun, wenn die Liebe noch einmal an deine Tür klopfen würde?

Aber die letzten Worte sind überhaupt keine Frage, die ich jemals stellen werde, denn schon als ich daran denke, kann ich meine Großmutter lachen hören und sehe innerlich eine Tür vor mir, die sich einen Spaltbreit öffnet, um dann schnell wieder zuzufallen.

18. Kapitel

ALS DIE GESCHICHTE in Form eines grausamen Krieges meine Großmutter Yukiko einholte, war sie schon verheiratet.

Mit jeder Bombe, die fiel – und das waren sehr viele –, wurden mehr und mehr Häuser zerstört, und mehr und mehr Leute flohen aufs Land. Straßen, in denen es von Menschen gewimmelt hatte, waren fast leer, und Läden, die einst Kleider und Juwelen ausgestellt hatten, waren den Bomben überlassen. Der Regen fiel in ausgebrannte Häuser.

Oft schrillte die Sirene, die Luftalarm gab, und dann nahm Yukiko ihre drei Kinder und rannte hinaus in den Luftschutzbunker, den sie und ihr Mann im Garten gegraben hatten. Dort hockten sie und rochen die feuchte Erde und einander, bis die Bombe fiel oder die Gefahr vorbei war und eine weitere Sirene ihnen sagte, daß es ungefährlich war, ins Freie zu kommen. Eine Bombe hatte in ihrer Schule einen Lehrer getötet; eine andere ein Mädchen aus der Nachbarschaft, das mit seinen drei Jahren genauso alt war wie damals mein Onkel Tadashi. Die Kinder allerdings langweilten sich im Bunker mehr, als daß sie Angst hatten, denn dort gab es nichts zu tun außer dem Versuch, einen Blick auf die Bomben zu werfen, die so laut und spektakulär wie ein Feuerwerk waren, und sich Yukikos Geschichten anzuhören.

Während sie herumzappelten, gähnten und im Dunkeln über Hunger klagten, erzählte sie ihnen von ihrer Kindheit im Norden und sogar ein paar ausgewählte Details aus ihrem Leben als Geisha. Als Kinder verstanden sie nicht all ihre Geschichten – später als Erwachsene übrigens auch nicht –, und die Erzählungen im Bunker fehlten ihnen nicht, als sie aufs Land zogen, um vor den Bomben zu fliehen.

Wie Tokio hatte sich auch Yukiko verändert. Sie litt nicht mehr unter Armut und den beunruhigenden Wachstumsschüben der Pubertät, sie war von ihren Verpflichtungen als Geisha befreit und endlich sicher in ihrem Recht auf Sekiguchis ganze Liebe und Aufmerksamkeit, und sie war aufgeblüht und zu der heiteren Frau geworden, die sie von Natur aus eigentlich war. Auf dem Land spielte sie mit ihren Kindern und machte ein Spiel aus dem Fangen der Grashüpfer, die sie später brieten und mit einigen wenigen kostbaren Reiskörnern aßen, und sie lachte mit ihnen und ließ sie ihre Klagen über die Gemeinheit der Dorfkinder vergessen. Bei zwei denkwürdigen Anlässen schürzte sie den Rock ihres Kimonos und kletterte auf einen Baum; damit bewies sie, daß sie unter dem Äußeren einer großen Dame noch immer der Wildfang war, der schneller laufen, weiter springen und höher klettern konnte als seine Brüder.

Doch nur ihre Kinder, ihr Mann und ihre Dienstboten bekamen diese Seite von ihr zu sehen. Während ihre Nachbarn und die Ehefrauen von Sekiguchis Freunden in Tokio immer tadellos höflich zu ihr waren, gaben sie ihr auf subtile Art zu verstehen, daß sie sie wegen ihres früheren Berufes verachteten und ihr nicht verzeihen konnten, daß sie den Platz von Sekiguchis erster junger Frau usurpiert hatte, die wegen ihres Liebreizes von allen geliebt worden war. Sie warfen Yukiko das Verbrechen vor, sich ihren Weg in Sekiguchis Bett und Heim erschlichen zu haben, und sie befanden sie für schuldig; sie glaubten, sie habe ihn aus Berechnung geheiratet, wegen seines Geldes und seiner Stellung. Sie verurteilten ihre Liebe zum Luxus und ihre Sammlung von Kimonos und die Sorgfalt, mit der sie ihre Schönheit pflegte. Es gab sogar Gerüchte, Yukiko habe Eiko vergiften lassen. Kaum jemand behauptete, sie habe Sekiguchis junge Frau tatsächlich umgebracht, aber die meisten waren sich darüber einig, daß die ehrgeizige Geisha Eiko viel Kummer gemacht und damit zu ihrem frühen Tod beigetragen hatte: An dem Tag, an dem sie Eiko aufgelauert und sie in ihrer Sänfte gesehen hatte, war Yukiko beobachtet worden, nicht nur von Eiko, sondern von mindestens noch einer Person aus der Stadt. Zu den Gerüchten, die Yukiko umgaben, gehörte folglich auch die Geschichte, sie habe vor Eiko mit ihrer Gesundheit, ihrem teuren Kimono und ihrer Schwangerschaft prahlen wollen.

Es gab noch einen weiteren Grund, warum die feine Gesellschaft Tokios sie schief ansah: Man beneidete und haßte sie auch wegen der Duldsamkeit ihres Gatten. Denn ihre Ehe war nicht nur durch ihre Entstehung ungewöhnlich.

Als Geisha war sie darin geübt, mit Männern zu scherzen und auch intelligente Gespräche zu führen, und das tat sie auch noch, als sie eine verheiratete Frau war. Wenn Geschäftsfreunde von Sekiguchi zu Besuch kamen, begrüßte Yukiko sie nicht nur und servierte Tee, sondern war bei ihren Diskussionen anwesend und nahm manchmal sogar daran teil, was den Gästen sehr unbehaglich war. Obwohl ihre Bemerkungen oft verwirrend direkt waren, schenkte Sekiguchi ihnen die gleiche ernste Aufmerksamkeit wie den Kommentaren seiner Freunde, die keine andere Wahl hatten, als es ihm gleichzutun. Und als ob das in den Augen der feinen Gesellschaft Tokios nicht schon genug gewesen wäre, begleitete sie ihren Mann auch auf allen Geschäftsreisen, nach Europa, China, Nordafrika und sogar nach Kanada, obwohl sie es nie ganz bis in die Vereinigten Staaten schafften. Während Sekiguchi sich stundenlang seinen geschäftlichen Besprechungen widmete, streifte sie allein durch fremde Städte. Mit Phillip hatte sie die Liebe zu Landkarten gemein. Sie konnte ganze Tage mit ihrer Betrachtung zubringen, so daß sie, wenn sie in einem Atlas blätterte, sofort auf das Dutzend Länder, das sie besucht hatte, zeigen und mit dem Finger der Reiseroute folgen konnte.

Einerseits warf man ihr vor, aus kaltblütiger Berechnung eine Ehe ohne Liebe geschlossen zu haben, und andererseits beneidete man sie um den Erfolg ebendieser Ehe, so daß Yukiko sich auf die Zurückhaltung besann, die ihr als Geisha gute Dienste geleistet hatte, und in der Öffentlichkeit immer reservierter wurde. Wenn sie sich in ihrer zumindest teilweise selbstauferlegten Isolation von der Gesellschaft Tokios jemals einsam fühlte, so haben das zumindest ihre Kinder niemals gemerkt. Dennoch war es sicher nicht hilfreich, daß sie jetzt eine Position zu wahren hatte und deshalb auf die Gesellschaft all ihrer Geishafreundinnen verzichten mußte.

1943, zwei Jahre nach Beginn des Krieges, lebte sie schon acht Jahre mit Sekiguchi und war drei Jahre mit ihm verheiratet. Aber wenn sie mit ihrer Tochter durch die Stadt spaziert war und sich müde auf den Heimweg machen wollte, führten ihre Füße sie unweigerlich durch ein Gewirr von Gassen zu ihrer alten Heimat, dem Haus der Geishas.

Indem sie den wohlhabenden und einflußreichen Sekiguchi geheiratet hatte, hatte Yukiko das Recht verwirkt, in dieses Haus zurückzukehren. Ganz in die Vorbereitungen ihrer Hochzeit vertieft, hatte sie diese Angelegenheit zunächst nicht gründlich genug durchdacht; erst als sie tatsächlich von ihrer ältesten Freundin Abschied nahm, wurde ihr der volle Preis ihrer Heirat bewußt.

Meine Großmutter verabschiedete sich von Kaori direkt vor dem Restaurant, in dem sie seit Jahren zusammen zu Mittag gegessen hatten. Es war ein blendend heller Tag, doch am Himmel standen ein paar Wolken, und während sie sich unterhielten, begann es leicht zu regnen. Sie mußten unter der Markise des Nudellokals Schutz suchen.

In Japan assoziiert man Regenschauer bei Sonnenschein mit Magie, mit Füchsen, die die Gestalt verführerischer Frauen annehmen (wobei sie sich nur durch ihre langen Nasen und von hinten durch das Aufblitzen eines roten Fells unter dem Saum des Kimonos verraten), und auch mit dem Gefühl, daß etwas Unerwartetes geschehen wird; etwas prosaischer verbindet man sie auch mit den Frühlings- und Sommermonaten. Yukiko und Kaori hatten beim Mittagessen um das eigentliche Thema herumgeredet – die Hochzeit, die am nächsten Tag stattfinden sollte, und ihre bevorstehende Trennung –, und jetzt, während sie sich vor dem Restaurant unter der Markise duckten, begannen sie eine lebhafte Diskussion über die Unwahrscheinlichkeit eines Regenschauers bei Sonnenschein im November.

»Das ist ein gutes Omen für deine Hochzeit«, sagte Kaori schließlich etwas scheu.

Yukiko schaute auf die plumpe Frau mit dem lieben Gesicht nieder, die in ihrer ersten Nacht im Geishahaus in ihren Futon geschlüpft war, und sie wußte plötzlich, daß ihre erste Liebe zu Jun in ihrem Gedächtnis längst zu einem Idyll geworden war (eine ferne Erinnerung an atemberaubende Küsse und schwüle Nachmittage), daß sie aber Kaori immer vermissen würde, sosehr sie sich auch bemühte, den Gedanken an ihre alte Kameradin zu verdrängen.

Sie waren einmal so unzertrennlich gewesen, daß sie keiner auseinanderhalten konnte. Kaori hatte all ihre Anfälle von Heimweh sowie den Verlust ihrer Jungfräulichkeit miterlebt, der im Wortsinn, aber nicht im übertragenen Sinn die Erde hatte beben lassen; während sie sich an die Notwendigkeit gewöhnten, Männern zu schmeicheln, sie zu necken und zu betören, fühlten sie sich davon abgestoßen, und gemeinsam hatten sie gelernt, wie erfrischend es war, sich über die Mischung aus Täuschung und Unsicherheit totzulachen, die die meisten Männer charakterisierte. Kaori war durchaus keine kritiklose Freundin und hatte Yukiko gescholten, weil sie sich in Jun verliebt hatte, aber dann hatte sie ihr unter erheblichen Gefahren für ihre eigene Stellung im Geishahaus geholfen, ihn heimlich zu treffen. Kaori war dagewesen und hatte Geduld angeraten, als Yukiko dachte, sie habe bei dem Spiel um Sekiguchi verloren, weil er zu seiner Frau zurückging; sie war auch dagewesen, als er wiederkam.

»Du hattest es nicht leicht, nicht wahr?« fragte Yukiko. »Als meine Freundin, meine ich.«

Kaori sah ein paar Augenblicke schweigend zu ihr auf, und Yukiko hörte nur das Geräusch des Regens. Dann grinste Kaori und sagte trocken: »Manchmal kannst du so dumm sein ...«

Yukiko hatte nicht geweint, als sie sich zum Abschied vor ihren Brüdern verneigte; sie hatte nicht geweint, als ihr Vater sich auf seine Art dafür entschuldigte, daß er sie für die Familie geopfert hatte; sie hatte nicht einmal eine Träne vergossen, als ihre Mutter sie zum letztenmal schluchzend umarmte. Deshalb war zu erwarten, daß ihre Augen auch trocken bleiben würden, als Kaori ihre rundlichen Arme hob und sie zum Abschied rasch und fest umarmte.

Doch als ein Windstoß den Regen zu ihnen wehte und sie beide durchnäßte, was sie ein bißchen hysterisch kichern ließ, war unmöglich zu erkennen, ob die Tropfen (glitzernd und funkelnd im Sonnenschein) auf ihren Gesichtern vom Himmel oder aus ihren Augen kamen.

Als Tochter eines Bauern und seiner kindlichen Frau empfand Yukiko vielleicht verzeihlichen Stolz, wenn sie ihre gesunden Kinder und ihren wichtigen Gatten betrachtete. Sie trug den Kopf hoch, wenn sie durch die Stadt ging, und kleidete sich mit der Eleganz und dem Stil einer geborenen großen Dame. Sie war, wenn überhaupt, fast zu elegant, um aristokratisch zu sein; ihr natürlicher Geschmack in modischen Dingen unterschied sie von diesen größtenteils formlosen Frauen, die ihre edlen, schlechtsitzenden Kleider wie einen Orden trugen. Yukikos Sammlung von Kimonos war groß, und jeder einzelne war nicht nur teuer, sondern stand ihr auch. Noch lieber, als sie zu tragen, streifte sie im Garten zwischen ihnen umher, wo sie zweimal jährlich nach dem Waschen aufgehängt wurden. Mit ihren im Wind hin und her schwingenden Ärmeln erinnerten die Kimonos sie an die Vogelscheuche, die sie und ihre Brüder aus Stöcken und Lumpen vom Müllplatz gemacht hatten. Ihre Kinder spielten zwischen den Kimonos, während sie trockneten.

Yukikos Schönheit war zu Recht berühmt, obwohl sie sich noch immer über die Größe ihrer Brüste und Füße ärgerte, und auf den wenigen Festen, die sie besuchte, glänzte sie. Auf der Straße murmelten die Leute und drehten sich nach ihr um, wenn sie vorbeiging. Keines ihrer Kinder hatte ihr Aussehen geerbt. Als Babys und Kinder waren sie reizend anzusehen, aber letztlich durchschnittlich, und das sollten sie auch als Erwachsene bleiben.

Sie genoß die leichte, unkomplizierte Beziehung zu ihrem jüngsten Sohn; fairerweise muß man sagen, daß das jedem so ging, denn Tadashi war ein fröhliches Kind, immer heiter und ohne einen schweren Gedanken im Kopf. Zu ihrem älteren Sohn war sie härter und setzte ihn unter erheblichen Druck, damit er in der Schule gute Leistungen vollbrachte, aber Isamu, der sowohl tüchtig als auch gehorsam war, schaffte es, ihren Anforderungen zu entsprechen. So hatte nur meine Mutter Auseinandersetzungen mit Yukiko, und das heftig und häufig.

Doch keines ihrer Kinder wußte so recht, was es von Yukiko halten sollte. Sie liebten ihren Vater abgöttisch und verehrten ihn, doch Yukikos fast fremdartige Schönheit machte sie verlegen, und als Kinder wünschten sie sich oft, sie würde wie andere Mütter aussehen und sich benehmen. Dabei war Yukiko diejenige, die ihre Kinder erzog. Sie weckte sie morgens, bereitete ihnen all ihre Mahlzeiten, begrüßte sie nachmittags, wenn sie aus der Schule kamen, und hörte normalerweise zu, wenn sie über ihr Leben sprachen. Sie schimpfte mit ihnen, wenn sie zu lange draußen im Regen geblieben waren und naß und bibbernd nach Hause kamen. Sie konnte extravagante Spiele erfinden, wie etwa als sie auf Bäume kletterte – aber sie hielt, vielleicht in Erinnerung an ihre eigene Mutter, die zärtlich und warmherzig gewesen war, sie aber dennoch hatte ziehen lassen, immer eine gewisse Distanz zu ihren Kindern.

Tief in ihrem Inneren wußte sie, daß sie zu kühl zu ihnen war. Aus diesem Grund blieb sie (von der erblichen Schlaflosigkeit geplagt, die alle weiblichen Mitglieder meiner Familie quält) abends lange auf und schrieb. Diese schrecklichen Stunden im Luftschutzbunker, in denen sie ihre Kindheit wie ein Spielzeug hervorgeholt hatte, um ihre Söhne und ihre Tochter zu unterhalten, hatten ihr ihre Sterblichkeit und den Wunsch bewußtgemacht, ihre Kinder mit ihrem Leben bekannt zu machen. Und so begann sie, ihr Leben für sie aufzuschreiben, und ließ ihren Füllfederhalter nächtelang über das Papier gleiten. Als ihre Notizbücher sich zu stapeln begannen, nahm sie vom höchsten Schrank ihres Schlafzimmers eine Teedose, die außen schwarz und innen rot lackiert war – das einzige Besitztum, das sie aus ihrer fernsten Vergangenheit behalten hatte. Sie steckte die Bücher hinein und stellte zufrieden fest, daß sie ebenso exakt hineinpaßten wie früher ihr Haar.

Als ein Jahr nach der Evakuierung der Familie aufs Land, wo gebratene Grashüpfer ein erlesenes Festmahl darstellten, Tadashis Haar auszufallen begann, war es meine Mutter Akiko, die das als erste bemerkte. Er spielte auf dem Barren eines nahen Spielplatzes und versuchte vergeblich, seine ältere Schwester, deren Höhenangst nicht nur Brücken, sondern auch Turngeräte einschloß, zum Mitmachen zu bewegen. »Schau«, sagte Tadashi, »das ist kinderleicht.« Er schwang sich zurück und hing mit dem Kopf nach unten. Seine kurzen Hosen verschoben sich und gaben seinen Bauchnabel und seine gestreifte Unterwäsche frei.

Akiko starrte.

»Es ist viel einfacher, als es aussieht«, erklärte Tadashi, inzwischen rot im Gesicht, der noch immer mit dem Kopf nach unten hing.

Mit offenem Mund konnte Akiko nur auf den Kopf ihres Bruders zeigen.

Als sie die eiförmige kahle Stelle auf Tadashis Kopf ihrer Mutter zeigten, seufzte Yukiko nur, denn sie hatte schon lange geargwöhnt, daß ihre Kinder bei der Diät aus Grashüpfern, Reis und Kartoffelmehl unterernährt sein könnten. Fast ständig litten sie an Durchfall. Yukiko war so in ihre Gedanken vertieft, daß sie sich gerade noch erinnerte, Tadashis Kopf zu tätscheln, um ihn zu trösten.

Sie ging an ihre Kommode, wählte ihren schönsten Kimono und faltete ihn zu einem ordentlichen Quadrat aus Blau und Gold; dabei dachte sie ständig an einen Tag vor nicht ganz vierzehn Jahren, als ihre eigene Mutter sie in einen von einer Kusine geliehenen Kimono steckte. Nachdem sie Isamu gesagt hatte, er solle zu Hause bleiben und auf Tadashi aufpassen, nahm Yukiko Akiko fest bei der Hand und trat ins Freie. Es war Oktober, Yukikos liebste Jahreszeit. Die Bäume waren rot und golden, die Abendluft kühl und windig.

Sie klopften bei einem Bauernhaus an, das sogar noch kleiner und schäbiger war als ihres. Die Frau des Bauern war gehässig und unhöflich; sie haßte Yukiko wegen ihres städtischen Gehabes, ihrer Eleganz und sogar ihrer Größe. Yuki-ko verbeugte sich tief, benutzte die respektvolle Anrede, bot der Frau den Kimono an und bat um Lebensmittel. Akiko, die neben ihr saß, verbeugte sich ebenfalls, so daß ihre dunklen Köpfe wie polierte Zwillingssteine den Boden berührten.

Bei einem der eher paradoxen Ereignisse der japanischen Geschichte sprach der Kaiser das erste Mal im Radio zu den Japanern, doch man verstand ihn nicht. Lange hatte man ihn als Gott angesehen, Bilder von ihm hingen an den Wänden aller Klassenzimmer und in Schreinen in privaten Gebäuden. Er sprach einen eigenen Dialekt. Bis er bei seiner Rundfunkansprache Japans Kapitulation in einer beinahe fremden Sprache verkündete, war niemand sicher gewesen, ob er überhaupt ein Mensch war.

Der Krieg war zu Ende, und bald war Yukiko mit ihren Kindern wieder nach Tokio gezogen. Japan hatte sich ungeheuer und unwiederbringlich verändert, aber Yukiko und Sekiguchi schafften es wenigstens, annähernd so zu leben wie früher. Sie fanden ein neues, schöneres Haus, ersetzten die Kimonos, die Yukiko verkauft hatte, und gaben ihren Kindern wieder vollständige Mahlzeiten und feine Delikatessen. Das wichtigste war, daß der Tod keine ständig in der Luft liegende Bedrohung mehr war.

Dennoch blieb Yukiko weiterhin nachts lange auf und schrieb.

19. Kapitel

VIELLEICHT BEGANN die Kluft zwischen Yukiko und meiner Mutter schon bei deren Geburt, als die unverheiratete Yukiko, verzweifelt über ihre unsichere Stellung in Sekiguchis Zuneigung, nach den Wehen gerötet und verschwitzt aufblickte, sah, daß sie eine Tochter geboren hatte, und sich mit sinkendem Mut von dem Kind abwandte. Eine Stunde später verlangte sie nach dem Baby und verhätschelte es dann jahrelang, um sich von ihren Schuldgefühlen wegen der anfänglichen Zurückweisung zu befreien. Meine Mutter erfuhr von dieser ersten lieblosen Stunde erst, als sie Yukikos Tagebücher las, aber trotzdem hat ihre wilde Unabhängigkeit von Yukiko ihren Ursprung möglicherweise in dieser kurzen Zeitspanne, denn wer weiß, wie tief die ersten Lebensminuten ein Kind formen und prägen?

Bei unserem abendlichen Geschichtenerzählen verfiel meine Mutter immer in einen bestimmten abwertenden Ton, wenn sie von Yukiko und ihrem phantastischen, vom Glück begünstigten Leben sprach, das nach der Unterbrechung der Kriegsjahre wieder extrem bequem und luxuriös wurde. Selbst nachdem sie die Kluft überwunden hatten und einander Briefe schrieben, die immer warmherziger wurden, blieb eine gewisse Verachtung bestehen. Als sie sich nach neunundzwanzig Jahren der Trennung beim Begräbnis meines Großvaters wiedersahen, umarmten oder küßten sie sich nicht.

Nachdem sie von zu Hause weggelaufen war, blieb Akiko für ein paar Wochen bei ihrem jüngeren Bruder, der zu der Zeit ein College besuchte und eine eigene, bequeme Wohnung hatte. Isamus Sympathie für die Sache meiner Mutter sollte im Laufe der Jahre bestehen bleiben, obwohl er später selbst Yukikos Bitten gehorchte und die Frau heiratete, die sie für ihn ausgesucht hatte. Die Ehe entwickelte sich schnell zu einer glücklichen Verbindung, was beweist, daß Eltern es entweder am besten wissen und Heiratsvermittlerinnen ihren Preis wert sind, oder aber, daß das Glück in Herzensangelegenheiten eine unvorhersehbare Rolle spielt.

Meine Mutter verließ für den Mann, den sie liebte, ihre Familie, ihr Heim und das Land, in dem sie geboren worden war. Aber sie selbst betrachtete das nicht als Opfer. Als japanische Tochter war sie nicht glücklich gewesen, und vielleicht nahm sie zu Recht an, daß sie als japanische Ehefrau noch unglücklicher geworden wäre.

Sie lieh sich von Isamu Geld für die Flugtickets und unterrichtete in Boston zwei Jahre lang Japanisch, während Kenji seinen Doktor in Physik machte. Er errang ein hochdotiertes Stipendium, und bald hatten sie genug Geld gespart, um Isamu sein Geld mit Zinsen zurückzuerstatten. Später, nachdem Kenji einen Job in einem Labor im Norden von New Jersey gefunden hatte, reichte das Geld, um eine Anzahlung auf ein Haus in der kleinen Stadt Garrison zu leisten.

Nachdem mein Vater einen Job hatte, besuchte meine Mutter Kurse für Naturwissenschaft im örtlichen College. Drei Jahre lang lernte sie jeden Tag und meisterte allmählich die englische Sprache, so daß sie die Lehrbücher mit all ihren Fachbegriffen verstehen konnte, und im Jahre 1963 schloß sie das College als Bachelor of Science mit Auszeichnung ab. Vielleicht machte die Freude über diesen Triumph sie unvorsichtig. Binnen drei Wochen nach dem Examen wußte sie, daß sie schwanger war, und obwohl sie es in jenem Jahr schaffte, zwei Semester Medizin zu studieren, ließ sie sich nach meiner Geburt auf unbestimmte Zeit beurlauben. Ich war ein kränkliches Baby, und meine Mutter gab ihr Studium auf, um sich um mich zu kümmern.

Als ich alt und gesund genug war, um allein zurechtzukommen, hatte sie Probleme mit Kenji, der irrational und unfreundlich geworden war und zum Alkohol neigte. Er sagte ihr, sie sei zu dumm, um Ärztin zu werden, und bei den erhöhten Lebenskosten für ein Kind könnten sie sich ein Medizinstudium nicht mehr leisten. Manchmal frage ich mich, wie sehr meine Mutter ihre Entscheidung bereute, ihr erstes Kind zu behalten. Eineinhalb Jahre nach meiner Geburt ließ sie abtreiben, als sie entdeckte, daß sie wieder schwanger war, aber ich war nicht so leicht loszuwerden.

Mein Vater war ein brillanter und charmanter Mann, der zu Alkoholexzessen neigte. Wenn er zum Essen nicht nach Hause gekommen war, wachte ich manchmal in tiefster Nacht auf und hörte seine Stimme, unnatürlich laut und hoch, und dann das Geräusch von Schlägen und rennenden Füßen. Am Morgen nach solchen Nächten hatte meine Mutter blaue Flecken an Hals und Armen; gelegentlich hatte sie ein blaues Auge, und einmal fehlte ihr ein ganzes Büschel Haare. Sie sagte nie irgend etwas über diese Spuren, und ich brachte es nie über mich, danach zu fragen.

Es gab lange Zeitspannen, in denen mein Vater zu Hause blieb und alles gutging; er war so lustig und seltsam, daß ich lachte, bis mir die Tränen kamen, und sogar meine Mutter gestattete sich ein vorsichtiges Lächeln. Aber in meiner Erinnerung ist er meistens abwesend. Morgens sah ich ihn selten, weil ich früh aus dem Haus ging, um den Schulbus zu erreichen, und er schlief gewöhnlich bis zum letzten möglichen Augenblick, bevor er zur Arbeit ging. Heute kann ich mich nicht mehr deutlich an sein Gesicht erinnern. Wenn ich versuche, es mir vorzustellen, sehe ich das unbenutzte Geschirr und Besteck auf dem Eßtisch. Jeden Abend deckte ich für drei Personen, aber fast immer aßen meine Mutter und ich allein und reichten uns über seinen leeren Teller hinweg schweigend die Schüsseln hin und her.

Ich weiß nicht, wo mein Vater jetzt ist. Meine Mutter und ich packten alle seine Kleider und Bücher in eine Truhe und zwei Koffer und schickten sie an eine Adresse in West Virginia, aber vermutlich ist er von dort aus weitergezogen.

Dann verkaufte meine Mutter das Haus, das zu groß und zugig war und zu viele Erinnerungen enthielt. Wir zogen vorübergehend in ein Apartmenthaus. Während sie sich nach einer anderen Behausung umsah, einem kleinen Haus möglichst auf einer Waldlichtung, zogen wir von einer Wohnung in die andere. Ich wünschte mir sehnsüchtig ein eigenes Haus, aber sie war merkwürdig wählerisch und fand an jedem Haus, das wir sahen, etwas auszusetzen. Ihre Suche dauerte Jahre.

Der Frühling, in dem mein Vater uns verließ, war einer der schlimmsten, die Garrison je gesehen hatte. Der März war eisig kalt, der April noch schlimmer. Um die Stromrechnungen möglichst niedrig zu halten, schalteten wir die Heizung nicht ein, und ich gewöhnte mich daran, im Mantel zu schlafen. Meine Mutter strich ihre Einkaufslisten zusammen, bis sie nur noch das Nötigste kaufte: Spaghetti, Sauce, die in Gläsern verkauft wurde, Milch. Wir veräußerten mein Dreigangfahrrad für fünfundvierzig Dollar, was seinem Wert entsprach. Meine Mutter beharrte auf diesem Preis, sogar, als Mrs. Wright, eine ganz besonders freundliche Nachbarin, uns fünfundsiebzig geben wollte. Es war schwer, auf dieses Fahrrad zu verzichten. Meine Mutter nahm mich nicht in die Arme, als ich weinte, aber sie schimpfte auch nicht mit mir, als ich die kleine Peggy Wright ohrfeigte, weil sie ihr neues Fahrrad draußen im Regen stehenließ.

Meine Mutter war Ende Dreißig, allein in einem Land, das von großen weißen Männern regiert wurde, und hatte ein neunjähriges Kind zu ernähren. Sie hatte kein Geld und keine Berufsausbildung, aber wie vorherzusehen war sie zu stolz, um ihren Eltern zu schreiben, daß mein Vater uns verlassen hatte. Trotzdem begannen nach weniger als einem Jahr an jedem Monatsersten dicke Umschläge voller Yen anzukommen: Geld, das uns damals lange reichte. (*Obaasama*, werde ich sagen, du weise Frau, du schlaue Person, woher wußtest du es? War es Mutterinstinkt oder intelligente Schlußfolgerung? War es die Tatsache, daß meine Mutter alle zwei Jahre die Tradition einhalten mußte, Fotos von mir zu schikken: Hast du gemerkt, daß deine Befürchtungen wahr geworden waren, als du sahst, daß ich jetzt auf all den Fotos allein war, ohne meinen Vater, und meine Mutter die Aufnahmen gemacht hatte?)

Im Mai des darauffolgenden Jahres, nachdem sie

zweiundzwanzig Monate wartend am Fenster verbracht und vier Monate eifrig gesucht hatte, fand meine Mutter einen Job. Lange bevor sie erbte, verdiente sie Geld als Übersetzerin für eine Firma in der Wall Street. Zehn Jahre lang nahm sie an jedem Werktag morgens um sieben Uhr fünfundzwanzig den Expreß zur Penn Station und war um Viertel nach acht in ihrem Büro. Ich sah sie in diesen Jahren nicht sehr oft. Sie kam rechtzeitig nach Hause, um mit mir zu Abend zu essen, und dann schlummerte sie gewöhnlich über ihrer Arbeit ein. Nach vier Monaten wurde sie Privatsekretärin des japanischen Vizepräsidenten, und nach drei Jahren mit schlechter Bezahlung und vielen Überstunden erhielt sie einen ziemlich hohen Verwaltungsposten. Am Ende verdiente sie recht gut, aber die Arbeit gefiel ihr nicht. »Lerne«, sagte sie zu mir. »Lies Bücher, studiere fleißig.«

Meine Mutter war kein sehr ansehnliches Kind gewesen, aber im Laufe der Jahre wurde sie hübscher, und mit neununddreißig, als sie wieder allein dastand, war sie eine schlanke, elegante Frau. Man nahm allgemein an, sie sei offiziell von ihrem Mann getrennt, und sie habe nur eine Tochter. Bei der Arbeit lernte sie viele Männer kennen, und etliche von ihnen wollten sie, einige wären vielleicht sogar glücklich gewesen, sie zu heiraten, doch sie traf sich nie länger als einen Monat mit einem dieser Männer.

Im Sommer letzten Jahres aber gewann sie einen neuen Bewunderer. Ich habe Mr. Lewis immer gemocht, einen Witwer und langjährigen Nachbarn. Er hat graues Haar, spricht leise und ist klein, aber solide gebaut; er ist Anwalt von Beruf und aus Neigung Landwirt, denn er verbringt den größten Teil seiner Freizeit in seinem Gemüsegarten. Selbst im Winter arbeitet er immer draußen, schneidet tote Äste ab oder deckt schwache Pflanzen zu, damit sie nicht erfrieren.

Ich habe ihn früher immer besucht, wenn ich bei meiner Mutter war. »Hallo, Mr. Lewis«, rief ich dann und sprang von meinem Fahrrad. »Hallo, Kiki«, antwortete er immer und zog seine schmutzverkrusteten Gartenhandschuhe aus, um mir herzlich die Hand zu schütteln. Er bemühte sich zwar immer, sich nach der Schule und dem Leben in der großen Stadt zu erkundigen, aber ich merkte, daß die einzigen Antworten, an denen ihm wirklich lag, die waren, die meine Mutter betrafen. »Ist sie zu Hause?« fragte er etwa und schaute wehmütig zu unserem Haus hinüber. »Wie geht es ihr im Augenblick gesundheitlich?«

»Sie ist zu Hause«, sagte ich dann. »Und es geht ihr gut. Warum gehen Sie nicht rüber und sagen ihr guten Tag?«

Aber er war zu scheu oder vielleicht auch zu schwerfällig. Statt anzuklopfen oder anzurufen, ging er dazu über, meine Mutter mit Gemüse zu verwöhnen – ein Motiv, das in der Geschichte meines Lebens immer Seite an Seite mit vereitelter Leidenschaft zu finden ist. Die Gaben erfolgten anonym im Morgengrauen, so daß meine Mutter den größten Teil des letzten Jahres über, wenn sie in der Frühe die Tür aufmachte, um die Zeitung hereinzuholen, nie wußte, was sie sehen würde: ein Bund Radieschen, ein halbes Dutzend neue Kartoffeln in einem Körbchen, drei junge Maiskolben, locker mit einer Schnur umwunden und wie zu einem Strauß gebündelt zu ihren Füßen liegend. Er brachte ihr auch Blumenkohl, Brokkoli, Tomaten, Zwiebeln und, ja, auch Gurken und Auberginen; die Aufrichtigkeit seiner Glut gab sogar diesen lächerlichsten aller Gemüsesorten eine gewisse Würde.

»Er ist in dich verknallt, Ma«, sagte ich, als ich im Frühherbst letzten Jahres windzerzaust von meiner Fahrradtour zurückkam.

»Wer?« fragte sie, von einem dampfenden Wok aufblickend.

»Mr. Lewis«, sagte ich. »Du weißt schon, unser Nachbar.«

»Oh«, sagte sie und errötete ein wenig, oder war es die Hitze des Herdes? »Ach, der.«

»Warum gehst du nicht rüber und sagst hallo?« sagte ich, den gleichen Satz benutzend, den ich auch bei ihm gesagt hatte. »Wirf ihm einen Knochen hin«, redete ich ihr gut zu. »Bedanke dich für das Gemüse.«

Sie schwieg eine Weile und betrachtete nachdenklich das Gemüse – sein Gemüse –, das in dem Wok garte. »Er hat aber niemals eine Karte oder auch nur einen Zettel hinterlassen«, sagte sie mit träumerischer Stimme. »Aber du meinst, ich sollte das tun?«

»Unbedingt«, sagte ich. »Es wäre unhöflich, das nicht zu tun. Eigentlich sogar schockierend.«

Wenn man bedenkt, daß dieses Gespräch nach fast drei Monaten kostenloser Lieferung hochwertigen Gemüses erfolgte, hätte ich wahrscheinlich recht gehabt, wenn ich sie bei den Schultern mit den spröden Knochen gepackt und geschüttelt hätte, bis sie zur Vernunft kam, denn danach war mir zumute. (»Ihr seid beide über fünfzig, weißt du. Ihr könnt es euch nicht leisten, Zeit zu vergeuden und euch wie launische Teenager zu benehmen ...«) Bei dieser Art von ausgedehntem Vorspiel zu einer Verabredung schien klar, daß ihre Werbung die langwierigste aller Zeiten werden würde. Aber wie sich herausstellte, war die Romanze fast schon wieder beendet, als sie anfing; sie erlosch so schnell und plötzlich, wie sie aufgeflammt war.

Im Schatten verborgen und in eine dicke Wolldecke gehüllt, saß meine Mutter zwei Morgen lang auf der Verandaschaukel und lauerte Mr. Lewis auf. Als er schließlich erschien, einen knackigen Kopfsalat wie eine Bowlingkugel in der Hand, beugte sie sich vor und rief ihn; sie stand auf und entschuldigte sich, als sie sah, wie er zusammenfuhr und errötete.

Sie lud ihn zum Frühstück ein, und während der nächsten zweiundzwanzig Tage konnte nichts die beiden aufhalten. Sie gingen zusammen in Kinos und Buchläden, Cafés und Bars. Abends, nachdem sie ihm das Abendessen zubereitet hatte, sein eigenes Gemüse, mit Ingwer und einem Spritzer Sojasauce angerichtet, sang sie für ihn japanische Volkslieder und auch Arien aus Opern. Sie unterhielten sich über Politik, spielten Rommé und lasen nebeneinander Zeitung.

Das Beste war, daß das Ausgehen mit Ned Lewis zumindest Spuren von einer anderen Seite meiner Mutter zutage förderte: von jener Abenteuerlust, die sie während der langsamen Auflösung ihrer Ehe scheinbar für immer verloren hatte. Sosehr ihre Arthritis sie auch behinderte, sie und Mr. Lewis machten nicht nur lange Spaziergänge, sondern – kaum zu glauben – auch kurze Fahrradtouren zusammen, bei denen sie hinter ihm saß, die Arme um seinen Rücken geschlungen, und ihr Haar wie eine Fahne wehen ließ. Auf ihre Initiative hin fuhren sie fünfzehn Meilen zum nächsten See, mieteten ein Segelboot, das keiner von ihnen zu führen verstand, und machten ein Picknick auf dem Wasser, sechs Meter von der Anlegestelle entfernt.

Es war Mr. Lewis, der mir die Details dieser zweiundzwanzig Tage berichtete. Meine Mutter erwähnte zwar, daß sie und Mr. Lewis im Kino gewesen waren, aber als ich ein paar Tage später anrief und fragte, wie es ihm ginge, antwortete sie ein wenig scharfzüngig: »Ich weiß nicht. Da mußt du ihn schon selbst fragen.«

Also nahm ich an diesem Wochenende den Zug nach New Jersey und radelte, nachdem ich zu Hause angekommen war, fast sofort zu ihm. Mr. Lewis saß auf seiner Veranda und trank Kaffee, als ich in seine Einfahrt bog.

»So, was ist passiert?« fragte ich und versuchte, wieder zu Atem zu kommen.

Er sah mich an und lächelte reuig. Doch als ich drängte, gab er mir nur eine kurze Zusammenfassung aller Dinge, die sie zusammen unternommen hatten.

»Was ist denn passiert?« fragte ich wieder, nachdem er fertig war. »Das hört sich an, als sei es gut gelaufen. Was ist passiert?«

Doch sosehr ich auch bat, er weigerte sich, es mir zu sagen, und meinte nur, ich müsse wirklich mit meiner Mutter reden. Endlich, als ich schon aufgeben wollte, erbarmte er sich meiner und sprach.

»Eigentlich weiß ich nicht genau, was passiert ist«, sagte er.

Ned Lewis ist ein zurückhaltender Mann, sparsam mit seiner Mimik wie mit Worten. Doch als er jetzt sprach, verzerrte sich sein Gesicht nur für einen Augenblick, und ich fragte mich, ob ich mit der Annahme recht hatte, daß dieser Ausdruck nicht nur Verblüffung kundtat, sondern auch einigen Kummer.

Nachdem ich die kurze Strecke nach Hause in Rekordzeit zurückgelegt hatte, ließ ich das Fahrrad ins Gras fallen und rannte ins Haus. Ein paar Minuten toter Zeit, in denen ich in verschiedene Zimmer sah und meine Mutter suchte, nahmen mir etwas von meinem Schwung, aber als ich sie lesend im Arbeitszimmer fand, brachte ich wieder genügend Zorn auf, um in den Raum zu stürmen.

»Wirst du mir jetzt sagen, was zwischen dir und Mr. Lewis schiefgegangen ist?«

Sie blickte von ihrem Buch auf.

»Es lief doch so gut«, sagte ich, und dann, als sie nicht antwortete: »Oder etwa nicht?«

Ihre Augen wanderten rastlos im Zimmer umher, als suche sie einen Ausweg. »Müssen wir darüber reden?« fragte sie fast flehend.

Ich ließ mich nicht abschrecken. »Du mochtest ihn, richtig? Du hättest ihn lieben können. Du hättest ein *Leben* mit ihm haben können.«

»Schau«, sagte sie. Ihre Stimme klang heiser, als entwickle sie eine Erkältung. »Ich bin vierundfünfzig Jahre alt. Ich war fünfzehn Jahre mit deinem Vater zusammen, und ich habe ihn kennengelernt, als ich acht war.«

Bestürzt hielt ich inne, denn so ausweichend und zahlenschwer diese Aussagen auch waren, sie erklärten weit mehr, als ich erwartet hatte. »Aber was ist mit Mr. Lewis?« sagte ich wieder. »Er ist offensichtlich verrückt nach dir. Zählt das denn gar nicht? Du solltest noch mal mit ihm reden.«

Sie schüttelte den Kopf und streckte die Arme aus. »Was hätte das für einen Sinn?« sagte sie schließlich. Sie sah auf ihre Hände nieder, die inzwischen so geschwollen sind, daß sie ihren Ehering vermutlich nicht einmal abnehmen könnte, wenn sie wollte, aber natürlich will sie nicht.

»Was meinst du damit, was das für einen Sinn hätte? Und warum kannst du mir nicht sagen, was passiert ist?« sagte ich ruhiger, denn mein Zorn verflüchtigte sich, und ich hatte unwillkürlich Mitleid mit ihr.

Ich stellte all diese Fragen nur deshalb, weil sie mir Gelegenheit gaben, meine Mutter mit einiger Berechtigung zu schelten: Ich wußte, daß sie sie nicht beantworten würde. Außerdem kannte ich die Antworten schon, denn nicht umsonst kenne ich meine Mutter so gut wie mich selbst.

Strikt in ihrem Verhalten, süchtig nach ihrer Einsamkeit und dem Bild meines Vaters über jedes vernünftige Maß hinaus ergeben, geriet sie im Laufe ihrer plötzlichen Romanze mit Ned Lewis in Panik und erstarrte. Tief in ihrem Inneren muß sie gewußt haben, daß kein Mann auf Erden der Vorstellung gleichkommen konnte, die sie von Kenji hegte, wie er einmal war: jung, intelligent, beschwingt von seinen eigenen Aussichten, anmaßend bis zur Arroganz, aber freundlich zu ihr, wie niemals zuvor jemand freundlich gewesen war – derselbe Junge, der in Japan auf dem Land über die Eisenbahngleise gerannt war. Sie spricht nie von meinem Vater, und es gibt im Haus keine Bilder von ihm, aber noch heute ist ihre Ehe gesetzlich nicht aufgelöst.

Ich besuche Mr. Lewis trotzdem immer, wenn ich in der Stadt bin. Aber neuerdings sind unsere Gespräche kurz, denn alles, worüber wir jemals reden, ist die Schule, das Leben in der großen Stadt und der Zustand seines Gemüsegartens.

Sie liebte meinen Vater und träumte von der Medizin, aber die einzig erfolgreiche Liebesaffäre meiner Mutter war die mit dem Klavier. Wenn sie spielte, konnte sie sich gehenlassen, und obwohl sie Chopin und Bach dem eher turbulenten Beethoven vorzog, war die Musik immer schön, und das Klavier bot ihr ein Ventil für Leidenschaften, die in der Öffentlichkeit sonst kaum Ausdruck fanden. Oft rötete sich ihr Gesicht, wenn sie spielte; sie biß sich auf die Unterlippe, und es hatte den Anschein, als hämmere sie kräftiger auf die Tasten ein als nötig. Nachdem mein Vater fort war, spielte sie sehr viel mehr als je zuvor.

Sie war einundvierzig, als ihr Körper die ersten Anzeichen von Arthritis zeigte. In den folgenden fünf Jahren hörte ich jedesmal, wenn sie spielte, einen neuen Fehler. Ihre Hände waren unsicher und trafen mitten im einfachsten Stück falsche Noten, und ich konnte hören, wie sie geduldig auf japanisch zählte, während sie mit steifen Fingern, die einst über die Klaviatur geglitten waren, einzelne Takte übte. Manchmal, wenn sie am Klavier saß, verstummte ihr Spiel gänzlich, und ich konnte sie schwer atmen hören. Eines Tages schloß sie den Dekkel des Klaviers und spielte nie wieder Chopin.

Arthritis ist eine Krankheit, die die Körpergelenke angreift. Sie entzünden sich, schwellen an und verkrümmen sich, und das unter brennenden Schmerzen. Die Ursache der Krankheit ist unbekannt, und es gibt bislang keine Heilung. Die Symptome sind bei jedem Patienten anders. Bei meiner Mutter, die an rheumatoider Arthritis leidet, begann es mit den Füßen. Erst begannen die großen Zehen zu schmerzen, und dann verbreitete sich der Schmerz mit fast harmonischer Symmetrie im restlichen Körper. Sie glaubte, ihre Füße bräuchten Bewegung, aber nach einem langen Spaziergang waren die Schmerzen schlimmer. Einen Monat später hatte sie auch Schmerzen in den Fingern. Einen weiteren Monat später ging sie zum Arzt. »Es tut mir sehr leid«, sagte er, als er ihr die Diagnose verkündete. Damals sah sie nicht ein, weshalb er sie bemitleidete.

Im Laufe der Jahre hat sie große Mengen der verschiedensten Medikamente genommen. Die Ergebnisse waren unterschiedlich. Die meisten hatten keine Wirkung, einige verschlimmerten die Schmerzen, einige linderten sie, aber keines konnte sie gänzlich zum Verschwinden bringen. Eine Zeitlang bekam sie Goldinjektionen, und da ein kleiner Rest von dieser Substanz noch immer durch ihre Adern kreist, könnte ihr Körper schließlich doch etwas wert sein, eine nicht ausgebeutete Goldmine.

Ein Medikament ließ ihre Haare ausfallen. Damals wohnten wir in einer winzigen Mietwohnung, und jeden Abend mußte ich warten, bis sie aus der Badewanne kam, ehe ich mir die Zähne putzen konnte. Wenn ich hereinkam, bevor sie mit dem Saubermachen fertig war, war die Wanne schwarz ausgekleidet. Morgens sah ihr Kopfkissen ähnlich aus, und manchmal mußte ich zweimal hinschauen, um zu sehen, ob sie noch im Bett lag oder nur ihre Haare. Wenn sie ging, schwebten Haare hinter ihr zu Boden wie seltsam gefärbter Schnee. Einmal, als ich aus meinem Schlafzimmerfenster schaute, sah ich sie vor ihren Haaren fliehen. Sie hatte gerade den Wagen auf der leeren Straße abgestellt, und obwohl ihre Füße schmerzen mußten, rannte sie auf das Mietshaus zu. Dabei drehte sie sich immer wieder um und betrachtete ängstlich die Teile von sich, die sie hinter sich ließ.

Sie wurde nicht völlig kahl, weil sie relativ früh erkannte, daß das Medikament, das den Haarausfall verursachte, keine Linderung ihrer Schmerzen bewirkte. Etwa ein halbes Jahr lang trug sie eine Perücke, ein häßliches schwarzes Ding, das die Nächte auf einem gesichtslosen Plastikkopf verbrachte. Dann begannen ihre Haare wieder zu wachsen. Wo sie einst schwarz und dicht und glatt wie meine eigenen gewesen waren, wuchsen sie nun dünn und schütter nach und waren eine Schattierung heller als zuvor. Und, was am schlimmsten war, sie hatten all ihren früheren Glanz verloren. Ich hatte sie im Verdacht, sie lüge, als sie sagte, ihr neues Haar sei ihr lieber, weil es westlicher aussehe, aber vielleicht trübte meine eigene Eitelkeit mein Urteil.

Die Ärzte haben auf ihrem Körper lange Narben hinterlassen, wo sie in ihre Haut geschnitten haben, als sie sie Stück für Stück auseinandernahmen und wieder zusammensetzten. Die Gelenke ihrer linken Schulter, ihrer rechten Hüfte und beider Knie sind jetzt aus Metall; sie ist halb Fleisch, halb Stahl, Vorläuferin eines Zeitalters, in dem der menschliche Körper durch die Wunder der

Maschinen gottähnlich werden wird. Aber während diese zukünftigen Generationen schneller werden laufen können als ein Zug und vielleicht sogar fliegen, indem sie nur ihre übermenschlichen Arme schwingen, reicht all der Stahl im Körper meiner Mutter nicht aus, um sie ohne Schmerzen gehen zu lassen. Wie ein Hund trägt sie schwere Gegenstände mit den Zähnen.

Nach jeder ihrer Operationen hole ich sie aus dem Krankenhaus ab. Als ich sie nach dem Einsetzen des künstlichen Hüftgelenks besuchen kam, lag sie im Bett und hörte mich nicht hereinkommen. Ihr ganzer Körper zuckte in instinktiver Scham, als sie mich sah; ihr Oberkörper ruckte nach vorn, eine Hand zog das Nachthemd über spindeldürre Beine, die andere erhob sich, um ihre Brust und Kehle zu bedecken. Sie erholte sich schnell und tat so, als streiche sie nur die Decken glatt, aber um ihret- wie auch um meinetwillen wandte ich den Blick von ihrem Körper und ihren Augen ab, die vor Erschöpfung verquollen und dunkel waren; ich gestattete mir nicht, sie anzustarren. Schließlich war sie ein entblößtes menschliches Wesen.

Als meine Mutter Arthritis bekam, dachte ich zuerst, das sei eine Strafe, vielleicht eine göttliche Vergeltung, weil sie ihre Mutter zurückgewiesen hatte oder weil sie ihren Mann nicht vom Trinken hatte abhalten können. Doch nach einigen Jahren verstand ich allmählich, daß sie allein die Schuld an ihrem Leiden trug. Genauso, wie mein eigenes Elend sich in mir aufgebläht und mich fett gemacht hatte, vergiftete und verstümmelte die Bitterkeit ihrer frustrierten Liebe ihren Körper. Es war das Gewicht der ungeweinten Tränen, das ihre Gelenke belastete und anschwellen ließ, und es war die Hitze ihrer eigenen Wut, die die brennenden Schmerzen verursachte. Ihr Körper ist für immer ruiniert von den Schreien, die sie unterdrückte, wenn mein Vater sie schlug.

Trotz der Container, die von den neuesten Publikationen überquellen, hat meine Mutter keinen Kontakt zur Welt der Gegenwart. Für sie sind Zeitungen nichts als ein Katalog ferner Katastrophen; da sie nicht wählen will, haben die politischen Ereignisse, die sie so inbrünstig verfolgt, genausoviel Bedeutung und Realität wie ein Märchen. Ich möchte ihr nicht ähnlicher sein als meinem Vater. Ich möchte kein Leben führen, das nur aus dem kalten Trost eines exquisiten Heims und gedruckter Worte besteht. Ich möchte mein Leben nicht damit verbringen, mich hartnäckig an karge Erinnerungen an ein Glück zu klammern, das es vielleicht nie gegeben hat.

Ich möchte nicht sein wie meine Mutter, und ich kann nicht sein wie meine Großmutter, die den Mann heiratete, den sie am meisten liebte. Phillip beobachtet mich schon wieder von seiner liebsten Ecke im Kamin aus, aber wenn Eric anruft, falls Eric anruft, werde ich ihn so glücklich machen, daß er niemals mehr fortgehen will.

Ich lernte Onkel Tadashi vor acht Jahren kennen, als er geschäftlich in Amerika war: ein kleiner Mann, dessen Gesicht ganz aus Lachfältchen bestand und der mir Zaubertricks vorführte, bis ich vergaß, daß wir nicht dieselbe Sprache sprechen. Er war es, der uns anrief, vor etwas mehr als drei Jahren, zu Beginn einer Zeit, von der ich gedacht hatte, sie würde idyllisch und voller Nostalgie werden – meinem letzten Sommer zu Hause, den ich feierte, indem ich nichts weiter tat als auf der Veranda Romane zu lesen. Aber was Onkel Tadashi uns mitteilen wollte, war, daß Sekiguchi bei einem Feuer umgekommen war und die Beerdigung fünf Tage später stattfinden würde. Meine Mutter buchte einen Flug, packte und flog binnen vierundzwanzig Stunden. Ich blieb zu Hause, lebte von Thunfisch und Marshmallows und las zu allen Nachtstunden, während sie zurückkehrte, um das Land und die Familie zu besuchen, die sie seit neunundzwanzig Jahren nicht gesehen hatte.

Als sie in einem Taxi durch Tokio fuhr, im Gepäck improvisierte Geschenke für ihre Nichten und Neffen, schauderte meiner Mutter, die immer für Schönheit oder den Mangel daran empfänglich ist. Die Umweltverschmutzung hätte ein Baby töten können, der Verkehr bewegte sich so langsam voran wie Gletscher, und die Gebäude standen so dicht beieinander, daß die Fenster eigentlich eine leere Geste waren. Trotzdem hatte sich im Grunde nicht viel verändert, seit sie Tokio vor so vielen Jahren verlassen hatte. Eigentlich war die Reaktion meiner Mutter auf die Art und Weise zurückzuführen, wie sie sich an die Stadt erinnerte. Im Laufe ihrer langen Abwesenheit war ihre Vorstellung von Tokio durch Nostalgie verklärt worden. In ihrem Gedächtnis hatte sie es wieder in die Stadt ihrer Kindheit verwandelt, in der die Häuser niedrig waren und aus vom Alter verdunkeltem Holz bestanden, in der die Straßen von Menschen und Rikschas wimmelten statt von Autos – eine Stadt, die fast kampflos den Bomben und den Feuern des Krieges erlegen war.

Nach dieser massiven Zerstörung war Tokio scheinbar fast über Nacht wiederaufgebaut worden, und zwar mit dem Material, das damals verfügbar war: Sperrholz, Gips und Blech. Wie zu erwarten forderte dieser hastige Wiederaufbau seinen Tribut, der sich nicht nur in der Schäbigkeit der neuen Gebäude zeigte, sondern auch, und das war vielleicht noch irreparabler, in der gesamten Anlage der Stadt. Das Nachkriegstokio war ohne Weitblick konstruiert, und das sah man. Straßen mäanderten dahin wie ein zielloses Gespräch, verloren sich in Fragezeichen, und dann folgte Schweigen, so daß sogar gebürtige Tokioter sich nicht zurechtfanden; es gab keine strategisch angelegten Grünflächen, keine Bäume, um die Straßen zu beschatten, und keine größeren Parks bis auf den überwiegend privaten rings um den Kaiserpalast.

Im Verkehr steckengeblieben, das Gesicht ans Fenster gedrückt, den Hals verdreht, um zu den neuesten erdbebensicheren Wolkenkratzern emporzustarren, dachte meine Mutter, wie erstaunlich es war, daß niemand zu merken oder gar zu bedauern schien, daß eine Stadt begraben worden war, als eine andere entstand. Dann, als der Verkehr stockend wieder in Gang kam, machte sie sich Vorwürfe wegen ihrer raschen Verachtung, denn vor neunundzwanzig Jahren hatte auch sie das nicht bemerkt, betäubt von der ständigen Gefahr und abgelenkt durch die kräftezehrenden Anforderungen ihres Alltags.

Aber jetzt sah sie es und trauerte.

Das Begräbnis war eine langwierige Angelegenheit und zog sich über drei Tage hin; Hunderte von Leuten nahmen teil, denn Sekiguchis Leben war mit dem vieler anderer in Berührung gekommen. An den letzten Riten nahmen jedoch nur meine Großmutter, meine Mutter und ihre beiden Brüder teil.

Die sterblichen Überreste meines Großvaters wurden ihnen in einem Behälter übergeben, der vielleicht die Länge des Arms eines Erwachsenen hatte: Ehe er sich diskret zurückzog, warnte der junge Bestatter sie davor, den Behälter zu berühren, da er vom Verbrennungsofen noch glühend heiß war. Die Asche war hellgrau und etwas glänzend, die Knochen von einem schmutzigen Weiß. Meine Mutter bekam Stäbchen, länger als die chinesischen, länger sogar als die Kochstäbchen, die sie benutzte, um im Wok Gemüse zu rühren. Sie benutzte sie, um einen Knochen aus der Asche zu fischen; obwohl er so lang war wie ein Schienbein, fühlte er sich überraschend leicht, fast hohl an. Doch die Stäbchen waren unhandlich, und sie war wegen ihrer Arthritis ungeschickt, also hielt sie den Knochen nicht ganz fest. Sie ließ ihn fallen, und er landete wieder in dem Behälter und ließ von der Asche eine kleine Staubwolke aufsteigen. Meine Mutter stieß ein leises amerikanisches »Oh« aus, aber Tadashi, unerschütterlich wie eh und je, kicherte, und sogar Isamu lächelte sanft.

Beim zweitenmal hob meine Mutter einen kleineren Knochen heraus. Es war vermutlich ein Finger, und als sie ihn feierlich in die Urne legte, diesmal ohne Mißgeschick, dachte sie nicht an die narbigen, dicken Hände ihres Vaters, sondern an die langen Finger ihrer Mutter und deren kühle Berührung ihres Kopfes.

Als die Bestattung vorüber war, sprachen Yukiko und meine Mutter miteinander, nicht über den schrecklichen Streit, den sie hatten, als sie sich zuletzt sahen, und auch nicht über das Schweigen, das sich in der langen Folgezeit zwischen ihnen verdichtet hatte; sie sprachen nicht einmal über Sekiguchis kunstvolle, gut besuchte Bestattung, die seinem Leben beinahe gerecht geworden war. Statt dessen unterhielten sie sich über die Zeit, die sie einst zusammen verbracht hatten: die Geschichten im Luftschutzbunker, die Tage, die sie während des Krieges auf dem Land verbracht hatten, und den Anlaß, bei dem Yukiko den Rock ihres Kimonos geschürzt hatte, um auf einen Baum zu klettern und mit ihrer Tochter Tee zu trinken.

Der Krieg nahm in ihren Erinnerungen an die Vergangenheit viel Raum ein, aber sie sprachen auch von Friedenszeiten: davon, wie meine Mutter ihr Haar abgeschnitten hatte, um ebenso unbehindert spielen zu können wie ihre Brüder, und wie Yukiko geweint und geschimpft hatte, als sie die langen schwarzen Strähnen auf dem Badezimmerboden fand; von Akikos Klavierspiel und einem öffentlichen Auftritt, bei dem sie, eine geübte Pianistin, Lampenfieber bekommen und falsch gespielt hatte; das Publikum dachte, der Fehler liege am Flügel und nicht an der beliebten jungen Pianistin. Sie sprachen von den Tagen, an denen sie gemeinsam durch Tokio spaziert waren und in sich aufgenommen hatten, was sie sahen und hörten.

Yukiko, die die volle Wucht von Sekiguchis Tod noch nicht begreifen konnte und durch die Aufregung um seine Bestattung und das Wiedersehen mit ihrer lange vermißten Tochter belebt wurde, wurde zusehends jünger, als sie ihre Vergangenheit noch einmal durchlebte. Dieser Verjüngungsprozeß, der sich in Warenhäusern, auf den überfüllten Tokioter Straßen und natürlich beim Tee abspielte, hielt sechs Tage an. Am Ende gab Yukiko Akiko sechs Notizbücher, die stark nach Rauch rochen und mit einer Schnur zusammengebunden waren.

»Was ist das?« fragte Akiko.

»Etwas, das ich dir schulde«, antwortete Yukiko, und ihre Augen wichen dem Blick ihrer Tochter aus.

Sie hatten sich nicht umarmt und geküßt, als sie sich trafen, aber als sie Abschied nahmen, umarmte Akiko ihre Mutter, und Yukiko hob langsam die knochendürren Hände und berührte als Antwort ihr Gesicht.

Meine Mutter kam mit Paketen beladen aus Tokio zurück. Nach Art der Japaner hatten unsere Verwandten sie mit Geschenken überschüttet – den Delikatessen, nach denen sie sich jahrelang gesehnt hatte, Geschirr, Nippes und je einer modernen Kamera für sie und für mich.

Aber das Paket, das sie am eifersüchtigsten hütete und auf dem ganzen Weg von Tokio bis zu unserem Haus auf dem Schoß hielt, enthielt Yukikos Tagebücher, alle sechs geretteten Bände, und nachdem sie sie gelesen hatte, begann das Geschichtenerzählen von neuem, diesmal bei den Mahlzeiten, im Auto und an langen Nachmittagen beim Tee.

Der Brief kam zwei Monate nach der Rückkehr meiner Mutter. Darin verkündete Yukiko schlicht und einfach, in Sekiguchis Testament sei meiner Mutter einiges Geld vermacht worden. Die Hälfte des Vermögens fiel an Yukiko, doch der Rest der Habe sollte gleichmäßig zwischen meiner Mutter und ihren beiden Brüdern aufgeteilt werden. Obwohl der Yen damals nicht so stark war, wie er später werden sollte, machte ein Sechstel des Vermögens ihres Vaters meine Mutter doch zu einer schrecklich reichen Frau.

Meine Mutter hatte sich mit ihren Eltern gestritten und war mit einem Mann davongelaufen, den zu heiraten sie ihr verboten hatten, und sie hatte fast drei Jahrzehnte vergehen lassen, ehe sie zu ihrer Familie zurückkehrte. Ihr Vater war gestorben, ohne sie noch einmal gesehen zu haben. Sie war sicher gewesen, daß sie vom Erbe ausgeschlossen werden würde, und trotz der Umschläge mit Yen, die jeden Monat eintrafen, hatte ich nie Grund gesehen, ihr in dieser Angelegenheit zu widersprechen.

Meine Großmutter ist die direkteste Briefschreiberin, die man sich denken kann, knapp bis zur Grobheit. Ehe sie von der Existenz der Tagebücher erfuhr, hatte meine Mutter angenommen, Yukiko traue ihrer Fähigkeit zum Schreiben nicht recht; hinterher gelangte sie zu der Überzeugung, ihre Mutter habe sich bewußt entschieden, ihre literarischen Energien und ihre Beredsamkeit für einen Bericht über ihr Leben aufzusparen. Doch was immer der Grund für Yukikos kurze Briefe war – wenn sie auch nur eine einzige Zeile schrieb, die nicht rein geschäftlich war, war das eines Kommentars wert, und so tauschten wir Blicke, wenn ein Brief mit einem Postskriptum endete: »Weißt du noch, daß du einmal Ärztin werden wolltest?«

Die Hand meiner Mutter lag auf dem Tisch auf einer Ecke des Briefes. Ich wollte den Arm ausstrecken und meine Hand in ihre gleiten lassen, aber ich war zu ängstlich. Im Zimmer war es still. Ich hörte auf der Straße ein einzelnes Auto. Die Zweige der Kiefer raschelten am Fenster. Wir saßen noch ein paar Augenblicke so da, der Brief und ihre Hand lagen zwischen uns auf dem Tisch, und dann sprach ich.

»Das sind ja tolle Neuigkeiten«, sagte ich. »Jetzt kannst du tun, was immer du willst.«

Das Englisch meiner Mutter ist sehr gut: Es kommt nicht oft vor, daß sie etwas Falsches sagt, aber dieses eine Mal versagte sie. »Was – diese letzte Frage?« sagte sie.

»Sie ist wie die Tagebücher – eine Entschuldigung. Sie sagt, daß es ihr leid tut, daß sie dir die Möglichkeit damals nicht gegeben hat.«

»Meinst du wirklich?« fragte sie.

Ich nickte.

Sie sah an mir vorbei auf die Wand, und dann räusperte sie sich. »Na gut«, sagte sie, und ihre alte Lebhaftigkeit kehrte zurück, »dann können wir sie nicht enttäuschen, oder?«

Sie hatte so viel geerbt, daß keine von uns je wieder eine bezahlte Arbeit würde annehmen müssen. Das dritte, was sie mit ihrer Erbschaft tat, war, mir meine wunderbar geräumige Wohnung in einer baumbestandenen Straße zu kaufen. Sie begann auch, mir am ersten Tag jedes Monats einen Umschlag mit Geld zu geben, was jetzt durch die Post geschicht – trotz meiner Proteste, ich bekäme ein mehr als ausreichendes Stipendium, und trotz der Tatsache, daß ich durch die Miete, die ich einspare, bereits mehr Geld angesammelt habe, als ich mühelos ausgeben kann, und schließlich, trotz meiner wiederholten Warnungen (der seltsame Glaube meiner Großmutter und meiner Mutter an das Postsystem ist nämlich ein Zug, den ich nicht geerbt habe), Bargeld zu verschicken.

Das zweite, was meine Mutter mit ihrer Erbschaft tat, war, unser altes Haus zurückzukaufen. Obwohl es nach uns von einer Reihe von Mietern bewohnt worden war, hatte es niemand behalten wollen, und meine Mutter konnte es daher billig zurückkaufen. Und so gingen wir im August, nach fünfzehn Jahren in Mietwohnungen, die nach Bohnerwachs, rohem Holz und Fremden rochen, wieder nach Hause in das Haus, in das meine Eltern mich als Baby gebracht hatten.

Das erste allerdings, was meine Mutter tat, war, ihren Job in der Wall Street aufzugeben. Sie blieb zu Hause, beugte sich über den winzigen Druck von medizinischen Zeitschriften, ging in die Buchhandlung und kaufte dicke, schwere Bücher über Biologie, mühte sich mit alten Physikproblemen ab. Am Tag nach Neujahr meldete sie sich am gleichen örtlichen College, das sie früher besucht hatte, für drei medizinische Vorbereitungskurse an; nach ihrem ersten Schultag allerdings kam sie nach Hause und sagte mir, sie würde nicht wieder hingehen.

»Ich habe zuviel versäumt«, sagte sie. »Das werde ich nie einholen.«

Mir war, als würde ich gleich zu weinen anfangen, aber sie hatte sich auf dem Boden niedergelassen und hob eine Ecke des Teppichs an, um den Boden darunter zu mustern. Ich konnte ihr Gesicht nicht sehen.

»Statt dessen werde ich das Haus renovieren«, sagte sie zu mir. »Was hältst du von Hartholzböden?«

Es muß ihr weh getan haben, mit ihren verformten Knien und geschwollenen Händen so auf dem Boden zu hocken, aber ihr Lächeln, als sie zu mir aufsah, war entschieden heiter.

Das Haar meiner Großmutter mit seinem silbrigen Glanz ist noch immer hübsch, aber wesentlich weniger voll, als es früher war, und auch brüchiger. Es reicht ihr jetzt nur noch bis auf die Schultern, und tagsüber trägt sie es zu einem schlichten Nackenknoten zusammengefaßt.

Nachts, bevor sie schläft, werde ich in ihr Zimmer gehen und ihr Haar lösen und auskämmen, wie es ihr Mädchen immer tat. Ich werde langsam und sorgfältig arbeiten und dafür sorgen, daß der Kamm nicht mehr von den kostbaren verbleibenden Strähnen mitnimmt, als unvermeidlich ist, und wenn ich fertig bin, werde ich ihr Haar rund um das Gesicht auflockern, so daß es ihre Züge einrahmt. Dann werden wir in den Spiegel schauen und mich in einem umgekehrten Stammbaum über ihr stehen sehen. Die Frau, die das Verbindungsglied zwischen uns ist, wird nicht anwesend sein, und das werden wir beide bemerken.

Großmutter, werde ich sagen (und meine Hände werden sich wieder mit ihrem Haar beschäftigen, während meine Augen unverwandt ihren Hinterkopf betrachten), *Obaasama*. Wie stehen die Chancen für das Leben einer Frau, wenn es gänzlich daraus besteht, für immer einen einzigen Mann zu lieben?

20. *Kapitel*

Es kann sein, daß Sekiguchi sie während des Krieges und auch danach zu lange allein ließ. Denn als Yukiko bei Kriegsende nach Tokio zurückkehrte, begierig, nach der langen Trennung das Zusammenleben mit ihm wiederaufzunehmen, stellte sie fest, daß er zunehmend von seinem Geschäft und von Staatsangelegenheiten in Anspruch genommen wurde.

Ich biete diese Erklärung an, denn nach dem Krieg gab es Anzeichen dafür, daß meine Großmutter Yukiko anfing, sich nach ihrer ersten Liebe Jun zu sehnen. Yukikos einzige Tochter war damals zehn Jahre und alt genug, um die Anzeichen zu erkennen und sich zu merken, obwohl es noch einige Jahre dauern sollte, bis sie in der Lage war, sie zu addieren und daraus auf einen anderen Mann zu schließen. Nachmittags hörte sie aus dem Schlafzimmer ihrer Mutter Schluchzen, unterdrückt, aber deutlich, und gelegentlich vernahm sie auch Liebeslieder, mit jenen falschen Tönen gesungen, die Akiko zusammenzucken ließen, denn sie selbst konnte eine Tonlage perfekt halten. Außerdem wartete Yukiko ungeduldig auf die Post und war immer mißgelaunt und mürrisch, wenn Tag um Tag lediglich geschäftliche Briefe für ihren Gatten eintrafen.

Doch zuvor kam der Tag, an dem Akiko, als sie durch die Straßen Tokios gingen, hörte, wie ein Mann ihre Mutter rief.

»Yukiko, Yukiko«, rief er mit eigenartig zitternder Stimme.

Yukiko und Akiko drehten sich um und erblickten eine unerwartete Szene: zwei Frauen, die die kunstvolle Schminke und die Kimonos von Geishas trugen, und zwischen ihnen auf dem Boden ein Mann. Er trug den

Overall der Arbeiterklasse, und sein Kragen war schief und verrutscht; Erbrochenes klebte auf seiner Hemdbrust. Ein Gesicht wies die verräterische Röte von zuviel Sake auf.

»Du fehlst mir, Yukiko, ich liebe dich, ich liebe dich so«, sagte er, und zu Akikos Entsetzen begann er zu weinen und seine Litanei unablässig zu wiederholen.

Eine der Geishas kniete nieder, um sich um den Mann zu kümmern, und versuchte, ihn mit Worten und Berührungen zu beruhigen. Yukiko schickte sich an, zu ihm zu laufen und sich ebenfalls hinzuknien, doch die andere Frau versperrte ihr den Weg, indem sie sich mit gespreizten Beinen vor dem Mann aufpflanzte und die Hand ausstreckte wie ein furchtloser Verkehrspolizist, der mit einer Geste einen Fünfzig-Tonnen-Laster stoppt.

Yukiko sah die Frau an und erstarrte. »Kaori«, sagte sie.

Die Frau erwiderte ruhig ihren Blick. »Du bist diejenige, die sich entschieden hat fortzugehen. Du kannst jetzt nicht mehr zurückkommen«, sagte sie. Und dann fügte sie mit leiserer Stimme hinzu: »Zu deinem eigenen Besten.«

Yukiko hätte nur um die vor ihr ausgestreckte Hand herumgehen müssen. Doch die Frau, die den Mann beschützte, war nicht nur so furchtlos wie ein Verkehrspolizist, sondern anscheinend auch ebenso effizient: Yukiko blieb stehen, noch immer die Hand ihrer Tochter umklammernd. Ohne einen Blick von Kaori zu wenden, wies sie vage auf den weinenden Mann. »Was tut ihr ihm an? Was *macht* ihr mit ihm?«

Ihr Ton war heftig, und als Akiko zu ihr aufsah, stellte sie fest, daß auf der Stirn ihrer Mutter eine Ader angeschwollen war.

»Nichts«, sagte Kaori. Sie ließ den Arm fallen und zuckte mit den Schultern. »Ich habe nur nach ihm Ausschau gehalten, das ist alles. Wie du siehst, ist er in den letzten paar Jahren ziemlich heruntergekommen.«

Yukiko nickte. Alle drei – Kaori mit den gespreizten Beinen, Yukiko und ihre Tochter – verharrten für ein paar lange Momente in ihren eigenen Vorstellungen. Kaori war diejenige, die schließlich den Bann brach. »Du solltest gehen. Denk an das Kind«, sagte sie sanft zu Yukiko und lächelte dabei ihre Tochter an.

Vom Jammern und Schluchzen des Mannes angezogen, hatte sich inzwischen eine kleine Schar neugieriger Zuschauer versammelt. Und Yukiko hatte schließlich eine Stellung zu wahren. Sie nickte Kaori zu, warf einen letzten Blick auf den Mann, drehte sich um und flüchtete. Sie ging so schnell nach Hause, daß Akiko laufen mußte, um mit ihr Schritt zu halten.

Nachdem sie den Eingang ihres großen, vornehmen Hauses erreicht hatte, warf Yukiko ihre Schuhe ab und rannte hinein. Akiko blieb allein an der Tür zurück. Noch im Mantel lief Yukiko in den Wohnraum, warf sich in einen Sessel und begann zu schluchzen.

Nach fünf Minuten blickte sie auf, mit roten Augen und tränenüberströmt, und sah, daß ihre Tochter sie anstarrte.

»Was starrst du denn so?« schrie sie. Und dann verschwamm Akikos Welt plötzlich zu einem roten Nebel, und obwohl sie es nicht wußte, empfand sie das gleiche Schwindelgefühl, das ihre Mutter gehabt hatte, als sie Sekiguchi zum erstenmal umarmte.

Dann saß sie auf dem Boden und hielt ihre Wange. Yukiko hatte sie geschlagen.

In der Nacht wachte Akiko halb aus dem Schlaf auf und sah, daß ihre Mutter über ihr stand. Nach und nach wurde ihr bewußt, daß die langen, kühlen Finger ihrer

Mutter ihr Gesicht berührten: eine stumme Entschuldigung, die sie, das Mädchen, das meine Mutter werden sollte, reserviert hinnahm und akzeptierte.

»Wer war diese Frau?« fragte sie schläfrig.

»Die Frau war meine alte Freundin Kaori«, sagte Yukiko, und dieses eine Mal war ihre Stimme weich. »Und der Mann«, fuhr sie langsam fort, »ist niemand, zumindest niemand, über den du dir Sorgen machen müßtest. Und jetzt schlaf weiter.«

Yukiko litt noch einige Monate und fand erst allmählich zu ihrer Ehe zurück. Zuerst hörte sie auf, auf die Post zu warten, dann sang sie nicht mehr, und schließlich war auch kein Schluchzen mehr zu hören. Sekiguchi war ein so rücksichtsvoller Ehemann, wie er es bei seiner beruflichen Belastung nur sein konnte, und verbrachte jeden freien Augenblick mit seiner Frau und seinen Kindern. Wenn er zu Hause war, strahlte Yukiko.

Meine Mutter ist die einzige Quelle für diese Geschichte. Als sie vier oder fünf Jahrzehnte nach diesen Ereignissen die Tagebücher ihrer Mutter bekam, las sie sie aufmerksam und suchte nach einer Erwähnung dieser ungewöhnlichen Begegnung oder auch nur einer Anspielung auf sie, einem Hinweis darauf, wie Yukiko sich gefühlt hatte, als sie auf diese Geister ihrer Geishavergangenheit stieß. Da es in den Tagebüchern keine Zeile gab, die darauf hindeutete, daß die Szene überhaupt stattgefunden hatte, bin ich stark versucht zu glauben, daß meine Mutter sich alles nur eingebildet hat. Doch es ist auch gut möglich, daß Yukiko diskret war und an die neugierigen Augen ihrer Dienerinnen und sogar ihrer Kinder dachte; noch wahrscheinlicher ist es, daß das Tagebuch, in dem ihre Affäre mit diesem Mann dokumentiert ist, ebenfalls den Flammen zum Opfer fiel.

Ich versuche, so wenig wie möglich an diesen Mann zu denken, diese seltsame Gestalt, die nur ihre erste Liebe, Jun, gewesen sein kann. Aber wie Phillip verfolgt er mich. Er kommt zwar nur am Rande von Yukikos Geschichte vor, aber er wirft einen langen Schatten, der den brillanten Erfolg, den ihr Leben darstellt, verdunkelt und schmälert. Im Unterschied zu Phillip, der quälende Gedanken an all das mit sich bringt, was hätte sein können, ist dieser Mann ein Gespenst, das die Möglichkeit heraufbeschwört, daß selbst in der besten aller möglichen Lieben nicht alles vollkommen ist; daß in der glücklichsten aller Ehen Reue dennoch eine Tatsache und Opfer eine Notwendigkeit ist.

Außerdem schlägt er einen falschen Ton an, so falsch wie Yukikos Gesang, und zwar über die Frage düsterer Warnungen hinaus. Dieser Mann, auf der Straße liegend, betrunken lallend, die Brust mit Erbrochenem verschmutzt und mit schiefem Kragen, dieses Bild, nicht ganz verdeckt von der mondgesichtigen Kaori, die ihn abschirmt, als wäre sie ein Verkehrspolizist: Er paßt nicht in das Bild, das ich mir nach allen Geschichten gemacht habe, die meine Mutter über Yukiko erzählt hat. Sicher liegt es nicht nur an den Märchen meines Vaters und den Familiengeschichten meiner Mutter, die sich in meiner Erinnerung vermischt haben, daß Yukikos Leben mir wie eine herausragende Romanze voller Zauber und wahrer Liebe vorkommt. Das Gefühl der Sehnsucht, das das Wiederauftauchen von Jun auslöste, verwirrt mich, denn gleich, wie ich Yukikos Geschichte betrachte (und inzwischen habe ich sie jahrelang hin und her gewendet und aus jedem nur möglichen Blickwinkel angeschaut), ich bin sicher, daß sie Sekiguchi geliebt hat.

Dennoch muß sie eine geheime Leidenschaft für ihre erste Liebe gehegt haben, denn anders kann ich mir die falsch gesungenen Liebeslieder, das gedämpfte Schluchzen hinter verschlossenen Türen und den Abdruck von Yukikos Hand auf der Wange meiner Mutter, nachdem sie sie geschlagen hatte, nicht erklären. Und so bin ich genötigt, an die Möglichkeit zu denken, daß Sekiguchi sie während des Krieges und auch danach zu lange allein ließ.

Großmutter, werde ich sagen. Liebe *Obaasama*, meine Märchenprinzessin, die du ein Leben voller Schicksalsschläge zu reinem Gold gesponnen hast. Wenn du, mit deinem Prinzen in dein Schloß eingesperrt, eine vorübergehende Sehnsucht verspürt hast nach der wilden Süße des Sohns des Ziegenhirten, seiner rauhen Haut, seinen bloßen Füßen und den Stunden, die er an deiner Seite verbracht hat – wenn du eine Zeitlang danach verlangt hast, in einer anderen Geschichte zu leben, dann weißt du doch, daß dir das niemand zum Vorwurf machen könnte, nicht wahr? Ich am wenigsten von allen, denn alles, wovon ich träume, ist eine Festung, die so stark ist, daß sie die Vergangenheit aussperren kann.

21. *Kapitel*

ERIC RUFT WÄHREND der Nacht nicht an, aber ich erwache am Donnerstag morgen ungewöhnlich erfrischt. Nachdem ich mich angezogen habe, gehe ich aus, um Eistee und Toilettenpapier zu kaufen, und schaue auf dem Rückweg bei der antiquarischen Buchhandlung in meinem Viertel vorbei. Als ich in die Lobby meines Wohnhauses zurückkomme, nicke ich Julio zu, meinem Lieblingsportier.

»Ich habe eine Überraschung für Sie«, sagt er zwinkernd.

»Wie nett«, sage ich. »Was denn?«

»Kommen Sie mit.« Geheimnisvoll winkt er mich zu einem der Lagerräume neben der Vorhalle. »Warten Sie hier«, sagt er und geht durch die Tür. Gleich darauf kommt er wieder heraus, beide Hände voller Ballons in Gelb und Blau und Grün und Rot. Er reicht sie mir.

»Die sind für Sie«, sagt er.

»Für mich?« sage ich verwirrt.

»Warten Sie, es sind noch mehr.« Mit einem breiten Grinsen auf dem Gesicht geht Julio nochmals in den Lagerraum und kommt mit einer weiteren Handvoll Ballons zurück. Dann geht er noch einmal und holt zwei weitere. Beladen mit Eistee und Toilettenpapier und vier antiquarischen Büchern, kann ich die Ballons nicht alle halten, und sie schweben an die Decke. Ihre Schnüre hängen so, daß man sie gerade noch erreichen kann. Die Halle wimmelt von ihnen.

»Die sind eben gekommen«, sagt Julio. »Jemand muß Sie sehr gern haben, nicht?«

»Anscheinend«, sage ich lächelnd.

Endlich reicht Julio mir eine Karte. Ich bedanke mich bei ihm und lese sie, während ich auf den Lift warte. In einer Schrift, die mir nicht vertraut ist (Erics Sekretärin? Die Verkäuferin aus dem Ballongeschäft?), steht darauf eine Nachricht, bei der der erste Buchstabe jedes Worts groß geschrieben ist, so daß sie sich liest wie der Titel eines Songs: *Ich Hoffe, Wir Können Immer Zusammen Sein. Alles Liebe Eric.*

Ich kann nur ungefähr fünfzehn Ballons auf einmal mit in den Aufzug nehmen, deshalb lasse ich die übrigen in der Halle schweben, während ich die erste Ladung nach oben bringe. Als ich im Flur meine Schlösser aufsperre, öffnet die alte Mrs. Noffz ihre Tür und mustert mich und meine Ballons. »Meine Güte«, sagt sie. »Wie hübsch.«

»Ja, nicht?« sage ich, öffne die Tür und lasse die Luftballons ins Wohnzimmer schweben.

»Sie sind wie Blumen«, sagt Mrs. Noffz.

»Ein Geschenk«, sage ich, als ich die Tür schließe und erneut den Lift rufe, dessen Türen sich sofort öffnen. »Das ist erst der Anfang. Gleich bringe ich noch mehr.«

Sie erwartet mich an ihrer Tür, als ich mit der nächsten Ladung zurückkomme. »Mir gefallen die blauen«, sagt sie. »Ihnen auch?«

Ich löse die Schnüre von meinem Handgelenk, wo ich sie zur Sicherheit locker festgebunden habe. »Ja«, antworte ich nach einem Moment.

Als ich die Tür meiner Wohnung schließe und nochmals zum Aufzug gehe, spricht sie wieder. »Aber das Grün ist auch hübsch.«

»Ja, finde ich auch«, sage ich. Ich steige in den Aufzug und winke ihr zu, als die Türen sich schließen. »Noch eine Fahrt, dann habe ich wohl alle.«

Die dritte und letzte Ladung ist die größte; ich schaffe es, mehr als zwanzig Ballons mitzunehmen, indem ich mich in einer Ecke des Lifts ganz klein mache. Als ich mit den bunten Ballons den Aufzug verlasse, steht Mrs. Noffz noch immer an ihrer Tür.

»Entzückend«, sagt sie, und dann äußert sie einen Satz, der dem, den Julio gesagt hat, sehr ähnlich ist. »Jemand muß Sie sehr lieb haben.«

Plötzlich bekomme ich Schuldgefühle, wirble herum und sehe sie an, doch ihr Gesicht zeigt keine Spur von Neid oder Bitterkeit. Im Gegenteil, sie lächelt so freundlich, wie sie es tut, wenn sie von der Hitze oder der Feuchtigkeit oder der Möglichkeit spricht, es könne regnen.

»Ich habe so viele«, sage ich. »Möchten Sie ein paar? Was soll ich schließlich mit so vielen Luftballons?« Ich teile die Ladung, die ich trage, in zwei Hälften, gehe zur Tür von Mrs. Noffz und gebe ihr eine. »Hier.«

Sie schaut bewundernd zu den Ballons auf, macht aber keine Bewegung, sie anzunehmen.

»Die Sonne ist heute zu hell für Mabel«, sagt sie.

»Ach ja?« sage ich. »Mrs. Noffz, möchten Sie ein paar Ballons?«

Ihre Hand läßt den Türknopf nicht los. »Heute morgen waren wir sicher, daß es regnen würde, aber die Wolken sind alle verschwunden.«

Widerstrebend beginne ich, meinen Arm zurückzuziehen. Ich empfinde absurde Enttäuschung. »Sind Sie sicher, daß Sie keine möchten?«

»Mir gefallen die blauen«, sagt sie.

»Möchten Sie nur einen in Blau?« Rasch trenne ich einen blauen Ballon von den übrigen und biete ihn ihr an.

»Aber das Grün ist auch hübsch.«

»Wie wär's mit einem blauen und einem grünen?« Etwas mühsam löse ich auch einen grünen Ballon von den anderen und halte ihn ihr zusammen mit dem blauen hin. »Ich finde, das ist eine hübsche Kombination.«

Gemeinsamen schauen wir nach oben und betrachten die beiden Ballons.

»Sie sind hübsch«, sagt sie schließlich. »Ich glaube, Mabel würde Spaß daran haben.«

Ihre Hand ist faltig und knochig, und sie zittert leicht, als sie sie vom Türknopf löst.

»Mabel und ich beten um Regen.«

»Ich auch«, sage ich und reiche ihr die Ballons. »Bis später, Mrs. Noffz«, füge ich leise hinzu, als ich die Tür schließe, aber dieses eine Mal antwortet sie nicht. Sie hat mich vergessen und schaut friedlich nach oben, die Schnüre der Ballons fest in der Hand.

Ich bringe alle Ballons in mein Schlafzimmer und lasse sie dort steigen; sie schweben an die Decke, bleiben dort hängen und stoßen gesellig gegeneinander. Es sind fünfzig, und sie lassen das Zimmer wie einen Garten aussehen. In der warmen Stille des späten Vormittags versetzt ein leichter Luftzug, der durch das offene Fenster kommt, die Ballons in wilde Bewegung. Ihre Schnüre verheddern sich, als sie einander an der Decke jagen, und ich schlafe mit dem Gedanken ein, ob es wohl so aussieht, wenn Ballons sich lieben.

Meine Träume sind schlicht und angenehm, und ich erwache beim Geräusch eines Pladderns am Oberlicht. Nach scheinbar wochenlanger Trockenheit regnet es heftig, aber die Sonne scheint noch immer; das Zimmer ist hell genug, um zu lesen. Vor dem Fenster brechen Tropfen das Licht wie Glas und lassen es in hundert verschiedene Richtungen blitzen. Ich wende langsam den Kopf vom Fenster ab und bereite mich auf den Anblick von Phillip vor, er steht zwischen den Ballons.

Hagelkörner und Wassertropfen rinnen von seinem Körper und aus seinem Haar. Nackt und bloß habe ich ihn bei hellem Tageslicht nie so aus der Nähe gesehen, und ich mustere seinen Penis mit einiger Aufmerksamkeit. Er ist schlaff, ohne verschrumpelt auszusehen, und wirkt nicht viel kleiner, als er bei einer Erektion wäre. Ohne Verlangen strecke ich die Hand aus und berühre ihn. Er ist glatt und naß und eiskalt anzufassen und schwer genug, um meine Hand nach unten sinken zu lassen. Er schwillt und wächst nicht, aber ich wäre zufrieden, ihn für immer so zu halten.

Seinen Penis noch immer in der Hand, schaue ich zu seinem Gesicht auf. Es ist so ausdruckslos wie immer, die Muskeln starr und unbeweglich, und doch, vielleicht wegen seiner Nähe, vielleicht in einer der blitzartigen Erkenntnisse, die oft dem vollen Erwachen aus dem Schlaf vorangehen, bin ich zum erstenmal fähig, die Zärtlichkeit in seinen Augen zu sehen. So oft zuvor habe ich versucht, die Gefühle herauszufinden, die hinter diesem unbeweglichen Gesicht lagen, aber wenn ich ihn nur angeschaut hätte, ihn wirklich angeschaut hätte, ohne mich von meinen eigenen Schuldgefühlen behindern zu lassen, dann hätte ich gewußt, warum Phillip zu mir zurückgekommen ist. Er kam nicht aus Eifersucht, er besuchte mich nicht, um dafür zu sorgen, daß ich mich an einem Fenster jahrelang nach ihm verzehre, wie meine Mutter sich nach meinem Vater verzehrt hat, und er kam auch nicht aus Bosheit in der Hoffnung, mein Leben mit Eric zu ruinieren. Phillip kam einfach deshalb zu mir zurück, weil er es mir versprochen hatte und weil er mich geliebt hat, genauso, wie ich ihn immer geliebt habe.

Ich packe seinen Penis fester, drücke ihn, bis meine Muskeln sich anspannen.

»Geh nicht«, sage ich. »Bitte, geh nicht.«

Langsam schüttelt er den Kopf. Er beugt sich vor, löst mit einiger Anstrengung meine Finger von seinem Penis und richtet sich wieder auf.

Er steht da, aufgerichtet und bereit wie ein Soldat. Ein ganzes Bataillon von Ballons sammelt sich an einer Stelle über und vor ihm, und dann, wie auf ein unsichtbares Zeichen hin, fallen sie auf ihn. Es sind so viele, daß ihr gemeinsamer Flug einen Windstoß verursacht, der sein und mein Haar zerzaust. Mit stiller, tödlicher Wucht drücken sie seinen Körper zu Boden und federn gleichzeitig seinen Sturz ab, so daß er lautlos fällt. Andere Ballons schweben in meiner Nähe, und als ich mich aufrichte, um zu sehen, was geschieht, drücken sie meine Arme auf das Bett, so daß ich mich nicht rühren kann. Phillip stößt und tritt, sein Gesicht ist nicht mehr zu sehen, und er wirft den Kopf hin und her, als ringe er nach

Luft. Ein paar Minuten lang ist der Raum erfüllt vom Geräusch seines Atems. Endlich, nach einem letzten Zukken, liegt er still.

Die Ballons zerstreuen sich langsam, schweben wieder nach oben. Sein Körper ist entspannt und schlaff, seine Füße sind nach außen gedreht. Eine seiner Hände scheint nach mir zu greifen, doch ich weiß, daß das nur Wunschdenken ist: Phillip mit seinen Narben, seinem schiefen Grinsen, seiner Leidenschaft für die U-Bahnen und seinen Augen, die ein eigenes Leben führten, ist tot.

Feierlich sammeln die Ballons sich über ihm zu einem Kreis. Es sind so viele, daß sie drei Schichten bilden, und die Schnüre hängen herunter wie ein dichter Vorhang. Sein Gesicht ist ruhig und wieder völlig ausdruckslos, ohne eine Spur seiner früheren Qual, und seine Augenlider verbergen seinen liebevollen Blick.

Das Summen des fernen Verkehrs auf dem Broadway wird immer lauter, bis die Geräusche der Motoren und der U-Bahn wie ein lautes Klagelied durch das Fenster dringen. Ich teile den Vorhang der Ballonschnüre und strecke den Arm aus, um Phillip zu berühren, aber sein Körper verläßt den Boden und treibt davon. Der Ring der Schnüre folgt ihm schützend, bis er sich gerade außerhalb meiner Reichweite befindet. Der Verkehrslärm verebbt zu dem üblichen, kaum wahrnehmbaren Murmeln. Phillips Körper schwebt noch ein oder zwei Sekunden am Fußende meines Bettes, und dann, mit einem Lichtblitz und einem Geräusch wie ein aufflatternder Vogelschwarm, ist er verschwunden.

Es ist kurz nach Mittag. Nach einer Weile wird mir bewußt, daß ich mich auf den Fersen vor und zurück wiege wie ein Liliputaner, den ich einmal auf einer Parkbank sah. Ich halte inne, als ich merke, was ich tue, und lege mich bäuchlings aufs Bett, um den Fußboden zu betrachten, wo der Luftzug den Staub aufgewirbelt hat. Ich schaue zu, wie er langsam wieder herabsinkt. Einige Staubpartikel werden von der Sonne getroffen, so daß sie für einen kurzen, strahlenden Moment leuchten wie das Gold auf Mottenflügeln. Als aller Staub am Boden ist, setze ich mich auf und streiche mein Haar zurück. Dann gehe ich ins Badezimmer, kämme mich und vertreibe mir die Zeit, bis Eric kommt.

Obaasama, werde ich sagen, liebe Großmutter. Wie hast du dich nach Sekiguchis Bestattung gefühlt? Hast du dich auch so reduziert, aber auch leichter gefühlt, wie ein Glas, das halb geleert wurde?

Eine halbe Stunde später trinke ich im Wohnzimmer Eistee, als das Telefon läutet. Es ist Eric.

»Hallo«, sage ich. »Danke für die Ballons.«

»Sie sind hübsch, nicht?« Er macht eine Pause, und ich kann hinter ihm Leute reden hören. »Tut mir leid, daß ich dich nicht früher zurückgerufen habe.«

»Ist schon gut«, sage ich, und dann kommen die Worte plötzlich wie ein Sturzbach. »Mir tut es auch leid – du bist so geduldig gewesen, und ich habe mich so schlecht benommen …«

»Hör auf«, unterbricht er mich, und die Ruhe seines Tons verurteilt mich für meinen Ausbruch. »Du hast dir nichts zuschulden kommen lassen.«

»Das stimmt nicht, aber danke.« Er antwortet nicht, und so räuspere ich mich und breche das Schweigen. »Und«, sage ich, »wie ist es dir ergangen?«

»Gut. Na ja, wenigstens bei der Arbeit ging es mir gut.«

»Das freut mich«, sage ich.

»Kiki«, beginnt er, und dann zögert er. »Kiki, ich möchte nicht am Telefon reden. Ich möchte dich sehen, jetzt gleich.«

»Warte – bist du nicht im Büro?«

»Ich bin früher gegangen. Im Moment bin ich in diesem Café in der 105th Street. Ich wollte vorbeikommen und dich überraschen, aber im letzten Moment habe ich gedacht, ich sollte besser vorher anrufen.«

»Du bist bloß ein paar Blocks entfernt?«

»Ja.«

»Dann komm her«, sage ich zu ihm. »Ich möchte dich gern sehen.«

Nacheinander sagen wir auf Wiedersehen und legen dann gleichzeitig auf.

22. *Kapitel*

Als wir uns sehen, sprechen Eric und ich zunächst nicht. Er steht in seinem eleganten Geschäftsanzug und mit der widerspenstigen Haarsträhne, die ihm immer in die Stirn fällt, gleich hinter der Tür, die Hände tief in den Hosentaschen vergraben. Er sieht mich an, dann schaut er auf seine glänzend polierten schwarzen Schuhe nieder. Er scharrt mit einem Fuß über den Boden, bis es quietscht. Wir beide schauen nach unten, als er zu sprechen beginnt.

»Schau«, sagt er mit lauter, arroganter Stimme, »ich muß ein für alle Male Bescheid wissen. Bist du dir sicher?«

»Ja.«

Er blickt vom Boden auf und richtet seine Worte direkt an einen Punkt an der Wand hinter mir. »Kiki, ich weiß, es war hart für dich, nachdem Phillip gestorben war, aber ich möchte nichts mehr davon hören. Ich glaube, ich war lange genug mitfühlend und geduldig. Es kommt eine Zeit, da muß man vergessen und weitergehen, und diese Zeit ist jetzt.«

Er schaut weg, blickt wieder zu Boden, als verüble er mir sogar dieses bißchen Freundlichkeit. Ich will schon gegen den harten Ton seiner Stimme protestieren, als er hustet und sich mit der Hand die Stirn reibt. Er dreht sich um, so daß ich sein Gesicht nicht mehr sehen kann, aber er ist eine Spur zu langsam: Ich muß heute einen Tag haben, an dem ich Menschen durchschauen kann, denn zum erstenmal erkenne ich, daß Zweifel hinter diesen schönen dunklen Augen lauern und die harte Linie seines Mundes Nervosität verrät. Eric hat Angst.

Etwas zupft jetzt an mir, ein fast physisches Bedürfnis, zu ihm zu gehen, seinen Kopf zu streicheln und ihn an meine Brust zu drücken. Es ist eine Zärtlichkeit, die tief aus meinem Inneren kommt, aus einem so verborgenen Winkel, daß ich mir seiner Existenz nie zuvor bewußt wurde. Doch ich widersetze mich dem Drang und bleibe still stehen, beobachte ihn, wie er auf seine Füße hinunterschaut.

Ich konnte nie ergründen, warum genau ich Phillip liebte, und ich konnte auch nicht definieren, was es war, das mich zu ihm hinzog. Aber als Eric kam und mich aus meiner Trauer lockte, so bald nach allem, was ich mit Phillip gehabt hatte, mußte ich mich fragen, warum ich mit ihm zusammensein wollte. Und ich kam zu dem Schluß, daß ich Eric eines Tages dafür lieben würde, daß er mich zuerst bei der Hand genommen und zu seinem Bett geführt hatte, für die Breite seiner Schultern, für die tröstliche Umschlingung seiner Arme, den Schirm, den er über mich hielt, als es regnete; ich würde mich wegen seiner Stärke und seiner Zuversicht in ihn verlieben. Aber ich irrte mich.

Obaasama, werde ich sagen, du, deren Mann ein Bankimperium gründete und leitete und so mächtig wurde, daß sogar der Kaiser vor ihm den Kopf neigte, Großmutter, ist dies ein Geheimnis, das du und ich miteinander teilen: daß die am meisten bewunderten Männer die bedürftigsten von allen sind?

Wenn man männlich, weiß, heterosexuell und sogar gut aussehend ist, wenn man durch Geburt, Erziehung, Begabung und Disposition zum Erfolg prädestiniert ist, wenn man sein ganzes Leben lang von allen Seiten gelobt, bewundert und bejubelt wurde, wenn man in der Tat Erfolg und nur Erfolg gehabt hat, dann nehme ich an, daß man sowohl zu den glücklichsten als auch zu den verwundbarsten Menschen auf der Welt zählt. Es muß ein bißchen beängstigend sein, alles bekommen zu haben, was man sich je gewünscht hat oder wünschen könnte. Wenn man immer solches Glück hatte, dann weiß man nicht, wieviel Unglück man ertragen und wie tief man fallen kann, ohne zu sterben.

Da ich nach Phillips Tod so betäubt war, daß ich nicht die Energie aufbringen konnte, von mir aus nach etwas zu verlangen, war es vielleicht unvermeidlich, daß das, worauf ich reagierte, die Tiefe von Erics Bedürfnis nach mir war. Es war seine Schwäche, die mich zu ihm hinzog: der Hilfeschrei hinter der Fassade des starken Mannes, die mageren weißen Knie und das Loch in seiner Socke, die Finger, die sich in mein Haar krallen, wenn er schläft. Am Ende erlag ich Eric, weil sein Bedürfnis nach mir stark genug für uns beide war.

Ich kann dem Drang nicht mehr widerstehen, der tief aus meinem Inneren kommt, und gehe oder vielmehr wanke langsam, fast unfreiwillig auf Eric zu. Doch noch während ich mich ihm nähere, denke ich, daß nun, da Phillip (die Spitze unseres Dreiecks, der Ehrengast unserer Party) wirklich und wahrhaftig fort ist, meine Beziehung zu Eric eine völlig andere Angelegenheit sein wird. Es ist nicht seine Schuld, aber wir werden ganz von vorn beginnen müssen.

Er wartet, studiert seine Schuhe.

»Okay«, sage ich.

»Also?« fragt er. »Wie lautet das Urteil?«

Er sieht kühl und geschäftsmäßig aus und klingt auch so, als warte er wirklich auf ein Urteil in irgendeinem Gerichtsfall, der ihn nicht viel angeht, aber seine Maske kann mich nicht mehr täuschen.

»Ich bin über Phillip hinweg. Er ist tot.« Dann lache ich, weil sich das so albern anhört. »Ich schätze, es war Zeit, mir darüber klarzuwerden.«

Er sieht mich einen Augenblick lang schweigend an.

»Und du möchtest mit mir zusammen sein?«

»Habe ich vergessen, das zu erwähnen?«

Er zögert, vielleicht noch immer scheu. »Bist du sicher?«

»Ach, Eric«, sage ich, und mehr bringe ich nicht heraus, aber irgendwie muß mein Gefühl in meiner Stimme zum Ausdruck kommen, denn seine Augen weiten sich, und langsam beginnt er zu lächeln.

Er streckt die Arme aus; ich schmiege mich hinein, und dann hält er mich eng umfangen.

Den ganzen Nachmittag und Abend und bis spät in die Nacht liebten Eric und ich uns unter den schrägen Schatten der schwebenden Ballons. Dazwischen lagen wir auf dem Rücken, die Hände hinter dem Kopf verschränkt, und redeten und lachten, während wir zusahen, wie die Ballons unter einem imaginären wolkenlosen Himmel aneinanderstießen und unsere Füße sich trafen und aneinander rieben. Als es zu dunkel wurde, um mehr als die Umrisse der Ballons zu sehen, flüsterten wir miteinander, lagen ineinander verschlungen da, unsere Gliedmaßen anonym im weichen Schimmer des New Yorker Lichts.

Die Motten im Wohnzimmer waren rastloser als sonst,

flatterten berauscht in weiten Bögen und Schwüngen umher. Es gab Dutzende und Dutzende von ihnen. Sie schienen zu feiern, und als ich zwischen ihnen hindurchging, fühlte ich mich, als stünde ich in glücklichen violetten Wolken. Wenn das Leben mit Eric Ballons im Schlafzimmer, tanzende Motten im Wohnzimmer und die ganze Zeit Sex bedeutet, dann läßt meine Zukunft mit ihm in der Tat Gutes erhoffen.

Jetzt ist es fünf Uhr morgens; das Zimmer ist voller Schatten, und die Ballons beginnen zu sinken. Farblos und formlos im blassen Licht scheinen sie drohend über uns zu schweben. Eine lose Schnur hängt herunter, und als die letzte Nachtbrise weht, streift sie Erics Stirn. Sein Gesicht zuckt, und ich ziehe die Schnur von ihm weg.

Eines Abends, als wir aus einem Restaurant in der Innenstadt kamen, näherte sich uns ein mexikanischer Junge und versuchte, uns knospende Rosen zu verkaufen. Es war nach Mitternacht, die Luft kalt, die Straßenlaternen sehr hell. Eric wollte mir eine kaufen, aber ich sagte ihm, daß ich nicht gern Blumen bekomme, daß es mich deprimiert, wenn die Blütenblätter abfallen und die Blätter zusammenschrumpfen und sich zu braunen Kugeln einrollen, die den Boden übersäen, wenn sogar in Büchern gepreßte Blumen letztlich unweigerlich zu Staub zerfallen. Der Junge wollte uns unbedingt überreden und war schrecklich komisch, und so kaufte ich nach langem, freundschaftlichem Handeln schließlich vier schrecklich überteuerte Rosen für Eric, und wir alle drei – Eric, ich und vor allem der Junge – zogen erfreut über den Handel von dannen. Aber die ganze Zeit hat Eric nicht vergessen, daß ich nicht gerne Blumen bekomme. Statt dessen kauft er mir Süßigkeiten aus Indien und Gebäck aus Griechenland, große Geschenke wie goldene Ohrringe und den Fernseher und jetzt die Luftballons.

Der Himmel ist blau und wird immer blauer, aber die Sonne ist noch nicht aufgegangen. Im schummrigen Licht des Schlafzimmers kann ich die Einzelheiten der Finger meiner linken Hand nicht erkennen, aber als ich sie gegeneinander reibe, kann ich die harte Oberfläche spüren, wo die Haut über den Blasen nachgewachsen ist. Ich sehe Eric an, der neben mir liegt und so tief schläft, daß er dieses eine Mal keine kleinen Geräusche von sich gibt, und wie meine Mutter und vor mir ihre Mutter neige ich den Kopf, um Dankbarkeit auszudrücken. Er rührt sich im Schlaf, als verstünde er, und rollt zu mir herüber. Wie eine Welle hängt sein Arm einen Moment in der Luft, bevor er über meinen Körper fällt. Er ist zu schwer, und plötzlich scheint das Bett beengend und beklemmend heiß. Ich möchte ihn wegschieben und nach draußen laufen, aber dann, genauso schnell, ist der Moment vorbei. »Eric«, flüstere ich wie einen Zauberspruch. Still danke ich ihm noch einmal, ziehe seinen Arm enger um mich, und dann schließe ich die Augen.

Nach nur drei oder vier Stunden Schlaf steht Eric um sechs Uhr auf, damit er noch nach Hause fahren und sich umziehen kann, bevor er wieder zur Arbeit geht. Diesmal erwache ich mit ihm; wir kleben auf dem ganzen Weg zur Wohnungstür und dann im Flur aneinander. Mrs. Noffz, die einen mit Blumen bedruckten Morgenrock und ihre roten Gummistiefel trägt, öffnet die Tür und sieht wohlwollend zu, wie wir uns im Flur küssen. Als der Aufzug kommt, steigt Eric ein, aber wir lösen uns nicht voneinander, bis die Tür fast unsere Nasen einklemmt.

Er ruft mich aus dem Büro dreimal an, nur, um hallo zu sagen.

Am Abend kommt er direkt nach der Arbeit; ich begrüße ihn mit einer innigen Umarmung an der Tür, und wir gehen direkt ins Bett. Drei Stunden später sind wir so hungrig, daß wir uns widerstrebend anziehen, um die Wohnung zu verlassen. Ich bin herrlich wund von all dem Sex. Wir gehen in ein äthiopisches Restaurant, das Phillip und ich entdeckt haben; ich bin stolz auf mich, weil die Erinnerung mir nicht einmal einen Stich versetzt.

Als wir wieder nach Hause kommen, sitzen wir bis Mitternacht auf dem Sofa im Wohnzimmer. Seine Küsse sind süß, und ich genieße ihren Geschmack auf meinen Lippen. Das Zimmer ist vollkommen dunkel; sogar die Motten schlafen.

Ich gehe ins Badezimmer und putze mir die Zähne; er ist so müde, daß er direkt ins Bett geht. Er schläft mehr, als daß er wach ist, als ich unter die Decke schlüpfe, und seine Stimme ist ein in der Stille fast verlorenes Murmeln. »Weißt du«, sagt er, »du hast wie ein kleines Mädchen gewirkt, als du in dem Juwelierladen so geweint hast.«

»Ich schätze, ich habe mich auch so benommen«, sage ich leise.

Ohne zu antworten, legt er einen Arm über mich, direkt unter meiner Kehle. Sein Gewicht ist warm und angenehm, aber ich weiß, wenn er nicht daran denkt, ihn wegzunehmen, ehe er einschläft, werde ich morgen mit einem steifen Hals aufwachen.

»Eric?«

Sein Atem ist schon tief und regelmäßig geworden, und er braucht lange, bis er antwortet. »Ja?«

»Ach, nichts«, sage ich, denn was bedeutet denn schon ein steifer Hals angesichts seiner Liebe?

Seine Arme halten mich eng umschlungen, und in weniger als einer Minute bin auch ich fast eingeschlafen. Diesmal ist er es, der mich weckt.

»Kiki.«
»Hmm?«
»Ich habe dich wirklich vermißt.«

Ich zögere nur für den Bruchteil einer Sekunde. »Ich dich auch.«

Er küßt mich auf die Schulter, und dann schläft er ein, sein Körper umfängt mich eng wie ein Schneckenhaus, und seine Finger sind in mein Haar gewunden.

23. Kapitel

DIESE FLITTERWOCHENPERIODE, so süß und alles verzehrend sie auch ist, muß sich den Verpflichtungen der Außenwelt beugen, und deshalb beschließen Eric und ich am nächsten Tag, daß wir uns nur sehen können, wenn wir dann auch arbeiten. Trotzdem kann Eric sich erst nach einem weiteren seligen Zwischenspiel im Schlafzimmer auf seine Papiere konzentrieren und ich meine Aufmerksamkeit einem Buch zuwenden. Das Telefon läutet.

»Hallo?« sage ich arglos, eingelullt vom Glück der letzten paar Tage, aber dann beginnt die Haut meiner Arme zu kribbeln, weil ich wieder das schwache Wimmern in der Leitung höre und es jetzt endlich und unverkennbar zu identifizieren ist: Es ist das Geräusch von jemandem, der tonlos summt. Ich höre eine Weile zu, unwillkürlich hypnotisiert, ehe ich den Hörer auflege. Ich sitze auf der Couch und schaue auf mein rechtes Knie nieder, das sich auf und ab bewegt wie das eines rastlosen Schuljungen, und dann hebe ich den Kopf und sehe Eric an. Er sitzt am anderen Ende des Zimmers und ist in einen gelben Notizblock vertieft; er macht sich nicht einmal die Mühe zu fragen, wer am Telefon war oder nicht war, obwohl sein Kopf beim ersten Läuten hochzuckte.

An einem kalten Tag im letzten Januar hatte ich mich hinter einer Pyramide aus Tomaten versteckt, um Phillip und eine große, blonde Frau zu beobachten, die auf dem Markt eine Aubergine auswählten. Nachdem ich an diesem Nachmittag nach Hause gekommen war, war ich sofort ans Telefon gegangen, meine Finger hatten ein paar Sekunden über den Tasten geschwebt, und dann hatte ich Phillips Nummer gewählt, ein Läuten gehört, schnell wieder aufgelegt und kaum glauben können, daß ich in die Dummheiten der Jugend zurückfiel.

»Du hast mit ihr geschlafen, nicht?« sage ich.

Eric hebt den Kopf, seine Augen sind groß, seine Brauen hochgezogen, sein Mund schlaff – ein Bild der Unschuld. »Wovon redest du? Von *wem* redest du?«

»Diese Asiatin aus deinem Büro«, sage ich. »Theresa Chan.«

Er nickt vor sich hin, und ich bin erstaunt darüber, wie schnell er seinen Bluff aufgegeben hat. Er muß seit langem den Wunsch zu beichten gehabt haben. Er seufzt und sieht mich endlich an. »Ich habe ein paarmal mit ihr geschlafen, bevor ich dich kennenlernte.«

»Ich wußte es«, sage ich langsam. Ich erinnere mich, wie sie mich ansah, als ich sie im Büro traf, den Kopf leicht zurückgeworfen, die Augen (schmal und wesentlich dunkler als meine eigenen) kühl und nachdenklich, während sie mich musterte.

Dann denke ich acht Jahre weiter zurück und erinnere mich, was ein großgewachsener Mann mir einmal über das sagte, was sich zwischen den Beinen einer Asiatin befinde, und wie ich davonrannte und ihn stehenließ, ohne mit einem Wort zu antworten.

»Und die Anrufe?«

Eric fährt sich mit den Fingern durch die Haare und

erzählt mir, sie habe ihn eines Abends bei mir zu Hause anrufen wollen und um meine Nummer gebeten, aber er habe sie ihr nicht gegeben. Er sagt, er hätte gehofft, es wäre vorbei, bis er Wochen später eines Nachmittags an mein Telefon ging und feststellte, daß sie der Anrufer war. »Ich weiß nicht, woher sie deine Nummer hat, und ich weiß nicht, was sie gedacht hat. Ich glaube, sie wußte es selber nicht«, sagt er. Zum erstenmal sieht er verwirrt aus, die Linien um seinen Mund sind gespannt, und das Haar, von seinen Fingern zerzaust, fällt ihm über ein Auge. »Ich weiß, da hätte ich es dir sagen sollen, aber ich habe immer noch gehofft, es würde einfach vorbeigehen und sie würde einen anderen finden ... Es tut mir leid, Kiki.«

»Hast du auch noch mit ihr geschlafen, nachdem du mich kennengelernt hattest?« sage ich, und der ruhige Ton meiner Stimme ist ein kleines Wunder.

»Nein. Na ja, doch. Nur eine Nacht. Weißt du noch, daß ich, als du vorige Woche anriefst, um dich mit mir zu verabreden, nicht zu Hause war? Das war die Nacht«, sagt er und fügt schnell hinzu: »Aber das war nicht nur meine Schuld. Du mußt auch berücksichtigen, wie ich mich gefühlt habe – ich gehe mit dir einen Verlobungsring aussuchen, und du brichst mitten im Juweliergeschäft in Tränen aus.«

Ich sehe ihn ein paar Augenblicke ungläubig an, dann schließe ich die Augen und zwinge mich, langsamer zu atmen. Aber als ich sie wieder öffne und Eric anschaue, geht mein Atem wieder schneller: Er weicht zwar meinem Blick aus, aber sein Gesicht ist nicht brennend rot vor Scham.

Ich möchte einen Schuh nach ihm werfen, einen, der erheblich schwerer und härter als ein Slipper ist – vielleicht einen Stiefel mit hohem Absatz und Schnallen. Dann, während er weiter zu mir spricht und argumentiert, asiatische Frauen könnten für ihn kein Fetisch sein, weil sie zuerst auf ihn zugegangen sei, fange ich an, an das befriedigende Krachen von Metall auf Knochen zu denke. Ich sehe mich im Zimmer nach Möglichkeiten um: die Schürhaken neben dem Kamin, meine gußeisernen Buchstützen und die hohe Stehlampe in einer Ecke des Zimmers.

»Außerdem«, fährt er fort, der Gefahr nicht bewußt, in der er schwebt, noch immer in sein Thema vertieft, »kann ich gar kein Fetischist sein, weil ich sie nicht einmal hübsch finde; ihre Haare sind strähnig, ihr Gesicht unattraktiv, und sie ist viel zu mager.«

»Das ist es ja, was einen Fetisch ausmacht«, versetze ich scharf. »Du willst mit ihr schlafen, obwohl du sie nicht attraktiv findest und obwohl sie – was viel, viel schlimmer ist – mich am Telefon terrorisiert.«

Wir starren einander an, aber noch immer bin ich die einzige, die heftig atmet.

»Du hättest mir gleich von den Anrufen erzählen sollen, als du einen Verdacht hattest«, sage ich. »Und wieso hast du mir nicht gesagt, daß du mit jemandem zusammen warst, als wir uns kennenlernten?«

Erics Worte sind aufreizend vernünftig, seine Stimme unerträglich ruhig. »Ich fand es einfach nicht erwähnenswert. Warum sollten wir uns auf all das einlassen, nachdem wir uns eben erst getroffen hatten, und die Dinge unnötig komplizieren? Was ich mit Terry hatte, hatte nichts mit dir zu tun.«

Wir streiten oder reden auch nur, drehen uns im Kreis herum, vor und zurück, und kommen nur manchmal ein Stückchen weiter.

»Hattest du wenigstens vor, mir irgendwann davon zu erzählen?«

»Ja«, sagt er entschieden, und dann schüttelt er den

Kopf, und lächelt etwas reumütig, was in jedem anderen Zusammenhang entwaffnend wäre. »Irgendwann, weit in der Zukunft jedenfalls. Vielleicht, wenn wir alt und verheiratet wären, mit einem Hund und einer Hypothek und zwei Kindern, und zusammen darüber lachen könnten.«

Sein letzter Satz hängt zwischen uns in der Luft, und ich denke an unser erstes Zusammentreffen zurück, das gemeinsame Lachen in der Dunkelheit vor etwas mehr als einem Jahr. Er muß ähnliche Gedanken gehabt haben, denn er sieht mich fest an und sagt: »Ja, ich mochte sie gern, und wer weiß? Vielleicht hätte es schließlich zu irgendwas geführt, aber dann habe ich dich kennengelernt, Kiki, und es hört sich vielleicht gefühllos an, aber danach dachte ich gar nicht mehr an sie.« Er reibt sich mit einer Hand den Nacken und fragt plötzlich: »Erinnerst du dich, wie wir uns das erste Mal getroffen haben?«

Ich zucke mit den Achseln. »Sicher.«

Er rutscht vom Sofa und setzt sich auf den Boden, die Beine leicht angezogen. »Du kamst zu spät aus der Pause zurück und mußtest an mir vorbei, um zu deinem ...«

»Müssen wir jetzt davon reden?«

»Und du hast mir auf den Fuß getreten«, sagt er liebevoll. »Weißt du das noch?«

Ich schüttle den Kopf.

»Und dann blieb deine Handtasche an der Armlehne hängen, und du stecktest fest, zerrtest an der Tasche und versperrtest mir fast eine Minute lang vollständig die Sicht«, fährt er fort und rutscht näher zu mir.

»Das weiß ich auch nicht mehr.«

»Dein Haar kam mir ins Gesicht, und ich mußte niesen.«

»Oh«, sage ich. »Nun ja. So viel zu tollen Anfängen.«

»Aber es war ein toller Anfang. Du hast dagesessen

und dein Programm in Schnipsel zerpflückt, ohne es auch nur zu merken. Du warst vollkommen weggetreten – fast in einer anderen Welt, und ich dachte, wenn nicht jemand dieses Mädchen festhält, wird sie in den Himmel entschweben, und kein Sterblicher sieht sie jemals wieder.« Er holt tief Luft und schaut auf seine Knie nieder. »Ich wollte mich um dich kümmern, dich beschützen – und vielleicht klingt das schrecklich, aber ich wollte, daß du mich bemerkst. Du hattest etwas an dir – du warst so hochnäsig und – und irgendwie zerbrechlich. Und natürlich auch schön«, fügt er hinzu.

»Und Terry?«

»Ich habe ihr sofort von dir erzählt. Ehrlich gesagt, ich dachte nicht, daß es ihr etwas ausmachen würde. So ernst war es zwischen uns nicht, und ich wußte, daß sie damals auch andere Männer traf. Aber sie war trotzdem schrecklich bestürzt deswegen, ob sie dazu ein Recht hatte oder nicht.«

Eric sitzt jetzt neben mir auf der Couch, ziemlich nah, aber nicht so, daß wir uns berühren.

Ich versuche, meine Gedanken auszusperren, aber die Bilder, gegen die ich kämpfe, kommen trotzdem auf, in voller Farbenpracht und unerwünscht detailliert: er und sie ineinander verschlungen, wie sie sich auf einem Ledersessel küssen, halb bekleidet auf einem grauen Teppich, nackt und angestrengt in seinem Bett. Sein Gesicht vor Lust verwandelt, die Ader auf seiner Stirn geschwollen, die langen, gerundeten Waden in fleischfarbenen Strümpfen mit einer Laufmasche an der Ferse.

Er streckt eine Hand aus und legt sie auf mein Knie. Seine Berührung läßt mich erschauern; ich weiß nicht, ob vor Abscheu oder Verlangen. »Ich weiß, daß das, was ich getan habe, falsch war«, sagt er zu mir, »aber du hast mich zu ihr getrieben.«

»Ich habe dich zu ihr getrieben«, sage ich langsam. »Ich habe dich zu ihr getrieben?«

»Ja«, sagt er. »Mit all dem Gerede über Phillip. Als ich das erste Mal mit ihr zusammen war, hattest du gerade …«

»Das erste Mal?« frage ich. »Ich meine, du hättest gesagt, es wäre nur einmal passiert.«

»Okay«, sagt er. »Du kannst es ruhig wissen. Ich war noch ein anderes Mal mit ihr zusammen, vielleicht einen Monat, nachdem wir beide angefangen hatten, miteinander zu schlafen, aber das war alles, ich schwöre es.«

»Du Arschloch«, sage ich mit Inbrunst, und ich senke den Kopf, so daß mein Haar einen Vorhang vor meinem Gesicht bildet.

»Schau«, sagt er, »ich weiß, ich habe kein Recht, mich hier moralisch aufs hohe Roß zu setzen, und ich versuche es auch gar nicht. Aber der Umgang mit dir war nicht leicht – eigentlich hat alles angefangen, weil ich auf dich eifersüchtig war.«

»Eifersüchtig auf mich«, sage ich, denn ich bin zu einem Echo geworden. »Du warst eifersüchtig auf mich.«

»Warte. Hör mich erst an. Ich habe dich betrogen, aber es war Rache. Ich konnte es nicht mehr ertragen, dieses ganze Gerede über Phillip.«

Seine Handfläche, die auf meinem Knie liegt, fühlt sich allmählich sowohl schwer als auch klebrig an: eine unangenehme Empfindung.

»Es ging nicht nur um Rache«, sage ich. »Übernimm die Verantwortung und hör auf, mir die Schuld an dem zu geben, was du getan hast.«

»Hör mir nur eine Sekunde lang zu«, sagt er. Als ich widerstrebend nicke, beginnt er zu erklären: »Es passierte an einem Tiefpunkt in unserer Beziehung, als ich anfing zu denken, du würdest nie über Phillip hinwegkommen, und dann wurde mein Team zu diesem Fall nach Pittsburgh geschickt, erinnerst du dich? Sie war auch dabei, und …«

Du lügst, du betrügerischer Bastard, denke ich. Du Feigling, du eingebildeter Narr.

»Ich habe versucht anzurufen, aber …« Er verstummt. »Warum siehst du mich so an?«

»Ich weiß nicht, wie ich dich ansehe.«

»Ich weiß es auch nicht … Sprich mit mir«, sagt er, und sein Gesicht wird sichtlich blasser. »Woran denkst du, wenn du mich so ansiehst?«

»Du bist ein Bastard, weil du mich betrogen hast, und ein Feigling, weil du gelogen hast.« Es hört sich richtig an, denke ich, aber als ich seine Hand von meinem Knie schlage, merke ich, daß meine Hände zittern, und ich setze mich darauf.

Seine Augen blicken etwas verschwommen, als er mich ansieht, und er braucht eine Weile, bis er antwortet. »Ich schätze, das habe ich verdient.«

Nach reiflicher Überlegung komme ich zu der Entscheidung, daß es angesichts meines Ziels keine ausreichende Strafe wäre, eine Buchstütze nach ihm zu werfen. Der Kontakt ist auch nicht eng genug.

Ich möchte ihn schlagen, mit der Faust ins Gesicht, genauso, wie mein Vater nachts meine Mutter verprügelte und purpurne Ringe um ihre Augen, geschwollene Lippen, blaue Flecken auf den Wangen und Blutspuren hinterließ, die morgens mit kaltem Wasser aus Blusen gewaschen werden mußten.

Minuten vergehen unter Schweigen.

Wir sitzen getrennt voneinander an beiden Enden der Couch. So krumm, wie Phillip immer dasaß, läßt Eric den Kopf auf die Brust sinken. Seine Beine sind gespreizt. Ich habe die Knie an die Brust gezogen und die Arme darum gelegt, so daß mein Körper einen festen Ball bildet.

»Werden wir darüber hinwegkommen?« sagt er. Seine Worte sind undeutlich, und am Ende bricht seine Stimme; als ich zu ihm hinüberschaue, sehe ich, daß sein Gesicht endlich tiefrot ist.

»Ganz gleich wie, es wird viel Zeit brauchen«, sage ich warnend. »Und vielleicht werde ich es nie ganz überwinden. Aber ich werde es versuchen.«

»Danke«, sagt er.

Ich nicke knapp.

Über ein paar von Erics früheren Freundinnen weiß ich im großen und ganzen Bescheid: seine Collegefreundin Sylvia, schwarzhaarig, ehrgeizig und mit einer Begabung für Zahlen, süchtig nach Seifenopern, dem *Wall Street Journal* und Mathematik; die sinnliche Elena, eine Turnerin und Jurastudentin aus Kiew, die ihre Arme in unglaublicher Verrenkung um ihren wohlgeformten Hintern legen konnte – Bindungen, die aus gesunder sexueller Attraktion geboren waren, eine Kurve des Begehrens, die anstieg, zum Höhepunkt kam und schließlich wieder abfiel. Das waren Beziehungen, die ich verstehen konnte. Aber Theresa Chan gehört in eine andere Kategorie, ist eine so unmittelbare Bedrohung, daß ich ihre Bitterkeit auf meiner Zungenspitze spüren kann.

Der Gedanke an sie lauert im Hintergrund, als ich mich strecke und zu Eric beuge, der mit einer Hand seine Augen verbirgt. Mir steht die Laufmasche in ihrem Strumpf vor Augen, als ich sein Handgelenk nehme und ihn, der jetzt große Augen macht und anfangs widerstrebt, zum Bett führe. Ich ziehe ihn langsam aus, und dann werfe ich rasch meine eigenen Kleider ab. Ich sehe ihn unverwandt an, als ich entschlossen auf ihn steige, erregter, als ich je in meinem Leben war. Sie ist da, als ich sehe, wie sein Gesicht streng wird, die Ader auf seiner Stirn anschwillt und seine Augen sich endlich schließen.

Großmutter, werde ich sagen. *Obaasama*. Als du als Geisha gearbeitet hast, hast du da je deine Beine um einen Mann geschlungen und Lust aus ihm gesogen und dabei die ganze Zeit das Gefühl gehabt, du könntest ihn umbringen?

Als es vorbei ist, schließt Eric für einen langen Moment wieder die Augen. »Jesus«, flüstert er und zieht das Wort in die Länge: Es ist ein Gebet.

Ich liege neben ihm flach auf dem Rücken und unterdrücke eine Welle der Hysterie. Ich wünsche mir vergeblich jemanden, der den Witz mit mir teilen könnte: daß ich unrecht hatte, an Phillip und seiner Liebe zu mir zu zweifeln; und auch unrecht hatte, Eric und seiner Hingabe zu vertrauen, aber die ganze Zeit recht (der geringfügigste und bitterste aller möglichen Triumphe), als ich annahm, daß Eric von gelber Haut und schwarzen Schlitzaugen fasziniert ist.

24. Kapitel

ALS SIE SICH DEM Ende ihres siebenundsechzigsten Lebensjahres näherte, stellte meine Großmutter Yukiko fest, daß sie in eine Vergeßlichkeit glitt, die ihrerseits sowohl einfach als auch wunderbar zu vergessen war. Namen und Gesichter entfielen ihr, und auf dem Gehsteig mußte sie sich verstellen, am Telefon stammelte sie. Sie verlegte Schlüssel, Briefe, Bücher, vergaß halb ausgetrunkene Tassen mit lauwarmem Tee, Schüsseln mit dampfendem Reis und einmal sogar ihr neues Auto, das sie aus der Stadt hinausgefahren und dann vergessen hatte; sie nahm für den Rückweg die U-Bahn, einen Zug und dann ein Taxi, wie sie es gewohnt war. Schlimmer noch, wenn sie in die Suche nach etwas Wertvollem vertieft war und auf Händen und gebrechlichen Knien den Kopf beugte, um unter das Sofa oder das Bett zu schauen, während um sie herum ihre Papiere und ihre Möbel in Unordnung waren, stellte sie oft fest, daß sie vergessen hatte, was sie überhaupt suchte.

Doch während sie das Leben um sie herum allmählich immer weniger im Griff hatte, erhob sich die Erinnerung an die Vergangenheit und umfing und tröstete sie so zärtlich wie eine Mutter. Die Bilder, Geräusche und Gerüche ihrer Kindheit, selbst die lange verloren geglaubten, kehrten mit erstaunlicher Klarheit zurück: die Rufe ihrer Brüder, wenn sie oben in den Bäumen spielten, die trüben Augen des Feudalherrn, dem die Bäume gehörten, ihre neuen Brüste, die im Bad oben schwammen, der Geruch von Gras, der den Beginn der langen Sommer des Nordens ankündigte, der seidige Klang des lispelnden Flüsterns ihrer Mutter.

Sie erinnerte sich auch an die Männer, deren nach Sake riechenden Atem sie manchmal genoß, häufiger aber nur ertrug, und einen plattfüßigen jungen Mann, der zum erstenmal durch den Staub zum Geishahaus ging. Sie erinnerte sich an das Baby, dessen Asche in eine Urne gefüllt wurde, und die anderen, die wie Bambus aufschossen, den Druck der Körper ihrer Kinder, wenn sie sich im Luftschutzbunker neben ihr duckten, den an Hühner gemahnenden Geschmack der Grashüpfer, die sie auf den Reisfeldern fingen. Sie erinnerte sich an ihre schönen, schweren Kimonos, deren lange Ärmel sich blähten, wenn sie im Wind trockneten.

Die Macht der Vergangenheit und die neu gefundene Gelassenheit und Zuneigung, mit der sie sie noch einmal an sich vorüberziehen ließ, bewirkten, daß sie sich fast nichts aus den Veränderungen machte, die sich in ihren Körper eingeschlichen hatten. Ihr Haar, einst so dicht und voll, war dünner geworden und von grauen Strähnen durchzogen. Die Brüste, die sie einst mit ihrer Größe beschämt hatten, hingen jetzt schwer herunter, während ihre Fußknöchel und Handgelenke dünn wie Stöcke und fast so zerbrechlich waren. An regnerischen Tagen schmerzten ihre Knochen. Die einzige Veränderung, die ihr jedoch wirklich Kummer machte, war der Umfang ihrer Taille und Hüften – Fettpolster, die sie nicht loswerden konnte, sosehr sie sich auch bemühte. Trotzdem hielt sie sich aufrecht wie eh und je, mit aller Selbstsicherheit intakter Schönheit, der lässigen Haltung und den gebieterischen Augen einer Frau, die Bewunderung als selbstverständlich hinnimmt.

Es war die friedlichste Zeit ihres Lebens, versüßt durch die Tatsache, daß sie sie mit ihrem Mann teilte. Sie verbrachten viel Zeit damit – gewöhnlich mit geringem Erfolg –, einander an die zahlreichen Tabletten zu erinnern, die sie einnehmen mußten, Präventivmaßnahmen gegen die Fülle meist nicht tödlicher Krankheiten, die Hand in Hand mit dem Älterwerden kamen. Keiner von ihnen schlief mehr viel; seine Schlaflosigkeit im Alter holte endlich ihre lebenslängliche ein, und sie saßen bis tief in die Nacht am Eßzimmertisch; er studierte an einem Ende den Markt, sie kritzelte in der Mitte mit ihrem Füller über das Papier. Ihre Fernsicht wurde besser in dem Maß, wie ihre Nahsicht nachließ, so daß sie ihre Bücher und Papiere immer weiter von ihren Augen weghielten, wenn sie lasen. Im Herbst machten sie sich gemeinsam auf und kauften Brillen, dünne Stahlgestelle mit halbmondförmigen Gläsern, die sie häufiger suchten als benutzten.

Trotz der zwei Jahre, die sie trennten, schienen Yukiko und Sekiguchi sich im Alter so nahe, daß sie beide schockiert waren, als er im Winter seines dreiundsiebzigsten Jahres an einer leichten regionalen Form von Grippe erkrankte und eine Woche später, als er genesen war, alt aussah. Sicher, er und Yukiko standen schon einige Jahre an der Schwelle zum Alter, doch die Plötzlichkeit und Heftigkeit seines Verfalls überraschte sie beide.

Dieser Prozeß, einmal begonnen, schritt rasch voran. Obwohl sein gutes Auge rund und klar blieb, schwoll das schlechte an, bis es fast geschlossen war, und sein linkes Bein vermochte ihn häufig überhaupt nicht mehr zu tragen. Bald konnte er sich morgens manchmal nicht mehr aufsetzen. Die Ärzte waren verblüfft. Unter Verbeugungen entschuldigten sie sich und vermochten nur zu sagen, es sei, als wären die Pocken, die ihn als Jungen fast umgebracht hätten, nun entschlossen, ihr Werk zu Ende zu führen.

Hartnäckig beharrte Sekiguchi darauf, seinen Beruf weiter auszuüben, und Yukiko bestärkte ihn darin. An den Tagen, an denen er zu Hause blieb, vor Schmerzen mürrisch und mißgelaunt, saß sie am Bett und sagte ihm scherzend, er sei ein alter Bär. Wenn er neben ihr einschlief, blieb sie nie, um über ihn zu wachen, sondern machte Besorgungen oder schrieb oder gönnte sich ein Nickerchen in den Bädern, mit denen sie sich am liebsten verwöhnte. Die Frauen seiner Freunde tuschelten über ihre scheinbare Gleichgültigkeit und unterstellten ihr, sie wolle seinen Tod sogar beschleunigen. Selbst die Frauen aus der Nachbarschaft, die sie inzwischen tolerierten, wenn nicht akzeptierten, sprachen davon, daß jetzt, da Sekiguchi von ihr abhängig sei, endlich ihr Geishaherz zutage trete.

In dem Dorf, in dem sie lebten, eine halbe Stunde von Tokio entfernt, sprechen die Leute noch immer über seinen Tod. Der medizinische Bericht besagte, daß Sekiguchi von Komplikationen nach einem Schlag auf den Kopf getötet worden sei. Zumindest war da der Gedanke, daß er schnell gestorben war. Sie mußten in der Asche des Hauses suchen, um seinen Leichnam zu finden, doch während sein Haar abgesengt war, war nur sein rechter Ellbogen verbrannt, und das nicht einmal schlimm: nicht schlimmer, als man sich an einem Bügeleisen oder einem heißen Herd verbrennen kann.

Er starb in einer kühlen, trockenen Nacht im Juni, nur drei Tage vor der Monsunzeit. Ein kleines Erdbeben, gerade stark genug, um einen Papierbecher umfallen zu lassen, löste im Haus einen Kurzschluß und dadurch ein Feuer aus. Der Wind wehte kräftig und fachte die Flammen an. Gute fünfzehn Minuten vergingen, bis die Feuerwehr benachrichtigt wurde, und da war das Haus schon dem Untergang geweiht.

Es schien sicher, daß sowohl Sekiguchi als auch Yukiko schon tot waren, im Schlaf vom Rauch erstickt oder schlimmstenfalls bei lebendigem Leibe verbrannt. Die östliche Seite des Hauses, die das Schlafzimmer der Herrschaft beherbergte, stand in hellen Flammen. Das dünne Holz, aus dem das Haus bestand, brannte gut, und als die Feuerwehr eintraf, brach ein Teil der Wand zusammen und sprühte Funken wie bei einem Feuerwerk. Die Feuerwehrleute konnten nur dafür sorgen, daß die Flammen nicht auf die Nordseite des Hauses übergriffen, wo Yukikos Arbeitszimmer und das Badehaus lagen und einige Schritte entfernt vom Haupthaus die Unterkünfte der Dienerschaft. Dazu waren nicht alle Männer erforderlich, und die anderen gesellten sich zu den Nachbarn und der Handvoll alter Dienstboten, die sich in ihren Kimonos und Morgenmänteln um das Feuer versammelt hatten, die Arme verschränkt, während sich auf ihren Gesichtern das Flackern der Flammen widerspiegelte.

Es war die jüngste Dienerin, erst siebenundfünfzig Jahre alt, die das Singen zuerst hörte. Sie rief den anderen zu, sie sollten still sein und lauschen, aber ihre Stimme war dünn und schwach, und nur die, die unmittelbar neben ihr standen, hörten sie. Das Singen kam von links, und die Dienerin nahm an, daß Yukiko im Badehaus überrascht worden war. Tatsächlich traf das zu, denn Yukiko konnte nach einem Erdbeben immer schwer einschlafen.

Meine Großmutter ist natürlich eine schlechte Sängerin. Sie hat ein recht gutes Gefühl für Rhythmus, was ihr als Tänzerin half, aber wenn sie singt, trifft ihre Stimme genau wie meine die falschen Töne. Inzwischen war ihre von Natur aus leise Stimme durch das Alter auch heiser geworden, und außerdem war sie von einem tobenden Feuer umgeben. Doch ein Zuschauer nach dem anderen verstummte und lauschte angestrengt. Der Gesang war so schwach, daß die jüngste Dienerin beinahe geglaubt hätte, sie träume ihn, aber die anderen um sie herum hörten ebenfalls zu.

Yukiko sang ein altes Volkslied, ein Liebeslied, und am Ende jeder Strophe rief sie Sekiguchis Namen. Sie machte immer eine Pause, bevor sie mit der folgenden Strophe begann, und während sie zuhörten, neigten die Frauen aus der Nachbarschaft, die nachmittags so oft über Yukikos kaltes Geishaherz geklatscht hatten, beschämt die Köpfe, weil sie erkannten, daß sie sie verleumdet hatten.

Der Rauch war so dicht, daß in der Menge viele husteten. Doch die Stimme sang weiter, unmelodisch, aber gelassen. Als fast die Hälfte des Dachs eingestürzt war, wußten alle, daß das Schlafzimmer völlig verbrannt war, und sie hielten den Atem an und warteten, bis die Stimme wieder ertönte, schwächer jetzt, aber noch immer klar. Ohne es zu merken, traten sie näher heran. Die Hitze wärmte die gebrechlichen Knochen der alten Diener und rötete ihre Wangen, als seien sie wieder jung.

Die Stimme wurde langsam schwächer und verebbte wie eine Welle. Manchmal trug der Wind, der jetzt nachließ, ein paar Töne auf die Menge zu, bis der Gesang schließlich so schwach und so oft unterbrochen war, daß die Leute wußten, sie hörten ihn nur noch, weil sie ihn hören wollten. Innerlich seufzten sie über die wachsende Reglosigkeit der Luft, als wäre es der Wind und nicht das Herz der Sängerin, der sie im Stich gelassen habe.

Fast zwanzig weitere Minuten vergingen, bis alle Flammen gelöscht waren. Durch die Bemühungen der Feuerwehr blieben die Dienstbotenunterkünfte und Yukikos Arbeitszimmer sowie das Badehaus unversehrt.

Es heißt, nach dem Feuer sei die Menge noch lange beim Haus geblieben und habe sich hin und her gewiegt, während sie zwischen der Asche wartete, die Körper vorgebeugt, als strenge sie sich noch immer an, etwas zu hören.

Das Feuer vernichtete Yukikos Kimonos, Sekiguchis Bücher, ihre Antiquitäten und ihr Zuhause. In der Teedose, in der sie einst ihr Haar verstaut hatte, überlebten mehr als die Hälfte der neun Bände von Yukikos Tagebüchern. Meine Mutter las, was von ihnen übrig war, aber die fehlenden Teile mußte sie erraten, und so verwob sie das Leben ihrer Mutter mit eigenen Beiträgen. Ich habe diese Aufgabe fortgesetzt. Die Gutenachtgeschichten, die meine Mutter mir erzählte, sind zu ihren und meinen und auch Yukikos geworden, und geschützt von der

Teedose, die von ihr kam, sind sie auch ein Vermächtnis meiner Urgroßmutter.

Als die Feuerwehrleute endlich bis zum Badehaus durchkamen, fanden sie Yukiko auf dem Boden liegend, die Augen weit geöffnet und wach, und es sah so aus, als habe sie nur ein paar kleine Schnitte und Prellungen an Gesicht und Armen davongetragen. Aber sie schwieg, als man ihr Fragen stellte, und man kam bald zu dem Schluß, daß das Trauma sie stumm gemacht hatte.

Sie wurde auf eine Trage gelegt und in einen wartenden Krankenwagen gebracht, und als die Anzahl der Meilen zwischen ihr und den rauchenden Überresten ihres Hauses wuchs, begann sie sich zu fragen, ob ihre Vergeßlichkeit ihr eines Tages auch die Erinnerung an diese Nacht nehmen würde. Für den Rest der Nacht und den ganzen nächsten Tag sprach sie nicht, und erst am folgenden Morgen, als sie dalag und zur weißen Decke ihres Krankenhauszimmers aufschaute, stieß sie endlich einen Schrei aus, denn sie hatte plötzlich erkannt, daß ihre Vergeßlichkeit nicht die Erinnerung an jene Stunde löschen würde, die sie im Badehaus eingeschlossen verbracht hatte, und auch nicht an das langsame Ersterben ihrer Hoffnungen auf den Ehemann, den zu behalten sie sich so sehnlich gewünscht hatte.

25. *Kapitel*

Obwohl die Ballons in meinem Schlafzimmer noch immer farbenprächtig sind, haben sie den glatten Glanz verloren und wirken jetzt verschrumpelt und matt. Sie sind zu Boden gesunken und rollen raschelnd durch den Staub, und wir können nirgends hingehen, ohne wenigstens gegen einige zu treten; von unseren Füßen angestoßen, heben sie kurz und ungeschickt ab, fallen dann aber wieder zurück. Noch vor drei Tagen hinderte sie nur die Zimmerdecke daran, in unendliche Höhen zu fliegen. Jetzt liegen sie vorsichtig und träge auf dem Boden und wollen sich nicht heben; wenn ihnen der Fußboden weggezogen würde, würden sie gleichgültig bis auf den Grund der Erde sinken, gezogen von ihrem eigenen Gewicht. In weiteren drei Tagen werden sie sich in Stücke bunten Gummis auflösen und aussehen wie am Anfang. Anscheinend hält nichts für immer.

»Es sind so viele«, sage ich zu Eric, als ich zu ihm ins Wohnzimmer komme. Er liest Schriftsätze, ich befinde mich auf den letzten Seiten eines Romans von Virginia Woolf.

»Zweiundfünfzig, um genau zu sein«, sagt er zu mir. »Der Laden bot für zwölf Stück jeweils einen dreizehnten gratis an, also habe ich zweiundfünfzig für den Preis von achtundvierzig bekommen. Ganz gutes Geschäft, findest du nicht?«

»Jetzt sind es nur noch fünfzig. Ich habe zwei Mrs. Noffz geschenkt – ich hoffe, du hast nichts dagegen.«

»Mrs. Wer? Ach so, natürlich, deine verrückte alte Nachbarin.« Eines Morgens vor ein paar Monaten, als Eric auf Zehenspitzen meine Wohnung verließ und ganz leise die Tür hinter sich zuzog, um zur Arbeit zu gehen, ohne mich zu wecken, hat Mrs. Noffz ihn fast zu Tode erschreckt, weil sie lautlos hinter ihm auftauchte und sich laut über die Möglichkeit von Schnee im Mai ausließ. Bis auf den heutigen Tag schwört Eric, sie habe von einem »Altweiberwinter« gesprochen, aber ich denke eher, das hat er erfunden: Mrs. Noffz hat keinen Sinn für Wortspiele, und ihre Fehler im Englischen sind eher Probleme der Aussprache als des Wortschatzes.

»Ich wünschte, du würdest sie nicht als verrückt bezeichnen«, sage ich. »Eigentlich ist sie sehr lieb.«

»Nun hör aber auf«, sagt er. »Erst letzte Woche hast du dich auch über sie lustig gemacht. Wieso bist du plötzlich so selbstgerecht?«

»Ich habe sie immer gemocht. Ich schätze, ich habe Schuldgefühle bekommen, weil ich hinter ihrem Rükken schlecht über sie geredet habe.«

»Wahrscheinlich hast du recht. Wir sollten uns nicht über das arme alte Mädchen lustig machen. Denk doch nur daran, wie einsam und elend ihr Leben ist«, sagt er erschaudernd.

Er gibt sich besondere Mühe, liebenswürdig zu sein, und zwar seit fünf Tagen, seitdem wir über Theresa Chan gestritten haben; unser gemeinsames Leben verlief in letzter Zeit ungewohnt reibungslos. Heute aber ist mir schrecklich nach Widerspruch zumute. »Ich glaube nicht, daß ihr Leben so schlecht ist«, sage ich. »Und ich glaube auch nicht, daß sie besonders einsam ist.«

Er lacht schnaubend. »Kiki, sei nicht albern. Die Frau tut nichts. Meine Großmutter läuft auch keine Marathons, aber sie spielt im Club Bingo und liebt Spielshows und Seifenopern, und in drei Monaten zieht sie nach Florida, wo die Familie sie mindestens einmal im Jahr besuchen wird. Hast du mir nicht erzählt, daß Mrs. Noffz nicht mal einen Fernseher hat?«

»Ihr Papagei wird nervös, wenn er Funkwellen spürt«, erkläre ich.

»Fassen wir zusammen: Die Frau hat keinen Job, keine sichtbare Familie, anscheinend keine anderen Freunde als diesen blöden Vogel und nichts außer dem Wetter, das sie beschäftigt. Dir zufolge verläßt sie fast nie ihre Wohnung. Was ist das für ein Leben? Ich würde das als überaus jämmerliche Existenz bezeichnen, und das ist fast noch untertrieben.«

»Ich verlasse meine Wohnung auch nicht sehr oft.«

»Komm schon, du kannst nicht Äpfel mit Birnen vergleichen. Mrs. N. ist eine alte Dame, die nichts zu tun hat. Zufällig studierst und arbeitest du gern zu Hause, und du hast eine brillante Karriere und noch viele Jahre Leben und Glück vor dir. Und natürlich«, fügt er mit einem selbstironischen Grinsen hinzu, »hast du mich: Romantik, echte Liebe, ein gesellschaftlich anerkanntes sexuelles Ventil und eine potentielle Quelle von 2,2 Babys nach gut amerikanischer Art. Übrigens« – er beugt sich vor und faßt meine Hand – »laß uns doch in dein Schlafzimmer gehen und gleich mit den 2,2 Babys anfangen.«

Sanft ziehe ich meine Hand weg. »Ich glaube nicht, daß Mrs. Noffz glücklicher wäre, wenn sie einen Freund oder 2,2 Babys hätte.«

Er verliert allmählich die Geduld. »Du meinst, sie wäre nicht weniger unglücklich. Na ja, da könntest du recht haben. Aber Mrs. N. ist eine verrückte, vertrocknete alte Frau, deren Jungfräulichkeit wahrscheinlich noch intakt ist. Was willst du wetten, daß sie sich nur aus Prestigegründen ›Mrs.‹ nennt?«

Mir gelingt es nur mühsam, den leichten Ton beizubehalten. »Nicht aus Prestigegründen«, sage ich. »Das würde sie nie tun. Darauf wette ich, was immer du willst.«

»Also gut, vielleicht nicht. Aber warum ist sie so verdammt besorgt um das Wetter, wenn sie nie nach draußen geht? Das ganze Apartmenthaus hat Heizung, und sie hat doch eine Klimaanlage, oder?«

Ich wage eine Vermutung. »Vielleicht, weil sie dadurch etwas Kontakt zur Außenwelt hat?«

»Aber genau das versuche ich dir doch zu sagen. Sie hat keinen Kontakt zur Außenwelt. Wenn du nie nach draußen gehst, welchen Sinn hat es dann, sich um das Wetter zu sorgen?«

»Sie muß ausgehen, um Lebensmittel zu kaufen«, sage ich.

Eric erwärmt sich allmählich für das Thema. »Sie ist so winzig, daß sie sicher praktisch gar nichts ißt. Sie muß zwar ihren Vogel füttern, aber vermutlich braucht sie nicht öfter als einmal in der Woche einzukaufen, höchstens.«

»Sie geht spazieren.« Ich fühle mich allmählich in der Defensive.

»Wie auch immer, es ist bestimmt Jahre her, seit ihr irgend jemand was geschenkt hat, also war es eine gute Tat von dir, ihr ein paar Ballons zu geben. Mit ziemlicher Sicherheit stirbt sie vor Einsamkeit. Ich weiß, daß ich das tun würde, wenn ich in ihrer Lage wäre – Gott behüte.«

»Ich glaube nicht, daß sie einsam ist.«

Er starrt mich an. »Wie kannst du das sagen, wenn die Frau dir nur auflauert, um mit dir über das Wetter zu reden?«

»Ich weiß«, sage ich. »Aber gleichzeitig weiß ich nicht … mir scheint, daß es mehr Höflichkeit ist als etwas anderes. Ich glaube einfach nicht, daß sie tatsächlich nach menschlicher Gesellschaft hungert. Ich bin bloß eins von ihren täglichen Ritualen – sie füttert ihren Papagei, sieht nach dem Wetter und plaudert mit ihrer Nachbarin.« Ich bin müde und unleidlich und versuche daher, meinen nächsten Satz halbwegs endgültig klingen zu lassen. »Na ja, ich schätze, du kennst sie nicht so gut wie ich.«

»Nein«, sagt er, »Gott sei Dank nicht, aber es ist lieb von dir, daß du dich so um sie kümmerst.«

Wir lächeln einander an, und dann kehren wir zu unserer Lektüre zurück. Das Thema ist beendet, doch noch einige Zeit danach denke ich an Mrs. Noffz und die Kargheit ihres Lebens, das im Laufe der Jahre auf die grundlegenden Dinge reduziert worden ist: schlafen, essen, den Papagei füttern, von der Sicherheit ihres Fensters aus den Wechsel der Jahreszeiten beobachten, vielleicht eine alte Erinnerung hervorkramen und in der tröstlichen Stille des Spätnachmittags an sich drücken, mit den Wechselfällen des Wetters und den Launen von Mabel als einzigen Sorgen in ihrem Leben.

Ich schaue hinüber zu Eric, der fleißig die Seiten eines Schriftsatzes umblättert, und erinnere mich wieder einmal daran, daß Phillip sagte, Mrs. Noffz hätte auf ihrem Kaminsims ein Foto von ihr und einer Freundin stehen. Die beiden tragen die gleichen Hüte, so weich und breitrandig, daß man ihre Gesichter im Schatten kaum unterscheiden kann.

Wenn meine Großmutter Yukiko kommt, um die große Stadt zu besuchen, werde ich sie beim Hinausgehen mit Mrs. Noffz bekannt machen. Unten in der Halle werde ich mich vergewissern, daß der Mantel meiner Großmutter und auch mein eigener bis oben zugeknöpft ist, wir werden uns gegen den Wind wappnen und dabei noch an die verschrumpelte, aber aufrechte Gestalt von Mrs. Noffz denken.

Nicht wahr, *Obaasama*, werde ich sagen (und ihren Arm fest und sicher unter meinen ziehen), du kennst die gewundenen, abschüssigen Wege, die zu so einem Leben führen, aus erster Hand.

Mit Eric, der im Haushalt nach Harmonie strebt, verläuft das Leben auf eine Weise, die ich als realistische Zufriedenheit bezeichne. Sie ist zwar weit von den kitschig-romantischen Hochs und Tiefs entfernt, die ich mit Phillip erlebt habe und bei denen ich mich fühlte, als würden sogar meine Fingerknöchel vor Vitalität summen, aber diese Lebensweise ist nicht übel: Das Negativste, was man sagen konnte, wäre, daß ich mich manchmal wie halb im Schlaf fühle und keine Lust habe aufzuwachen. Andererseits kommt dieses Gefühl vielleicht daher, daß ich einen Traum lebe.

Ich sehe dieses Leben, zu dem Eric und ich gefunden haben, gern so, wie die Romane von Jane Austen für deren Heldinnen enden – es geht nicht um den Erfolg ihrer Liebesgeschichten oder auf dem Heiratsmarkt, sondern eher um das Schicksal, das sie jenseits der Grenzen des Buches erwartet, wenn die letzte Seite umgeblättert ist. Eine recht angenehme Existenz zweifellos, aber kaum der Stoff, der eine Erzählung vorantreibt, Leser fesselt oder jeden, der betroffen ist, hellwach hält.

In diesem Zustand schläfriger Zufriedenheit sieht es aus, als könne Theresa Chan für uns eigentlich eine Bereicherung sein. Denn trotz der gelegentlichen Augenblicke, in denen ich (schließlich bin ich die Tochter meines Vaters) den plötzlichen Impuls verspüre, Eric mit einem Bügeleisen den Kopf einzuschlagen, gefällt mir der Gedanke – wenn nicht die akute Notwendigkeit –, mich zur Abwechslung einmal mit einem anderen Problem als Phillip herumzuschlagen. Vor gar nicht langer Zeit dachte ich noch, in dieser Beziehung und in dieser Wohnung ginge es immer um dieselben drei Menschen.

Außerdem hat Eric sich mit Phillip so geduldig abgefunden, daß ich fast keine andere Wahl habe, als den Versuch zu machen, ihm zu vergeben.

Es ist Dienstag, acht Tage, seit ich wieder mit Eric zusammen bin. Da ich daran dachte, meiner Mutter über die neuesten Ereignisse zu berichten, habe ich immer wieder versucht, sie anzurufen, aber sie (streifte sie durch die Gänge des asiatischen Lebensmittelmarktes, blätterte sie in der öffentlichen Bibliothek die Zeitschriften durch, sah sie sich im Programmkino einen Film an?)

war nie zu Hause, obwohl ich es an vier Tagen dreimal versucht habe. Ich fing schon an, mir wieder Sorgen zu machen, aber gestern habe ich sie endlich erreicht. »Ich hatte zu tun«, war alles, was sie auf meine Fragen sagte. Ihre Einsilbigkeit muß mich gereizt haben, denn am Ende habe ich ihr doch nicht erzählt, daß ich geweint habe, als ich mit Eric bei Tiffany's war, und daß er trotzdem zu mir zurückgekommen ist.

Die dritte Augustwoche hat begonnen, und Eric hat Urlaub. Er verbringt ihn hier bei mir. Das Apartment kommt mir immer enger vor: Gewöhnlich verlasse ich die vertraute Umgebung der Upper West Side ungern, aber heute bin ich froh, nach draußen zu kommen, und sei es auch nur zu einem Termin beim Gynäkologen.

Obwohl ich Eric gesagt habe, ich ginge nur zu einer Routineuntersuchung, habe ich den Termin beim Arzt extra vereinbart, um einen Aidstest zu machen. Als ich Eric einmal vorsichtig vorschlug, wir sollten uns beide testen lassen, sah er mich einen Moment ungläubig an, und dann lachte er, als hielte er das für einen Witz; deshalb beschloß ich, das Thema nicht mehr zur Sprache zu bringen. Außerdem war es zu diesem Zeitpunkt ohnehin zu spät: Wenn er es hatte, hatte ich es auch. Heute morgen bin ich mit dem dringenden Bedürfnis aufgewacht, zu erfahren, ob ich bald an dem Virus sterben werde.

Ich bin schon dreimal getestet worden. Das erste Mal im Juli vor vier Jahren, einen Tag vor der ersten Arthritisoperation meiner Mutter (ihr wurde ein neues Gelenk in die linke Schulter eingesetzt); das zweite im September des folgenden Jahres, zwei Tage, bevor ich in New York eine eigene Wohnung bezog. Das dritte Mal vor eineinviertel Jahren, am Tag vor meinen mündlichen Prüfungen.

Zur Praxis des Gynäkologen nehme ich einen Bus

durch den Park. Um mit der Subway zu fahren, müßte ich zuerst durch die Stadt zum Times Square und dann wieder zurück in die andere Richtung. Mich stört dieser Umweg, obwohl die Fahrt sicherlich schneller ginge als mit dem Bus. Phillip ärgerte sich immer über die elefantenhafte Langsamkeit der Busse, die alle paar Blocks anhalten, um Leute ein- und aussteigen zu lassen.

Der Gynäkologe, zu dem ich gehe, ist kein sehr guter Arzt, glaube ich, und ganz bestimmt ist er kein netter Mensch. Er ist ein schrecklich alter Mann aus irgendeinem unbekannten osteuropäischen Land und barsch, ja sogar gemein, wenn er einen Blick zwischen meine Beine wirft. Der vielleicht einzige Vorteil bei ihm ist, daß er anscheinend nicht viele andere Patientinnen hat, so daß ich ihn morgens anrufen und einen Termin für den Nachmittag vereinbaren kann, wie ich es heute getan habe. Meine Mutter hat ihn konsultiert, als sie als jungverheiratete Frau frisch aus dem Flugzeug aus Japan kam, und seither ist sie immer zu ihm gegangen. Sie sagt, als sie ihn kennenlernte, sei er schon schrecklich alt gewesen, und sie schätzt seine Grobheit genausowenig wie ich. Trotzdem bezweifle ich, daß sie je daran gedacht hat, einen neuen Arzt aufzusuchen: Alte Anhänglichkeiten sind auf dieser Seite meiner Familie schwer totzukriegen.

Der Arzthelferin ist das Ideal, der Menschheit zu dienen, genauso gleichgültig wie dem Doktor. Auch sie ist alt, vermutlich an die Siebzig. Ihr Gesicht ist faltig und ihr Haar eisgrau, und sie trägt viel zuviel Make-up, obwohl das die Zartheit und Feinheit ihrer Knochen nicht verdecken kann. Ihre Stimme, nasal und mit einem breiten Brooklyn-Akzent, enttäuscht mich, ebenso ihr Name. Zumindest in der Praxis wird sie mit dem wenig reizvollen Namen Schwester Maude angeredet, was ihr so wenig gerecht wird, daß ich jedesmal, wenn ich sie sehe, an alle möglichen Namen denke, die ihre Eltern ihr hätten geben können: Lilith, Cleopatra, Lolita. Ich mag sie nicht, aber wenn sich herausstellen sollte, daß ich Aids habe, wäre sie ein perfekter Todesengel.

»Mit wie vielen Personen hatten Sie Geschlechtsverkehr, seit Sie zuletzt getestet wurden?«

»Mit dreien.«

»Haben Sie Kondome benutzt?«

»Nein.«

Sie hört zu schreiben auf. Verächtlich starrt sie mich über ihre Brille hinweg an. Dann nimmt sie sie ab.

»Sie spielen mit dem Feuer, junge Frau.«

»Ich lebe gern gefährlich«, antworte ich, oder zumindest würde ich das gern antworten. Statt dessen überkommen mich heftige Schuldgefühle, und ich ertappe mich dabei, daß ich mich sinnloserweise bei ihr entschuldige.

»Entschuldigen Sie sich nicht bei mir«, sagt sie verkniffen. »Es ist Ihr Leben.«

Sie setzt ihre Brille wieder auf und schreibt ein paar weitere Zeilen auf mein Karteiblatt. Als ich gehen kann und auf Wiedersehen sage, erwidert sie meinen Gruß nicht.

Ich küsse Eric.

»Es ist wie in einer richtigen Ehe, wenn du nach Hause kommst und ich da bin, nicht?« sagt er.

Ich versuche herauszufinden, was nicht stimmt, und lächle ihn abwesend an.

Etwas an der Wohnung ist anders. Ich sehe mich um, aber alles scheint so, wie es sein sollte – der purpurrote Teppich unter dem Couchtisch, die auf dem Boden verteilten Kissen, Eric auf dem Sofa liegend und Dokumente lesend, die Fußknöchel gekreuzt, die Füße höher als sein Kopf.

Obwohl die Fenster halb geöffnet sind, liegt ein fremdartiger Geruch in der Luft, als ich einatme, irgend etwas, das mir in der Nase prickelt und mich zum Niesen reizt.

Ich denke daran, nach dem Buch neben dem Telefon zu greifen, aber ich bin voll vager Angstgefühle und habe die erschreckende Vorahnung einer Katastrophe. Als ich erkenne, was fehlt, gebe ich mir große Mühe, beiläufig zu klingen.

»Eric?«

»Was denn?« sagt er. Er blickt nicht auf.

»Eric«, sage ich. »Eric, wo sind die Motten?«

Von da, wo ich stehe, kann ich sehen, daß seine Augen über die Seite wandern. Er sieht immer noch nicht von seinem Dokument auf. »Ich hab sie für dich beseitigt.«

Ich hole lange und tief Luft. »Du hast was?«

»Ich habe sie mit Insektenspray vertilgt. Keine Sorge – ich war vorsichtig und habe ein Spray genommen, das für Menschen unschädlich ist.«

»Aber …«

»Aber was?« Mit einer abrupten Geste legt er sein Dokument hin und sieht mir fest in die Augen, fordert mich heraus. Es scheint klar, daß er zumindest im Augenblick nicht daran denkt, Theresa Chan bei mir wiedergutzumachen.

Ich blinzle und schaue dann weg. »Das waren besondere Motten. Du weißt das.«

»Kiki, Kiki, Kiki«, sagt er, seufzt und setzt sich auf. »Das waren ganz gewöhnliche, alltägliche Motten.«

»Nein, das waren sie nicht.« Ich kann es nicht ertragen, ihn auch nur anzusehen. »Sie waren purpurrot. Ich habe nie zuvor purpurrote Motten gesehen.«

Er schüttelt den Kopf und macht ein Geräusch, das als Stöhnen beginnt und als Lachen endet. »Mein Gott«, sagt er. »Was bist du – farbenblind oder verrückt oder beides? Es waren einfach alltägliche graue Motten, Kiki, vielleicht ein bißchen größer als üblich, aber ansonsten völlig gewöhnlich. Schau sie dir doch an – sie sind im Papierkorb.«

»Ich bin nicht verrückt«, sage ich zu ihm. »Ich möchte bloß in einer Welt leben, die schöner ist als deine.«

»Was ist das für ein Quatsch. Es gibt nur eine Welt. Natürlich gibt es verschiedene Interpretationen, aber es gibt nur eine Welt.«

»Okay, gut«, sage ich. »Es ist nur eine Frage der Formulierung. Ich möchte in einer schöneren Interpretation als deiner leben.«

»Kiki, du spinnst. Ich will nicht mehr darüber reden. Ich werde mir jetzt die Nachrichten ansehen.« Er steht auf und geht in Richtung Schlafzimmer. »Es waren bloß graue, ganz alltägliche Motten, wirklich.«

»Sie waren violett, und abends haben sie geleuchtet«, sage ich und weiß, wie absurd das klingt, aber es ist mir egal, doch als ich in den Papierkorb schaue, in die er ihre Überreste geworfen hat, stelle ich fest, daß es stimmt, was er gesagt hat: Die Motten sind grau und aschfarben wie der Tod.

Der Abend ist kühl und windstill. Schweigend gehen wir am Riverside Park entlang zu einem Restaurant, und während des Essens sprechen wir nicht mehr als unbedingt notwendig. Mir ist bewußt, daß Eric mich von Zeit zu Zeit mustert, während wir essen. Nachdem wir wieder zu Hause sind, lesen wir in getrennten Zimmern, und gegen Mitternacht nehme ich allein ein langes Bad. Ich bürste gerade vor dem Ankleidetisch mein nasses Haar, als er ins Schlafzimmer kommt. Er ist barfuß und kaum zu hören, aber ich sehe ihn hinter mir im Spiegel.

Wir beobachten einander, während er näher kommt.

Seine Lippen verziehen sich zu einem kleinen Lächeln, seine Augen schauen scherzhaft bittend. Als er seine Hände auf meine Schultern legt, halte ich mitten im Bürsten inne, und die Bürste bleibt in meinen Haaren hängen.

»Bist du immer noch sauer wegen dieser Motten?« Leicht massiert er meine Schultern, und wir betrachten uns, das Paar, im Spiegel. »Vergiß sie. Es ist albern, daß du so wütend bist, weil ich das für dich getan habe. Ich wollte deine Pullover und Teppiche retten, bevor es zu spät ist, und außerdem hat es mir nicht gefallen, daß du so an ihnen hingst. Ich meine, es sind schließlich Parasiten. Deine Anhänglichkeit an sie war – na ja, sie war ein bißchen eigenartig. Aber ich hätte nie gedacht, daß du so sauer sein würdest.« Seine Stimme ist sanft, und sein Spiegelbild ist hübsch und würdevoll, als er sich bückt, um meinen Nacken zu küssen; ich zwinge mich zu einem Lächeln, als ich sehe, wie säuerlich und unvorteilhaft meine Haltung sich dagegen ausnimmt. »Ich verstehe wirklich nicht, warum du so eine große Sache daraus machst«, fügt er hinzu.

Da sage ich, was ich gleich hätte sagen sollen, statt Unsinn über besondere Motten zu stammeln: »Aber es war nicht deine Sache.« Das sind die Worte, ganz einfach und banal, die mir eingefallen sind und die ich mir während des ganzen, langen Abends ständig wiederholt habe, und sie haben die erwünschte Wirkung: Erics selbstgewisses Lächeln schwindet, seine Augen weiten sich, und er entschuldigt sich.

Später, nach dem Sex, als wir keuchend nebeneinander auf dem Bett liegen, sage ich mir, daß es in Wirklichkeit nur ein Sprachproblem ist.

Zwei weitere Tage in einschläfernder Ruhe, und dann, am Mittwoch nachmittag, bringt ein Zeitungsartikel über sinkende Hypothekenzinsen Eric auf eines seiner Lieblingsthemen.

»Denk darüber nach: Wir könnten ein gemütliches Heim in einem Vorort haben, zwei Autos kaufen, Kinder großziehen …«

Ich weiß, daß er das nur zu einem Viertel ernst meint, und deshalb bringe ich ihn gewöhnlich davon ab, wenn er über unsere Zukunft in den Vororten redet, aber heute versuche ich, an seiner Phantasie teilzuhaben. Ich stelle mir ihn und mich und die Kinder vor, gezwungen lächelnd vor einem gemütlichen Haus, sicher und ordentlich von einem weißen Gartenzaun eingeschlossen: ein Schnappschuß. Dann denke ich an Reihen und Reihen von Häusern, vollkommen gleich bis auf den Anstrich, jedes mit einem Mann, einer Frau und 2,2 Kindern (die 0,2 Kinder sind nur ein Paar Beine, etwa oberhalb der Knie abgeschnitten) davor. Natürlich ist das nicht wirklich die Zukunft, die Eric sich wünscht, ganz abgesehen von den armen Bruchteilen eines Kindes, aber es gibt in diesem Bild von den zahllosen Häusern und Familien, die alle identisch sind, etwas, das ins Herz meines Lebens mit Eric trifft.

Da Phillips Anwesenheit mich nicht länger ablenkt, wenn ich in Erics Armen liege, da dieses einzige größere Hindernis für unser ewiges Glück endgültig aus dem Weg ist, hatte ich angenommen, das Leben mit Eric würde ein einziges langes Lied sein. Doch statt dessen scheint es, als ob Phillip (der mich auch an das Weiterbestehen der Vergangenheit erinnerte) mich nicht nur daran gehindert hätte, mich ganz auf Eric einzulassen, sondern auch daran, ihn mit klarem Blick zu sehen.

Die Augen gegen das Licht des späten Nachmittags zusammengekniffen, schaue ich zu Eric hinüber, der noch immer Hypothekenzinsen herunterbetet, und denke an diese zufällige Begegnung in dem Konzertsaal zurück, bei der ich – fast krank vor Sehnsucht nach Phillip – den Versuch eines gutaussehenden Unbekannten, sich neben mich zu setzen, als Annäherungsversuch von jemandem mißdeutete, der ein Faible für asiatische Frauen hat. Ich erinnere mich an den Spaziergang hinterher durch leichten Sommerregen unter seinem Schirm. An meinen Geburtstag, an dem er sich die Hand an einer Flasche aufschnitt, die er hinter einem Busch im Central Park versteckt hatte. Essen in Restaurants, in feinen und in kleinen; nächtliche Spaziergänge durch die Straßen; Taxifahrten durch die Stadt. Den unerwarteten, improvisierten Antrag, den er mir machte, als ich gerade ein Loch in der Ferse seiner Socke bemerkt hatte. Lange Nächte, in denen wir auf schweißfeuchten Laken miteinander rangen, einmal, während Phillip vom Fenster aus zusah.

Ich erinnere mich auch an Erics gehemmtes Schweigen zum Thema der lästigen Anrufe und seine Bedürftigkeit, die ihn zu Theresa Chan zurücktrieb, nachdem ich geweint hatte, als wir einen Ring kaufen gingen. Ich erinnere mich an die Motten und wie ich sie geliebt habe; ich stelle mir die geschäftigen Finger vor, die sich in meinem Haar verheddern und mich so festhalten, daß ich nachts nicht von Erics Seite weichen kann.

Ich denke an das Gefühl, das ich habe, nämlich, daß ich die letzten zehn Tage halb im Schlaf verbracht habe.

Ich hatte gedacht, das, was Eric und ich hatten, sei eine Romanze, die man auf Zelluloid bannen könne. In diesen letzten dreizehn Monaten, als Phillip mich noch verfolgte und bedrohte, wie ich fälschlich annahm, um mich tiefer in die Schatten meiner Wohnung zu ziehen, schien Eric ein Ritter, immer bereit, sich als Zuflucht anzubieten. Er (der mit beiden Füßen fest in der Außenwelt aus Büros, Hypothekenzinsen und Gesetzen steht) war für mich ein Anker: Ich band eine Schnur um ihn und knotete sie an meinem Fußgelenk fest, und das genügte, um mich, wie er selbst sagte, daran zu hindern, in den Himmel zu entschweben und von keinem Sterblichen je wieder gesehen zu werden.

Und so, auf Umwegen, gelange ich zur Erkenntnis einer Wahrheit, die ich die ganze Zeit tief innen gekannt habe, ohne sie jemals in Worte fassen zu können. Phillips Auftauchen war niemals ein Hindernis für das selige Leben, das mit Eric zu teilen mir bestimmt war. Die Tatsache, daß ich Phillip vermißte, daß ich mich nach ihm verzehrte und ihn so tief betrauerte, daß er zu mir zurückkehrte, war vielmehr der Grund, warum ich überhaupt mit Eric auszugehen begann. Wenn ich Phillip nie getroffen hätte, wäre ich nicht so lange mit Eric zusammengeblieben.

Zum erstenmal seit Tagen hellwach, setze ich mich auf. Dieses eine Mal haben die Fragen, die mir durch den Kopf gehen, nichts mit meiner Großmutter zu tun. Wird meine Mutter mich wegen dem, was ich zu tun im Begriff bin, für verrückt halten? Wird sie mit mir schimpfen oder vor Enttäuschung über die Entscheidung seufzen, die ich getroffen habe?

»Eric«, sage ich, ihn so sanft wie möglich unterbrechend, »Eric, ich muß dir eine Frage stellen.«

Ganz in seinen Vortrag vertieft, der sich jetzt von Hypothekenzinsen zu den Preisen schicker Autos bewegt hat, schaut Eric verwirrt auf. Die Sonne scheint ihm schräg ins Gesicht und läßt ihn blinzeln.

»Ja? Hat dich das mit dem Haus schon überzeugt?« Er klopft auf die Zeitung, die vor ihm liegt. »Es hört sich gut an, nicht … Komm mit in die Küche – ich möchte etwas Kaltes trinken. Herrgott, ist das heiß. Selbst bei laufender Klimaanlage wird mir anscheinend nicht kühler.«

Ich folge ihm an die Küchentheke und setze mich auf einen der Barhocker. »Eric ...«

»Was?« fragt er und ergreift geschickt mit einer Hand zwei Gläser, während er mit der anderen den Kühlschrank öffnet und die Milchtüte herausnimmt. »Was möchtest du, Eistee?« Ich nicke, und er nimmt die Flasche, während er noch immer alles andere in den Händen hält; die Gläser klirren aneinander, aber irgendwie schafft er es, alles sicher auf die Theke zu stellen. Er öffnet den Gefrierschrank und nimmt drei Eiswürfel, die er in mein Glas wirft.

»Was ist?«

»Ich wollte wissen, ob du mich immer noch heiraten möchtest. Weil ich gedacht habe, daß wir es uns vielleicht noch einmal überlegen wollen oder die Verlobung vielleicht wenigstens noch nicht bekanntgeben, und ich dachte, dir ginge es vielleicht auch so«, sage ich schnell, aber deutlich.

Er reicht mir meinen Tee und gießt sich selbst etwas Milch ein. Während er trinkt, sieht er mich über den Rand seines Glases hinweg feierlich an. »Nicht das schon wieder«, sagt er, nachdem er das Glas geleert und sich den Milchbart aus dem Gesicht gewischt hat. »Ich dachte, um deine Zweifel hätten wir uns schon gekümmert.«

»Das hier ist etwas anderes.«

»Geht es darum, wie wir es angehen? Darum, daß wir später darüber reden, in ein paar Stunden oder so – und bis dahin hast du es dir wieder anders überlegt?«

Mit ein paar schnellen, sicheren Bewegungen stellt er die Milchtüte und die Flasche mit dem Eistee wieder in den Kühlschrank und sein Glas in die Spüle. Dann wendet er sich zum Gehen.

Ich drehe mich auf meinem Hocker herum und spreche zu seinem sich entfernenden Rücken. »Ich werde es mir nicht anders überlegen.«

Im Gehen wirft er ein paar Worte über die Schulter. »Morgen wirst du etwas anderes sagen.«

»Nein, diesmal bin ich sicher.« Etwas in meiner Stimme läßt ihn innehalten, und er dreht sich langsam um.

»Wir werden das vernünftig angehen.« Er kommt zu mir zurück und setzt sich auf einen Hocker auf der anderen Seite der Theke, so daß wir uns anschauen. Er holt tief Luft. »Erstens, was habe ich falsch gemacht? Oder vielmehr, was habe ich nicht richtig gemacht? War ich nicht immer für dich da? War ich nicht geduldig und hilfsbereit?«

Das Bild eines zarten Gesichts mit geschwungenen Augenbrauen blitzt nur ganz kurz vor meinem inneren Auge auf. »Du warst fabelhaft«, sage ich zu ihm.

»Na also«, sagt er und will die Unterredung damit beenden. »Versuch doch, ein bißchen normal zu sein, Kiki. Du brauchst bloß ein bißchen Vernunft.« Er steht auf und reckt sich. »Ich weiß, das kannst du auch.«

»Wir müssen noch mal über die Verlobung nachdenken«, sage ich hartnäckig. Der Satz hängt zwischen uns in der Luft, und ich weiß plötzlich, daß es nicht nur die Verlobung ist, die enden wird, sondern auch unsere Beziehung.

»Warum?« fragt er. Jetzt sieht er mich an. »Geht es wieder um Phillip – oder vielmehr noch immer? Ich wußte, ich hätte dich gleich zu einem Therapeuten schikken sollen, als ich von ihm hörte, aber ich dachte, wir könnten allein damit fertig werden …«

»Nein, es geht nicht um Phillip. Und auch nicht um Theresa«, sage ich langsam, nachdenklich.

»Worum dann, zum Teufel?«

Ich nehme meinen Eistee, in dem die Eiswürfel schon zu dünnen Scheiben zusammengeschmolzen sind, und stelle ihn dann wieder hin, ohne zu trinken.

Ich möchte Eric sagen, daß ich (in der Annahme, der

Schlüssel zum Glück liege in dem Labyrinth von Liebesgeschichten, das die Vergangenheit meiner Familie ausmacht) mir die Lektionen, die im Leben meiner Mutter und Großmutter enthalten sind, zu sehr zu Herzen genommen habe. Ich möchte ihm sagen, daß ich mich teilweise deshalb an ihn gehängt habe, weil ich Angst hatte, so zu werden wie meine Mutter, alt zu werden und dabei um einen Mann zu trauern, den ich nicht haben kann.

Ich würde Eric gern sagen, daß es, wenn er und ich uns stritten oder verschiedener Meinung waren, zu einfach war, die Unterschiede als Folgen des langen Schattens abzutun, den Phillips Abwesenheit warf. Daß ich erst jetzt, nachdem Phillip wirklich und endgültig verschwunden ist, sagen kann, daß Eric und ich nicht in dieselbe Geschichte gehören; daß die Erzählung, in die er mich eingebaut hat, nicht die ist, die ich schreiben würde.

Er wird wütend sein, weil das bedeutet, daß ich ihn benutzt habe, um nicht zu werden wie meine Mutter; er wird sich nicht zu Unrecht darüber lustig machen, daß ich angenommen habe, unsere Leben (diese chaotischen, wuchernden Existenzen) ließen sich mit der ordentlichen, komprimierten Form eines Buches vergleichen.

Doch ich möchte ihm diese Erklärung anbieten, und ich tue es auch, allerdings zögernd und eher pauschal.

»Ich hatte mein Leben so lange nicht unter Kontrolle«, sage ich. »Vielleicht ist es nur eine Frage des Zeitpunkts, aber ich glaube, ich habe zu bald nach Phillips Tod angefangen, mit dir auszugehen. Alles ging zu schnell. Und jetzt, da ich Phillip wirklich überwunden habe …«

»Du hast mich bloß benutzt, um über Phillip hinwegzukommen, und jetzt, da das gelungen ist, brauchst du …«

»Das stimmt nicht«, unterbreche ich ihn. »Zumindest habe ich dich nie absichtlich benutzt. Aber ich denke, daß ich aus lauter falschen Gründen mit dir zusammengekommen bin.«

Mit großer Geste fordert er mich auf fortzufahren.

»Ich bin mit dir zusammengekommen, weil ich nicht sein wollte wie meine Mutter, weil ich nicht ewig um eine verlorene Liebe trauern wollte. Und das reicht nicht als Grund für uns, um zusammenzubleiben.«

»Für den Fall, daß du es vergessen hast«, unterbricht er mich etwas ungeduldig, »das ist mehr als ein Jahr her.«

»Ich weiß«, sage ich unglücklich. »Aber da ist auch die Tatsache, daß ich in diesem Jahr, wann immer wir uns gestritten haben, fast immer gedacht habe – und du sicher auch –, die Meinungsverschiedenheit hätte etwas mit Phillip zu tun. Und jetzt, da wir Phillip nicht mehr für all unsere Probleme verantwortlich machen können, ist es viel schwerer zu ignorieren, daß du und ich eigentlich nicht viel gemeinsam haben.«

Einen Moment lang tritt ein Ausdruck des Verstehens auf sein Gesicht, und er neigt den Kopf zu einem fast nicht wahrnehmbaren, vielleicht ganz unbewußten zustimmenden Nicken.

Eine dünne Brise, wahrscheinlich vom Fluß her, weht ans Fenster und veranlaßt uns beide, uns umzudrehen. Eric streckt den Arm aus und öffnet das Fenster einen Spalt; die Muskeln seines Unterarms spannen sich dabei an. Der Wind ist zwar warm, aber in der drückenden Hitze willkommen. Er stiehlt sich in den Raum, zupft an den Ärmeln von Erics T-Shirt und versucht, die Servietten anzuheben, die gestapelt auf dem Tresen liegen. Er streicht um uns herum wie eine Katze.

Doch obwohl der Wind erfrischend ist, ist Erics Gesicht wieder ernst, als er sich vom Fenster abwendet. Er schüttelt heftig den Kopf, so daß ihm seine widerspenstige Haarsträhne in die Stirn fällt. Als er zu sprechen beginnt, ist seine Stimme vor Zorn zusammengepreßt wie eine geballte Faust. »Du hast mich nie geschätzt. Ich war immer für dich da oder habe es wenigstens versucht. Du machst dir nie die Mühe, dich daran zu erinnern, wie ich dich gehalten habe, wenn du wegen Phillip traurig warst, wie ich wach geblieben bin und dich gewiegt habe, bist du eingeschlafen warst.«

»Das ist nicht wahr«, sage ich. Meine Stimme bricht, und ich zwinge mich, nicht zu weinen.

»Verdammt, sag mir die Wahrheit«, schreit er jetzt, »gib es zu: Das alles hast du vergessen, nicht?«

»Ich hab's nicht vergessen«, sage ich bittend, hoffnungsvoll, aber gleichzeitig im Zweifel, ob er mir glauben wird. »Ich werde es nie vergessen«, füge ich flüsternd hinzu: Das ist ein Versprechen, ebenso für mich selbst wie für ihn.

Eine lange Pause, in der ich merke, daß ich ihn nicht mehr atmen höre. Ich habe ihn nie vor dieser Angewohnheit gewarnt, die Luft anzuhalten.

»Wir gehören in verschiedene Geschichten. Wir wünschen uns verschiedene Dinge im Leben. Es stimmt nicht zwischen uns – und hat nie gestimmt«, sage ich, und dann frage ich aus einem plötzlichen Impuls heraus: »Das weißt du genausogut wie ich, nicht?«

Bei dieser Frage blickt er scharf auf, verneint sie aber nicht. »Menschen verändern sich«, sagt er nur.

In den Glanz der Abendsonne getaucht, schauen wir einander über die Küchentheke hinweg an.

»Wenn ich diese Wohnung einmal verlassen habe, werde ich nie wieder zu dir zurückkommen«, warnt er mich. Als ich nicht antworte, fährt er fort: »Du wirst das bereuen.«

»Vielleicht«, sage ich. »Wahrscheinlich. Aber ich weiß,

daß wir beide es noch mehr bereuen werden, wenn wir weitermachen und heiraten.«

Als er nickt, sehe ich es wieder: die Bestätigung der Wahrheit meiner Worte, die wie ein Kräuseln über sein Gesicht läuft.

»Das war's also?«

»Das war's«, sage ich, und dieses eine Mal klingt meine Stimme laut und klar.

Er steht auf und geht zurück in Richtung Wohnzimmer. Er beugt sich vor, sammelt seine Papiere ein, geht zu seiner Aktenmappe. Er legt die Papiere sorgfältig zusammen, stapelt sie ordentlich, klopft sie, bis die Ränder aufeinanderliegen. Nachdem er seine Aktenmappe geschlossen hat, hantiert er, der Mann mit den geschicktesten Fingern, die ich je gesehen habe, so lange an der Schnalle herum, daß ich vortrete, um ihm zu helfen. Aber knapp bevor ich ihn erreiche, rastet die Schnalle mit einem Klicken ein, und er nimmt seine Aktenmappe und dreht sich um. Erst da erkenne ich den Grund für das Versagen seiner sonst so tüchtigen und sicheren Finger: Eric kann vor Tränen nichts sehen.

Er läßt seine Aktenmappe fallen, sinkt in den nächsten Sessel und bedeckt sein Gesicht. Außer in Filmen habe ich nie zuvor einen erwachsenen Mann weinen sehen, und Eric weint mit lauten, abgehackten Schluchzern und sehr geräuschvoll, genau wie ich. Ich verhalte mich still, momentan zu geschockt, um mich zu rühren.

Zum zweitenmal binnen einer Stunde ertappe ich mich dabei, daß ich an meine Mutter denke. Nachdem mein Vater uns verließ, schloß sie mich jahrelang aus ihrem Leben aus. Jetzt erfahre ich aus erster Hand, wie sie dazu kam. Als ich Phillip betrauerte, stellte ich mich selbst in den Mittelpunkt des Universums und schritt voran, ohne mich darum zu kümmern, daß andere mir den Weg versperrten.

Ich gehe zu Eric und hocke mich neben ihn. Als ich meine Arme um ihn lege, stößt er mich nicht weg. Endlich beruhigt ihn meine Berührung, wie er mich so oft beruhigt hat.

Bald schnieft er nur noch, dann reibt er sich die Augen trocken. Seine Schultern hängen wie nach einer Niederlage. Er nimmt meine Hand, spreizt meine Finger und betrachtet sie, als hätte er sie nie zuvor gesehen, obwohl sie in Hunderten von Nächten Tausende von Malen die geheimen Teile seines Körpers liebkost haben.

»Ich hoffe zu Gott«, sagt er und holt tief und zittrig Luft, »ich hoffe zu Gott, daß du am Ende nicht dein ganzes Leben vergeudest.«

Ich brauche eine Sekunde, bis ich erkenne, daß er diese Worte gut meint. Ich versuche es, aber ich finde keine Worte, um ihm freundlich zu antworten. Deshalb schweige ich, als er aufsteht und wieder nach seiner Aktenmappe greift. Wie ein kleiner Junge wischt er sich die laufende Nase mit dem Handrücken ab. Dabei ist er doch von Kopf bis Fuß ein Mann. Er sieht mir in die Augen, aber er blickt geradewegs durch mich hindurch, als wäre ich nicht mehr da, und ich erkenne, daß er mich niemals wiedersehen will.

Er steht auf, geht zur Wohnungstür, öffnet sie und dreht sich um. Ich stehe immer noch neben seinem leeren Sessel. »Bis demnächst, Kiki«, sagt er mit frohgemutem Sarkasmus.

»Ich wünsche dir alles Gute für dein Leben«, sage ich, als ich endlich wieder sprechen kann, aber ich rede mit der Tür, die er geräuschlos hinter sich zugezogen hat.

Obaasama, werde ich sagen. Großmutter, Liebe, gibt es jemals einen leichten Weg, Adieu zu sagen?

Dann werde ich mich zu ihren Füßen auf den Boden knien und meinen Kopf in ihren Schoß legen. Sie wird ihre Finger (so lang, sagt meine Mutter, und so kühl) auf meinen Kopf legen, und sie wird mich wiegen und an sich ziehen, während ich weine wie ein Kind.

26. Kapitel

ICH VERBRINGE ALLE Labor-Day-Wochenenden mit meiner Mutter, und wir feiern sie getreulich, nicht mit Besuchen am Strand oder Grillfesten, sondern auf unsere eigene Weise mit einem besonderen Abendessen in der Mitte der Feiertage. Heute morgen, als ich mich duschte, anzog und eine Tasche mit Kleidern und Büchern packte, fühlte ich mich von der Spur Melancholie, die diese Wochenenden begleitet, fast angenehm berührt. Selbst jetzt spüre ich diese Stimmung noch, nur leicht überdeckt von der Wartezeit in der Penn Station.

Eigentlich sollte ich mich an diesem Tag fürchten, da ich meiner Mutter noch nichts von Eric erzählt, sondern nur gesagt habe, daß er an diesem Wochenende nun doch nicht mit mir nach Hause kommen würde. Ich kann mir keine leichte Art vorstellen, ihr die Neuigkeit beizubringen. Trotzdem, jetzt, da ich im Zug sitze, aus dem Fenster schaue und sehe, wie die Gegend immer grüner wird, je weiter New York City sich entfernt, ist Angst das letzte, was ich empfinde.

Diese Labor-Day-Wochenenden mit meiner Mutter sind ein wenig melancholisch, nicht nur, weil sie die ersten Hinweise auf ein Ende in sich tragen, das Gefühl, daß die Natur sich zu verschließen beginnt, daß die Blätter fallen, die Blumen verblühen und die Sonnenstunden mit jedem vergehenden Tag abnehmen; sie sind es auch deshalb, weil der Gedanke an Abschied zumindest mir immer schwer auf der Seele liegt. Selbst jetzt, wo ich meine Sommer nicht mehr mit meiner Mutter verbringe, ist der akademische Zeitplan so lange ein Teil meines Lebens gewesen, daß ich an diesem ersten Wochenende im September unwillkürlich immer denke, ich würde meine Mutter für Monate das letzte Mal sehen.

Das ist vielleicht eigenartig, wenn man bedenkt, wie weit wir uns auseinandergelebt haben, wie oberflächlich unsere Gespräche über unser Leben sind, aber mir wird immer noch die Kehle eng, wenn ich meiner Mutter auf Wiedersehen sage; sie ist so zerbrechlich und so sehr allein in ihrem stillen Haus voll schöner Dinge.

Daß ich mich heute trotz dieser Traurigkeit recht gut halte, liegt wahrscheinlich an der Tatsache, daß ich mit dem tröstlichen Gefühl aufgewacht bin, jetzt die Umrisse meines weiteren Lebens sehen zu können, wenn auch nur unscharf. Bei den derzeitigen Berufsaussichten für jemanden mit einem Doktortitel in Englisch werde ich nach meiner Dissertation vermutlich keinen Job bekommen. Ich werde also wieder nach Hause zu meiner Mutter und meiner Großmutter ziehen, und wir werden alle zusammenleben, drei Generationen von Frauen unter einem Dach. Und die Labor-Day-Wochenenden werden nur deshalb von Melancholie überschattet sein, weil sie die ersten Anzeichen von Herbst mit sich bringen.

Nachdem Eric gegangen war, habe ich mir wie nach einem Sturz den Staub abgeklopft und nach Prellungen und gebrochenen Knochen gesucht.

Meist habe ich gelesen, damit die Zeit verging. Vor acht Tagen, an dem Abend, an dem er und ich uns getrennt haben, habe ich meine liebsten Abschnitte aus »Die Liebe in den Zeiten der Cholera« noch einmal gelesen. Am Freitag bin ich erst nachmittags aufgewacht und habe dann noch fast eine Stunde im Bett gelegen, ohne mich zu rühren. Nachdem ich aufgestanden war, habe ich alle Ballons eingesammelt und in einen schwarzen Müllsack gesteckt. Ich hatte dreimal mit dem Aufzug fahren müssen, um sie alle nach oben in meine Wohnung zu schaffen, aber am Freitag waren sie so geschrumpft, daß sie alle auf einmal in den Sack paßten und trotzdem noch Platz war. Ich bin ins Wohnzimmer gegangen und habe den Papierkorb darin ausgeleert. Die grauen Motten fielen in einem scheinbar endlosen Regen auf die leuchtenden Farben der Ballons und deckten sie zu. Ich hatte nicht gewußt, wie viele es waren, bis ich sie tot sah. Danach war der Sack voll, aber ganz leicht. Ich trug ihn in den Flur und stellte ihn zu dem anderen Müll. Den Rest des Tages verbrachte ich mit der Lektüre von T. S. Eliot.

Am Samstag verließ ich zum erstenmal seit Erics Fortgang das Haus. Auf einer Parkbank sitzend, bemerkte ich ein paar Ameisen, die in eine Chipstüte krabbelten. Fast ohne nachzudenken, streckte ich die Hand aus und zerdrückte zwei von ihnen zwischen den abdrucklosen Fingerspitzen von Zeigefinger und Daumen. Hinterher bereute ich das und hätte sie wieder zum Leben erweckt, wenn ich gekonnt hätte. Sie hatten viel mehr Recht, dort zu sein, als ich.

Den ganzen Sonntag verbrachte ich in der Bibliothek und arbeitete an meiner Dissertation. Auf dem Heimweg sah ich Russia, die in das Schaufenster des Spirituosenladens in der West 115th Street schaute. Ich hatte sie den ganzen Sommer nicht gesehen und seit mehr als einem halben Jahr nicht mehr richtig mit ihr geredet, aber ich ging trotzdem zu ihr und stellte mich neben sie. »Hallo.«

Sie fuhr herum und wirkte verblüfft, als sie mich sah. »Oh, hallo.«

»Schön, dich zu sehen«, sagte ich. »Es ist so lange her. Wo warst du?«

»Oh, ich bin herumgekommen.« Sie lachte etwas verlegen. »Du kennst mich ja, ich bin immer unterwegs, laufe hier ziellos durch die Straßen.«

»Das ist komisch. Mir kommt es vor, als würde ich dich nie sehen.«

»Also, ich sehe dich schon. Ich winke, und ein- oder zweimal habe ich dich sogar gerufen, aber du merkst das nie.«

»Oh.« Ich wußte nicht, was ich sagen sollte.

»Keine Sorge«, sagte sie. »Ich nehme das nicht persönlich. Ich weiß, du lebst in deiner eigenen kleinen Welt.«

Etwas ganz Ähnliches hatte sie an dem Abend gesagt, an dem ich Phillip kennenlernte. »Tut mir leid, daß ich deine Anrufe letzten Winter nicht erwidert habe«, platze ich plötzlich heraus. »Ich weiß, es ist lange her, aber ich habe mich nie entschuldigt …«

»Ich konnte mir vorstellen, was du durchmachst. Ist schon gut.« Eine Weile standen wir da und sahen uns an, sie mit den Händen lässig in den hinteren Taschen ihrer Jeans, ich die Riemen meines Rucksacks festhaltend. Dann drehte sie sich um und schaute wieder in das Schaufenster. »He, mir gefällt diese Katze. Dir auch?«

Zwischen den Flaschen schlief zusammengerollt eine schwarze Katze. »Ich weiß nicht«, sagte ich. »Ich habe sie noch nie gesehen.«

»Wirklich nicht? Sie ist immer hier, und schau – sie haben sogar ein Foto von ihr aufgehängt.« Sie zeigte auf das Foto, und ich bewunderte es pflichtschuldig. Sie zeigte mir auch das Bild einer Katze, das auf die Markise das Ladens gemalt war. Wir waren uns einig, daß die Ladenbesitzer ganz besondere Leute sein mußten.

»Kiki«, sagte sie plötzlich, »hast du am Freitag was vor? Ich habe ein paar Freunde zum Abendessen eingeladen. Eigentlich«, korrigierte sie sich, »haben wir ein paar Freunde eingeladen. Erinnerst du dich noch an

Alex aus dem Literaturkurs? Wir haben im Februar angefangen, miteinander auszugehen, und vorige Woche sind wir zusammengezogen.«

»Oh«, sagte ich. »Das ist ja toll. Meinen Glückwunsch.«

Sie lächelte. »Danke. Es macht mir ein bißchen angst, weißt du, aber bisher ist es sehr gut gelaufen. Also, kannst du kommen? Ich fände es wunderbar, wenn du und Alex Freunde werden könntet.«

Sie hatte ein Herz aus Gold, und ich hatte das immer gewußt. Sie haßte mich nicht, weil ich ihr Phillip weggenommen hatte, und auch das hatte ich immer gewußt. Mit etwas, das einem Bedauern nahekam, schüttelte ich den Kopf. »Am Freitag kann ich nicht«, sagte ich. »Ich fahre dieses Wochenende nach Hause.«

»Ach, das ist schade«, sagte sie. »Na ja, vielleicht ein andermal.«

»Ja, gern«, sagte ich höflich.

»Gut. Also, ich muß gehen.«

»Ich auch.«

»Bis bald.«

»Tschüs«, sagte ich.

Keine von uns bewegte sich. Zum zweitenmal sahen wir uns unter dem schmalen Schatten der Ladenmarkise an. Einen Moment lang dachte ich, sie würde etwas sagen, aber das tat sie nicht, und dann streckte ich die Arme aus und umarmte sie.

Ich hatte vergessen, wie sehr ich Russias Umarmungen mochte, die schnell und so hart sind, daß ich all ihre Knochen spüren kann.

Als ich am Montag aufwachte, entdeckte ich, daß ich ein Zucken unter dem rechten Auge hatte. Es störte mich, während ich in der Praxis des Gynäkologen anrief und auf das Ergebnis meines Bluttests wartete. Dann verging es. An diesem Abend feierte ich meinen aidsfreien

Zustand, indem ich die Schmerzen in meinen Knien ignorierte und erfolgreich einen Lauf von siebeneinhalb Meilen absolvierte.

Mrs. Noffz und ich reden häufiger miteinander als früher. Am Dienstag abend, als ich ihre Schlüssel im Schloß ihrer Tür klappern hörte, ging ich in den Flur, und wir tauschten unsere Ansichten über die Wahrscheinlichkeit weiterer Regenfälle aus. Ich stellte fest, daß ich mühelos lächeln konnte, als sie am Mittwoch herauskam, um mit mir zu reden, und ich gerade ausging, um Eistee zu kaufen. Für den Rest des Tages ertappte ich mich immer wieder dabei, daß ich auf sie lauschte, wenn ich aus meiner Wohnungstür kam.

Gestern abend, als ich auf dem Sofa las, blickte ich auf und sah eine einsame Motte im Licht flattern. Eine Sekunde lang schaute ich hoffnungsvoll zu ihr auf, aber dann sah ich, daß es nur eine gewöhnliche graue Motte war, blind und dumm. Während ich las, genoß sie den warmen Schein der Lampe. Endlich schaltete ich das Licht aus, und nach einer langen Zeit fand sie den Weg zum offenen Fenster und flog in die Nacht hinaus.

Heute hatte ich den ganzen Morgen und frühen Nachmittag das angenehme, sichere Gefühl, das Leben werde endlich aufhören, mir unwillkommene Überraschungen zu bereiten. Doch anscheinend war meine Zuversicht nicht angebracht, denn da ich nun mit meiner Mutter nach der Hektik auf dem Bahnhof und der Fahrt nach Hause auf der Veranda sitze, meine Koffer in dem Zimmer untergebracht habe, in dem ich noch immer wohne, und sie den Tee bringt, lassen ihre Worte das Lächeln auf meinem Gesicht erstarren, und der angenehme leichte Wind erscheint mir plötzlich kalt.

»Willst du zuerst die gute oder die schlechte Nachricht hören?«

Diesen Trick hat sie schon öfter angewandt. Die schlechte Nachricht ist, daß sie eine weitere gefährliche Operation braucht, vielleicht, um noch ein Gelenk auszutauschen; daß sie ihr wieder ein neues experimentelles Medikament geben, das fürchterliche Nebenwirkungen hat, und daß der beunruhigende Husten, den sie über Weihnachten hatte, in Wirklichkeit eine Lungenentzündung war. Die gute Nachricht ist im Grunde nie gut: daß die Erfolgschancen der Operation sechzig bis siebzig Prozent betragen; daß das Medikament trotz seiner Nebenwirkungen die Freundin einer Patientin ihres Arztes geheilt hat; oder sogar (und ich sah ihrem Gesicht an, sie wußte selbst, daß sie sich nur an einen Strohhalm klammerte) daß das neue japanische Restaurant im Nachbarort auf Wochen ausgebucht ist, daß aber die nette Frau am Telefon ihr wegen ihres bösen Hustens aus Mitgefühl für heute abend einen Tisch reserviert hat.

Ich hasse diesen Trick, nicht nur, weil er unweigerlich bedeutet, daß sich die Sorgen, die ich mir immer mache, wenn ich bei meiner Mutter bin, verschlimmern, sondern auch, weil ich so tun muß, als könne ich den Silberstreif am Horizont sehen, auf den sie so fröhlich hinweist, die harmlose Seite des Problems, das mir nur trüb und grau erscheint. Und deswegen antworte ich ihr ziemlich kleinlaut. »Oh – die schlechte Nachricht, bitte.«

Ruhig sieht sie mich über ihre Tasse mit dampfendheißem Wasser hinweg an. Sie sagt noch immer gern, wir würden zusammen Tee trinken, und um ihretwillen spiele ich mit, aber weil ihre Schlaflosigkeit mit zunehmendem Alter schlimmer geworden ist, mußte sie vor ein paar Jahren dem Koffein abschwören: ein weiteres der zahllosen großen und kleinen Vergnügen, die sie auf ihrer Reise durchs Leben am Wegrand zurücklassen mußte.

»Es geht um deine Großmutter«, sagt sie.

»Ja, und?« sage ich und stelle klappernd meine Tasse ab. »Geht es ihr gut? Wann kommt sie?«

»Es geht ihr gut, aber sie kommt nicht. Sie hat beschlossen zurückzugehen«, sagt sie und fügt hastig hinzu: »Keine Sorge. Du wirst sie natürlich trotzdem kennenlernen. Nur werden wir dazu nach Japan ...«

»Sie hat beschlossen zurückzugehen?« frage ich verwirrt. »Nach – nach Hokkaido? Zu ihren Eltern?«

»Nun, wie du weißt«, erklärt meine Mutter, »hatte sie in diesem Geishahaus eine beste Freundin ...«

»Kaori«, sage ich. »Ich erinnere mich.«

»Kaori ist jetzt in einem anderen Geishahaus – einem ziemlich berühmten in Kyoto. Sie bildet Lehrlinge aus. Sie hat mit dafür gesorgt, daß deine Großmutter im selben Haus leben und die gleiche Arbeit tun kann.«

Erstaunt und zu verblüfft, um Enttäuschung zu empfinden, höre ich nur halb zu, während meine Mutter weiterspricht, erklärt, daß Yukiko eingewilligt hat, dem Geishahaus für das Privileg, dort Mitglied zu werden, die Hälfte ihres Vermögens zu übereignen, und wie wütend meine Tanten Tomoko über diese Entscheidung sind: In ihren Augen ist es natürlich schlecht, sich vom Status quo loszusagen, aber das ist noch gar nichts im Vergleich zu der Tatsache, daß sie ihren Söhnen damit alles vorenthält, was rechtmäßig ihnen gehört. Meine Mutter berichtet, daß die Tomokos sie gebeten haben, zugunsten der Familie einzugreifen, aber genau wie ihre Brüder hat sie sich geweigert. Sie sagt mir, wie aufgeregt Yukiko über die Aussicht auf diese Rückkehr ist, lebhafter und glücklicher, als sie seit Sekiguchis Tod je war.

»Du siehst also«, sagt meine Mutter abschließend, »daß sie gerne Geisha war.«

Die Gerüchte stimmten also. Die Nachbarinnen und die Frauen von Sekiguchis Freunden, die gemeint hatten, meine Großmutter habe ein kaltes Geishaherz, hatten die ganze Zeit recht gehabt.

Yukiko und Sekiguchi hatten eine zeitlose Liebesgeschichte, eine Romanze, so blühend und übertrieben wie die Märchen, die mein Vater mir vor dem Schlafengehen erzählte, oder wie die Kitschromane, die ich später als Teenager verschlang – und ebenso falsch. Sie hatte ihren Mann nicht geliebt. Sie hatte ihn aus Berechnung geheiratet, wegen seines Geldes und seiner Stellung, und dann, nachdem sie erst verheiratet war, stellte sie fest, daß sie einen folgenschweren Fehler gemacht hatte. Sie war in einem goldenen Käfig gefangen, ein Aschenputtel, das sich danach sehnte, wieder im Staub des Herdfeuers, den Spielen, den Flirts und schmutzigen Witzen auf ihre Kosten zu schwelgen, und nach den vielen, vielen Männern verlangte, und zwar so sehr, daß sie bereit war, ihren Reichtum gegen dieses alte Freudenleben einzutauschen.

Aber dann erinnere ich mich an das Lied, das falsch gesungene Lied, das eine Gruppe von Dienstboten vor dem brennenden Haus verharren ließ.

»Sie liebte Großvater«, sage ich, wie um es mit meinen Worten zu erzwingen.

Meine Mutter zieht überrascht die Augenbrauen hoch. »Natürlich«, sagt sie vorwurfsvoll und sogar mit einem kleinen Lachen, weil ich das Offensichtliche so betone. »Das weißt du doch.«

»Ja, ich weiß es«, wiederhole ich schwach und stoße auf einmal den angehaltenen Atem aus, eine ungesunde Angewohnheit, mit der mich Eric angesteckt hat wie mit einer Erkältung. »Natürlich.«

»Sie liebte deinen Großvater über alles«, fährt meine Mutter ernster fort, »von Anfang an und bis zum Ende. Aber sie liebte es auch, eine Geisha zu sein.«

»Warum? All diese Männer, die sie betatschten, all die

Spiele, die sie spielen, und die dummen Rituale, die sie vollführen mußte …«

»Die Männer sind nicht der Grund, warum sie zurückkehren will. Sie will zurückkehren, weil sie es satt hat, daß sich jemand um sie kümmern muß. Sie ist stolz, weißt du – sie ist immer stolz gewesen.«

Ich nicke, wenn auch widerstrebend, und gestehe mir und meiner Mutter ein, wie herrlich es für Yukiko wäre, ihr Leben wieder selbst in die Hand zu nehmen.

»Aber was noch wichtiger ist«, sagt meine Mutter, »deine Großmutter war gern eine Geisha, weil sie Freundinnen hatte. Weil sie – nun ja, weil sie die Gesellschaft von Frauen mochte. Vor allem von Kaori. Erinnerst du dich noch, daß ich dir von einem Spaziergang mit meiner Mutter erzählt habe, bei dem wir einen Mann gesehen haben, der Jun gewesen sein muß? Und wie Kaori sich vor ihn stellte wie ein …«

»… Verkehrspolizist«, sage ich und wiederhole meiner Mutter ihr eigenes Bild.

»Da meine Mutter nach dieser Begegnung weinte, dachte ich immer, es wäre, weil sie Jun vermißt«, sagt sie. »Aber es war Kaori, zu der sie zurückkehren wollte – es war Kaori, die ihr die ganze Zeit gefehlt hat.«

Da tritt mir ein Bild vor Augen, das so schnell wieder verschwindet, wie sich der Verschluß einer Kamera schließt, eine Bewegung, die nicht länger als den Bruchteil einer Sekunde dauert, aber ein erstarrtes Bild zurückläßt – eine Reihe von Mädchen, die in gemeinsamen Futons beieinander liegen und im Dunkeln flüstern und kichern. Das ist eine Erinnerung, mit solcher Vorsicht weitergegeben, daß nur ihre Ränder, leicht vergilbt und nach oben gebogen, erkennen lassen, daß sie zweimal von einer Generation an die nächste weitergereicht worden ist und eine Reise von neuntausend Meilen und sechzig Jahren zurückgelegt hat.

»Deine Großmutter war während ihrer ganzen Ehe sehr glücklich«, sagt meine Mutter sanft, »aber gelegentlich war sie auch sehr einsam.«

Ich kämpfe um einen weiteren logischen Sprung und kann ihren Worten keine Beachtung schenken. »Meinst du, daß Yukiko und Kaori ein Liebespaar waren?«

Meine Mutter zuckt nicht mit der Wimper. »Es gibt viele Arten, wie eine Frau eine andere Frau lieben kann«, sagt sie endlich. »Aber es ist möglich.«

Erstaunlicherweise ist es nicht ihr Eingeständnis, durch einen Nachsatz abgemildert, das mir im Ohr bleibt. »Es gibt viele Arten, wie eine Frau eine andere Frau lieben kann«, wiederhole ich langsam (den Satz auskostend) und frage mich, ob es tatsächlich hundertundeine Art sind.

»Sie hat mir gesagt, sie bedaure nur, daß du ihr New York nicht wirst zeigen können«, fährt meine Mutter fort, meine Gedanken unterbrechend.

Am Ende des Satzes wird ihre Stimme seltsam tief, und ich blicke scharf auf, aber sie starrt nachdenklich in ihre Tasse mit heißem Wasser. Ich wende den Blick ab und reibe mir die Stirn. Meine Mutter ist schließlich abgehärtet gegen Enttäuschungen, weil sie ihr ganzes Leben lang enttäuscht war; ich sollte ihr nicht übelnehmen, daß sie jetzt so weise und abgeklärt wirkt.

»Aber wir werden sie in Kyoto besuchen, vielleicht sogar über Weihnachten«, sagt sie. »Ich weiß, es ist nicht ganz dasselbe, wie wenn sie hierhergekommen wäre, denn sie wird zu tun haben, aber Kyoto ist eine schöne Stadt, und es wird höchste Zeit, daß wir dich nach Japan bringen.«

Ich spüre ihren Blick auf mir, aber ich schaue meine eigene Teetasse und die Lippenstiftspuren an, die ich darauf hinterlassen habe. Der Tee hat unterhalb des Tassenrandes einen Film gebildet.

»Sie hat dir einen Brief geschrieben«, fügt sie hinzu, »und ein Geschenk geschickt. Möchtest du beides jetzt sehen?«

»Vielleicht später«, sage ich leichthin. Dann stehe ich auf und murmele als Entschuldigung, ich hätte zu arbeiten; ich schiebe meinen Stuhl zurück und laufe benommen hinauf in mein Zimmer.

Angenommen, es gab einst ein Aschenputtel, das in Schmutz und Asche eine Freundin hatte, einen anderen Menschen, dem sie sich nach jedem harten Arbeitstag anvertrauen konnte, an dem sie sich festhalten konnte in den langen, kalten Nächten; und weiter angenommen, daß Aschenputtel mit einem schönen Gesicht und Charme und vor allem Glück gesegnet war und daß sie, als ihr Prinz kam, freudig mit ihm ging, daß sie aber nie ihre Freundin und die Wärme vergaß, die sie im trüben Schein der ersterbenden Glut miteinander geteilt hatten.

Obaasama, sage ich bei mir (in dem selbstmitleidigen – oder selbstironischen – Wissen, daß die Gewohnheit, solche Fragen zu stellen, nicht leicht abzulegen sein wird), meine vierundsiebzigjährige Großmutter, wie könnte ich dir diese letzte Wärme verübeln?

Aber gegen meinen Willen tue ich es doch.

27. Kapitel

Ich verbringe den Nachmittag weinend auf dem Bett, in dem ich den größten Teil meines Lebens geschlafen habe. Es macht mir ein nostalgisch perverses Vergnügen, gegen die Bettpfosten zu treten, wie ich es früher tat, wenn ich Wutanfälle hatte: Meine Füße waren nackt, wenn ich das tat, wie jetzt auch, aber trotzdem ist das Holz an den Stellen, gegen die ich so oft getreten habe, ganz abgenutzt.

Ich gehe erst nach unten, als meine Mutter mich zum Abendessen ruft.

Wir essen etwas Leichtes, da wir uns das große Abendessen für morgen aufsparen. Meine Mutter kann mein Schluchzen nicht überhört haben, sie kann auch meine rotgeränderten Augen nicht übersehen, denn der kunstvoll aufgetragene Eyeliner nutzt nach so langem Weinen nicht viel. Aber sie läßt mich in Frieden essen, und sie füllt das Schweigen um meinen Mißmut mit Geplauder über das Haus, die Nachbarschaft, die Stadt und sogar – nachdem ich eine halbe Stunde lang nur einsilbig geantwortet habe – über die Welt.

Erst als wir das Geschirr in die Küche tragen, kommt sie auf den Anfang unseres Gesprächs zurück, der scheinbar viele Stunden her ist. »Du hast vergessen, mich nach der guten Nachricht zu fragen«, sagt sie.

»Der guten Nachricht?« frage ich. Heute muß ich alles wiederholen, was sie sagt. Als ich die Teller in die Geschirrspülmaschine räume, muß ich mich konzentrieren: Meine Hände scheinen noch ungeschickter als sonst, sie halten das Porzellan nur unsicher.

»Erinnerst du dich nicht? Ich hatte dich gefragt, ob du zuerst die gute oder die schlechte Nachricht hören wolltest.«

»Ach ja«, sage ich dumpf und bereite mich auf eine Tischreservierung in einem anderen beliebten japanischen Restaurant oder mögliche Pläne vor, das Haus wieder einmal zu renovieren, die wegen der erwarteten Ankunft meiner Großmutter verschoben worden waren. Wenn ich wirklich Glück habe, wird die gute Nachricht lauten, daß eine meiner Tanten Tomoko beschlossen hat, uns einen Besuch abzustatten – vielleicht in weiteren vier Jahren, wenn ich all meine Bindungen an meine treulosen japanischen Verwandten gelöst haben werde. »Schieß los«, sage ich zu meiner Mutter. »Ich höre.«

»Es ist wirklich eine Neuigkeit«, sagt sie, »eine große Neuigkeit. Zumindest für mich ist es das.«

War meine Gleichgültigkeit so offensichtlich? »Okay«, sage ich und unterdrücke ein Seufzen, während ich mir die Hände abwische und mich vom Spülbecken und der Geschirrspülmaschine abwende, um meine Mutter anzusehen. Das schmutzige Geschirr und die Töpfe und Pfannen sind noch immer hoch gestapelt.

Sie sitzt auf dem Hocker, den wir in der Küche haben. Ich beobachte ihre Füße, die eine gute Handbreit über dem Boden vor und zurück schwingen und dabei gegen die Beine des Hockers prallen. Wenn ich auf demselben Hocker säße, könnte ich wegen meiner Größe nicht die Beine baumeln lassen.

Dann blicke ich zu ihrem Gesicht auf. Etwas stimmt nicht mit ihrer Haut und ihren Augen.

»Mom, du glühst ja«, sage ich verblüfft. »Wie ein … ja, wie ein Feuerwerkskörper.«

Sie beginnt zu lächeln, aber dann legt sich ihre Stirn in Falten. »Glühen Feuerwerkskörper?«

»Nein«, sage ich. Der Kloß in meiner Kehle ist nach einer Sekunde wieder vergangen. »Nein, tun sie nicht.«

»Die Neuigkeit ist« – sie zieht den Satz zögernd in die Länge, oder will sie es spannend machen? –, »daß ich Ned für morgen zum Abendessen eingeladen habe; ich hoffe, es ist dir recht.«

Die letzten Worte hat sie so schnell gesagt, daß ich nicht sicher bin, ob ich richtig verstanden habe. »Ned?« sage ich (meine Tendenz, ihre Worte zu wiederholen, hat sich zu einem richtigen Tick ausgewachsen). »Du hast Ned zum Abendessen eingeladen? Wer ist Ned?«

»Ned Lewis«, erklärt sie mir geduldig wie einem sehr kleinen Kind. »Ned Lewis, unser Nachbar.«

»Ne…« beginne ich und will schon wieder ihre Worte wiederholen, kann mich aber noch zurückhalten.

»Ned Lewis, der mir immer die roten Bete und Karotten und Tomaten vor die Tür legte. Der Mann, mit dem ich mich letztes Jahr ungefähr drei Wochen lang getroffen habe.«

Gemüse war in der Geschichte meines Lebens immer der Begleiter vereitelter Leidenschaften gewesen.

»Du erinnerst dich doch an ihn, oder?« sagt meine Mutter und lacht mich ein bißchen aus, weil sie sich vielleicht genau wie ich entsinnt, wie streng ich sie befragt habe, warum sie ihn gehen ließ.

Sie tat die ersten Schritte, die nötig waren, um die Beziehung wiederaufzunehmen, indem sie eines Nachmittags vor seinem Haus erschien und einen Korb voll hübscher Sushirollen und den Vorschlag mitbrachte, die Straße hinunterzuschlendern. Er brauchte anscheinend nicht viel Überredung oder auch nur Erklärungen für die lange Trennung, wenn meine Mutter ihm auch aus eigenem Willen eine anbot. Daß er sie ohne großen Wirbel wieder akzeptierte und sie vor Dankbarkeit strahlt, während sie jetzt davon erzählt, macht mich froh, denn unwillkürlich halte ich das für ein gutes Vorzeichen für ihr zukünftiges Glück.

Wie sich herausstellt, sind sie schon seit mehr als einem Monat zusammen, und als sie mir davon berichtet, weiß ich, daß ich den Grund dafür gefunden habe, warum ich an all den Abenden am Telefon saß und mir Sorgen machte, während ich wieder und wieder ihre Nummer wählte.

Ich will ihr schon Vorwürfe machen, weil sie mir nicht früher davon erzählt hat, aber ich kann mich gerade noch bremsen: Ich war ja auch nicht sonderlich mitteilsam, was meine Geheimnisse betrifft.

Sie und Ned haben einfach da wieder angefangen, wo sie aufgehört hatten. Sie gehen in Kinos und Konzerte, machen Fahrradtouren und Picknicks. Er hat wieder begonnen, ihr Gemüse zu bringen; sie kocht für ihn. Neuerdings hat er angefangen, in ihrem Haus zu übernachten, ein Geständnis, das sie macht, ohne zu erröten.

»Das entschädigt mich ein wenig«, sagt sie endlich abschließend, »für die Tatsache, daß deine Großmutter nicht kommt.«

Ich blicke verblüfft auf. Gibt es in diesem Satz etwas, das schließlich doch wieder eine Art Suche nach dem Silberstreif ist? Oder ist der Ton ihrer Stimme gleichzeitig melancholisch und resigniert? Was immer der Grund ist, ihre Worte rufen mir in Erinnerung, daß meine Großmutter ihre Mutter ist.

Wenn ich mich schon unfair um die Chance betrogen fühle, die Frau kennenzulernen, deren Namen, deren Gesicht und deren großgewachsenen Körper ich geerbt habe, eine Frau, die eine ganze Wand ihres Arbeitszimmers für Fotos von mir reserviert hat – wenn ich über den Entschluß meiner Großmutter, die letzten Jahre ihres Lebens mit jemand anderem als mir zu verbringen, fast kindlich enttäuscht bin und mich zurückgewiesen fühle, dann muß das, was meine Mutter empfindet, unendlich viel schmerzhafter sein. Ich denke an jene erste Akiko, die sich an ihre große Tochter klammerte und weinte, als sie ihr Lebewohl sagte, und daran, daß Yukiko während ihrer ganzen Lehrlingszeit vergeblich auf das Kommen ihrer Mutter wartete.

Ich sehe durch die Küche zu meiner Mutter hinüber, die auf dem hohen Hocker klein wirkt. Sie ist die Frau, die mich trotz meines Widerstandes mit ihren Geschichten in ihren Bann zog.

»Danke, daß du mir all diese Geschichten über Großmutter erzählt hast«, sage ich und strecke über die Entfernung hinweg, die uns trennt, die Hand aus, um ihren Arm zu berühren. »Die wenigstens werden mir immer bleiben.«

Aufgewachsen in einer Kultur, in der Familienmitglieder sich nicht umarmen, sondern verbeugen, ist meine Mutter eine zurückhaltende Frau und selbst ihrer Tochter gegenüber scheu, was eigentlich nicht überrascht. Die Berührung trifft sie unverhofft, und sie weicht ganz leicht vor mir zurück: eine Geste, die ich eine Sekunde später nachahme.

Doch mit ihrem physischen Rückzug weist sie mich möglicherweise gar nicht ab, auch nicht unbewußt, denn ihre nächsten Worte enthalten mehr als eine Andeutung von Wehmut. »Ich kann auch zuhören, weißt du«, sagt sie.

»Und Fragen beantworten?« werfe ich plötzlich ein, denn binnen eines Nachmittags ist die Fülle von Fragen, die ich für meine Großmutter aufgespart habe, zu einer fast untragbaren Last geworden.

Sie sieht mich seltsam an: Zweifellos kam meine Frage zu plötzlich. »Ich kann jedenfalls versuchen, Fragen zu beantworten«, sagt sie. »Wieso, denkst du an etwas Bestimmtes?«

»Vielleicht später«, sage ich und wiederhole mich jetzt selbst. Ich zeige in Richtung des schmutzigen Geschirrs. Ich drehe den Wasserhahn auf, und die Töpfe klappern, als ich sie aufnehme, aber trotzdem kann ich meine Mutter seufzen hören, als sie hinter mir aufsteht.

28. Kapitel

Als abkömmling von lauter Schlaflosen hat man das Problem, eine stille, ruhige Ecke im Haus zu finden, selbst in den frühesten Morgenstunden. Jedenfalls denke ich das, als ich um kurz nach drei meine Mutter geisterhaft in einem ihrer langen weißen Nachthemden die Treppe herunterhinken sehe.

Sie gähnt und fährt sich müde mit einer Hand über die Augen. »Warum schläfst du nicht?« fragt sie.

Ich zucke mit den Schultern. »Warum schläft *du* nicht?«

»Möchtest du etwas Wasser?«

»Nein«, sage ich und schüttle den Kopf.

Sie verschwindet in der Küche. Auf dem Sofa liegend, ein Ohr auf ein Kissen gedrückt, lausche ich, wie sie sich in der Küche bewegt. Gleich darauf kommt sie zurück, zwei Gläser in den Händen.

»Ich habe doch gesagt, ich möchte kein Wasser«, sage ich, noch immer verdrossen.

Sie setzt sich ans andere Ende der Couch. Ihre Hüfte streift meine Füße, und sie streckt den Arm aus, um ein Glas vor mir auf den Couchtisch zu stellen. »Für alle Fälle«, sagte sie milde.

Eine Pause tritt ein, in der ich versuche, mich aus meiner bockigen Stimmung herauszureißen, aber mir fällt nichts Nettes ein, was ich sagen könnte. »Das mit dir und Ned freut mich«, äußere ich schließlich.

»Ich habe Glück gehabt«, sagt sie. »Ich wäre fast zu spät gekommen, weißt du – ich hätte ihn fast verloren.« Sie klopft mit einem Fingernagel leicht an ihr Glas. »Ich habe so viel Zeit damit vergeudet, auf deinen Vater zu warten.«

Ihr Eingeständnis, so ungewöhnlich es ist, scheint doch an diesem Ort und zu dieser Zeit nicht unpassend.

Im Zimmer ist es still und kühl, und es ist drei Uhr früh; allein schon die Dunkelheit, die uns umgibt, scheint zu Enthüllungen einzuladen.

»Ja, vielleicht«, sage ich. »Aber ich weiß, wie du dich gefühlt hast.«

»Du vermißt Phillip immer noch, nicht?« sagt sie leise.

»Immer weniger«, sage ich. »Aber ja, er fehlt mir.«

»Es ist mehr als eineinhalb Jahre her, daß er gestorben ist. Du und Phillip ...« Sie verstummt, räuspert sich und trinkt einen Schluck Wasser. Dann stellt sie mir eine Frage, die auch Eric mir mehr als einmal gestellt hat. »Du und Phillip – ihr beide wart nie ein Liebespaar, stimmt's?«

Ich zögere nur kurz, und während ich zu sprechen beginne, denke ich über das Zusammentreffen von Umständen nach, das mich dazu anregt: die ungewöhnliche Nachtzeit natürlich und die Art, wie sie mich trotzdem gefunden hat; wir sind beide nicht richtig wach, sondern kurz vor dem Einschlafen; und außerdem liege ich halb von ihr abgewandt, so daß ich nicht sehen muß, wie sie mich beobachtet, während ich rede. Nicht zuletzt schäme ich mich wohl auch, weil ich mich den ganzen Tag selbst bemitleidet habe.

»In der Nacht, bevor er abreiste, hatten wir einen Streit«, sage ich und greife nach dem Glas, das vor mir steht. »Eigentlich war es albern – ich war bestürzt, weil ich in seine Wohnung gegangen war und sich herausstellte, daß er seinen Mietvertrag gekündigt hatte ... Ich war böse, schätze ich, weil ich Angst hatte, er würde nie zurückkommen. Dann küßte er mich auf der Straße, und das hat mich erschreckt, weil er so heftig war – ich wich zurück, und er ging weg, ohne auf Wiedersehen zu sagen.«

»Und?«

Ich schüttle langsam den Kopf und trinke höflich einen Schluck Wasser. »Später in dieser Nacht kam er zu meiner Wohnung zurück. Irgendwann nach Mitternacht, obwohl sein Flug am nächsten Morgen ging«, sage ich. »Und dann – haben wir die Nacht zusammen verbracht.«

Die Worte (abgehackt, sprunghaft, gestammelt) sind eine kühne und sogar karge Feststellung, die in keiner Weise dem Licht und dem Leben dieser Winternacht und dem Wunder gerecht wird, daß er nach dem verunglückten Abschied auf der Straße, als es gerade zu schneien begann, zu mir zurückkam.

Andererseits sind die Einzelheiten dieser Nacht nichts, was meine Mutter unbedingt hören müßte. Also erzähle ich ihr nicht, daß ich, als ich das Klopfen hörte, nicht einmal durch den Türspion schaute, bevor ich aufmachte. Nach der Art, wie ich auf unseren Kuß reagiert hatte, hatte ich kein Recht, auch nur darauf zu hoffen, daß er auftauchen würde. Trotzdem war ich in der vergangenen Stunde rastlos auf und ab gegangen und bei jedem eingebildeten Geräusch von Schritten vor meiner Tür zusammengezuckt.

Sobald ich sein Gesicht sah (sein Mund war eine strenge Linie, seine Augen ernst, und nur eine Falte zwischen seinen Brauen verriet, daß er sich unwohl fühlte), warf ich mich in seine Arme. Er taumelte, als mein ganzes Gewicht auf ihn stürzte, und trat einen halben Schritt zurück, aber er fing mich auf.

Wir bewegten uns ins Schlafzimmer (küssend, beißend, leckend, Kleidungsstücke von mir hinter uns fallen lassend), ehe die Schneeflocken auf seinen Schultern Zeit hatten, unter meinen Armen zu schmelzen.

Nach fünf Monaten, in denen wir uns fast jeden Tag gesehen hatten, und stundenlangen Gesprächen, von denen ich völlig aufgesogen worden war und ihn dabei genau beobachtet hatte, kannte ich alle Eigenarten seiner Redeweise, den erratischen Rhythmus seiner Pausen, die Art, wie er Luft holte, bevor er lachte, und seine Ungeduld bei seinem eigenen ständigen Kampf mit den Unzulänglichkeiten der Sprache. Aber nicht einmal ein Jahr Beobachtung, zwölf Monate intensiver Überlegungen, wie er im Bett wäre, hätten mich nicht darauf vorbereitet, wie er tatsächlich war.

Er war leidenschaftlich, sogar überwältigend leidenschaftlich, wie ich es mir vorgestellt hatte, aber weit entfernt von dem geschickten, erfahrenen Liebhaber, den ich nach seinen zahllosen Erfolgen bei Frauen erwartet hatte. Unser Liebesakt hatte etwas Rohes, und sein Bedürfnis nach mir war so, wie ich es niemals vorhergesehen hätte. Ich hatte mir vorgestellt, er würde ein wenig spöttisch, beherrscht, amüsiert und distanziert sein und mich in eine Erregung versetzen, die ich kaum bewältigen konnte. Doch die Zurückhaltung, die seinen Umgang mit der Außenwelt und gelegentlich sogar mit mir kennzeichnete, war verschwunden. Er erholte sich schnell von meinem Überfall und erwiderte meine Küsse mit einer Wildheit, die mich verblüffte und sich schließlich als ansteckend erwies. Wir zogen uns gegenseitig die letzten Kleidungsstücke aus und benahmen uns ungeschickt wie übereifrige Teenager.

Die Scheu kam später, nach diesem ersten Mal, als wir matt und erschöpft dalagen, noch immer ineinander verschlungen. Zitternd, bebend und töricht grinsend wandte ich mich ihm zu, um ihn dankbar zu küssen, doch er hatte das Gesicht hinter der Armbeuge versteckt.

»He«, sagte ich.

»He«, antwortete er heiser.

»Versteckst du dich?« fragte ich und beugte meinen Kopf dichter zu ihm, schaute nach dem einen Auge, das ich sehen konnte, bis ich mit der Nase gegen seinen Arm stieß.

Er zuckte mit den Schultern, so gut das in seiner Lage ging.

»Falls du dich nämlich verstecken solltest«, drängte ich hilfsbereit, »funktioniert es nicht.«

Er blieb still, obwohl er seine Haltung ein wenig lockerte, so daß ich jetzt beide Augen sehen konnte. Ich brauchte ein paar Augenblicke, um seinen Gesichtsausdruck zu deuten. Es war ein Ausdruck, den ich in der Bibliothek gesehen hatte, wenn ich aufblickte, müde und staubig von meinen eigenen muffigen Büchern, und mir mit müßiger Neugier die Gesichter der Umsitzenden ansah. Es war ein Ausdruck, den ich bei meiner Mutter in der Zeit vor dem Medizinstudium gesehen hatte, wenn sie die Abende über chemischen Formeln verbrachte. Phillip musterte mein Gesicht und meinen Körper, um sie auswendig zu lernen und sich daran zu erinnern.

Wir blieben bis tief in die Nacht wach, rasend und ausgelassen wie Kinder, aber hin und wieder schlummerten wir auch ein. Ich lag mit dem Rücken zu ihm, sein Arm umschlang meine Brüste, und im Schlaf stieß ich gegen ihn und prallte gegen seine Härte, bis das Geräusch meines eigenen Stöhnens mich schließlich weckte. Alles in allem liebten wir uns vielleicht drei- oder viermal. Meine Unfähigkeit, eine genaue Zahl zu nennen, frustriert mich sehr, aber in dieser Nacht sanken wir so oft in den Schlaf und wachten wieder auf, daß ich nicht ausschließen kann, daß ich eines dieser Male vielleicht nur geträumt habe.

»Verdammt«, sagte er irgendwann während der Nacht und rieb sich die Augen, »ich wünschte, ich wäre nicht so müde. Im Augenblick kommt mir Schlafen wie eine Vergeudung vor.«

»Wir haben schon so viel Zeit vergeudet«, sagte ich,

halb klagend, halb lachend. »Ich kann nicht glauben, daß wir fünf Monate lang nur Freunde waren, obwohl wir das hier die ganze Zeit hätten tun können.«

Er lachte ebenfalls, umschlang mich mit Armen und Beinen und zog mich näher zu sich heran. »Das werden wir nachholen«, sagte er mit schlaftrunkener Stimme. »Wir brauchen dazu vielleicht noch dreißig, vierzig, fünfzig Jahre, aber am Ende werden wir diese verlorenen fünf Monate nachholen.«

»Ja?«

»Ja«, flüsterte er.

Ich beugte den Kopf über seine Brust und legte ihn dort nieder, atmete den Geruch seiner Haut ein, hörte sein Herz schlagen. Leicht fuhr ich ihm mit den Fingern über das Schlüsselbein, die Schulter, den wütenden weißen Streifen der Narbe auf seinem Magen, die glatten Ränder seiner Rippen.

»Ich liebe dich«, murmelte ich so leise, daß ich es selbst kaum hören konnte. »Ich habe dich immer geliebt. Und ich wette die Farm darauf, daß ich dich immer lieben werde. Aber das weißt du, nicht?« fragte ich und hob den Kopf an, um ihn neugierig anzusehen.

Seine Augen waren geschlossen, sein Atem tief und regelmäßig. Er lächelte leicht im Schlaf.

Während des ganzen letzten Jahres habe ich vieles an dieser Nacht bedauert. Daß ich nicht wach blieb, um Phillips Gesicht zu betrachten und auswendig zu lernen, während er schlief, daß ich nicht aufstand und die Tür verbarrikadierte und ihn mit mir in der Wohnung einsperrte, was ich nur zu gern getan hätte. Es hat sogar Augenblicke gegeben, in denen ich bereut habe, daß ich damals die Pille nahm, obwohl der Schock über seinen Tod noch viel schlimmer gewesen wäre, wenn ich ein Kind von ihm erwartet hätte.

Aber die Tatsache, daß er mich nicht sagen hörte, daß

ich ihn liebte, habe ich nie bedauert. Denn das wußte er natürlich, genau wie ich tief in meinem Inneren wußte, daß er mich liebte.

All diese Erinnerungen sind Geheimnisse, die ich inbrünstig hüte, sogar vor meiner Mutter. Ich verschweige ihr auch, wie ich im grauen Licht des frühen Morgens aufwachte und Phillips Kopf unter mein Kinn geschmiegt und mein Körper um seinen geschlungen war. Es schien fast unglaublich, daß wir so hatten schlafen können, so eng ineinander verflochten, daß man unmöglich sagen konnte, wo ich aufhörte und er begann.

Ich achtete darauf, nicht zum Fenster zu schauen, während ich mir Schnee wünschte. Wenn ich ihn mir nur intensiv genug vorstellte, würde er sicherlich da sein: Berge von Schnee, die den Flughafen von Newark blokkierten, eine so dicke, schwere Schneedecke, daß alle Schneepflüge von New Jersey sie nicht räumen konnten bis zu dem Flug um 11.35 Uhr nach Sydney, Australien, von wo aus Phillip nach Katmandu weiterfliegen sollte. Zwanzig Meter lange Flugzeuge, eingeschneit oder vielmehr so unter Schnee begraben, daß ihre ausgespannten Tragflächen und delphinförmigen Nasen sich als Skipisten für Kinder eigneten. Weiße Schneemassen, die vom Himmel fielen und jede Sicht versperrten, so daß alle Piloten in der Gegend sich nach einem Blick auf den Blizzard vor ihren Fenstern im Bett umdrehten und tiefer in die Decken kuschelten, weil sie schon wußten, daß ihre Flüge abgesagt worden waren.

Als ich mich endlich, volle zehn Sekunden später, umdrehte, sah ich nur eine dünne Schneeschicht, die das Fensterbrett bestäubte (und schon davongeweht wurde), und die Enttäuschung drückte mir die Kehle zu und entlockte mir einen Laut, der einem Schluchzen erschreckend nahe kam.

Ich biß mir auf die Lippen, dankbar, daß Phillips Kopf noch immer unter meinem Kinn lag. Aber ich war auch verwirrt und fragte mich, was meine Halsgrube berührt hatte. Ein kaum wahrnehmbares Kitzeln, das meine Haut streifte wie die zarteste Berührung eines Pinsels.

»Du bist wach«, sagte ich nach einer Weile. Phillip antwortete nicht. »Du brauchst dich nicht schlafend zu stellen. Deine Wimpern haben dich verraten.«

Was ich aber meiner Mutter erzähle, ist, daß Phillip, als ich im noch grauen Morgenlicht erwachte, nackt neben dem Bett stand. Er hielt sein Flugticket in den Händen, bereit, es zu zerreißen.

»Was machst du da?« fragte ich scharf.

»Ich kann nicht gehen«, sagte er, ließ das Ticket sinken und sah mich an. »Ich werde nicht gehen. Nicht nach dem hier.«

»Du machst Witze, oder?« fragte ich ungläubig. Als ich sah, daß er es ernst meinte, schienen sich meine Zehen aus eigenem Willen zu verkrampfen. Ich wollte singen und tanzen, weinen und lachen. Aber ich zitterte, plötzlich erschrocken, als mir blitzartig der Gedanke kam: So fühlt sich schieres Glück an.

»Ich möchte nicht mehr gehen«, sagte er.

»Aber sicher möchtest du. Du reist doch so gerne. Außerdem mußt du gehen«, sagte ich zu ihm. »Du mußt eine Expedition führen.«

Ich sah das als einen Pakt an, den ich mit dem Schicksal schloß. Wenn ich Phillip jetzt gehen ließ, wenn ich ihn für ein paar endlose Wochen freigab, dann hatte ich ihn verdient; er würde für immer mir gehören.

»Aber ich kann nicht gehen. Nicht nach dem hier.«

»Willst du wohl gehen?« sagte ich mit gespielter Verzweiflung: vier Worte, die sich fast das ganze letzte Jahr über in meinem Kopf unablässig wiederholten.

Er wippte auf den Füßen vor und zurück; über einem Schlüsselbein war ein rascher Puls sichtbar. »Ich werde die Reise abkürzen«, sagte er schließlich. »Drei Wochen, dann bin ich wieder da. Ich schwöre es bei meinem Leben ...«

»Den Schwur kannst du dir sparen«, sagte ich und lächelte zu ihm auf. Ich breitete die Arme aus, und nach einer Pause beugte er sich nieder und stieg – mit einer fast bärenhaften, seltsam rührenden Tapsigkeit – wieder zu mir ins Bett.

»Ich glaube dir«, flüsterte ich.

Als ich zu Ende gesprochen habe, herrscht einen Moment Schweigen.

»Eine ziemlich düstere Geschichte, findest du nicht?« sage ich, um meine Mutter zum Reden zu bringen.

»Nein«, antwortet sie langsam. »Traurig, aber nicht düster. Für mich ist sie jedenfalls eine Erleichterung. Ich habe mir Sorgen um dich gemacht, denn es sah so aus, als würdest du nach nur fünf Monaten Freundschaft viel zu tief um Phillip trauern. Es wirkte maßlos. Du warst viel zu lange deprimiert.«

»Und jetzt?« frage ich und bringe einen leichten Ton zustande. »Jetzt machst du dir keine Sorgen mehr um mich, weil du weißt, daß ich einen Grund hatte, deprimiert zu sein?«

Obwohl mein Kopf von ihr abgewandt ist, kann ich ihr Nicken spüren. »So ungefähr«, sagt sie.

Das Licht aus der Küche fällt in einem scharfen Winkel ins Wohnzimmer und schneidet ein Dreieck in den Fußboden. Mondlicht strömt durchs Fenster, zusammen mit dem dunklen Geruch nach Erde, dem Zirpen der Grillen und dem fernen Bellen eines Hundes. Halb schlafend verliere ich das Zeitgefühl, und als mich plötzlich das dringende Bedürfnis aufweckt, eine Frage zu stellen, über die ich seit Jahren nachdenke, schweigen die Grillen, und das Hundegebell klingt noch weiter entfernt.

»Bereust du manchmal, daß du Vater geheiratet hast?«

Meine Mutter schweigt so lange, daß ich mich frage, ob sie eingeschlafen ist, und mich nach ihr umdrehe. Ihre Augen, klar und hell, zeigen kein Anzeichen von Müdigkeit; ruhig erwidert sie meinen Blick.

»Ich bereue alles«, sagt sie. »Ich bereue alle Wege, die ich nicht eingeschlagen habe, jeden Schritt, den ich getan habe, und jede der vielen hundert Gelegenheiten, die ich ausgelassen habe.« Auf einmal grinst sie, und ihre Wangen runden sich zu etwas, das in diesem schwachen Licht fast als Apfelbäckchen durchgehen könnte. Eine Sekunde lang sehe ich sie: die junge Frau mit einer lebhaften Neugier auf die entlegensten Ecken der Welt und einem unstillbaren Appetit, sie zu erleben.

»Aber weißt du was?« sagt sie. »Wenn ich mein Leben noch einmal leben müßte, würde ich alles genauso machen.«

Abrupt erwache ich im grellen Morgenlicht. Benommen von der Helligkeit und verwirrt über den unerwarteten Anblick eines von Brokatvorhängen eingerahmten Fensters, blinzele ich und versuche mich zu orientieren. Die letzte Nacht, die ich mit Phillip verbrachte, steht mir noch lebhaft vor Augen.

Erst als ich ein Rascheln und Knistern und den vertrauten Luftzug höre, der mit dem Umblättern einer Zeitungsseite einhergeht, erinnere ich mich, wo ich bin. Der Geruch von Toast liegt in der Luft, und bald höre ich ein rhythmisches Kaugeräusch.

Die Couch ist lang, aber schmal, und ihre Kissen sind viel zu weich – ein schrecklicher Platz zum Schlafen, wie ich sehr gut weiß, weil ich als Teenager vergeblich versucht habe, meinen Mittagsschlaf darauf zu halten. Aber heute morgen rolle ich herum, sinke noch unbequemer in die Kissen und schlafe mühelos wieder ein, eingelullt von dem Wissen, daß meine Mutter da ist, in Rufweite, genau wie in all den Jahren zuvor.

29. Kapitel

HEUTE MORGEN wachte ich mit der Vorahnung auf, daß ich Phillip noch einmal sehen würde. Früher dachte ich, eines Tages würde ich zur Tür gehen, und er würde dort stehen, voll bekleidet, mehr oder weniger gut genährt, und er würde vor allem reden. Daß Russia sich irrte, daß die Zeitungen sich irrten, daß die Leute in der Unterkunft in Nepal, die ich angerufen hatte, logen. Daß sein Tod ein Irrtum oder sogar ein Streich war – ein kolossaler, schrecklicher Streich, den meine engsten Freunde mir spielten, um sich vor Lachen auf die Schenkel zu schlagen. Dann wurden die Stunden des Wartens zu Tagen und Nächten, wurden zu Monaten, und noch immer hoffte ich, so daß fast ein Jahr lang jedem Adventisten, der mit Broschüren an meine Tür klopfte, eine Frau öffnete, deren Gesicht sich sofort vor Enttäuschung verdunkelte.

Meine Vorahnung heute, fast achtzehn Monate nach seinem Tod, ist lächerlich, ist gegen jede Vernunft und Intuition, aber sind das nicht alle Vorahnungen? Gestern noch war ich sicher, mir das Leben vorstellen zu können, das vor mir lag, und das hatte sich entschieden als Irrtum erwiesen; aber mein Instinkt kann mich wohl kaum zwei Tage hintereinander täuschen. Also bin ich heute wachsam geblieben, habe alle dunklen Ecken im

Haus scharf gemustert, habe jeden Schrank in der Küche geöffnet, bis meine Mutter, von den lauten Geräuschen aufgeschreckt, den Kopf durch die Tür streckte und sich erkundigte, was ich suchte.

Denn natürlich bin ich nicht so dumm, immer noch zu hoffen, er werde voll bekleidet und mit intakten und funktionierenden Stimmbändern durch meine Tür geschlendert kommen. Ich verlange nicht einmal mehr, daß er in meine Wohnung zurückkehrt, um mir vom Inneren des Kamins aus ständig still Gesellschaft zu leisten. Alles, was ich möchte, ist, daß diese eine Vorahnung Früchte trägt: Alles, was ich möchte, ist, sein Gesicht noch einmal zu sehen.

»Jetzt bin ich bereit für Großmutters Geschenk«, sage ich. »Und den Brief, bitte.«

Es ist erst drei Uhr, aber meine Mutter ist bereits heftig mit den Vorbereitungen für das Abendessen beschäftigt, und das bereits seit zwei Stunden. Ich hatte ihr angeboten, ihr zu helfen, aber ich war zerstreut und fuhr bei jedem Geräusch herum, und so schickte sie mich bald weg und murmelte dabei, sie könne sich nicht leisten, daß ich noch ein Glas zerbrechen würde.

Jetzt unterbreche ich sie bei der Zubereitung von Sushirollen. Sie blickt auf, etwas überrascht, nickt aber nur. Sie wischt sich die Hände an der Schürze ab und geht zum Schrank in der Diele. Als sie wiederkommt, trägt sie ein braunes Päckchen mit vielen japanischen Briefmarken, das vielleicht die Größe eines dicken Lexikons hat.

Ich trage es ins Wohnzimmer und bemerke mit einiger Erleichterung, daß es viel zu leicht ist, um ein Wörterbuch zu sein, sogar ein kleines.

»Du mußt das Päckchen aufmachen«, sagt sie erklärend. »Der Brief liegt darin.«

Sie lehnt an der Wand und sieht zu, wie ich die Kordel durchschneide, das braune Papier abreiße, die Schachtel öffne und die Schichten von Folie mit Luftblasen, Plastik und Zellstoff entferne.

»Weißt du, was es ist?«

Sie nickt langsam. »Aber ich bin neugierig, es wiederzusehen, nach all den Jahren.«

Meine Hände zittern ein wenig, als ich die letzten Zellstofflagen entferne, denn inzwischen errate ich, worum es sich handelt. Innen rot lackiert, außen schwarz und mit einem zarten, spinnenartigen Muster von Pinienbäumen überzogen, wie meine Mutter sie beschrieben hat. Ich öffne sie und beuge mich vor, um daran zu riechen; doch sie verströmt nichts anderes als die nicht unangenehme Muffigkeit einer lange verschlossenen Dose. Doch darin, wie um den fehlenden Teeduft auszugleichen, liegt ein versiegelter Umschlag.

»Na? Riecht sie noch immer nach verbrannten Blättern?« fragt meine Mutter und schaut von ihrem Platz aus zu. »Wirst du dein Haar darin aufbewahren?«

»Beide Male ist die Antwort nein«, sage ich zu ihr.

»Es ist ein Geheimnis, woher sie sie hatte«, murmelt meine Mutter, und ich nicke: Sie braucht mir nicht zu sagen, daß sie meine Urgroßmutter Akiko meint, ihre Namensschwester. »Solche Dosen sind viel wert.«

»Selbst, wenn sie so aussehen?« frage ich und halte den Deckel hoch.

Sie zuckt zusammen, als sie vortritt und die verbrannte Stelle untersucht, und ich weiß, daß sie wie ich an all das denkt, was durch das Feuer verlorenging.

Nun reiche ich ihr den Umschlag, und sie dreht ihn in den Händen und bewundert die zarten Blüten, die seinen Rand zieren, aber entgegen der üblichen Form setzt sie sich nicht hin, um ihn zu öffnen, sondern gibt ihn mir zurück.

Ich schaue fragend zu ihr auf.

»Er ist auf *englisch*«, sagt sie fast flüsternd. Dann murmelt meine Mutter sehr taktvoll etwas von Reis, und ein paar Sekunden später kann ich sie in der Küche mit den Töpfen klappern hören.

Meine Großmutter hat mir schon früher Briefe geschrieben, meist knappe Karten, auf denen sie mir zu Geburtstagen, Prüfungen und anderen derartigen Meilensteinen gratulierte, aber sie waren immer auf japanisch abgefaßt. Dies ist das erste Mal, daß ich ihre Worte allein lesen werde, ohne daß meine Mutter sie übersetzt.

Ich reiße den Umschlag auf und falte den Brief ohne Hast auseinander. Die Handschrift ist scharf und eckig, der meiner Mutter nicht unähnlich, aber größer; sie ist auch ungewöhnlich klar, wie man es bei jemandem erwartet, dem die Sprache nicht geläufig ist.

Ich denke daran, wie meine Großmutter ihren Füllfederhalter aufschraubt und dieses Blatt Reispapier herausnimmt. Ihre Bewegungen sind sparsam, während sie durch das geräumige Gästezimmer ihrer Schwiegertochter geht, aber sie sind auch langsam, denn es ist schon spät, und sie ist müde und alt. Sie legt den Federhalter und das Papier auf den Schreibtisch, und dann zieht sie einen der schweren Stühle heran. Zwei Koffer, einer geschlossen, der andere zu drei Vierteln gepackt, liegen dicht neben ihr. Als sie das Datum in die obere rechte Ecke schreibt, freut sie sich an dem alten, vertrauten Geräusch, mit dem ihre Feder über das Papier kratzt.

»Liebe Yukiko-san«, schreibt sie, »es tut mir sehr leid, daß wir nicht die Gelegenheit haben werden, uns zu treffen. Ich hatte mich auf lange Gespräche mit Dir gefreut. Ich war immer sicher, daß wir Freundinnen sind. Ich hoffe, Deine Mutter hat Dir das mit Kaori erklärt. Gib auf Dich acht. Mit freundlichen Grüßen, Yukiko.«

Ich lese den Brief einmal, zweimal und dann noch

einmal. An sich ist der Brief, was ich erwartet hatte, nicht mehr und nicht weniger. Obwohl er aus steifen Sätzen besteht, an die meine Großmutter sich von ihren einstigen Reisen ins Ausland her erinnert oder die sie sich vielleicht sogar aus einem Lehrbuch zusammengesucht hat, kann ich an seiner Aufrichtigkeit nicht zweifeln: Die Gefühle, die in den enttäuschenden Phrasen ausgedrückt werden, spiegeln zu genau wider, was ich selbst für meine unbekannte Großmutter empfinde, diese andere Yukiko, die in einer anderen Zeit, in einer anderen Welt lebte.

Was mich an dem Brief überrascht und dazu treibt, ihn wieder und wieder zu lesen, ist, daß das Kratzen der Feder meiner Großmutter nicht das einzige Begleitgeräusch ist, als ich die Worte laut lese. Unaufgefordert und unerwartet mischt sich die Stimme meiner Mutter in den Chor der Geräusche: ihr lispelnder Singsang, ihr gemessener Rhythmus, die Pausen an den falschen Stellen, wenn sie Luft holt.

Ned Lewis ist zwar kein großer Mann, aber gebaut wie ein Fels, so massiv, daß man trotz seiner ergrauten Haare erkennt, wie gut er den rauhen Winden standhält, die manchmal wehen, wenn er in seinem Garten arbeitet. Die Vitalität seines Körpers steht in deutlichem Gegensatz zu den Falten in seinem Gesicht, die ihn etwas älter wirken lassen als um die Fünfzig. Er ist erst vor kurzer Zeit in unsere Stadt gezogen, aber trotzdem weiß unser kleines Viertel sehr genau, daß seine Frau lange Zeit im Sterben gelegen hat.

Er spricht leise und wenig, aber das Abendessen mit ihm ist trotzdem eine viel lebhaftere Angelegenheit als sonst; seine Gegenwart inspiriert auch meine Mutter. Er ist ein aufmerksamer Zuhörer, der still lächelt, gelegentlich lacht und oft nickt, und seine grauen Augen sehen sie unverwandt an. Gleichzeitig sorgt er dafür, daß ich einbezogen bin, stellt mir Fragen und hört meinen Antworten konzentriert zu. Ich bin ihm vertraut, weil ich so oft mit ihm geplaudert habe, wenn ich zu Besuch nach Hause kam; vielleicht ist er mir auch wohlgesonnen, weil meine Mutter ihm erzählt hat, wie oft ich sie bedrängt habe, sie solle zu ihm gehen und sich für das Gemüse bedanken. Doch trotz allem, trotz der Annahme, daß es für ihn nur vorteilhaft sein kann, mich auf seine Seite zu ziehen, stelle ich fest, daß mich seine sanfte Freundlichkeit rührt.

Seit Jahren, wenn überhaupt jemals, habe ich meine Mutter nicht mehr so heiter gesehen, doch wie vielleicht zu erwarten war, bekommt Ned davon am meisten zu spüren, und nur wenig fällt für mich ab. Die Jahre der Zurückhaltung und des Schweigens, die zwischen mir und meiner Mutter liegen, sind noch immer da und werden möglicherweise immer dasein. Wir werden uns vielleicht nie küssen, und uns selten umarmen. Die Wärme eines Körpers, der mich wiegt und an sich drückt, genau wie die Berührung der langen, kühlen Finger an meinem Kopf sind nichts, was ich bei meiner Mutter suchen oder von ihr erwarten werde.

Früher einmal war das Verständnis zwischen uns so absolut, daß es im Mutterschoß begonnen haben könnte. Ich habe mich so oft gefragt, warum wir uns auseinandergelebt haben, daß ich längst daran verzweifelt bin, diese Frage allein zu beantworten. Und so kehre ich jetzt (nach einem einzigen wehmütigen Blick zurück auf das Orakel, das meine Großmutter sein sollte) wie schon so oft zuvor zu der weit einfacheren Frage zurück, wann wir uns auseinandergelebt haben, und die Antwort lautet: nachdem mein Vater uns verlassen hatte.

Ihr Gesicht ist gerötet von der Wärme der Küche, als meine Mutter aufsteht, sich umdreht und sich am Fenster zu schaffen macht. Rasch kommt Ned ihr zu Hilfe, sein breiter Rücken versperrt mir für einen Moment den Blick auf sie, und ich beobachte ihn und frage mich, ob es möglich ist, daß ich meiner Mutter mit Hilfe seiner massiven Präsenz an ihrer Seite eines Tages näherkommen könnte.

Erst nach neun neigt sich das Dinner seinem Ende zu. Schon längst sind die Lampen eingeschaltet worden, und das Licht der Kerzen ist jetzt notwendig. Die Nacht draußen ist kühl, der Himmel dunkel, kein Mond ist zu sehen.

Als eine kurze Pause entsteht, sagt meine Mutter zu mir, sie werde das Dessert, von dem mehr als die Hälfte übrig ist, für Eric einpacken.

»Ich habe auch eine schlechte Nachricht«, sage ich darauf und kündige damit kühn an, was ich an diesem an Enthüllungen reichen Wochenende immer wieder aufgeschoben habe. »Eric und ich sind nicht mehr zusammen.«

»Oh, das tut mir leid«, sagt meine Mutter, und ein Schatten zieht über ihr Gesicht und dämpft vorübergehend die Heiterkeit darin. »Ich mochte ihn, weißt du.«

Mit einem kurzen Lächeln entschuldige ich mich bei Ned für diese Beeinträchtigung unseres ersten Familiendinners.

»Aber ich vermute, du warst noch nicht bereit für ihn«, fährt meine Mutter fort. »Es war zu bald nach Phillip.«

Ich hatte gewußt, daß sie enttäuscht sein würde; ich hatte damit gerechnet, daß sie überrascht sein würde.

»Möchtest du darüber reden?« fragt sie.

»Hier?« sage ich. »Jetzt?«

»Warum nicht?« versetzt sie und beantwortet meine Frage mit einer anderen.

Ned lächelt. »Ich kann mir keinen besseren Zeitpunkt vorstellen als jetzt«, sagt er.

»Es ist eine schrecklich lange Geschichte«, warne ich sie.

»Wir lieben lange Geschichten«, sagt Ned, »besonders nach einem guten Essen.« Er streckt eine Hand aus und umfaßt sanft die Hand meiner Mutter, die auf dem Tisch liegt. Das Strahlen – eigentlich zu friedlich, um dem Leuchten und Funkeln eines Feuerwerkskörpers zu ähneln – ist bereits auf ihr Gesicht zurückgekehrt.

Wir lieben lange Geschichten? Am liebsten würde ich den beiden die Köpfe tätscheln, so sehr erinnern sie an Kinder, die Ehe und Elternschaft spielen.

Ich senke den Kopf tief über meinen Teller und stochere zum letztenmal in meiner Pastete herum. Da nehme ich aus dem Augenwinkel eine Bewegung wahr und drehe rasch den Kopf, aber es sind nur die Vorhänge, vom Nachtwind belebt; einen Augenblick später flakkern auch die Kerzen auf dem Tisch. Ich unterdrücke einen Seufzer, denn jetzt weiß ich, daß sich am zweiten Tag in Folge eine meiner Vorahnungen als falsch erwiesen hat.

Ich wende meine Aufmerksamkeit wieder dem Tisch zu. Hand in Hand sehen meine Mutter und Ned mich an, zwei aufmerksame, erwartungsvolle Zuhörer.

Ich lege also Messer und Gabel hin und nehme die Serviette von meinem Schoß.

Ich werde ihnen von Eric erzählen, aber am meisten werde ich über Phillip reden, darüber, wie ich ihn geliebt und verloren und mehr als ein Jahr lang betrauert habe. Ich werde ihnen sagen, wie er als Erscheinung zurückkam, nackt und schweigend und langsam verhungernd, wie er in den Schatten und Ecken meiner Wohnung lauerte und wie es dazu kam, daß er jetzt fort ist.

Ich werde davon sprechen, daß ich noch immer nach ihm Ausschau halte, damit aber irgendwann aufhören werde; ich werde ihnen sagen, daß ich ihn bereits losgelassen habe, voller Sehnsucht, aber ohne Bitterkeit oder Reue, dankbar, daß ich ihn für die Zeit, die ich hatte, gekannt und geliebt habe.

Wie es meine Mutter bei dem Mann tat, den sie liebte, und ihre Mutter vor ihr.

Ich hole tief Luft und überlege, wo ich anfangen soll.

Danksagung

MIRANDA SHERWIN, meine wunderbare Stiefschwester, brillante Lektorin und großartige Freundin, eine Frau, die das Leben aller Menschen um sie herum erhellt, ermöglichte dieses Buch.

Sandy Dijkstra, meine außergewöhnliche Agentin, arbeitete unermüdlich und vollbrachte ein Wunder.

Sandra Zane, deren kluge Stimme mich unzählige Male zum Weitermachen trieb, war sowohl Freundin als auch Schutzengel.

Ich hatte Glück mit meinen Verlegern: Immer freundlich und mit großer Umsicht förderten Irwyn Applebaum und Nita Taublib diesen Debütroman. Meine Lektoren sind der lebende Beweis, daß in der Verlagswelt – entgegen dem allgemeinen Dafürhalten – nach wie vor sorgfältig lektoriert wird. Stephanie Kip arbeitete hart an diesem Buch und war immer nachsichtig und geduldig mit seiner Autorin. Emily Heckmans Begeisterung und unermüdliche Unterstützung waren eine große Hilfe.

Meine Schwestern Yoko und Aiko sind Teile von mir selbst und spielten damit automatisch entscheidende Rollen bei der Ausarbeitung dieses Romans. Mein Vater, Shoichi Yoshikawa, lehrte mich Wert und Magie des geschriebenen Wortes.

Alan Ziegler, in dessen Klasse die Idee zu diesem Roman entstand, hat mir mehr als zehn Jahre beratend zur Seite gestanden. Anne Curzan, kritische und kluge Leserin und gute Freundin, unterstützte mich in jeder Phase der Arbeit.

Simon Gikandi, Patricia Yaeger, Suzanne Raitt und Steve Sumida haben mir Anregungen gegeben, die sowohl diesen Roman als auch meine Dissertation beeinflußten. Die University of Michigan schuf ein Arbeitsmodell, das es mir ermöglichte, sowohl an meinem Roman zu schreiben als auch meine Forschungen weiter zu betreiben.

Für ihren Glauben an mich und ihre Ermutigungen während all der Jahre, in denen ich an diesem Roman schrieb, danke ich Sean Baldwin, John Carey, Ioanna Christoforaki, Creighton Don, Victoria Green, Phil Hildebrand, Ken Kurtz, John Merz, Ali Sherwin, Matt Toschlog und Martin Wartenweiler.

Ganz besonderen Dank schulde ich meiner Großmutter Masako Inoue. Gesprächig, warmherzig und fast immer fröhlich, ist sie ganz anders als Kikis Großmutter, aber mit ihren faszinierenden, die Grenzen von Zeit und Raum aufhebenden Geschichten wurde sie in vieler Hinsicht zum guten Geist dieses Romans.